# O TIRANO

Valerio Massimo Manfredi

# O TIRANO

Tradução
MARIO FONDELLI

Rocco

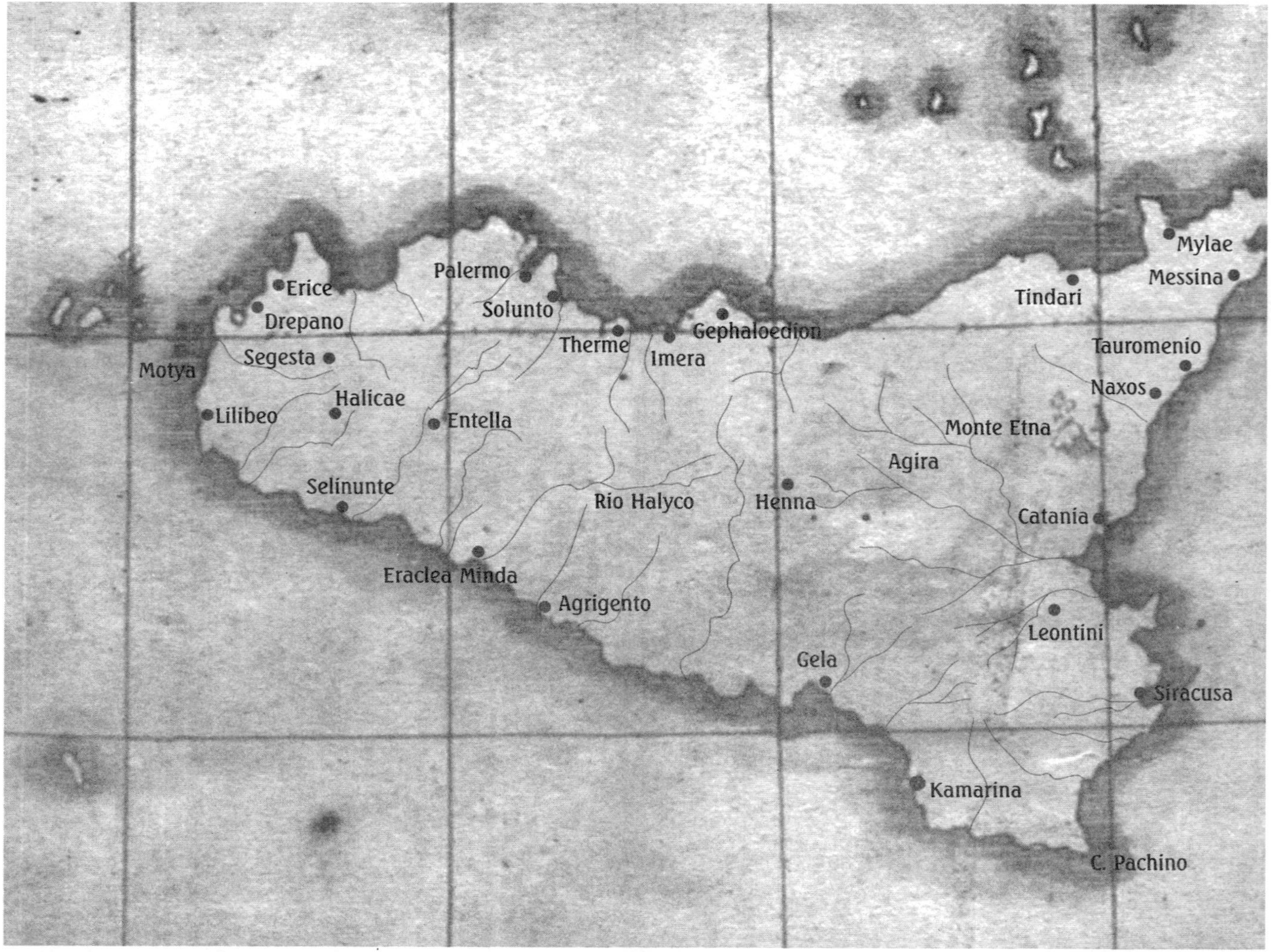
Mylae
Messina
Tindari
Tauromenio
Naxos
Monte Etna
Agira
Catania
Leontini
Siracusa
Kamarina
C. Pachino
Gela
Henna
Gephaloedion
Imera
Therme
Solunto
Palermo
Erice
Drepano
Segesta
Motya
Lilibeo
Halicae
Entella
Selinunte
Eraclea Minda
Agrigento
Rio Halyco

Taranto
Poseidonia
CAMPANI
Eraclea
Laos
Turil
MAR TIRRENO
LUCANI
Crotone
Muralha Scilletico
Hipponion
Caulonia
Medma
Locri
Messina
Reggio
Drepano
Palermo
Imera
Motya
Lilibeo
Río Halyco
Monte Etna
Selinunte
Henna
Catania
MAR JÔNIO
Agrigento
Gela
Siracusa
Kamarina

Título original
IL TIRANNO



Primeira edição pela
Arnoldo Mondadori Editore S.P.A., Milão em 2003

Direitos para a língua portuguesa reservados
com exclusividade para o Brasil à
EDITORA ROCCO LTDA.
Rua Rodrigo Silva, 26 – 4º andar
20011-040 – Rio de Janeiro – RJ
Tel.: (21) 2507-2000 – Fax: (21) 2507-2244
rocco@rocco.com.br
www.rocco.com.br

*Printed in Brazil*/Impresso no Brasil

preparação de originais
MARIA ANGELA VILLELA

CIP-Brasil. Catalogação-na-fonte.
Sindicato Nacional dos Editores de Livros, RJ.

M241t Manfredi, Valerio
O tirano / Valerio Massimo Manfredi; tradução de
Mario Fondelli. – Rio de Janeiro: Rocco, 2005.

Tradução de: Il tiranno
ISBN 85-325-1894-X

1. Ficção italiana. I. Fondeli, Mario. II. Título.

CDD–853
05-1303 CDU–821.131.1-3

*Em memória do meu pai*

Não há dúvida, com efeito, quanto ao fato
de a Divindade usar certos homens para
punir a maldade de outros, tornando-os
de algum modo algozes, antes de destruí-los.

PLUTARCO

# CORINTO, 342 ANTES DE CRISTO
# SEGUNDO ANO DA CVIII OLIMPÍADA

# PRÓLOGO

O homem chegou logo após o pôr-do-sol quando as sombras começavam a tomar conta da cidade e do porto. Avançava rápido levando um alforje a tiracolo, e olhava amiúde à sua volta com ar um tanto apreensivo. Parou perto de uma edícula de Perséfone, e o pequeno lume que brilhava diante da imagem da deusa revelou o seu aspecto: cabelo grisalho de quem já tinha passado da meia-idade, nariz reto e lábios finos, ossos malares levemente salientes e faces cavadas, em parte cobertas pela barba escura. O olhar inquieto e arisco mantinha de qualquer maneira uma expressão digna e uma nobreza que contrastavam com a aparência humilde e as roupas gastas, revelando uma condição elevada embora decaída.

Tomou o caminho que levava ao porto oriental e começou a descer para as docas, onde eram mais numerosas as tabernas e as hospedarias freqüentadas pelos marujos, os mercadores e os marinheiros da frota. Corinto estava vivendo um momento de prosperidade e os seus dois portos estavam cheios de navios que importavam e exportavam todo tipo de mercadorias nas rotas do mar interno e do Ponto Euxino. No bairro meridional, onde havia os armazéns de trigo, era comum ouvir-se os mais variados matizes do sotaque siciliano: de Agrigento, Gela, Catânia, Siracusa...

Siracusa... às vezes tinha até a impressão de ter-se esquecido dela, mas bastava quase nada para despertar-lhe as lembranças da infância e da maturidade, para reavivar as luzes e as cores de um mundo já transfigurado pela saudade, e sobretudo pela amargura de uma vida inexoravelmente marcada pela derrota.

Estava agora diante da taberna e, depois de olhar mais uma vez em volta, entrou.

O local estava começando a animar-se com os clientes que vinham tomar uma sopa quente ou um copo de vinho puro, como costumam fazer os bárbaros e os beberrões.

Durante a boa estação o pessoal costumava sentar do lado de fora, sob o alpendre, olhando para os dois mares, um já escuro tomado pela noite, o outro ainda pegando fogo nos raios crepusculares, quando os navios se apressaram a entrar no porto antes da escuridão. No inverno, quando as rajadas de Bóreas descem das montanhas gelando os ossos, amontoavam-se lá dentro numa atmosfera de fumaça e cheiros pesados.

O taberneiro atiçou o fogo, encheu uma tigela de sopa e colocou-a na mesa, diante dele.

— O jantar, mestre.

— Mestre... — o outro repetiu baixinho, num tom de voz em que mal dava para perceber a desilusão.

A colher estava presa à mesa com um barbante, pois do contrário as pessoas a levariam embora. Pegou-a e começou a comer lentamente, saboreando aquela comida simples e gostosa que trazia um pouco de calor aos seus membros enrijecidos.

Estavam chegando as moças para os clientes que, depois de terem comido, começavam a beber ou já estavam alegres pois, com a desculpa do frio, já vinham tomando alguns goles havia algum tempo.

Cloé não era particularmente bonita, mas tinha olhos negros e profundos e uma expressão altiva tão absurda para a sua condição de jovem prostituta que lhe lembrava a das mulheres sicilianas. Talvez ela viesse de lá, quem sabe.

Ou talvez trouxesse à sua memória a imagem de alguém, de algum amor juvenil na sua terra de origem. Por isto mesmo observava-a, sorrindo de vez em quando para ela que retribuía o sorriso apesar de não entender direito a razão daquilo. Olhava para ele com olhos incrédulos e um tanto zombeteiros.

Apareceu sentada ao seu lado de repente, pegando-o desprevenido. Então ele fez um sinal ao taberneiro pedindo mais uma tigela que colocou perto dela deixando ao mesmo tempo algumas moedas na mesa.

— Esse dinheiro não dá para o sexo também, mestre — disse ela após contar as moedas com uma rápida olhada.

— Eu sei — respondeu ele, calmo. — Só quero oferecer-te um prato de sopa. Estás muito magra e se continuar desse jeito os clientes não vão querer mais. Terás de ir trabalhar na moenda. Por que me chamou daquele jeito?

— Mestre?

O homem anuiu voltando a tomar a sua sopa.

A jovem deu de ombros.

— É como todos te chamam, porque ganhas a vida ensinando a ler e escrever. E parece que ninguém conhece o teu verdadeiro nome. Tens um nome, não tens?

— Como qualquer um.

— E não vais dizer para mim?

O homem meneou a cabeça mergulhando mais uma vez a colher na sopa.

— Come tu também — disse —, enquanto está quente.

Cloé levou a tigela aos lábios e sorveu ruidosamente o caldo. Limpou a boca com a manga da túnica.

— Por que não queres dizer?

— Não posso — respondeu o homem.

A jovem acenou com a cabeça para o alforje pendurado no espaldar do assento.

— O que levas lá dentro?

— Nada que possa te interessar. Come logo, que mais clientes acabam de chegar.

O taberneiro aproximou-se.

— Vai para o quarto — disse para ela indicando uma portinhola num canto. — Há dois audazes marujos que querem divertir-se. Pagaram adiantado. Cuida para não decepcioná-los.

A jovem engoliu mais uma colherada de sopa e, antes de ir embora, ciciou-lhe no ouvido:

— Cuidado, a tua bolsa está chamando a atenção. Muitos, por aqui, já devem estar se perguntando o que contém. Eu não falei nada. — E acrescentou em voz alta: — Obrigada pela sopa, mestre. Trouxe um pouco de calor ao meu coração.

Cloé foi alugada a dois estrangeiros já bêbados. Grandalhões, pesados e sujos. E logo a seguir ouviu-se o grito dela. Eram sujeitos que gostavam de machucar. Levantou-se e dirigiu-se para a pequena porta no fundo do local, enquanto o taberneiro berrava:

— Onde pensas que estás indo? Pára, que diabo, pára!

Mas já tinha escancarado a porta e entrara naquele buraco escuro gritando:

— Soltai-a, seus bastardos! Deixai-a em paz!

Seguiu-se uma cena confusa que logo se transformou numa verdadeira briga. Os dois agrediram-no empurrando-o até o centro do estabelecimento, mas ele reagiu brandindo uma cadeira. Naquela altura os demais clientes também se juntaram em volta incitando os contendores. Um sujeito aproximou-se furtivo na tentativa de surripiar-lhe o alforje mas ele acertou-o com a cadeira e logo a seguir recuou e apoiou os ombros contra a parede.

Estava acuado. Espantado com a sua própria ousadia, estava pingando de suor e tremia diante dos adversários que se aproximavam cada vez mais ameaçadores.

Um deles deu um salto golpeando-o com um soco no estômago e então virou-se, mas quando o outro também estava a ponto de atacar apareceram de repente três homenzarrões nunca vistos que, num piscar de olhos, deixaram-nos fora de combate, sangrando pela boca e pelo nariz. Em seguida, assim como haviam surgido do nada, desapareceram.

O "mestre" certificou-se de que o alforje continuava no devido lugar, passou no meio do pessoal emudecido e também dirigiu-se à saída.

Foi recebido por uma rajada de vento frio que o fez estremecer. Só então sentiu as conseqüências dos golpes recebidos e ao mesmo tempo o alívio da terrível tensão que se havia apoderado dele. Cambaleou, levou as mãos às têmporas como que para deter a sensação de vertigem que lhe puxava o chão de baixo dos pés, procurou um ponto de apoio que não existia, e caiu de bruços no meio do caminho.

Recuperou os sentidos muito mais tarde, quando começou a chover e os pingos gelados passaram a riscar o seu rosto e a escorrer pelas suas costas. Passou-se mais algum tempo e percebeu que alguém o estava puxando para o outro lado da rua, sob o alpendre que servia de abrigo para os burros.

Abriu os olhos e a luminosidade que vinha das janelas da taberna permitiu-lhe distinguir o rosto de um velho mendigo desdentado e careca.

— Quem és tu? — perguntou.

— Dize tu primeiro. Nunca vi uma coisa assim. Aqueles três homens surgidos do nada que fizeram um estrago sem dizer uma palavra... que logo sumiram. E tudo isto só por causa de um pobre coitado, de um esfarrapado...

— Não sou um mendigo.

— Pois é o que parece — o velho puxou-o encostando-o na parede e cobriu-o com um punhado de palha.

— Espera aí, grande homem — disse. — Talvez eu ainda tenha um pouco de vinho. É o que me pagam para ficar de olho nesses burros durante a noite. Bebe um gole, talvez esquente os teus ossos. — Ficou olhando enquanto o outro engolia uns tragos. — Mas se não és um mendigo, o que és então?

— Ganho a vida ensinando a ler e escrever mas já...

— Como é?

Torceu a boca numa careta que talvez fosse um sorriso.

— Já fui o senhor da maior e mais rica cidade do mundo...

— Sim, claro, qualquer um pode ver! E eu sou o grande rei da Pérsia.

— E o meu pai foi o maior homem do seu tempo... Dê-me mais um gole de vinho.

— Que mentiras são essas?

Deu mais um trago.

— E o que escondes nesse alforje que seguras o tempo todo?

— Nada que valha a pena de ser roubado. Somente... a história dele. A história de um homem que se tornou o senhor de quase toda a Sicília e de uma boa parte da Itália, derrotou os bárbaros em inúmeras batalhas, inventou máquinas de guerra como nunca se havia visto antes, desterrou povos inteiros, só levou três meses para erguer a maior fortaleza do mundo, fundou colônias no Tirreno e no Adriático, casou-se com duas mulheres no mesmo dia... único entre os gregos.

O velho ofereceu mais uma vez o odre de vinho e acercou-se, ele também sentando com as costas apoiadas na parede.

— Pelos deuses! E quem seria este fenômeno, este...

Um clarão iluminou de repente a rua molhada de chuva e o rosto inchado do mestre. Um trovão explodiu no céu, mas ele nem se mexeu. Apertou a bolsa no peito e, pronunciando as palavras com ênfase, disse:

— O nome dele era Dionísio, Dionísio de Siracusa. Mas o mundo inteiro o conhece como... o tirano!

# I

Um cavaleiro aproximava-se em disparada levantando uma nuvem de poeira branca na estrada de Kamárina, rumo à entrada oriental da cidade. O oficial de plantão intimou que parasse.

— Não te aproximes mais — gritou. — Identifica-te!

Mas a ordem foi inútil. De repente, quando faltavam menos de duzentos pés para alcançar a cerca das muralhas, o cavalo desabou no chão, fazendo o cavaleiro rolar na poeira.

— Abri a portinhola — ordenou o oficial. — Rápido, vede quem é e trazei-o para dentro!

Quatro sentinelas saíram correndo e foram até o homem que jazia imóvel no chão. Ali perto o cavalo ofegava agonizando.

O cavaleiro gritou de dor quando procuraram virá-lo, e mostrou um rosto desfigurado pela exaustão: sujo de poeira e de sangue.

— Quem és tu? — perguntou um dos soldados.

— Venho de Selinunte... preciso falar sem demora com o vosso comandante, rápido, eu te peço.

Os soldados olharam um para o outro, então aprontaram uma maca com as lanças e os escudos, deitaram-no em cima e voltaram para o posto. Um deles demorou-se mais um instante para dar o golpe de misericórdia no cavalo que, depois de um último estertor, morreu.

Logo a seguir o grupo estava diante do comandante. O oficial aproximou-se de archote na mão e o mensageiro pôde vê-lo: era um jovem de compleição robusta, de cabelos pretos e encaracolados, olhos negros, lábios carnudos.

— O meu nome é Dionísio — disse. — Sou o comandante do corpo de guarda. O que houve, fala logo por todos os deuses!

— Preciso falar o quanto antes com as autoridades. É uma questão de vida ou morte. Os cartagineses sitiaram Selinunte. Há milhares deles, com máquinas de guerra enormes, formidáveis. Não podemos resistir... precisamos de ajuda... Rápido, em nome de Zeus... rápido! E deixem-me beber, por favor, estou morrendo de sede.

Dionísio ofereceu-lhe o seu cantil, em seguida distribuiu imediatamente ordens apressadas aos seus homens:

— Tu, procura logo Diocles e diz-lhe para nos encontrar no pritaneu: o assunto é da maior urgência.

— Mas deve estar dormindo... — objetou a sentinela.

— Tira-o da cama, por Heraclés, mexe-te! E vós aí — ordenou aos demais soldados —, acordai os membros do Conselho e levai-os todos ao pritaneu. Precisam ouvir o que este homem tem a dizer. Tu — intimou a mais outro —, procura logo um cirurgião e diz-lhe que há um caso urgente.

Os homens saíram apressados a fim de executar as ordens recebidas. Dionísio entregou o comando do posto ao segundo oficial, um amigo chamado Iolau, e escoltou a maca pelas ruas estreitas da cidade, iluminando o caminho com a tocha que segurava na mão. De vez em quando olhava para o homem deitado no tosco catre e o via torcer a cara de dor a cada solavanco, a cada movimento brusco. Aquela queda devia ter quebrado alguns dos seus ossos.

Quando alcançaram o seu destino os conselheiros já estavam chegando aos poucos. Sonolentos e de mau humor vinham acompanhados por escravos que seguravam as lanternas. Diocles, o comandante das forças militares, apareceu logo a seguir, mas quando viu Dionísio franziu a testa.

— O que há de tão urgente? Que maneira é essa de...

Dionísio levantou a mão com gesto resoluto para interromper as suas palavras. Só tinha vinte e dois anos mas era o guerreiro mais forte da cidade: ninguém chegava aos seus pés no manuseio das armas, na resistência física, na capacidade de agüentar as privações e a dor. Tinha um gênio insubmisso e temerário, não tinha o menor respeito nem pelos deuses nem pelos homens que não se mostrassem dignos de merecê-lo. Achava que só tinha o direito de comandar aquele que fosse o primeiro a mostrar-se preparado a arriscar a vida pelos demais e quem, na batalha, demonstrasse ser o mais forte e corajoso de todos. Não tinha a menor consideração por quem só sabia falar sem ser capaz de agir. E sempre fitava nos olhos um homem antes de matá-lo.

— Este homem matou o seu cavalo de cansaço e quebrou todos os ossos para chegar até aqui — disse —, e achei oportuno ouvirmos imediatamente o que tem a dizer.

— Que fale, então — respondeu Diocles, impaciente.

Dionísio aproximou-se, ajudou-o a levantar-se um pouco sobre um cotovelo e o mensageiro começou a falar.

— Atacaram-nos de repente chegando do Norte, de onde nunca esperaríamos que poderiam chegar. Quando percebemos, já estavam aos pés das nossas muralhas. Montaram aríetes basculantes sobre torres móveis, imensas toras com cabeças de ferro maciço, e começaram a martelar as muralhas noite e dia, enquanto os arqueiros açoitavam os passadiços com incessantes disparos de flechas que dizimavam impiedosamente os defensores. Tentamos de tudo para nos defender... O comandante deles chama-se Aníbal de Guiskon: um homem implacável. Afirma ser descendente daquele Amílcar que morreu sacrificando-se no altar em Imera setenta anos atrás, quando vós aniquilastes, junto com os soldados de Agrigento, o exército cartaginês. Diz que quer resgatar a honra do antepassado. E nada poderá detê-lo enquanto não cumprir a sua vingança.

O homem parou um momento, para retomar o fôlego. Então continuou:

— Os assaltos foram repelidos um depois do outro durante três dias, e a única coisa que nos animava nesse esforço pavoroso era a esperança de ver-vos chegar com reforços. Por que ainda não vos movestes? A cidade já não pode mais agüentar: estamos ficando sem mantimentos, perdemos muitos homens, muitos outros estão feridos e não podem lutar. Já estamos recorrendo aos jovens de dezesseis anos e aos idosos com sessenta. Até as mulheres entraram na luta. Ajudai-nos, em nome dos deuses, eu suplico, ajudai-nos!

Diocles desviou o olhar da expressão aflita do mensageiro de Selinunte para observar os rostos dos conselheiros já sentados no semicírculo.

— Vós ouvistes: o que tencionais fazer?

— Eu diria que devemos partir imediatamente — exclamou Dionísio.

— A tua opinião não tem valor algum neste recinto — calou-o Diocles. — Não passas de um oficial do segundo escalão.

— Mas essas pessoas estão contando conosco, por Heraclés! — reagiu Dionísio. — Estão morrendo, acabarão sendo massacrados se não chegarmos logo.

— Chega! — rebateu Diocles — ou mandarei tirar-te daqui.

— Acontece — interrompeu um idoso conselheiro chamado Héloris — que só poderemos tomar uma decisão amanhã, quando o número legal dos conselheiros estiver presentes. Mas enquanto isto, que tal mandarmos logo Dionísio?

— Sozinho? — escarneceu Diocles.

— Dai-me a ordem — respondeu o homem em questão —, e até amanhã de manhã terei reunido uma tropa de quinhentos homens. E se me concederdes dois navios, em menos de dois dias estarei dentro das muralhas de Selinunte...

O mensageiro acompanhava angustiado a disputa: cada minuto desperdiçado podia ser decisivo para a salvação ou a destruição da sua cidade.

— Quinhentos homens? E aonde vais encontrá-los? — perguntou Diocles.

— Na Companhia — respondeu Dionísio.

— A Companhia? Quem manda aqui sou eu, e não a Companhia! — berrou.

— Então cede-os tu mesmo — replicou gélido Dionísio.

Héloris interveio mais uma vez.

— Isto não faz diferença, no meu entender não importa de onde vêm os homens, o que realmente importa é que ele parta o mais breve possível. Alguém se opõe?

Os conselheiros, que não viam a hora de voltar ao calor dos seus cobertores, foram unânimes em votar pela expedição, mas sem conceder os navios que serviriam para transportar o grosso do exército.

Naquele instante chegou o cirurgião com os ferros.

— Cuida deste homem — intimou Dionísio sem nem esperar pela ordem de Diocles. Logo a seguir estava novamente no corpo de guarda com o amigo Iolau. — Precisamos partir — disse.

— Quando? E para onde? — respondeu o jovem, preocupado.

— Ao alvorecer, para Selinunte. Somos a vanguarda. Os outros vão chegar com a frota. Preciso reunir quinhentos homens, e tenho de encontrá-los dentro da Companhia. Manda logo espalhar a notícia. Quero que estejam aqui dentro de duas horas no máximo, completamente armados, com mantimentos para cinco dias e um cavalo de reserva para cada três guerreiros.

— Nunca vamos conseguir... A Companhia tem o maior apreço por ti, mas...

— Então dize-lhes que chegou a hora de demonstrarem este apreço. Mexe-te.

— Como quiseres — respondeu Iolau. Assobiou e logo ouviu-se um relincho e o barulho de cascos. Iolau pulou no cavalo e partiu sumindo na escuridão.

No quarto dia um dos aríetes conseguiu abrir uma brecha nas muralhas e os mercenários da Campânia a serviço dos cartagineses arremessaram-se para a passagem, impelidos pelo desejo de sobressair, mas, sobretudo pela cobiça, pois o comandante prometera o saque da cidade.

Os selinuntinos formaram uma verdadeira parede de escudos diante da brecha, conseguiram rechaçar os invasores massacrando muitos enquanto eles se retiravam em debandada, pisoteando os corpos dos seus próprios companheiros.

No dia seguinte Aníbal mandou remover os escombros e fez avançar uns telheiros de proteção sob os quais seus homens podiam trabalhar e desimpedir o caminho.

Enquanto isto os arqueiros, de cima das torres de combate, continuavam a manter na mira os defensores, para mantê-los longe da abertura.

No sexto dia a passagem já estava desobstruída; os aríetes alargaram-na ainda mais abrindo caminho para a infantaria de assalto dos mercenários líbios, ibéricos e campanos, que arremessaram contra a cidade lançando pavorosos gritos de guerra.

Os selinuntinos, já prevendo o ataque, tinham trabalhado a noite inteira erguendo barricadas na entrada de cada rua a fim de isolar os demais bairros da cidade. Desses abrigos contra-atacavam os inimigos sem parar, rechaçando-os e matando um grande número deles. Mas se o seu valor estava além de qualquer imaginação, as forças diminuíam, a cada hora que passava, devido às energias gastas na construção das barricadas, pela insônia e pela exaustão da luta sem quartel contra tropas descansadas e sempre renovadas.

No sétimo dia os aríetes abriram uma segunda brecha em outro ponto da cerca de muralhas e os assaltantes enxamearam por ela com berros tão pavorosos que os homens que ainda lutavam sentiram o sangue gelar em suas veias. A segunda onda investiu contra as barricadas como um rio caudaloso atropelando um precário dique. Os obstáculos foram removidos e os defensores tiveram de recuar para a praça do mercado, onde cerraram fileiras na tentativa de opor uma última desesperada resistência.

Naquela ocasião foi realmente incrível o valor das mulheres. De cima dos telhados das casas jogavam nos inimigos tudo aquilo que estava ao alcance delas: telhas, tijolos, vigas, e o mesmo também faziam as crianças, cientes do destino que as esperava.

Dessa forma os selinuntinos conseguiram prolongar por mais um dia a agonia da sua pátria, na esperança de que cada hora conquistada fosse uma hora ganha. Na noite anterior havia sido visto um sinal luminoso nas montanhas do interior, e todos pensavam que a ajuda não demoraria muito a chegar. Mas no dia seguinte as últimas resistências foram esmagadas. Esgotados depois de tantos dias seguidos de combate, os homens debandaram e a luta fragmentou-se em mil combates individuais. Muitos acabaram defendendo as portas das suas casas, e os gritos aterrorizados dos filhos e das filhas conseguiam, incrivelmente, tirar dos seus corpos exaustos os derradeiros espasmos de energia. Aquela obstinada resistência, no entanto, só fazia aumentar a raiva dos bárbaros que, depois de finalmente se imporem, entregaram-se à mais sangrenta chacina que já se vira. Matavam sem misericórdia até as crianças mais jovens, degolavam os recém-nascidos nos berços. Ao entardecer muitos deles circulavam com dúzias de mãos cortadas e presas juntas como troféus, e com cabeças de inimigos espetadas nas pontas das lanças.

O horror reinava soberano, prantos e lamúrias ouviam-se em toda parte, gritos de desespero, gemidos de feridos ou de moribundos.

Mas ainda não tinha acabado.

Por mais dois dias e duas noites a cidade ficou entregue ao saque, e as mulheres, as jovens e os meninos foram propositalmente deixados por Aníbal à mercê da violência dos estupros da soldadesca. O que aqueles pobres coitados tiveram de sofrer é inimaginável, mas os poucos que sobreviveram e puderam contar o que viram disseram que nenhum prisioneiro deixou de invejar a sorte daqueles que haviam tombado com honra de espada em punho. Pois na verdade, nada pior pode acontecer com um ser humano do que cair nas garras de outro ser humano.

A cidade foi totalmente destruída duzentos e quarenta e dois anos após a sua fundação.

Dezesseis mil pessoas foram massacradas.

Seis mil, quase todas mulheres, jovens e crianças, foram vendidas como escravos.

Duas mil e seiscentas salvaram-se fugindo pela porta oriental, pois os bárbaros estavam entregues ao saque e já não se importavam com coisa alguma.

Dionísio, no comando de um pequeno contingente de uns cinqüenta cavaleiros, encontrou-as enquanto marchavam na calada da noite. Estava explorando o caminho e se adiantara ao resto da sua tropa mais ou menos uma hora. O grosso do exército de Siracusa iria desembarcar no dia seguinte na foz do Hypsas.

Tarde demais.

Ao ver os cavaleiros, os guerreiros sobreviventes cerraram fileiras em volta das mulheres e das crianças receando ter sido pegos numa cilada e que a morte só os havia poupado para reservar-lhe um destino ainda mais amargo. Quando porém ouviram falar grego, jogaram os escudos no chão e ajoelharam-se chorando e soluçando. Só a força do desespero havia feito com que chegassem até ali e naquele momento, sabendo que estavam finalmente a salvo, foram vencidos pelas lembranças do desastre, pelas imagens do massacre, dos estupros e das atrocidades que haviam testemunhado, e o horror e a aflição tomaram conta deles como as ondas de um mar tempestuoso.

Dionísio desmontou do cavalo e passou em revista aquele bando de infelizes. Na luz dos archotes os homens apareceram-lhe cobertos de sangue, de suor e poeira, os escudos e os elmos amassados, os olhos vermelhos de insônia, cansaço e pranto, a expressão alucinada; pareciam mais fantasmas do que seres humanos.

— Quem é dentre vós o oficial de mais alta patente? — perguntou.

Um homem de uns quarenta anos deu um passo adiante.

— Sou um comandante de batalhão e o meu nome é Eupite. E quem sois vós?

— Soldados de Siracusa — foi a resposta.

— Por que só estais chegando agora? A nossa cidade foi arrasada e...

Dionísio levantou a mão num gesto peremptório interrompendo a frase.

— Se fosse por mim, o nosso exército já estaria aqui há dois dias. Mas o povo tem de reunir-se em Assembléia para deliberar, e o colégio dos estrategistas precisa escolher a melhor maneira de levar adiante a campanha. Eu só pude partir logo com uma pequena vanguarda. Manda agora que os feridos se apresentem. Prepararemos umas macas para os que não estão em condição de andar e sairemos daqui o quanto antes. Abriga as mulheres e as crianças no meio, manda ficar os guerreiros na frente e atrás. Nós mesmos cuidaremos de proteger os flancos. Precisamos chegar a Agrigento antes de os bárbaros saírem em nossa perseguição.

— Espera um momento — disse Eupite.

— O que foi?

— O teu nome.

— Dionísio.

— Ouve, Dionísio: somos gratos a ti por teres sido o primeiro a vir em nossa ajuda. Sentimos humilhação e vergonha pela nossa atual condição, mas há uma coisa que precisas saber. — Enquanto falava os demais guerreiros de Selinunte haviam deposto os escudos para se juntarem em círculo, de ombros rijos e lanças em punho. — Logo que tivermos recuperado as forças voltaremos para reconstruir as nossas casas e a nossa cidade, e se alguém algum dia, seja lá quem for, decidir mover guerra contra os cartagineses, fique bem claro que estaremos sempre prontos a marchar ao lado dele pois a vingança é agora a única finalidade da nossa vida.

Dionísio aproximou-se com a tocha iluminando-lhe o rosto e o olhar. Divisou tanto ódio como nunca tinha visto nos olhos de um ser humano. Levantou o archote diante dos demais guerreiros e em cada um deles pôde reconhecer a mesma feroz determinação.

— Não vou esquecer — disse.

Retomaram a marcha e avançaram durante toda a noite até chegarem a um grupo de vilarejos onde lhes foi possível encontrar alguma coisa para comer. Enquanto os prostrados fugitivos deitavam-se na sombra das oliveiras, Dionísio voltou atrás a cavalo para certificar-se de que ninguém os perseguia. Então o que parecia uma mancha branca no meio de um pasto chamou a sua atenção. Esporeou o cavalo e aproximou-se. Uma jovem estava deitada na grama, aparentemente sem sentidos. Dionísio pulou do cavalo, levantou a sua cabeça encostando em seus lábios o cantil com a água para ela tomar uns goles. Aparentava dezesseis anos no máximo, tinha o rosto enegrecido de fumaça e mal dava para distinguir os seus traços. Só seus olhos, quando os abriu, reluziram com a cor do âmbar. Devia ter desmaiado de cansaço durante a marcha noturna sem que ninguém reparasse. Não se sabe quantos outros deviam ter sucumbido à exaustão durante aquela noite.

— Qual é o teu nome? — perguntou.

A jovem tomou mais uns goles e aí respondeu:

— Não costumo dizer o meu nome ao primeiro que aparece.

— Não sou o primeiro sujeito que aparece, sua tola, sou quem te salva a vida. Daqui a pouco os cães vadios iriam começar a comer-te. Levanta-te e monta comigo. Vou levar-te de volta para junto dos outros.

A jovem custou a levantar-se.

— Estás pensando que vou montar contigo? Nem pensar!

— Então fica aqui e, se chegarem os mercenários campanos, vamos ver se vais continuar tão arrogante...

— O meu nome é Aretes. Deixa-me montar.

Dionísio ajudou-a ficar na garupa para então ele mesmo pular atrás dela, fazendo o animal andar a passo. — Algum parente teu entre os fugitivos?

— Nenhum — respondeu ela. — A minha família foi chacinada.

Falou isso com ar ausente, como se estivesse mencionando alguma coisa que não lhe dissesse respeito.

Dionísio não fez comentários. Entregou-lhe novamente o cantil para que se refrescasse. A jovem tomou mais um gole e aí derramou a água na palma da mão e lavou o rosto enxugando-se com a aba da veste.

Naquele momento chegou a toda velocidade um jovem a cavalo que parou ao lado deles. Olhos claros, incipiente calvície: a fronte larga e a barba bem cuidada davam-lhe um ar mais maduro do que a sua idade. Esquadrinhou a jovem com olhar inquisitivo para logo dirigir-se a Dionísio:

— Ainda bem que te encontrei! — exclamou. — Poderias ter-nos avisado. Pensamos que tinhas desaparecido.

— Está tudo bem, Filisto — respondeu Dionísio. — Encontrei esta jovem que ficara para trás. Volta ao vilarejo e procura alguma comida para ela. Provavelmente não come há dias. Só tem pele e ossos.

A jovem olhou para ele zangada e Dionísio ficou pasmo com a beleza do seu rosto agora visível, de lindos olhos cor de âmbar sombreados por longas pestanas escuras. Estava abatida, prostrada pelos horrores que enfrentara, mas era graciosa e bem-feita, tinha dedos longos e finos, e os cabelos ainda guardavam um resquício de reflexos violáceos e de perfume. Depois de mais algum tempo Dionísio percebeu que aquele corpo adolescente era sacudido por pequenos estremecimentos. Soluçava em silêncio.

— Não tenhas medo de chorar — disse-lhe. — Isto vai ajudar-te a superar as lembranças que te afligem. Mas procura não pensar demais nelas, não te atormentes. A tua dor não vai devolver a vida àqueles que perdeste.

Ela nada disse, mas Dionísio percebeu que apoiava a cabeça para trás, no seu ombro, numa espécie de doloroso abandono.

Aretes só pareceu voltar à realidade quando avistaram os vilarejos e os demais fugitivos que recobravam as forças comendo.

Dionísio segurou-a por uma axila e depositou-a no chão sem o menor esforço, como se ela fosse uma pluma. Apontou para onde estavam distribuindo a comida.

— Vai logo, antes que acabem com tudo. — Mas vendo que ela não se mexia acenou para que Filisto lhe trouxesse alguma coisa, como tinha pedido.

O rapaz chegou com uma fatia de pão e um pedaço de queijo de ovelha que entregou à jovem. Ela começou a comer. Devia estar morrendo de fome.

Mesmo assim, logo depois de dar a primeira mordida, a sua atenção foi atraída por um menino que chorava sozinho, meio afastado, à sombra de uma oliveira. Aproximou-se e ofereceu-lhe o pão.

— Estás com fome? — perguntou. — Come isto.

O menino, no entanto, meneou a cabeça e continuou a chorar desesperado. Cobria o rosto com as pequenas mãos como se não quisesse ver um mundo tão horrível.

Chegou mais um grupo de fugitivos que haviam ficado para trás. Entre eles Aretes viu uma figura que a impressionou: um jovem guerreiro avançava, mal conseguindo segurar um velho macilento que devia ser o pai e arrastando com a outra mão um garotinho de uns sete ou oito anos que a duras penas conseguia acompanhá-lo, choramingando.

Aretes chegou ainda mais perto do menino, segurou-o no colo e apontou para o pequeno grupo familiar.

— Olha, minha criança. Não parecem Enéias com o pai Anquises e o filhinho Iulo?

O garoto parou de chorar e olhou para o jovem, o velho e o menino que passavam ali em frente justamente naquela hora.

— Conheces a história de Enéias? Vamos lá, come alguma coisa que eu te conto... — E começou: — Enéias, o príncipe troiano, tinha ficado sozinho a defender as muralhas depois da morte de Heitor. E a cidade caiu enquanto ele dormia, como os demais. Não teve outra escolha a não ser ir embora, e foi aí que surgiu a sua fama: a do derrotado que foge levando consigo o único bem que lhe sobra, a esperança. Alguém certamente o viu e legou à posteridade a sua memória: de mão dada com uma criança e carregando um velho nos ombros... Foi assim que Enéias tornou-se o ícone do fugitivo, um símbolo destinado a ter um ilimitado sucesso: milhares, milhões de epígonos sob todos os céus, em qualquer terra, entre povos dos quais nem imaginara a existência...

Ao ouvir a história, o menino parecia ter-se acalmado um pouco e estava agora mordiscando sem muita vontade o pedaço de pão. Aretes continuava a contar, como se estivesse pensando em voz alta:

— Acampados na lama, na poeira, fugindo com carros, burros e bois, os perseguidos são a indelével imagem de Enéias que continua a viver e viverá pelos séculos afora. Porque Tróia está queimando agora e sempre...

— Palavras um tanto pesadas para um menino tão jovem, não achas? — ressoou a voz de Dionísio atrás dela.

— Tu estás certo — respondeu Aretes sem se virar. — Pesadas demais. Mas eu estava falando para mim mesma, acho — e acrescentou —, estou tão esgotada que nem sei mais do que estou falando.

— Eram palavras muito bonitas — respondeu Dionísio —, tocantes. Mas eu não me conformo com esta desonra. Não consigo aceitá-la. Sinto vergonha dos meus concidadãos que perderam um tempo precioso em inúteis conversas, em intermináveis diatribes, enquanto vocês lutavam com inimigos impiedosos, esperando até o fim a nossa chegada, confiando na nossa ajuda. Setenta anos atrás, quando Siracusa estava sob o comando de um só homem, o nosso exército marchou sem parar durante três dias e três noites, chegou a Imera cercada pelos cartagineses e os derrotou numa batalha memorável. No mesmo dia em que os atenienses derrotaram os persas em Salamina.

— Aquele homem era um tirano — respondeu Aretes.

— Aquele homem era um homem! — rugiu Dionísio. — E fez aquilo que devia ser feito.

Afastou-se e Aretes viu-o dar ordens aos seus companheiros, juntando os guerreiros de Selinunte e incitando-os a prosseguir em sua marcha.

Tinham descansado no máximo uma hora quando voltaram a levantar-se, seguraram os escudos e retomaram o caminho. Muitos deles já não tinham sandálias e arrastavam-se sobre os seixos da trilha deixando marcas sangrentas. Não dava para entender que espécie de força ainda pudesse animá-los. Mas no fundo da alma Dionísio dava-se conta daquela força e por isto mesmo pedira que retomassem a marcha: sabia que ninguém é mais forte do que um homem que já não tenha coisa alguma a perder.

Avançaram durante horas a fio, só parando de vez em quando para beber quando encontravam uma nascente ou para comer algumas frutas verdes para aliviar as fisgadas da fome. As crianças já nem tinham vontade de chorar e, vendo os pais e os companheiros de viagem, demonstravam incrível disposição e comovente coragem para não fazer feio diante deles.

Os socorros só chegaram ao entardecer do dia seguinte: carros puxados por bois, burros, mulas e fartos mantimentos. Os velhos e os feridos foram acomodados nos carros, e os guerreiros também puderam guardar neles os escudos para marchar sem ter de carregar aquele peso.

Depois de mais dois dias de viagem, quando o sol já se punha, chegaram a avistar Agrigento.

A magnífica cidade, iluminada pelos últimos raios do entardecer, surgiu diante deles como uma visão. Alta em cima de uma colina, cercada por uma poderosa muralha com mais de cinco estádios de comprimento, mostrava seus templos reluzentes de mil cores, as estátuas e os monumentos e, lá no alto, no topo da acrópole, o santuário com os acrotérios dourados que reluziam ao sol como jóias.

O toque de um clarim ressoou longo e tenso no vale e as portas se abriram. Os fugitivos passaram entre os monumentos da necrópole e subiram rumo à porta ocidental, entrando então na cidade e desfilando em meio a uma multidão atônita e muda. Ainda mostravam claramente os sinais do terrível desastre ao qual tinham sobrevivido: feridas, contusões, queimaduras pelo corpo inteiro, sujeira e roupas rasgadas, pés sangrentos, rostos macilentos, cabelos sujos de sangue e poeira. Enquanto penetravam cada vez mais na cidade mais linda que já havia sido erguida no Ocidente, a comoção dos habitantes aumentava e muitos não conseguiam conter as lágrimas diante daquela visão tão aflitiva. Os infelizes eram a prova da inimaginável ferocidade dos inimigos, da atroz maldade dos bárbaros.

Os mandatários da cidade, dando-se conta do efeito devastador que a vista dos fugitivos tinha sobre a população, mandaram levá-los para a praça do mercado, perto do grande lago artificial, e acomodá-los sob os arcos para prestar-lhes os primeiros cuidados médicos e providenciar comida, água e roupas limpas. Cada um recebeu uma concha de louça com um número gravado e sortearam-se as famílias que iriam hospedá-los até que se encontrasse uma solução definitiva.

Dionísio aproximou-se de Aretes e disse:

— Agora estão seguros. A cidade é rica e poderosa, suas muralhas são as mais imponentes de toda a Sicília. Tenho uma pequena casa aqui perto, com uma horta e amendoeiras. Gostaria muito que tu e o menino aceitasseis a minha hospitalidade.

— Não queres esperar que seja feito o sorteio? — perguntou Aretes.

— Eu nunca espero — rebateu Dionísio. — A sorte é cega e eu nunca fico de olhos completamente fechados, nem mesmo quando durmo. Então, vais aceitar?

Aretes sorriu.

— Mostra o caminho — respondeu.

— Por aqui. Segue-me — e tomou aquele rumo segurando o cavalo pelas rédeas. Mas naquela mesma hora ouviram um grito:

— Krisse! — e viram uma mulher que corria ao encontro deles sem parar de chamar aquele nome.

O menino virou-se, soltou a mão de Aretes e saiu correndo para a mulher gritando:

— Mãe! — Abraçaram-se no meio da praça, entre as pessoas que olhavam comovidas.

— Não é a primeira vez que isto acontece — comentou Dionísio. — Algumas crianças têm a sorte de reencontrar a mãe ou o pai que consideravam perdidos, há quem reencontre o marido ou a mulher, ou algum irmão. E a felicidade deles é tão grande que os faz esquecer todo o resto que perderam.

— Quase lastimo — disse Aretes —, estava começando a me apegar a ele. E agora? Terei de ir para a tua casa sozinha? Poderei confiar?

— Claro que sim — respondeu Dionísio. — Tu és magra demais para os meus gostos.

Aretes não gostou nem um pouco daquela expressão tão rude, mas o sorriso zombeteiro e quase debochado de Dionísio não conseguia irritá-la. Longe disto. Além da personalidade, era provavelmente o aspecto dele que mais a fascinava: era mais alto do que a maioria dos homens, de cabeleira escura. Tinha olhos negros e reluzentes, como o mar à noite; a pele, bronzeada pela vida ao ar livre, esticava-se sobre músculos poderosos, de lutador, e deixava vislumbrar túrgidas veias azuladas nos braços e no dorso das mãos.

Aquele jovem tinha ajudado os concidadãos dela a se salvarem, tinha sido o primeiro a socorrê-los, e se tivesse dependido dele talvez Selinunte não tivesse sido destruída.

Selinunte... Até o nome parecia doce na extrema amargura do exílio, na perda de tudo aquilo que considerara seu e inalienável: a casa, a família, as brincadeiras infantis ainda tão presentes na memória, as amigas com as quais tantas vezes fora aos templos na acrópole, levando presentes aos deuses a fim de garantir prosperidade para a cidade e o seu povo. Lembrava-se da grande praça do mercado cheia de gente e mercadorias, os cortejos, os passeios no campo, as margens do rio aonde ia lavar a roupa com as amigas e pendurá-la ao sol, em seguida, para que ficasse perfumada no vento que cheirava a trigo e papoulas.

— Será que há perfume mais delicado do que o trigo florescendo? — disse de repente enquanto começavam a subir para a parte alta da cidade.

— Bobagem — respondeu Dionísio. — O trigo não dá flores.

— Claro que sim, quando ainda está verde, em maio. São muito pequenas, dentro da espiga, de cor branca leitosa, mas o cheiro é tão doce que se confunde com o próprio perfume da primavera. Sabes quando se costuma dizer "perfume de primavera" mas ainda é cedo para as rosas e as violetas já murcharam? Pois é, aquele é o cheiro das flores de trigo...

Dionísio olhou para ela, desta vez com uma atenção quase carinhosa.

— Sabes muita coisa, menina...

— Podes chamar-me de Aretes.

— Aretes... Onde foi que aprendeste?

— Olhando em volta. E agora mais do que nunca percebo o valor dos tesouros que nos cercam e dos quais nem nos damos conta. Como as flores do trigo... estás entendendo?

— Acho que sim. Estás cansada?

— Poderia deitar-me nestes seixos e cair no sono mais profundo.

— Então é melhor entrares logo. A minha casa é aquela ali.

Dionísio prendeu o cavalo numa argola pendurada na parede, abriu a pequena porteira de madeira e entrou num pátio sombreado por uma amendoeira e por uma romãzeira florida. Pegou a chave embaixo de uma pedra e abriu a porta. O interior era muito simples e austero: uma mesa com duas cadeiras, um banco de um lado, uma pia com um vaso de barro para a água do outro. No fundo, na parede oposta à entrada, havia uma escada de madeira que levava ao andar de cima. Mandou-a entrar no único quarto de dormir e agasalhou-a com uma colcha fina. Aretes adormeceu quase na mesma hora e Dionísio ficou algum tempo olhando para ela. Um relincho tirou-o daquela espécie de devaneio e ele desceu para cuidar do cavalo.

## II

Aretes acordou e por alguns momentos ficou em pânico ao não reconhecer o lugar onde se encontrava. O quarto estava mergulhado na semi-obscuridade e nenhum barulho podia ser ouvido do lado de fora. Levantou e foi abrir a janela que dava para o pequeno jardim interno. Viu a romãzeira e a amendoeira com suas folhas ainda tenras: reconheceu-as e então lembrou. Devia ter dormido por muitas horas pois já estava anoitecendo. Ficou aliviada ao ver uma bacia com água e uma veste limpa preparadas para ela. Lavou-se e trocou de roupa.

Havia uma escada com seis ou sete degraus de pedra que levava a uma espécie de cobertura. Começou a subir de pés descalços, sem fazer o menor barulho.

Quando chegou lá em cima viu-se diante de um espetáculo que a deixou pasma e comovida: Agrigento descortinava-se aos seus olhos enquanto as primeiras luzes começavam a acender-se nas casas. Mais acima, à direita, podia ver o Atenaion no topo da acrópole, com um fio de fumaça que provavelmente se elevava do altar. À esquerda, espalhados pela colina fronteira ao mar, os demais templos dos deuses: um justamente no cume, outro a meia altura, um terceiro mais além com o mesmo intervalo, com suas cores vivas, enfeitados com estátuas e estuques, com lindas plantas e jardins em torno. Para o ocidente, lá em baixo no vale, erguia-se a massa imponente e ainda inacabada de um templo como ela nunca vira antes, tão alto que dominava qualquer outra estrutura, com o epistílio sustentado por colossos de pedra com a altura de pelo menos doze pés e a fachada ornamentada com grandes grupos marmóreos, figuras heróicas enfrentando-se em titânicos embates.

Também podia ver a cerca das muralhas com as sentinelas que iam de um lado para o outro do passadiço e, além das muralhas, a planície que chegava até o mar, naquela altura já cor de ferro. Mais dois templos surgiam ao longe, para o ocidente, brancos de estuque e com molduras douradas nos frontões e nos acrotérios.

Dionísio estava sentado numa cadeira de braços e contemplava aquele mesmo espetáculo na última fraca luz do anoitecer. À direita, pendurada numa estaca do alpendre, estava a sua armadura; apoiados na mureta do parapeito, o escudo e a lança. Só estava vestindo a clâmide sobre o corpo nu e devia ter tomado banho porque, quando Aretes se aproximou, não sentiu nem um pouco o fedor do suor de cavalo que antes o tornava indistinguível, quanto ao cheiro, do seu corcel.

— A mais linda cidade dos mortais... — disse Dionísio sem se virar.

Aretes não conseguiu entender como ele pudera perceber a presença dela que chegara lá em cima no mais absoluto silêncio, mas achou que devia ter o hábito de manter os seus sentidos sempre tensos e alertas nas longas vigílias de guerra.

— Uma visão encantadora — respondeu enquanto continuava a vaguear com o olhar naquela paisagem de incrível beleza.

— Foi assim que Píndaro a chamou num dos seus poemas. Conheces Píndaro?

— Claro, embora não seja o meu preferido. Gosto mais da poesia lírica.

— Compôs esta ode para celebrar a vitória de Teron, senhor de Agrigento, na corrida dos carros em Olímpia, setenta anos atrás.

— Deve ter sido muito bem pago. É óbvio que não podia falar mal dela.

— Consideração um tanto tola, a tua. Nenhum dinheiro pode comprar a inspiração, e tu tens diante de ti uma vista sem igual, não só na Sicília, mas no mundo inteiro.

— Não deixas passar nada — disse a jovem com um tom resignado na voz. — Podes captar qualquer um que diga alguma bobagem na tua presença. E eu ainda tenho no coração o esplendor da minha pátria perdida... Será que podes entender isto? Eu vejo esta maravilha e fico logo pensando que no lugar da cidade que amava agora há somente um monte de ruínas.

— Mas não para sempre — respondeu Dionísio sem olhar para ela. — Voltaremos para reconstruí-la.

— Voltaremos? Tu não és de Selinunte, és de Siracusa...

— Eu sou siciliano... um grego da Sicília, como vós, como todos os demais, raça de bastardos filhos de gregos e de mulheres bárbaras. "Meio-bárbaros", como costumam dizer na chamada mãe-pátria. Mas vê bem o que conseguimos fazer, nós meio-bárbaros: olha aquele templo sustentado por um grupo de gigantes: é maior e mais alto do que o Partenon. Olha aquele lago artificial no fundo do vale que reflete as cores do céu bem no meio da cidade, e olha os pórticos, as estátuas, os monumentos. Os nossos atletas deixaram para trás os do continente. Os filhos de imigrantes já venceram em todas as competições de Olímpia. Conheces a história de Euenetos?

— O auriga, o campeão olímpico?

— Ele mesmo. Quando voltou à cidade depois de vencer a corrida dos carros, os jovens de Agrigento, para honrá-lo, foram recebê-lo com um cortejo de mil e duzentos carros. Mil e duzentos, estás entendendo? Dois mil e quatrocentos cavalos. Talvez a Grécia inteira nem disponha de mil e duzentos carros, atualmente. Aqui até monumentos eles fazem aos cavalos. Sepultam-nos em suntuosos sarcófagos, como heróis. Há um ali mesmo, com as colunas jônicas, estás vendo?

— Acho que sim... já não há muita luz. Mas fala-me daquele templo imenso, sustentado por gigantes.

— É o templo de Zeus Olímpico, e deve ficar pronto no próximo ano. Em um dos frontões há a Gigantomaquia. Zeus que vence os Gigantes que então são condenados a sustentar para sempre a arquitrave do seu templo. No outro está representada a queda de Tróia...

— Pelos deuses, por que escolheram um assunto tão triste para o tímpano? É uma história trágica...

— Eu sei — respondeu Dionísio. — Talvez para esconjurar um destino parecido, quem sabe. Ou talvez porque o pessoal daqui tem um sentido muito intenso da morte... justamente por amar a vida de forma excessiva, exagerada. Estás vendo? São um povo bastante estranho: levantam monumentos como se fossem viver para sempre e vivem como se cada dia fosse o último da sua existência... — Hesitou um momento e então acrescentou: — Não são palavras minhas. São de Empédocles, o maior filósofo deles.

— Palavras muito lindas, tocantes — disse Aretes. — Gostaria muito de vê-lo depois de ficar pronto.

— E verás, eu prometo. Irei buscar-te, se for necessário, não importa onde tu estiveres, e te mostrarei esta maravilha para que possas esquecer todo o sofrimento pelo qual passaste.

Aretes aproximou-se e procurou os seus olhos na escuridão.

— Irás buscar-me mesmo que eu seja magra demais?

— Sua boba... — disse Dionísio. — Sua bobinha... Claro que irei. Achas que salvei a tua vida para entregar-te a outro?

— Se a situação fosse diferente chegaria a pensar que estás brincando comigo, mas encontraste-me em condições tão miseráveis, viste-me tão perdida, sem vínculos afetivos, sem pátria e até sem lágrimas, que só podes estar dizendo a verdade. Assim sendo, portanto, porque ainda não me beijaste?

Dionísio levantou-se, apertou-a contra si e beijou-a. Aretes percebeu a nudez dele sob a leve clâmide e retraiu-se, mas logo disse:

— Gostei que tivesses feito isto. Quando te vi na garupa daquele cavalo negro, reluzindo em tua armadura como Aquiles, logo pensei na sorte da jovem que tu irias escolher. E também achei que teria sorte aquela que tu apenas beijasses. Não se pode querer tudo, na vida.

Dionísio meneou a cabeça.

— Tu falas demais, menina. Não estás com fome?

— Claro que sim. Mas não me parece educado falar a respeito.

— Vamos jantar, então. Fomos convidados.

— Convidados?

— Isso mesmo. Fomos convidados por um homem muito influente e rico desta cidade. Chama-se Telias, e tu poderás ficar com a mulher dele e as amigas.

— Falo demais porque se ficar calada acabo chorando.

— Estás respondendo com atraso e fora de propósito.

— Não é isso. Estou com medo de não dar uma boa impressão. Tento reagir, mas sou como alguém que faz um esforço desesperado para manter a cabeça fora da água para não se afogar. Não sei se poderei ser uma boa companhia nessas condições.

— Não podes ficar aqui sozinha, no escuro, seria pior ainda. Espera por mim lá embaixo. Vou me vestir e logo estarei contigo.

Aretes desceu as escadas e esperou no pequeno pátio prestando atenção nos ruídos da noite: os carros nos seixos da rua, as primeiras patrulhas rondando a cidade, as mães chamando as crianças. Mal teve tempo de enxugar as lágrimas e Dionísio já estava descendo as escadas.

— Telias era um amigo do meu pai — Dionísio foi logo explicando —, e quando meu pai morreu na grande guerra contra os atenienses, achou por bem cuidar da minha família. Eu sempre fui o preferido, no entanto. Talvez por ele não ter filhos e sempre ter desejado um filho homem. É um dos cidadãos mais abastados daqui, e uma vez que esta é a cidade mais rica do mundo, podes então imaginar a riqueza dele. Muitas vezes os ricos são uns porcos que só pensam em engordar cada vez mais. Ele é rico como um Creso e gordo como um leitão, mas é bom e generoso, um homem extraordinário. Só para teres uma idéia, certa vez estava em pé sob o pórtico da sua casa durante uma tempestade quando viu passar um esquadrão de cavalaria de Gela. Os pobres rapazes pareciam pintos molhados, tremendo de frio, e ele os chamou para tomarem alguma coisa e se esquentarem dentro de casa. Já pensaste? Um esquadrão inteiro de cavalaria. Mandou-os sentar e deu roupas secas a todos, e comida e bebida à vontade, até o tempo melhorar e eles retomarem viagem. — Dionísio sorriu ao lembrar-se da aparência física e da voz do amigo, e continuou: — Em uma outra ocasião a cidade o enviou a Régio como embaixador e ele teve de falar no teatro. Quando abriu a boca, no entanto, com o seu cacarejar de galinha choca, baixinho e gordo daquele jeito, um sujeito começou a rir e aí outro e depois o teatro inteiro. E sabes o que ele fez? Achas que ficou zangado? Que começou a esbravejar? Nada disso. Esperou que parassem e então disse: "Posso entender as suas risadas: não sou bonito nem imponente, e a minha voz tampouco é grande coisa. Mas precisam entender que lá de onde venho é assim mesmo que eles costumam fazer: os homens bonitos, bem plantados e eloqüentes são enviados como embaixadores para as cidades importantes, os baixinhos, gordos e com voz de gralha como eu, para as cidades de meia-tigela como a de vocês." Todos perderam a vontade de rir.

Aretes também achou graça e riu.

— Gostaria de conhecê-lo.

— Terás a oportunidade. É um anfitrião muito gentil. Mesmo com as mulheres. Mas fala somente se perguntada e, quando fores dispensada, dirige-te aos aposentos das mulheres. Mandarei chamar-te quando chegar a hora.

Naquela altura já tinham chegado à entrada da casa do anfitrião: um pórtico, depois uma porta de madeira que se abria numa parede branca de cal, ladeada por rosas trepadeiras que espalhavam em torno um perfume delicado no ar noturno. Um serviçal deixou-os entrar e conduziu-os ao átrio, onde Telias veio recebê-los.

— Dionísio, meu rapaz, fiquei preocupado quando soube que tinhas ido enfrentar todo o exército cartaginês com apenas cinqüenta homens.

— Sorte tua, que ainda tens vontade de brincar — respondeu Dionísio. — Se estivesses lá para ver o que eu vi, não acharias graça nenhuma.

Telias fez um sinal para os dois entrarem.

— Não me entende mal. Só queria dizer que te meteres numa aventura tão perigosa com apenas um punhado de homens foi uma loucura.

— Pelo menos pude ajudar os sobreviventes, levei-os por um caminho mais seguro, longe das estradas principais, onde poderiam ter tido surpresas desagradáveis.

— Eu sei, tu sempre fazes a escolha certa e acabas tendo razão. Quase chega a ser entediante. E esta suave pombinha? Muito bonita, embora um tanto magricela, se bem me lembro dos seus gostos. Onde foi que a encontraste? Não aqui em Agrigento, isto é claro. Qual seria o pai de família insano a ponto de deixar que a levasses a passear por aí, de noite, desse jeito? De qualquer maneira as suas longas melenas indicam que se trata de uma jovem de condição livre e...

— É de Selinunte — foi logo dizendo Dionísio.

Telias assumiu de repente uma expressão grave.

— Oh, pobre menina — disse baixando a cabeça —, pobre criança — guiou-os através do átrio iluminado por duas fileiras de candelabros de bronze, cada um com quatro lamparinas. — Nesta casa respeitamos as tradições — disse virando-se para Aretes — e, portanto, irás jantar com a minha mulher e as amigas: são pessoas simpáticas, tu vais gostar. Acenou para uma jovem criada que aparecera naquele momento com uma bandeja de pães. — Ela irá levar-te ao gineceu, no andar superior.

A criada deixou a bandeja numa mesa e aproximou-se de Telias que ciciou-lhe alguma coisa no ouvido. Quando ela desapareceu com Aretes escadas acima virou-se para Dionísio.

— Pedi que avisasse as mulheres para não incomodá-la com perguntas inoportunas. Deve ter passado por experiências inimagináveis.

— A família dela foi chacinada pelos bárbaros e, se porventura alguém tivesse conseguido sobreviver, agora teria inveja dos mortos.

— Foi tão terrível assim?

— Não cheguei a ver a cidade. Encontrei os fugitivos a uns dez estádios de distância, mas escutei os relatos deles. Nunca na vida ouvi falar de tantos horrores. Algumas das mulheres perderam completamente a razão. Lembro-me de uma, de uns trinta anos, que devia ter sido muito bonita. Reparei nela na primeira noite pois balançava a cabeça cantarolando baixo uma ladainha, sempre com a mesma voz monótona e os olhos perdidos no vazio. Continuou assim por horas a fio. No dia seguinte sentei-me diante dela para conversar, para convencê-la a comer alguma coisa, mas percebi que a mulher nem me via. Tinha as pupilas dilatadas e dentro daqueles olhos só havia um abismo de trevas. Ninguém conseguiu fazer com que comesse. Morrerá sem dúvida, se já não tiver morrido.

— Quantos conseguiram salvar-se?

— Não sei ao certo: entre dois e três mil, acredito, mas muitos ainda irão morrer, devido aos ferimentos e às torturas sofridas.

Um serviçal trouxe uma bandeja com uma jarra e derramou água nas mãos dos dois comensais entregando-lhes em seguida um pano de linho para se enxugarem. Mais serviçais serviram o jantar — pombos assados com maçãs silvestres, pão com gergelim e vinho tinto de Síbaris — e os dois homens começaram a comer sentados a uma só mesa colocada no chão entre eles. Telias mandava servir o jantar daquele jeito quando considerava o hóspede um amigo íntimo e muito querido.

— E agora, o que achas que vai acontecer? — perguntou.

— Os selinuntinos que sobraram querem voltar à cidade e vingar-se. Estão cheios de ódio e rancor, sedentos de vingança.

— E quanto a Siracusa?

— Siracusa é a maior potência da ilha. Terá de arcar com suas responsabilidades.

— Pelo menos por enquanto, não parece muito propensa a fazê-lo.

— Tu estás certo. Chegamos tarde demais, perdemos tempo com inúteis conversas. Essa é a democracia, não? Por outro lado ninguém podia esperar um ataque tão determinado e levado a cabo com tamanha fartura de recursos. A cidade só levou nove dias para ser vencida. Dá para entender? Só nove dias! Nunca aconteceu antes, que eu saiba.

— Pois é. Tróia levou dez anos... Mas atualmente as guerras são muito diferentes. Quem ganha, agora, são as máquinas, já não são os homens.

— Os fugitivos disseram-me que as torres de assalto eram pelo menos vinte pés mais altas do que as muralhas, e que chegaram desmontadas. Descarregaram dos navios as partes numeradas para montá-las em seguida diretamente onde iriam ser usadas. E havia aríetes com a cabeça de ferro, suspensos em armações de madeira e movidos por oscilação... — Dionísio parou de repente, ficou de pé e suspirou. — Há uma coisa que não te contei a respeito da jovem.

— Podes falar, se achares que mereço a tua confiança.

— Ela não é de Selinunte.
— Como assim?
— É a filha de Ermócrates.
— Não é possível!
— Mas é. Ela não sabe, mas eu a reconheci. Encontrei-a entre os fugitivos, quase morta de cansaço e privações.
— Por todos os deuses, só faltava isto! E o que estava fazendo em Selinunte?
— Já sabes o que aconteceu nesses últimos tempos em Siracusa. Ermócrates estava no comando da nossa frota no Egeu, apoiando os espartanos contra Atenas. Diocles, no entanto, conseguiu atiçar o povo contra ele dizendo que almejava o poder pessoal, que era um homem perigoso para a democracia e outras infâmias parecidas. Com a ajuda dos seus partidários espalhados por toda parte e bem posicionados dentro da Assembléia conseguiu torná-lo uma figura odiosa para todos, aproveitando o fato de ele estar longe e de não poder defender-se. Fez com que o povo olhasse para ele com desconfiança, e então conseguiu exonerá-lo com uma resolução da Assembléia. Naquela altura partiu um navio de guerra com a ordem de destituição e a intimação para voltar sem demora a fim de apresentar um relatório ao Conselho e responder às acusações que lhe eram movidas.
— E ele?
— Achou melhor fazer exatamente o contrário. Logo que leu a mensagem saiu para o mar com a sua unidade de combate e desde então ninguém sabe por onde anda.
— Estou começando a entender.
— Eu também, acho. Ermócrates deve ter percebido que a sua família corria perigo e através de algum amigo fiel providenciou a mudança da mulher e da filha para Selinunte, onde acredito que tinha pessoas em quem confiar. Não podia imaginar o que estava a ponto de acontecer.

Depois disso Dionísio voltou a sentar em silêncio. Entre os dois houve uma rápida mas significativa troca de olhares.

Telias teve a impressão de vislumbrar uma suspeita atroz nos olhos do seu hóspede.
— Não estarás pensando que...
— Que o governo siracusano atrasou de propósito os socorros para que a família de Ermócrates fosse aniquilada no massacre de Selinunte? Difícil dizer, mas pensando o pior nunca se erra. Não o excluo. Esses demagogos trapalhões são capazes de qualquer coisa, eu bem sei disto.
— Acho que isso já é exagero. Mas quanto a ti, o que pretendes fazer?

— Ainda não sei. Decidi ficar com a moça porque não confio em ninguém. Mas preciso voltar amanhã mesmo, e não posso levá-la comigo, embora eu gostasse. Se alguém a reconhecer, Aretes vai ficar em perigo. E eu também. Não quero que saibam o que penso a respeito, nem de que lado estou. Sou um bom guerreiro e eles precisam de mim. Por enquanto, para eles, isto deve ser suficiente...

— Certo. Mas depois?

— Também prefiro que ela não saiba que a reconheci.

— Por quê?

— Porque se achasse oportuno ela mesmo teria dito. Não confia o bastante em mim, pelo menos por enquanto, e não posso dizer que esteja errada. Está só, assustada. Qualquer um faria a mesma coisa no lugar dela.

— Continua.

— Tu estarias disposto a ficar com ela?

Telias pareceu hesitar.

— Por favor — insistiu Dionísio.

— Sim, claro. Tinhas alguma dúvida? É uma boa moça e sofreu muito. Ficaremos contentes em hospedá-la, se tu achares que vai sentir-se à vontade conosco.

Dionísio sorriu aliviado.

— Falei-lhe de ti. Disse que tu és gordo como um porco e rico como Creso, mas que apesar disto és uma boa pessoa... a melhor que conheço.

Telias sacudiu a cabeça meio constrangido e empurrou a bandeja para o hóspede.

— Come, deves estar esgotado.

Aretes jantou em companhia das mulheres da casa, que no começo evitaram qualquer pergunta acerca da sua desgraça, mas a chacina de Selinunte era um acontecimento tão enorme que não podia ser mantido fora nem daquelas paredes nem da conversa. A jovem procurou esquivar-se com umas poucas e lacônicas respostas ditas num tom que deixava bem claro que não considerava os fatos um bom assunto para conversas curiosas.

Uma das presentes, no entanto, não conseguiu conter-se.

— É verdade — perguntou em certa altura — que todas as mulheres foram violentadas? E, obviamente, na sua cruel curiosidade, queria dizer: "Tu também foste violentada?"

Aretes respondeu:

— As mulheres padeceram como todos, ou talvez mais ainda, pois viram morrer diante dos seus olhos os filhos e os maridos. As que não morreram voltam a viver os mais atrozes sofrimentos cada vez que se lembram ou que alguém faz com que se lembrem.

As mulheres calaram-se constrangidas e a dona da casa disse:

— Agora basta, amigas. Vamos deixá-la em paz. Precisa de tranqüilidade para recomeçar a viver. Imaginem só se tivesse sido vós a assistir a todas aquelas atrocidades.

Aretes procurou aliviar o clima pesado perguntando-lhes notícias acerca da cidade, se era verdade que sepultavam os cavalos vencedores de competições importantes em túmulos monumentais, e se também havia um cemitério para os pássaros que com seus gorjeios faziam companhia às damas nos gineceus.

— Só aconteceu uma ou duas vezes no máximo — respondeu a mulher de Telias —, e logo aparece alguém falando até de necrópoles para as cotovias. Apenas boatos sem fundamento, minha menina.

Depois do jantar Aretes foi levada de volta ao andar térreo onde Dionísio estava sozinho.

— Para onde foi o nosso anfitrião? — perguntou a jovem.

— Teve de sair um momento. Senta-te, por favor.

— Achei que íamos voltar para casa.

— Não — respondeu Dionísio. — Tu ficas aqui.

— Por quê?

— Porque amanhã, antes do alvorecer, partirei de volta para Siracusa e não posso levar-te comigo.

— Não preciso ir contigo. Voltarei sozinha.

— Nada disso. Não saberias por onde andar, nem como encontrar abrigo para a noite. Nenhuma mulher viaja a não ser que esteja acompanhada por algum parente. E Siracusa também é um lugar perigoso, neste momento. Tem paciência, voltarei logo que puder, eu prometo.

— E por que deverias fazer uma coisa dessas?

— Porque... porque se digo que vou voltar quero dizer que vou voltar... — respondeu ríspido.

— Quando?

— Logo que puder. Tu vais ficar bem, aqui nada te faltará e estarás segura...

Aretes baixou a cabeça em silêncio.

— ... E eu não precisarei ficar preocupado — acrescentou Dionísio.

Ao ouvir aquilo a jovem levantou-se e fitou-o nos olhos.

— Prometes que ficarás pelo menos longe dos perigos?

— Não.

— E me darás pelo menos um beijo antes de partir?

— Sim — respondeu Dionísio. Puxou-a para si e beijou-a na boca. Em seguida, sem esperar pela volta de Telias, abriu a porta e desapareceu.

## III

Dionísio levantou-se ao ouvir o galo cantar e pensou em Aretes. Aquela jovem amedrontada e altiva, terna e atrevida, e todavia de maneira frágil como um frasco de perfume, inspirava-lhe um sentimento que não queria admitir nem aceitar, uma admiração que o impressionara desde a primeira vez que a vira em Siracusa, no cortejo para a festa de Atena.

A filha de Ermócrates, o seu ídolo, o seu modelo. Nunca iria sequer olhar para ele, pensara então, ela, a filha de um aristocrata. Jamais poderia imaginar que chegaria o dia em que a própria sobrevivência da jovem iria depender dele. Sentia-se um tanto incomodado com a fato de ter ficado de algum modo enredado. E certamente não era por compaixão, embora num primeiro momento tivesse tentando convencer-se disto.

Na noite anterior havia descido para contemplá-la enquanto ela já estava profundamente adormecida. Ficara admirando-a por um bom tempo à luz da lamparina, perscrutando cada traço do seu rosto, cada onda do corpo leve como espuma, os pequenos pés encolhidos. Então voltara ao alpendre no terraço, a mirar o sol que descia para o mar.

Botou o pão no alforje, encheu com água fresca o cantil, aprontou o cavalo e dirigiu-se à praça do mercado segurando-o pela brida.

Os seus homens esperavam por ele, já prontos para a viagem. Estavam tomando o desjejum, jogando vez por outra pedacinhos de pão para os peixes criados no lago artificial. Partiram quase imediatamente e, depois de saírem pela porta oriental e descerem para o vale subjacente, viraram-se para contemplar o espetáculo maravilhoso dos raios matinais que, lá em cima, refletiam-se no templo de Atena antes de passar a iluminar, lentamente, a encosta da colina sagrada. As altas muralhas cercavam-na por todos os lados e milhares de mercenários ladeavam as tropas locais na defesa da poderosa cidade.

— Grande demais — disse Dionísio observando aquela maravilha.

— O quê? — perguntou Filisto que cavalgava ao seu lado.

— A cerca das muralhas é grande demais. Poderia ficar indefensável.

— Não fala bobagens! — exclamou Filisto. — Agrigento é inexpugnável. Alta demais para ser vencida por torres de assalto, e além disso é muito rica, capaz de providenciar qualquer meio para cuidar da própria defesa.

Dionísio olhou para ele sem parar de resmungar.

— Grande demais, grande demais...

Passaram ao lado do contingente siracusano que deveria ter socorrido Selinunte e que estava agora à espera de ordens que não chegavam, para então prosseguir a passo durante o dia todo. Marcharam por mais cinco dias e ao entardecer do sexto chegaram a avistar Siracusa. A cidade era como uma jóia encravada entre a terra e o mar. O coração dela, a Ortígia, encerrava a ilhota rochosa na qual haviam desembarcado os antepassados vindos do além-mar com um punhado de terra da pátria de origem e o fogo tirado do sacro braseiro que ardia na acrópole.

Os pais fundadores tinham escolhido um lugar perfeito seja para a defesa, seja para o comércio. A cidade, com efeito, tinha dois portos, um para o norte, o Lákios, onde soprava o Áfrico, e um para o sul, exposto ao Bóreas. De forma que jamais ficava isolada por causa do vento desfavorável e era quase impossível cercá-la.

Os próprios atenienses tinham aprendido isto pagando um alto preço e sofrendo uma decisiva derrota depois de inúmeras tentativas de vencê-la. Lá, atolados nos insalubres pântanos na foz do Anapo, haviam ficado durante meses a fio atormentados pelo calor, pelas febres e a disenteria, enquanto viam suas soberbas trirremes apodrecendo ancoradas. E Dionísio ainda se lembrava — não passava de um menino, naquela época — de quando os vira desfilar acorrentados até as terríveis latomias, as pedreiras onde iriam passar o resto da sua existência sem nunca mais ver a luz do sol. Marcaram-nos a fogo, na testa, um depois do outro, com a marca dos cavalos, para então deixá-los apodrecer naquela imensa caverna onde o barulho dos cinzéis ressoava ritmado, incessante, obsessivo, onde o ar era uma densa nuvem de poeira que cegava os olhos e queimava os pulmões.

Só haviam sido poupados aqueles que sabiam de cor os versos das *Troianas* de Eurípides, que glorificavam a paz. Que ninguém se atrevesse, então, a dizer que os Siracusanos eram rudes e ignorantes! E mesmo assim a cidade acabara copiando as instituições da odiada inimiga: dera a si mesma uma constituição democrática que reduzia drasticamente o poder político e a influência dos grandes latifundiários e dos nobres.

Enquanto se aproximavam podiam ver o dique que ligava a ilhota de Ortígia à terra firme, onde ia crescendo um novo bairro, e mais para cima, no Epípole — o planalto que dominava a cidade — uma série de postos de guarda que vigiava o interior.

Passaram ao lado da Fonte Aretusa, a nascente quase milagrosa que brotava a poucos passos do mar, farta de águas cristalinas, a fonte que permitira o nascimento da cidade e que os habitantes veneravam como uma divindade.

Dionísio deteve-se para beber, como quase sempre fazia ao voltar de viagem, e para molhar os olhos e a testa. Tinha a impressão, com este gesto, de deixar correr novamente no seu corpo a seiva vital que escorria nas vias ocultas e secretas da sua terra.

A pátria.

Amava-a com amor possessivo e ciumento, estava a par da sua história e das lendas desde o próprio dia da fundação, conhecia cada pedra, cada muro, os ruídos dissonantes do mercado e do porto, os cheiros intensos da terra e do mar. Poderia percorrer as ruas da cidade de cabo a rabo de olhos vendados sem tropeçar. Conhecia os maiorais e os mendigos, os guerreiros e os delatores de aluguel, os sacerdotes e as carpideiras, os artesãos e os ladrões, as prostitutas baratas e as mais requintadas heteras provenientes da Grécia e da Ásia. Porque sempre vivera no meio da rua, fora criado brincando nos becos com o irmão, Leptines, desafiando os bandos rivais a pedradas.

Pátria era isto tudo, para ele, uma unidade indivisível e não uma multidão de individualidades distintas com as quais dialogar ou discutir. E a pátria tinha de ser a maior, a mais forte e a mais poderosa do mundo: mais do que Esparta, que afinal os havia ajudado durante a grande guerra, mais do que Atenas, que continuava chorando pelos filhos tombados nos insalubres pântanos do Anapo e nas abrasadoras margens do Assinaro.

Enquanto avançava a passo segurando o cavalo pelas rédeas e respondendo com um aceno aos que o cumprimentavam sentia o sangue ferver em suas veias: estava furioso com aquilo que acontecera em Selinunte, algo que poderia ter sido evitado se Ermócrates estivesse presente, e estava indignado com o destino que Siracusa reservara ao seu valoroso almirante, tirando-lhe o cargo de maneira vergonhosa, forçando-o a fugir para longe para salvar a vida. E dali a pouco teria de fazer o seu relatório a Diocles, o principal culpado daquele ação indigna, o homem que, não fosse pela boa sorte que decidira protegê-la, também poderia ser responsável pela morte de Aretes.

Diocles recebeu-o juntamente com Filisto na sala do Conselho, na hora em que o mercado estava mais apinhado de gente. Estava a par da sua fidelidade a Ermócrates mas também sabia que era popular e amado devido à sua coragem temerária, à sua incansável dedicação, à impulsividade do caráter e ao espírito combativo que nunca dirigia contra os fracos mas sim contra os prepotentes e os prevaricadores. E além do mais as mulheres gostavam dele, e isto era uma coisa que também era bom não esquecer.

— Foi um massacre, não foi? — foi logo dizendo ao vê-lo entrar.

— A não ser por duas mil e seiscentas pessoas, todos os demais foram mortos ou escravizados. Os templos foram saqueados, as muralhas derrubadas e a cidade reduzida a escombros.

Diocles baixou a cabeça e por alguns momentos pareceu que a catástrofe lhe pesasse na alma e nos ombros.

Dionísio nada mais disse e nem precisava: bastava olhar para a sua expressão para entender o que pensava, e além do mais Filisto apertava o seu braço com força quase tentando manter sob controle as suas emoções.

Diocles suspirou.

— Tomamos as providências necessárias para que uma nossa embaixada se encontre com Aníbal de Guiskon o quanto antes.

— Estás querendo negociar? — perguntou Dionísio escandalizado.

— Vamos propor um resgate. Dá para comprar os escravos, não achas? E nós somos compradores como quaisquer outros. Mandei, aliás, oferecer uma quantia maior do que o preço de mercado para resgatar o maior número possível de pessoas. A embaixada já partiu para alcançar o cartaginês antes que saia de lá. Está sendo chefiada por Empédio.

— Um desmiolado! — desabafou Dionísio. Filisto afundou inutilmente as unhas no seu braço. — O bárbaro vai cuspir na cara dele e escorraçá-lo com um pontapé no traseiro.

— Tu conheces uma solução melhor? — perguntou Diocles irritado.

— Claro. Usamos o dinheiro para alistar mercenários, que são muito mais baratos. Caímos em cima dos cartagineses que não esperam por isto, matamos a maioria e vendemos os outros como escravos. Com este dinheiro podemos então indenizar os prisioneiros para que possam reconstruir suas casas e as muralhas da cidade.

— Tu falas como se fosse a coisa mais fácil do mundo.

— E é mesmo. Só é preciso ter coragem.

— Achas que só tu és corajoso?

— Só posso dizer que por lá só havia eu e os meus homens. A minha era a única unidade capaz de fazer alguma coisa.

— É inútil falar naquilo que já passou. Se a embaixada conseguir alguma coisa, isto já será um bom resultado.

— Depende do ponto de vista — interveio Filisto, que ainda não abrira a boca. — Espero não ficarmos de braços cruzados à espera de que aqueles bárbaros levem a cabo novas matanças. Se deixarmos que destruam uma depois da outra as cidades gregas, no fim acabaremos sozinhos e não haverá mais salvação.

— O nosso exército está de sobreaviso.

— Ainda bem — rebateu Dionísio. — E não venhas dizer, depois, que nós não avisamos. — Virou-se para Filisto: — Vamos embora, não creio que haja algo mais a dizer.

Saíram para a rua e dirigiram-se para a casa de Dionísio, na parte meridional de Ortígia. As ruas estreitas e sombreadas da cidade velha fervilhavam de gente e ressoavam no zumbido confuso da hora meridiana, quando todos estão ocupados cuidando dos seus negócios e no desempenho das suas atividades. A catástrofe de Selinunte parecia tão distante no tempo e no espaço quanto a queda de Tróia. Só a lembrança de Aretes continuava próxima e presente e Dionísio teria feito qualquer coisa só para poder vê-la por um momento.

Empédio alcançou Aníbal quando este estava acampado entre Selinunte e Segesta e pediu para ser recebido, coisa que conseguiu quase sem demora. Para chegar até ele Empédio e o intérprete foram levados através da área em que eram mantidos os prisioneiros e assistiram a cenas de tamanho desespero que ficaram totalmente transtornados. Pessoas que até poucos dias antes viviam livres em casas confortáveis, com roupas limpas e elegantes, jaziam agora entre os seus próprios excrementos e se alimentavam com os restos jogados para dentro do recinto como se eles fossem animais. Alguns gritavam soltando uivos estrídulos e palavras sem sentido. Outros tantos berravam ainda mais alto para que se calassem.

Os que percebiam aquele homem que passava escoltado por guardas e falava grego, começavam a correr ao longo do cercado lançando desesperadas invocações de socorro. Suplicavam-no em nome do todos os deuses para que tivesse compaixão deles, para que os libertasse daquela condição miserável. Ele respondia que estava lá para ajudar, que muito em breve voltariam a ser livres, e sentia encher a própria alma de orgulho e de satisfação enquanto falava, certo de que a sua missão iria ser coroada de sucesso. Os cartagineses eram mercadores, não guerreiros: nunca iriam deixar passar um bom negócio!

— Ânimo, minha gente — dizia. — Estou aqui justamente para libertar-vos. Vamos resgatar a todos, podeis ter certeza disto. O vosso sofrimento não vai demorar a acabar.

O comandante cartaginês já era um homem idoso, com mais de setenta anos, de cabelos e barba brancos, pele morena e gélidos olhos azuis. Alguma mãe bérbere das tribos do Atlas devia ter deixado a marca dela entre os seus antepassados. Recebeu-o com o intérprete na sua tenda: um pavilhão de lã branca sustentado por estacas de cedro, com o chão coberto de esteiras coloridas e tapetes da Numídia. Numa mesa havia um vasilhame de ouro que, pela aparência, devia provir dos templos saqueados de Selinunte.

Toda aquela ostentação, pensou Empédio, não era absolutamente um bom sinal, mas o embaixador fez mesmo assim a sua oferta em nome da cidade e do seu governo:

— Reconhecemos que os selinuntinos agiram errado uma vez que atacaram uma cidade que era sua aliada, mas achamos que já receberam o mais duro dos castigos. Estamos aqui para oferecer um resgate, pagando um terço a mais do que o preço de mercado, em prata e à vista.

Aníbal franziu a sobrancelha pensando na montanha de dinheiro que aquele homem podia gastar e o ouviu com atenção, sem que a expressão do seu rosto revelasse qualquer sentimento, para então replicar:

— O crime que os habitantes de Selinunte cometeram contra nós não merece qualquer indulgência. Desafiaram-me apesar de ter-lhes sido oferecida a possibilidade de render-se, e causaram muitas baixas no meu exército. É justo que vivam na escravidão o resto dos seus dias. Se no entanto entre estes prisioneiros houver porventura algum parente seu, farei com que seja libertado em sinal da minha boa vontade e disposição... como prova de hospitalidade e sem qualquer pagamento. Soube pelos meus informantes que um pequeno número conseguiu fugir. A eles, se quiserem voltar, concedo a possibilidade de reconstruir suas casas, de cultivar os campos e morar em sua cidade desde que paguem um tributo anual aos nossos cobradores. Estas decisões não podem ser objeto de qualquer negociação.

Depois disso dispensou o interlocutor.

Empédio afirmou que alguns dos prisioneiros eram seus parentes e conseguiu que fossem libertados: um jovem casal e os seus dois filhos foram os únicos entre os seis mil prisioneiros que ele pôde levar de volta a Siracusa. Apesar disto, mesmo um resultado tão modesto ainda conseguiu dar algum sentido à sua missão, e ele convenceu-se de que a embaixada não tinha sido totalmente em vão. No caminho de volta parou em Agrigento para relatar aos sobreviventes selinuntinos o resultado da missão e as condições impostas por Aníbal de Guiskon se por acaso quisessem voltar a morar na antiga cidade.

Ninguém aceitou e o ódio aumentou ainda mais depois que souberam do cruel sofrimento dos concidadãos e dos parentes, condenados à eterna escravidão e a todo tipo de humilhação e ofensa, e da incrível insolência com que o bárbaro recusara o resgate que afinal de contas deveria aceitar em nome do direito do povo e da vontade dos deuses.

Os chefes de família supérstites reuniram-se no templo das divindades *ctonias* — deuses sem rostos que presidem o mundo dos mortos e das trevas — e juraram que só iriam viver para se vingar, que quando chegasse a hora nenhum ser humano de sangue cartaginês iria ser poupado: nem homem, nem mulher, nem criança. Consagraram e dedicaram aos deuses do ínfero as cabeças dos seus inimigos mortais e jogaram em cima deles uma maldição inextinguível, um anátema que passaria de geração para geração até a erradicação daquela estirpe abominável.

Empédio voltou então a Siracusa para relatar a Diocles o que havia acontecido.

Enquanto isto Aníbal dirigiu-se para o Oriente e ficou logo claro que estava indo para Imera, a cidade onde setenta anos antes tombara o seu antepassado Amílcar. Levava consigo um exército de sessenta mil homens, ao qual se haviam juntado contingentes indígenas atraídos pelas promessas de despojos e escravos. O terror espalhou-se por toda parte e os imerenses prepararam-se para resistir até o fim. A triste sorte de Selinunte não deixava dúvidas quanto às intenções do inimigo e a única esperança ficava por conta do valor e das armas.

Em Siracusa o colégio dos estrategos, presidido por Diocles, decidiu enviar um corpo expedicionário para defender Imera: se ela caísse, com efeito, ninguém mais iria confiar nos siracusanos e as cidades dos gregos do Ocidente iriam ser varridas do mapa como se nunca tivessem existido.

Desta vez também, no entanto, os movimentos de Aníbal de Guiskon foram muito mais rápidos do que os do governo de Siracusa e antes de Diocles tomar uma decisão as tropas inimigas já estavam diante de Imera. Aníbal montou o acampamento em cima das colinas que dominavam a cidade para precaver-se contra eventuais saídas e lançou contra as muralhas as torres móveis, os aríetes e cerca de vinte mil homens das suas tropas de assalto reforçadas por um contingente de indígenas sículos e sicanos muito ferozes e combativos.

Imera para os gregos era um símbolo da terra natal e das colônias pois, setenta anos antes, enquanto os helenos do continente venciam os persas em Salamina, os da Sicília desbaratavam os cartagineses para logo depois derrotarem os etruscos nas águas de Cuma. Contou-se até que as três batalhas haviam sido travadas no mesmo dia, mês e ano, a enfatizar que os deuses haviam protegido os gregos em todas as frentes contra os bárbaros do Oriente e Ocidente. Para Aníbal de Guiskon, entretanto, aquela era uma cidade maldita. O seu avô Amílcar fora derrotado ali e se matara depois de ver o próprio exército aniquilado. Da alvorada ao entardecer, durante toda a duração da batalha, tinha sacrificado vítimas e mais vítimas para que os deuses lhe concedessem a vitória, mas quando ao pôr-do-sol viu as suas tropas sendo atropeladas e acossadas por todos os lados como animais em fuga, ele mesmo jogou-se na fogueira gritando invocações de vingança entre as chamas.

O pai de Aníbal, por sua vez, tinha sido vencido e em seguida condenado ao desterro. Ele era o terceiro da família a tentar a façanha e estava decidido a vingar os reveses e as humilhações dos antepassados e a resgatar a própria honra, e a deles.

Diocles só conseguiu juntar minguados quatro mil homens mesmo chamando de volta o contingente que mantinha em Agrigento e se pôs em marcha para socorrer Imera e livrá-la, se possível, do amargo destino de Selinunte.

Enquanto isto os cartagineses haviam encostado as torres com os aríetes em vários pontos das muralhas que martelavam sem parar do alvorecer ao crepúsculo, às vezes até durante a noite, mas sem conseguir destroçá-las como acontecera em Selinunte. Os imerenses, com efeito, construíram-nas com grandes blocos de pedra engatados uns aos outros tanto no sentido vertical quanto no horizontal.

Diante da inutilidade ou da precariedade da ação dos aríetes, os cartagineses recuaram e decidiram cavar uma galeria. Trabalharam noite e dia sem um só momento de descanso, revezando-se no trabalho até abrir uma mina que chegasse às muralhas, reforçando-a enquanto avançavam com cimbres de madeira de pinho tirado das montanhas em volta e impregnado de resina derretida. À noite, para não serem vistos pelos defensores, cavavam chaminés de ventilação, seja para dar ar aos mineiros, seja para acender o fogo quando chegasse a hora.

Quando terminaram, um pouco antes do alvorecer de uma noite de céu encoberto, um grupo de assalto penetrou na galeria até a extremidade oposta e incendiou os cimbres que logo pegaram fogo devido à madeira de que eram feitos e às substâncias incendiárias das quais estavam imbuídos. Do topo das muralhas as sentinelas viram toda uma série de olhos vermelhos acender-se na planície: eram os reflexos do fogo que ardia embaixo da terra, visíveis através dos dutos de ventilação, de onde logo a seguir levantaram-se violentos remoinhos de chamas, fumaça e turbilhões de faíscas que subiram ao céu espalhando na planície um acre cheiro de queimado. Não demorou para que os cimbres e as escoras virassem cinzas e um trecho das muralhas, ficando sem apoio, desmoronou ao chão com grande estrondo arrastando consigo um bom número de defensores que acabaram esmagados pelas grandes pedras.

Logo a seguir, antes mesmo de a grande nuvem de poeira e fumaça assentar, os clarins e os cornos de guerra tocaram e a infantaria líbia, maura e sícula do exército de Aníbal lançou-se ao ataque. O resto da tropa, enquanto isto, tomava posição para irromper na cidade logo que os soldados de assalto livrassem a passagem desbaratando quem tentasse resistir.

Mas aquela horda gritante mal teve tempo de chegar à beira da brecha que o vau já fervilhava de defensores. Nenhuma manobra passara inobservada, nenhum fato acontecera de forma inesperada, nenhum homem capaz de usar armas havia sido deixado para trás. As atrocidades cometidas pelos bárbaros em Selinunte haviam deixado uma marca tão profunda nos imerenses que eles não só estavam prontos a morrer todos antes de dar-se por vencidos como também se lançavam contra os assaltantes com uma violência e um ódio tão ardorosos que não deixavam dúvidas quanto à sua determinação.

Estavam na base da brecha antes mesmo de os atacantes chegarem e dispuseram-se na formação de falange, primeiro com uma fileira, depois com duas e finalmente com três com a chegada de novos combatentes, formando uma frente curva para impedir qualquer acesso à brecha. Aí, a um sinal dos seus comandantes, arremessaram-se à frente segurando com firmeza as lanças na horizontal enquanto atrás deles os homens e as mulheres na retaguarda começaram sem demora a consertar o desmoronamento trazendo toda espécie de materiais a fim de fechar a passagem aberta pela mina.

Tão tremendo foi o impacto e tão avassalador o ímpeto dos imerenses que os atacantes vacilaram e começaram a recuar. Diante disto Aníbal, que ainda mantinha as suas melhores tropas nas colinas, fez sinal para mandar reforços e as unidades já prontas na planície entraram na luta. A batalha durou horas a fio sem que nenhuma das partes cedesse um só palmo de terreno. Só a chegada da noite pôs termo ao combate. Os mercenários de Aníbal entrincheiraram-se na planície e os guerreiros de Imera voltaram à brecha e às suas famílias. Os mais idosos, que haviam ficado na reserva, postaram-se nos passadiços para vigiar e evitar que os bárbaros tentassem qualquer coisa durante a noite.

As mulheres também deram exemplos de extraordinário valor. Donas-de-casa e mocinhas que haviam trabalhado o dia todo levando armas para os defensores e carregando pedras para fechar a brecha, sem parar um só momento para beber ou comer, corriam agora para os seus homens que voltavam do campo de batalha, exaustos, cobertos de sangue e poeira. Ajudavam-nos a despir as armas, cuidavam deles de todas as formas possíveis trazendo de casa água quente, roupas limpas, vinho e comida para que se recobrassem. Mulheres, mães, filhas e namoradas mostravam a maior força de caráter e determinação aos seus bravos homens que haviam lutado com extraordinário valor, e deixavam bem claro que nada temiam, nem mesmo a morte, e que aliás preferiam-na à escravidão e à desonra. Enalteciam o valor dos homens, excitavam o orgulho deles, mostravam acreditar na vitória e na ajuda dos deuses assim como na coragem e na abnegação de toda a cidade. Aos filhos que ainda não tinham idade para lutar apontavam como exemplo o valor de pais e irmãos, ensinando que nenhum sacrifício era grande demais para defender a liberdade.

A noite, com a brisa do mar, trouxe algum alívio depois do intenso calor do dia; a escuridão e o silêncio, depois dos ofuscantes raios do sol e dos gritos da batalha, induziram muitos a se concederem algum descanso.

Ficaram de vigia os velhos, fracos demais para qualquer outra tarefa, angustiados demais para se darem ao luxo do sono. Reunidos sob os pórticos da ágora, lembravam as guerras que haviam travado quando jovens e os riscos que haviam corrido, procuravam pretextos para continuar a esperar ou as palavras mais convenientes para consolar aqueles que não tinham visto voltar um filho do campo de batalha. Alguns lembravam antigos casos de homens considerados mortos e que milagrosamente voltavam, deixando bem claro no entanto que na maior parte das vezes aquilo não acontecia; outros tentavam animar-se dizendo que afinal os reforços não demorariam a chegar.

O abafado murmúrio destas conversas foi interrompido pelo barulho de armas, por chamados no escuro, por uma repentina agitação. Cerraram instintivamente fileiras apoiando-se no muro, já se preparando para o pior, quando uma voz ressoou:

— Os reforços chegaram. Estamos salvos!

Os anciãos correram para o lugar de onde viera a voz e juntaram-se em volta de um rapazola de uns quinze anos transtornando-o com uma saraivada de perguntas:

— Os reforços?

— Quem?

— Quantos são?

— Quem está no comando?

— De onde vieram?

O rapaz levantou a mão pedindo calma.

— Por enquanto são apenas uns vinte homens...

— Vinte? Tu deves estar brincando...

— Mais ou menos vinte — confirmou o rapaz. — São chefiados por um oficial siracusano que atravessou as linhas inimigas. Disse que lá embaixo, em algum lugar da planície, há um exército de quatro mil homens sob o comando de Diocles. Está falando agora com os nossos comandantes.

Os velhos dirigiram-se logo para a porta oriental onde haviam sido acesas fogueiras para iluminar o local da brecha: os comandantes estavam reunidos em volta dos recém-chegados, guiados por um jovem armado somente de espada e punhal, de longos cabelos presos com um cadarço de couro, que aparentava pouco mais de vinte anos. Aproximaram-se para não perder uma palavra sequer daquilo que estava dizendo.

— Diocles tenciona entrar na cidade esta noite, às escondidas, para atacar inesperadamente o inimigo amanhã com as forças disponíveis.

— Entrar na cidade? — perguntou um dos oficiais. — E como achas que vai fazer isto?

— Os bárbaros estão quase todos no acampamento, com apenas algumas sentinelas de plantão onde estão ardendo aquelas fogueiras. Há uma duna correndo ao longo da costa bastante alta para esconder quem vem pela praia. Os nossos homens passarão por ali, mas vocês precisam mandar um contingente à porta ocidental a fim de presidiar a passagem enquanto estiver aberta. Se estiverem de acordo, podemos lançar o sinal agora mesmo. — Acenou para um dos seus homens que encostou no fogo uma flecha com um chumaço de estopa.

— Espera um momento — disse um dos comandantes imerenses. — Quem nos garante que não se trata de uma cilada?

— Eu — respondeu o jovem. — Porque ficarei aqui como refém junto com os meus homens.

— E quem é você? — perguntou outro oficial.

— Dionísio — respondeu o jovem —, filho de Ermócrito. E vamos agir. — Tirou o arco das mãos do arqueiro, acendeu a seta e disparou-a para cima.

Lá ao longe, no topo da duna, duas sentinelas viram o pequeno meteoro riscar o céu escuro e trocaram um olhar de assentimento.

— O sinal — disse uma delas. — Conseguiu mais uma vez. É melhor avisar logo o comandante.

# IV

Antes de o sol se pôr aparecera ao longe a esquadra siracusana formada por vinte e cinco trirremes. Haviam baixado as velas e avançavam com os remos, sinal que os comandantes estavam prontos para qualquer eventualidade.

Diocles estava acampado na praia, oculto pela duna costeira que separava o litoral do interior, e estava aprontando o contingente que trouxera consigo para socorrer os habitantes de Imera, sitiados. Mandou sinais aos navarcas para que ficassem prontos a intervir se isto se tornasse necessário, então esperou a chegada da noite antes de pôr os homens a caminho: uma palavra de ordem que passou de uma unidade para outra.

A coluna começou a desfilar ao longo da praia sem que os passos dos guerreiros de Siracusa, amortecidos pela areia molhada, fizessem qualquer ruído. Diocles ia à frente, liderando as companhias e os batalhões, com cada unidade acompanhando o seu comandante. As sentinelas ficaram agachadas atrás da crista da duna para ficar de olho na planície e certificar-se de que os bárbaros não percebiam a presença de um exército inteiro que marchava perto deles, em silêncio e no escuro, como que num desfile de fantasmas.

Quando já estavam chegando ao destino Diocles mandou na frente dois exploradores que se aproximaram da unidade de Imera que vigiava a porta setentrional. Antes que o comandante do posto lançasse o "quem está lá" foram logo avisando:

— Somos a vanguarda do exército siracusano.

— Que os deuses os abençoem — disse o comandante. — Achamos que nunca mais iam chegar.

O homem assobiou e o exército avançou em linhas de quatro homens pela porta setentrional, desta vez com passo ritmado, ecoando entre os muros e os pórticos com o ruído dos seus calçados ferrados. Logo que começaram a entrar espalhou-se a notícia da chegada dos reforços e os habitantes da cidade, saindo das casas, apinharam-se ao longo da rua que levava à ágora. Tão grande era a felicidade deles que tinham vontade de gritar e bater palmas para aqueles jovens que vinham arriscar a vida para ajudá-los mas ficaram em silêncio, cada um contando com ansiedade as fileiras que passavam. A esperança de salvação aumentava com cada unidade que se juntava aos que já desapareciam lá para cima, entre a colunata que dava acesso à praça principal.

— Três mil — disse um velho depois de a última fileira passar diante dele.

— Poucos — comentou outro, meio decepcionado.

— É verdade — respondeu o primeiro — mas são soldados de elite. Reparaste em como marcham? Parecem um só homem. Acho que quando cerram fileiras formam uma verdadeira parede, podes acreditar no que eu digo. Cada um deles vale por três.

— Espero que sim — respondeu o outro —, pois não creio que haverá mais reforços. — E depois disto afastou-se desaparecendo na escuridão.

Diocles conferenciou na ágora com os oficiais imerenses.

— Se não tiverdes objeções, assumirei o comando supremo — foi logo dizendo.

Ninguém falou.

— De quantos homens podeis dispor? — perguntou então Diocles.

— Sete mil — responderam-lhe. — Incluindo os rapazes de dezoito anos e os homens de cinqüenta.

— Com os nossos três mil chegamos a dez mil. O suficiente. Amanhã vamos sair em formação de combate. Frente de dois mil homens por cinco de profundidade. Um tanto esticada, mas deve dar conta. Nós ficaremos na primeira linha porque estamos mais descansados e nenhum dos nossos tem mais de trinta anos. Cada um deles está levando mantimentos para quatro dias: só vamos precisar de água, portanto.

O oficial imerense de mais alta patente tomou a palavra.

— Quero agradecer a vós e aos seus homens por terem vindo nos ajudar. Amanhã vamos mostrar-vos que não tereis motivo de vos arrepender.

— Tenho certeza disso — respondeu Diocles. — E agora vamos dormir. Atacaremos ao alvorecer, em silêncio, sem toques de clarim. Iremos acordá-los pessoalmente.

Os guerreiros deitaram-se sob os pórticos onde haviam sido espalhados fardos de palha e logo a seguir a cidade inteira voltou a mergulhar no silêncio. Diocles controlou para que todos estivessem providos do necessário e aí preparou-se ele mesmo para dormir.

Dionísio apareceu naquele momento, como que surgindo do nada.

— Nenhum problema, pelo que estou vendo.

— Isso mesmo — respondeu Diocles —, e amanhã vamos encerrar o caso com aqueles bárbaros lá na planície.

— Há mais nas colinas, não te esqueças — rebateu Dionísio.

— Sei muito bem, não precisas me lembrar.

— Melhor assim, então. Só não entendo toda essa pressa de atacar.

— Parece-me evidente. Quanto menos tempo ficarmos longe de casa, melhor para nós.

— A pressa não é uma boa conselheira. Eu teria procurado conhecer melhor a situação, a disposição das forças inimigas. Eventuais insídias.

— Tu não estás no comando.

— Infelizmente — respondeu Dionísio, e foi embora.

Como Diocles planejara, saíram ao alvorecer. Descansados e alimentados, marcharam por mais de um estádio antes de os cornos de guerra ecoarem no acampamento inimigo. Logo a seguir o exército púnico saiu em campo aberto: eram líbios em suas túnicas claras, a chapa de ferro no peito para proteger o coração, o capacete de bronze e o escudo pintado com as cores de cada tribo; os sículos com suas longas vestes de tosca lã cor do barro, os capacetes e os corpetes de couro; os sicanos com escudos de madeira adornados com as figuras dos seus animais totêmicos; os iberos, com as caneleiras de estanho trabalhadas em alto-relevo, as túnicas brancas de orlas vermelhas, os elmos de couro que desciam até os ombros, encimados por uma fina crista vermelha que lhes conferia o aspecto de criaturas quase mágicas; os baleáricos, que rodavam suas fundas fazendo-as sibilar no ar e os mauros da cavalaria, de pele escura e brilhosa, com suas fartas cabeleiras encarapinhadas. Cavalgavam em pêlo os fogosos corcéis do Atlas: seguravam finas azagaias e escudos de pele de zebra ou de antílope. Soldados e cavaleiros de muitas nações que estavam sob o comando de uns poucos oficiais cartagineses armados do jeito oriental, com elmos cônicos, pesadas couraças de couro pintadas com cores vistosas, túnicas verde e ocre orladas de vermelho e amarelo.

Todos estes guerreiros, provavelmente, ainda não tinham comido coisa alguma mas gritavam como possessos, pulavam levantando as armas com gestos ameaçadores e percebia-se que a agitação aumentava com o engrossar das fileiras: era a maneira de eles vencerem o medo que toma conta dos combatentes quando chega a hora do ataque; tentavam encher de ferocidade o estômago vazio antes do embate.

Os gregos, por sua vez, marchavam no mais absoluto silêncio e em perfeita formação. Quando o sol raiou os seus escudos polidos como espelhos reluziram com um clarão ofuscante e a terra tremeu sob o seu passo cadenciado.

Os baleáricos tentaram um arremesso com suas fundas mortíferas mas a chuvarada de pedras só conseguiu ricochetear sem efeito na parede de escudos, e naquela altura a distância já ficara curta demais para o arremesso dos arqueiros pois entrementes a falange grega recebera a ordem de Diocles para cobrir correndo o breve espaço que separava as formações. As duas frentes chocaram-se com grande violência e os berros dos mercenários púnicos logo se transformaram em gritos de agonia. A pressão dos homens que vinham de trás havia empurrado os soldados da primeira linha, principalmente líbios, sículos e mauros, contra as lanças dos gregos, que haviam trespassado muitos enquanto as armas leves dos mercenários de quase nada adiantavam contra as espessas armaduras metálicas dos adversários.

Dionísio, postado na ala esquerda com os soldados da sua Companhia, matou logo de saída com um golpe de lança um chefe dos mauros que ficara na sua frente — um berbere do Atlas de cabelo arruivado e olhos de um azul cintilante — e feriu mortalmente o companheiro dele que se lançara adiante para vingá-lo. Embora as forças que estavam enfrentando já dessem sinais de fraqueza, continuava gritando aos seus homens: — Mantenham a formação! Não saiam das fileiras! — e batia com a lança nos escudos dos que avançavam demais para que voltassem à formação compacta.

A resistência do exército púnico, que esperava enfrentar homens cansados e desesperados, esmoreceu no longo embate com os hoplitas siracusanos, firmes como rochas, e quando o comandante deles tombou e foi pisoteado sob os calçados dos inimigos os cartagineses fugiram em debandada.

Já confiando na vitória Diocles lançou os seus homens em perseguição sem mais cuidar da solidez da formação. Principalmente os imerenses, que a cada inimigo morto viam aumentar a esperança de sobrevivência da sua cidade, entregaram-se à matança sem mais se importar com a disciplina. Ébrios de sangue não perceberam que Aníbal de Guiskon lançara as suas tropas colina abaixo contra o flanco direito deles.

Dionísio, no entanto, deu-se conta da manobra e mandou o corneteiro dar o toque de retirada. Diocles, que já via ao seu alcance a conquista do acampamento inimigo, correu para ele furibundo gritando:

— Quem te deu a permissão de dar o toque de retirada? Mandarei prender-te por insubordinação, farei com que...

Dionísio não deixou que terminasse a frase: acertou-o com um soco bem no meio da cara fazendo-o desmoronar ao chão, aí apontou com a espada para a garganta do corneteiro que tinha parado de soprar no seu instrumento e ordenou, calmo:

— Toque.

O clarim recomeçou a dar o sinal de retirada e mais corneteiros se juntaram ao primeiro. Os guerreiros procuraram recompor a formação juntando-se sob as insígnias que Dionísio mandara erguer no meio do campo, protegidas pelos membros da sua Companhia, mas muitos foram cercados e chacinados antes de voltarem à segurança das fileiras. O próprio Diocles, percebendo o desastre, fez o possível para salvar o que ainda podia ser salvo, e em uma hora conseguiu reconstituir a falange e recuar para a cidade.

Os imerenses, que num primeiro momento haviam exultado já festejando a vitória, assistiram então, impotentes das torres e das muralhas, à cilada de Aníbal e ao massacre de tantos dos seus filhos. Quando o exército entrou novamente na cidade através da porta oriental repetiu-se o triste espetáculo que sempre acompanha a volta dos soldados do campo de batalha: pais, mães, mulheres e noivas apinhavam-se ao longo do caminho tentando ansiosamente reconhecer os seus entes queridos. E era terrível ver a esperança apagar-se naqueles rostos enquanto os sobreviventes desfilavam sem elmo para serem reconhecidos, o desespero de uns em contraste com a felicidade de outros que viam um filho ou um marido incólume.

Os comandantes de batalhão fizeram a chamada na ágora e os magistrados da cidade acabaram contando três mil baixas no campo de batalha. A fina flor da sua juventude havia sido ceifada e os corpos dos seus rapazes jaziam na planície à mercê dos bárbaros e dos cães. A cada nome chamado sem resposta acompanhava-se um grito de dor, com o pranto das mães aumentando até tornar-se um lúgubre coro. Em muitos casos tanto o pai quanto os filhos estavam desaparecidos e famílias inteiras ficavam para sempre sem possibilidade de descendência. Trezentos e cinqüenta homens do corpo expedicionário de Siracusa também não responderam à chamada.

Dionísio ofereceu-se como voluntário para tratar da restituição dos prisioneiros, se porventura houvesse, e a trégua para cuidar dos mortos. Apesar do ódio que sentia por ele, Diocles teve de reconhecer a sua coragem e concordou com a missão.

Saiu pela porta oriental entre dois magistrados a cavalo, sem elmo e sem armas mas vestindo a couraça e as caneleiras, e avançou até o lugar em que Aníbal de Guiskon mandara erguer um pavilhão no meio da planície e onde, sentado numa espécie de trono, distribuía recompensas àqueles, entre os seus mercenários, que mais se haviam sobressaído no combate.

O general cartaginês recebeu-o com evidente desdém e antes mesmo de deixá-lo falar mandou o intérprete dizer que não iria aceitar qualquer tipo de trégua, que estava lá para vingar a memória do seu antepassado Amílcar e que não sossegaria até tirar da face da terra a estirpe dos imerenses.

Dionísio chegou o mais perto possível e, apontando com a mão para o campo de batalha, disse:

— Lá, no meio daqueles mortos, também jazem quatro amigos meus, membros da minha Companhia. É meu dever recuperar os seus corpos: é a jura que nos liga. Se me concederes pelo menos isto, pouparei a tua vida quando chegar a hora.

Aníbal ficou cada vez mais incrédulo ao ouvir a tradução do intérprete.

— Tu ... tu vais poupar-me a vida? — exclamou dando uma sonora gargalhada.

— É o que farei — confirmou Dionísio sem pestanejar.

— Sinto muito — respondeu — mas não haverá exceções. Fica satisfeito com o fato de poderes voltar são e salvo à cidade. Quero que tu mesmo lhes conte o que está esperando por eles.

— Neste caso — rebateu Dionísio — fica sabendo que estás a caminho de um fim vergonhoso. Quem não tem pena dos mortos não merece a compaixão dos vivos. Adeus.

Montou no cavalo e voltou para informar o resultado infeliz da missão.

Encontrou a cidade agitada e entregue ao maior rebuliço. Houve até quem praguejasse contra ele berrando:

— Traidores! Covardes!

— Mas do que estão falando? — perguntou Dionísio aos dois magistrados que o acompanhavam. Eles só puderam dar de ombros pois tampouco sabiam explicar aquele comportamento.

— Não liga para eles — disse um transeunte. — Perderam a cabeça. A guerra é uma coisa terrível.

Dionísio não respondeu mas tinha certeza de que alguma coisa estranha devia ter acontecido e o confirmou ao chegar ao quartel general, nos arredores da ágora. Os comandantes imerenses estavam naquela mesma hora saindo de lá, praguejando furiosos.

— O que aconteceu? Falai logo! — disse Dionísio.

— Pergunta ao teu comandante! — respondeu um deles dando-lhe as costas. De tão transtornados que estavam nem chegaram a perguntar a respeito do êxito da sua missão.

Encontrou Diocles cercado pelos anciãos da cidade que se apinhavam em volta dele berrando e implorando.

— O que está havendo aqui? — perguntou Dionísio em voz alta. — Alguém pode me dizer o que está acontecendo?

A gritaria acalmou-se um pouco; um dos velhos aproximou-se reconhecendo-o e disse:

— O teu comandante ordenou a evacuação da cidade.

— O quê? — exclamou Dionísio pasmo. — O que foi que disseste?

— Tu ouviste — interveio Diocles. — Vamos evacuar a cidade.

— Estás louco. Não podemos fazer uma coisa dessas.

— Sou o seu comandante e exijo respeito! — Diocles berrou descontrolado.

Via-se perfeitamente na sua face direita o inchaço do soco que recebera naquela mesma manhã.

— O respeito não se exige, é preciso merecê-lo — replicou Dionísio. — Essa gente lutou com coragem sobre-humana: merece o nosso apoio e o sucesso ainda está ao nosso alcance. Aníbal teve pelo menos o dobro das nossas baixas. Podemos mandar desembarcar os soldados da marinha e...

— Tu não entendeste: a frota de Aníbal está se dirigindo para Siracusa. Precisamos voltar imediatamente depois de deixar em segurança o maior número possível de pessoas.

Dionísio fitou-o com expressão incrédula.

— Quem te informou isto? Quem foi?

Diocles pareceu ter um momento de hesitação antes de responder.

— Alguém chegou enquanto tu não estavas.

— Alguém? O que quer dizer "alguém"? Estiveste com ele? Entrevistaste-o pessoalmente? Tu o conheces? Alguém mais o conhece na cidade?

Diocles reagiu àquela saraivada de perguntas.

— Não tenho de prestar contas das minhas decisões. Tu não passas de um oficial subalterno — gritou — e só precisas acatar as minhas ordens.

Dionísio chegou mais perto.

— É verdade, sou apenas um subalterno agora, aqui, em tempo de guerra e com a lei de guerra, mas quando chegarmos a Siracusa volto a ser um cidadão: e enquanto tu podes me acusar de ter-te dado um soco na cara, eu posso fazer com que a Assembléia te indicie por traição. E podes ter certeza de que todos os amigos da Companhia irão apoiar a acusação.

Diocles mal conseguiu controlar a raiva.

— A cidade é indefensável, não entendes? Perdemos um terço das nossas forças e é perfeitamente verossímil que a frota de Aníbal esteja de fato navegando para Siracusa neste momento, aproveitando a nossa ausência. Todo mundo está dizendo isto e deve ser verdade.

— Estás assumindo uma enorme responsabilidade — respondeu Dionísio. — A sorte desta cidade e o sangue deste povo cairão em cima dos teus ombros. — Virou-se e já estava indo embora quando Diocles o deteve.

— Espera. Fica aí, estou te dizendo! E vós também escutai. Chamai de volta os vossos comandantes, convencei-os a ouvir o meu plano. Ireis entender que é a única coisa sensata que podemos fazer.

Levou horas antes que os comandantes imerenses se convencessem a voltar. Dionísio e os demais oficiais siracusanos também estavam presentes e Diocles começou a falar.

— Posso imaginar como vos sentis. Sei que jurastes defender a cidade até o fim mas por favor me escutai, eu vos peço: do que adiantaria o vosso sacrifício? Para que imolar vossas vidas se isto não servir para evitar a morte e a escravidão das vossas mulheres, dos vossos filhos? Haverá alguma satisfação em morrer sabendo que eles ficarão à mercê de um inimigo cruel? Ouvi então o meu plano, um plano que compreende três estágios. Esta noite teremos a lua nova: aproveitaremos a escuridão para embarcar mulheres e crianças na frota e levar todos ao território de Messina, onde ficarão em segurança, sob a proteção de uma unidade de infantaria da marinha.

"Segundo estágio: outro grupo irá conosco por terra para Siracusa, passando pela duna costeira que nos protegeu quando aqui chegamos.

"Terceiro estágio: a frota voltará antes do alvorecer a fim de embarcar os que ainda ficaram. Se alguém porventura não encontrar lugar nos navios deverá espalhar-se pelos campos para em seguida juntar-se a nós em Siracusa, onde será recebido com prazer. Quando Aníbal ordenar o ataque, encontrará a cidade vazia."

Um silêncio de morte baixou na sala do Conselho e ninguém se atreveu a falar: só pensar em abandonar a cidade em que haviam nascido e sido criados era para eles um castigo pior do que a morte. A certa altura um dos presentes levantou-se e falou em nome de todos.

— Escute aqui, siracusano. Decidimos resistir a qualquer custo porque aquele bárbaro lá fora é um animal sedento de sangue que decidiu nos exterminar por culpas que não temos. Preparamo-nos a lutar porque vocês prometeram nos ajudar, no entanto agora estão pedindo que nos rendamos, cientes de que sozinhos jamais poderemos resistir. Esse seu plano é uma loucura e você bem sabe disto. As suas vinte e cinco trirremes lá fora não são certamente navios de carga. São barcos de guerra. Como achas que vai poder transportar tantas pessoas? Sabes muito bem que muitos ficarão aqui indefesos, sujeitos a uma morte horrível. Estamos portanto pedindo que penses melhor e que fiques com teus soldados para lutar ao nosso lado. Consertaremos a brecha e lutaremos até a última gota de sangue e suor. Não irás se arrepender, se ficares. Imploramos que fique. Não nos abandonem, em nome dos deuses!

— Sinto muito — respondeu Diocles — a cidade é indefensável. Voltai para as vossas casas, reuni as mulheres e as crianças. Não temos muito tempo: já está entardecendo.

— Traidores! — gritou uma voz.

— Covardes! — gritou outra.

Mas Diocles não reagiu e afastou-se rumo à porta oriental. Dionísio sentia aquelas invectivas queimar como fogo na sua pele mas não pôde dizer nem fazer coisa alguma.

Logo que escureceu o triste êxodo teve início. As mulheres custavam a soltar-se do abraço dos maridos, as crianças invocavam o nome do pai chorando desesperadas e foram levadas a embarcar quase à força. Dionísio foi encarregado de levar o grupo lamuriento até a praia e acomodá-lo dentro dos navios. O resto do exército siracusano, escoltando cerca de mil pessoas, pegou o caminho atrás da duna costeira tentando afastar-se o máximo possível das muralhas da cidade inapelavelmente condenada. Os soldados marchavam em silêncio de forma que puderam ouvir durante a noite inteira o pranto comedido e pungente das mulheres e das crianças que abandonavam as suas casas.

A frota chegou finalmente no território de Messina por volta da terceira hora da noite. Dionísio mandou desembarcar os fugitivos junto com uns cinqüenta dos seus soldados com a ordem de escoltá-los até Messina. Com poucos outros decidiu voltar o mais rápido possível, amiúde ajudando pessoalmente os remadores para chegar a Imera antes de o sol nascer.

Infelizmente um vento de poente atrasou a volta deles, apesar do imenso esforço das tripulações, e quando chegaram a avistar Imera tiveram de assistir impotentes a um espetáculo pavoroso.

Aníbal, no maior segredo, mandara cavar uma segunda mina que fez desmoronar um amplo setor das muralhas bem diante dos olhos dos marinheiros siracusanos que se aproximavam naquela hora da baía. Os mercenários púnicos enxamearam então dentro da cidade estraçalhando todos aqueles que encontravam e capturando muitos outros.

Dionísio correu transtornado para o navarca sentado na popa da capitânia em que se encontrava.

— Rápido, vamos acostar — disse — os bárbaros devem estar espalhados e só pensando no saque. Se desembarcarmos todos os homens de que dispomos e cairmos em cima deles em formação unida enquanto não esperam podemos mudar por completo a situação e...

O navarca interrompeu-o com um gesto.

— Nem pensa nisso: as ordens são de levar a salvo a população e depois voltar o quanto antes a Siracusa, e não de travar combate. E aqui, infelizmente, não há mais ninguém para salvar. Estão perdidos, não há nada que possamos fazer por eles. — Virou-se para o timoneiro. — Proa a oriente. Levantar velas — ordenou. — Vamos rumar para os estreitos.

A grande trirreme deu uma ampla volta para o norte antes de seguir para Messina, com as demais que a acompanharam uma depois da outra desfilando pelo litoral. Os soldados embarcados procuraram desviar o olhar mas o vento trouxe igualmente até os seus ouvidos os gritos amortecidos pela distância da cidade aflita.

Os prisioneiros, num total de três mil, foram metodicamente torturados um depois do outro sem distinção de sexo ou de idade e depois degolados na pedra na qual contavam que havia morrido Amílcar, o general cartaginês. As muralhas foram derrubadas, a cidade destruída, e o templo da Vitória, erguido para lembrar a grande batalha vencida setenta e dois anos antes contra o exército de Cartago, foi completamente arrasado.

Imera pereceu duzentos e trinta e nove anos depois da sua fundação. Finalmente, já farto de vingança e satisfeito com a vitória, Aníbal de Guiskon voltou a Palermo carregado de despojos para embarcar nos navios que o levariam de volta à pátria. A ameaça da frota cartaginesa a Siracusa nunca existira, a não ser na imaginação e no desleixo do alto comando que já deixara perecer Selinunte abrindo caminho para que o bárbaro penetrasse no coração da Sicília.

Filisto parou de ditar e o escrivão guardou o cálamo no estojo. — Por hoje chega — disse. — Já contamos coisas tristes demais.

O serviçal fez uma mesura e saiu da sala. Filisto pegou o rolo de papiro ainda fresco de tinta e deixou o olhar correr pelas poucas linhas que resumiam o martírio de uma das mais lindas e gloriosas cidades do Ocidente grego. Suspirou e passou uma mão na testa quase a deter a força destrutiva daquelas imagens. Pela janela podia ver um navio de guerra entrando no porto setentrional e os marinheiros que logo a seguir jogavam um cabo de amarração. O sol baixava no horizonte fazendo rebrilhar os acrotérios do templo de Atena na Ortígia e os chamados das gaivotas confundiam-se com os das andorinhas que voltavam aos seus ninhos nos telhados do grande santuário.

Chamou um criado.

— Corre ao porto e procura saber das novidades trazidas pelo navio que acabou de chegar. Depois volta logo para me contar.

O serviçal saiu sem demora e Filisto continuou andando de um lado para o outro do aposento, pensando no que poderia ter acontecido com Dionísio, do qual nada mais soubera havia muito tempo. A notícia do massacre de Imera tinha transtornado a cidade e a chegada de Diocles com milhares de fugitivos, que se juntavam aos sobreviventes de Selinunte que apinhavam Agrigento, deixara no ar uma difusa sensação opressora de aflição. Até uns poucos meses antes, Cartago era para eles apenas uma cidade longínqua que mantinha uma pequena base numa pequena ilha da Sicília ocidental. Agora era uma presença ameaçadora e concreta, um monstro que engolia as cidades gregas uma depois da outra aniquilando populações inteiras.

Além disso, o fato de Diocles ter deixado sem sepultura os corpos dos guerreiros siracusanos e aliados perto das muralhas de Imera tinha sido motivo de profundo pesar e aflição para centenas de famílias na cidade onde quase todos se conheciam.

Também eram muitos os desaparecidos e Filisto se perguntava se Dionísio seria um deles. Era um dos guerreiros mais fortes e temerários, sempre o primeiro a cruzar armas com o adversário e o último a sair do campo de batalha, e os homens como ele eram os mais expostos aos reveses da sorte.

O criado voltou quando o sol já desaparecera atrás das colinas, trazendo uma mensagem importante.

— Um dos oficiais embarcados na trirreme faz parte da Companhia e precisa encontrar-te em particular sob o pórtico do templo de Apolo na hora da primeira troca da guarda.

— E o que foi que tu respondeste? — perguntou Filisto.

— Conhecendo o senhor, meu amo, disse que tu estarias lá ou que pelo menos mandar-me-ia marcar novo encontro.

— Ótimo, sabia que podia confiar em ti. Traze-me logo a capa e depois podes ir jantar na cozinha.

— Não queres que o acompanhe com a lanterna, meu senhor? Já está ficando escuro.

— Não, não precisa. A luz da lua já basta.

Encaminhou-se para o encontro logo que ouviu o toque do clarim anunciando das muralhas a primeira troca da guarda, passou pelo dique que ligava a Ortígia à terra firme e adentrou as ruelas escuras e estreitas da cidade velha. Ao chegar perto da esplanada diante do templo perscrutou o pórtico mas não viu vivalma. Esperou mais um pouco antes de revelar a sua presença, então atravessou a praça quase deserta e subiu a escadaria que levava ao pórtico interior.

Quase na mesma hora um homem apareceu de trás de uma coluna e foi ao seu encontro.

— Filisto? — perguntou.

— Eu mesmo. E quem és tu?

— O meu nome é Cabria. Pertenço à Companhia e conheço Dionísio — respondeu o homem, mostrando o pulso encerrado numa pulseira de couro gravada com a figura de um golfinho.

Filisto levantou a manga da túnica e mostrou outra igual.

— Tenho uma mensagem de Dionísio — acrescentou Cabria.

— Estou ouvindo.

— Manda dizer que está são e salvo mas que teria preferido morrer antes de assistir a uma atrocidade como aquela.

— Posso entender. Mais alguma coisa?

— Está em Messina. Não tenciona voltar a Siracusa e pede a tua ajuda.

— Podes falar.

— Precisa de dinheiro...

— Já imaginava, e trouxe comigo — disse Filisto mostrando a bolsa pendurada na cintura.

— E também gostaria que tu mandasses entregar esta carta a uma jovem chamada Aretes que está em Agrigento, hóspede de Telias — continuou o homem entregando um pequeno estojo de couro.

— Irá recebê-la dentro de três dias no máximo.

— Se a jovem decidir ficar em Agrigento, então tu poderás voltar para casa e esquecer o assunto. Mas se ao contrário ela achar melhor viajar, Dionísio pede que em nome da antiga amizade tu lhe forneças uma escolta para que não corra riscos desnecessários.

— Diga-lhe que pode ficar tranqüilo: cuidarei de tudo pessoalmente. — Entregou o dinheiro e virou-se para ir embora.

— Há mais uma coisa — avisou o homem acenando para que chegasse mais perto.

— Estou ouvindo — disse Filisto num cochicho, já um tanto apreensivo.

— Ermócrates desembarcou em Messina com dez navios de guerra e algumas centenas de mercenários.

— Estás falando sério? — perguntou Filisto incrédulo.

— É a pura verdade, e é por isto que Dionísio não quer voltar. Tu precisas avisar os membros da Companhia para que permaneçam de prontidão. Até recorrer às armas, se for necessário.

— Até recorrer às armas — repetiu Filisto e pensou no grande número de jovens daquela sociedade secreta que só esperavam chegar a hora certa para lutar ao lado de Dionísio. — Ouve... — foi então dizendo, mas o homem que afirmara chamar-se Cabria já havia desaparecido.

# V

Dionísio a Aretes, salve!

Não é possível descrever o que vi e ouvi nestes últimos tempos. Em parte receberás o relato da pessoa que te entregar esta carta e conhecerás o resto, espero, pelas minhas próprias palavras. Fica sabendo, de todo modo, que jamais na vida tive de assistir a tamanho horror e de sofrer tão grande humilhação. O desastre de Selinunte, que tu presenciaste, repetiu-se de forma ainda mais pavorosa e cruel na queda e destruição de Imera.

No meio de tanta desgraça e vergonha só há um motivo para ainda cultivar a esperança: navios e homens estão se reunindo em Messina, todos aqueles realmente determinados a vingar as chacinas perpetradas pelos bárbaros. Eu me juntei a esses homens com um grupo escolhido da Companhia e me ofereci como voluntário para qualquer missão que porventura decidam entregar-me.

Sei que dessa maneira excluo qualquer possibilidade de me afirmar na minha cidade, de ter sucesso como homem público ou como mero cidadão, mas mesmo assim peço que te juntes a mim, que entrelaces o teu destino ao meu: que te tornes minha esposa. Como já disse, só tenho a mim mesmo para oferecer, e acredito que uma mulher sábia recusaria a oferta de um homem como eu, sem posses e sem perspectivas, a não ser talvez a de tornar-se um bandido e um exilado. Mas espero que tu não te mostres sábia e que portanto te ponhas a caminho para juntar-te a mim em Messina. A pessoa que te entregou esta carta está disposta a tornar a tua transferência quanto mais confortável e segura possível, considerando as circunstâncias.

Se porém decidires não aceitar a minha proposta, poderei entender, e de forma alguma tu terás de sentir-te devedora de alguma coisa para comigo.

O que fiz por ti, tê-lo-ia feito por qualquer outra pessoa que eu encontrasse nas mesmas condições.

Quero que saibas que pensei em ti durante o tempo todo em que ficamos separados e que continuarei ansioso até poder encontrar-te.

Aretes enrolou a mensagem e encarou a pessoa que estava à sua frente.

— Eu já o vi — disse.

O homem sorriu.

— Sim, naquele vilarejo entre Eracléia e Agrigento. Dionísio acabava de encontrar-te. Tu estavas em péssimas condições. Agora a tua aparência é muito melhor.

— Qual é o teu nome?

— Filisto — respondeu o homem.

— És o amigo de Dionísio?

— Mais do que isso, iria com ele até o Ínfero, se me pedisse. Então, o que decidiste?

— Irei a Messina.

— Eu já imaginava, e preparei o necessário para a viagem. Quando queres partir?

— Agora mesmo — respondeu a jovem.

— Agora? — perguntou Filisto, surpreso.

— O homem com quem sempre sonhei espera por mim em Messina. Por que perder tempo, então?

— E quanto a mim? — perguntou uma voz atrás dela. — Eu só estou aqui como enfeite?

— Telias! — exclamou a jovem levantando-se e indo ao encontro dele. — Sabes muito bem que te adoro, embora me tenhas mantido fechada o tempo todo no gineceu.

— E é por isso que agora decidiste ir embora? — comentou Telias sorrindo. — Dionísio confiou-te a mim, e me cabia manter-te sob controle, como uva madura.

— Acho melhor partirmos amanhã — disse Filisto. — Viajaremos por mar, com o mesmo barco que me trouxe aqui. É muito mais seguro, mas teremos de esperar pelo vento e pela luz favoráveis.

— Sabes alguma coisa precisa sobre o que aconteceu em Imera? — perguntou Telias.

— Só o que me contaram — respondeu Filisto —, e já basta para fazer empalidecer o desastre de Selinunte.

Aretes baixou a cabeça. Sentia vergonha da alegria que experimentara com a idéia de voltar para Dionísio agora que se lembrava da multidão de infelizes que a guerra criara, da infinita aflição que todas aquelas pessoas a ela ligadas por laços de sangue, de língua, costumes e tradições tinham tido de suportar.

Telias também calou-se e na mesma hora ouviram-se os chistes e as brincadeiras de uma turma de rapazes e moças que acompanhavam a noiva até a casa do noivo, e os moleques que corriam atrás gritando jocosas obscenidades.

— Sempre há alguém festejando, nesta cidade — comentou Telias com um suspiro. — Fazem festa por motivos religiosos, se a colheita foi boa, e até se ela foi má pois podia ser pior; fazem festa no nascimento de uma criança, mas também na de um potro, nos noivados e nos casamentos, nas vitórias atléticas, e até nos enterros: afinal os vivos precisam consolar-se da perda de um ente querido.

— Não vejo nada errado nisso — disse Filisto. — Agrigento é uma cidade rica: as pessoas querem aproveitar a vida.

— Pode ser, mas às vezes tenho a impressão de que se trata de outra coisa. Como se tivessem o presságio do fim próximo.

— Não diz uma coisa dessas, Telias! — reagiu a jovem. — Os bárbaros só venceram porque nos pegaram de surpresa. Agora todos estão preparados e prontos a se defender...

Nem Filisto nem Telias fizeram comentários e no silêncio da tarde ouviu-se o canto nupcial, entoado agora na colina dos templos por um cantor solitário, que levado pelo vento do mar espalhava-se pelo vale até a ágora.

A mulher de Telias apareceu então descendo as escadas.

— Venham ver o espetáculo.

Todos se levantaram e subiram para o terraço superior de onde se dominava quase a cidade inteira e os maravilhosos templos que se erguiam na colina ao longo das muralhas. Naquele momento, bem no meio da encosta e diante da casa do noivo, fora acesa uma grande fogueira. E logo a seguir, como que obedecendo a um sinal, mais fogueiras apareceram em outros lugares, tanto para cima quanto para baixo, e até na acrópole e no sopé das muralhas. Era uma visão maravilhosa e comovente. Mais e mais labaredas foram aparecendo até que a cidade inteira pareceu estar pegando fogo.

— Failo de Mégara, o pai da noiva, deu uma pilha de lenha a cada mercador da cidade — explicou a mulher — com a ordem de acender a fogueira a um sinal dele no exato momento em que o casal fosse para o quarto. Essas chamas querem ser o presságio de um amor ardente e inesgotável.

Aretes olhou em volta para admirar o espetáculo e foi tomada por profunda comoção.

Telias olhou para a mulher e depois para Aretes, que estava com os olhos cheios de lágrimas, e sacudiu a cabeça resmungando:

— Ah, essas mulheres! — Mas dava para ver que eram palavras vazias, que a sua mente se afligia com outro tipo de pensamentos.

Filisto segurou-o pelo braço dizendo:

— Ouvi dizer que na tua casa servem o melhor vinho de Agrigento, mas até agora nem vi a sombra dele.

— Ah, sim, claro — respondeu Telias. — Vamos deixar que as mulheres aproveitem a festa enquanto nós abrimos uma ânfora do melhor. Podemos sentar no jardim. Jantar ao ar livre já está começando a ficar agradável, nesta época.

Acomodaram-se embaixo do pórtico e o dono da casa mandou trazer uma ânfora da reserva especial enquanto esperavam o jantar. Filisto observava o anfitrião que apreciava a cor e o aroma do precioso líquido, agitando-o devagar no fundo de uma taça muito rara, uma verdadeira peça de antiquário, decorada com figuras pretas de sátiros dançantes. E quando Telias levantou-a para brindar o hóspede e encostou-a nos lábios, cada gesto seu demonstrava claramente até que ponto ele sabia aproveitar os frutos da vida civilizada.

Os criados trouxeram bandejas com pães frescos, carnes e verduras, e os dois homens começaram a comer.

— Não há motivos para que tu te preocupes — disse Filisto depois de ele também tomar um gole de vinho.

— E não me preocupo, de fato. Só lastimo ter de me separar da jovem: ela é um doce, um amor de criatura. Vou sentir falta do seu jeitinho atrevido, do seu encanto, da sua espontaneidade. Reparaste como expressou a sua opinião sobre política, de uma forma certamente imprópria para uma mulher e mais ainda para uma jovem solteira?

— Tu não tens filhos, não é Telias?

— Não, de fato não tenho.

— É uma pena. Darias um ótimo pai.

— Péssimo! Acabaria mimando-os assim como mimei aquela pequena impertinente.

Tomou mais um gole de vinho e começou a comer com apetite. Quando terminaram mandou trazer mais um prato de ovos cozidos, queijo e azeitonas.

— Como demais — suspirou. — E não paro de engordar.

— Mas não são essas as tuas preocupações, se entendi direito.

— Os cartagineses vão voltar.

— Não creio. Por que deveriam? Conseguiram a sua vingança, levaram os despojos. São mercadores e devem estar querendo voltar aos seus comércios. Não devem estar vendo a hora de se livrar de todos aqueles mercenários que, sem dúvida, custam os olhos da cara.

— E Agrigento tornou-se agora cidade de fronteira — prosseguiu Telias como se Filisto não tivesse falado.

— Isto não quer dizer que voltem a atacar.

— Quer sim. Diz-me uma coisa: a teu ver, o que achas que Dionísio está fazendo em Messina?

— Ajuda os foragidos, como sempre fez.

— Pode ser, mas certamente está se metendo em alguma confusão. Andam dizendo por aí que muitos dos sobreviventes estão se reorganizando para contra-atacar. E se fizerem isso, podes ter certeza de que Dionísio estará com eles. É um estourado, um cabeça dura, meio louco que só parece ficar à vontade quando se trata de lutar a boa luta ...

— Um destemido, um sonhador, um patriota, quem sabe... um herói? — continuou Filisto.

— Seja como for, se forem provocados, os cartagineses vão certamente reagir.

— É possível, mas não podemos ter certeza disso. Como eu já disse, as guerras custam dinheiro, e os púnicos sabem cuidar do bolso.

— A que horas tencionam partir amanhã? — perguntou Telias.

— Logo que clarear.

— Muito bem. Estarei lá, apesar de odiar as despedidas. Mandei aprontar uma cama para ti. Os criados irão acompanhar-te com uma lanterna. Boa-noite.

— Boa noite, Telias — respondeu Filisto levantando-se e saindo com o serviçal que o levaria aos seus aposentos.

Telias ficou sozinho sob o pórtico, observando em silêncio as fogueiras nupciais que pouco a pouco iam se apagando, uma depois da outra, até a cidade ficar totalmente escura.

Despediram-se na porta de casa e Aretes abraçou com calor Telias e a mulher, mostrando o pesar com que se separava deles.

— Se pudésseis ver os sentimentos que tenho no coração neste momento — disse — perceberíeis o bem que vos quero e de quanto vos sou grata por ter sido tratada como uma filha. Faria qualquer coisa para poder retribuir a vossa generosidade.

— O fato de te levarem daqui já será uma recompensa generosa para nós: tu és uma menina impertinente, petulante... — começou Telias para não se comover até as lágrimas.

Aretes passou então do pranto ao sorriso.

— É o que pretendo fazer o mais rápido que puder: faze bom proveito, barrigudo!

— Tu também, criança — respondeu Telias de olhos embaçados.

— Vou manter-te informado — disse Filisto despedindo-se, para então seguir com a jovem rumo à porta meridional que naquela altura já estava aberta. Continuaram em frente passando pelos túmulos monumentais que ladeavam a estrada. Aretes apontava-os ao companheiro mencionando os atletas famosos, os filósofos e os grandes estadistas que lá estavam enterrados, todas coisas que tinha aprendido durante a permanência na cidade. Vez por outra viravam a cabeça para ver a acrópole iluminada pelos primeiros raios do amanhecer, e os telhados e os acrotérios dos templos que sobressaíam lá em cima, além das muralhas, enquanto da torre mais alta um clarim saudava o novo dia com repetidos toques.

A vista tornou-se ainda mais gloriosa quando embarcaram e o navio começou a se afastar da costa. Os templos na colina e o de Atena, na acrópole dominaram então a cidade como se a mão de um deus estivesse a erguê-los no céu. Distinguia-se perfeitamente na parte ocidental o templo ainda inacabado de Zeus, o grandioso frontão apinhado de figuras desesperadas, os Gigantes que seguravam o imenso teto nas costas.

— Tu achas realmente que a cidade está em perigo? — perguntou Aretes.

— Não, francamente não creio — respondeu Filisto. — Agrigento é uma fortaleza inexpugnável.

— Por que, então, Telias está tão angustiado?

Filisto desviou o olhar para não deixar transparecer a sua inquietação.

— Estava aflito com a tua partida, e também um tanto preocupado: uma viagem por mar sempre comporta algum risco.

Aretes calou-se olhando a mais linda cidade que os homens já tinham construído que se afastava lentamente mergulhando pouco a pouco na crista das ondas enquanto o navio, empurrado pelo vento, aumentava a velocidade. De repente disse, quase falando para si mesma:

— Será que voltaremos a vê-la?

Desta vez Filisto fez de conta que não ouvira.

Chegaram a Gela quando já estava escurecendo e lançaram âncora na foz do rio que dava o nome à cidade, representado nas suas moedas de prata como um touro com rosto humano. A cidade erguia-se sobre um promontório rochoso que se estendia de Oriente a Ocidente e era defendida por muralhas formidáveis, feitas de grandes blocos de pedra cinzenta. Era a Metrópole de Agrigento e por sua vez havia sido fundada por colonos de Rodes e de Creta quase três séculos antes. Era dali que havia chegado Gélon, o vencedor dos cartagineses nos arredores de Imera, o homem que desencadeara um ódio inextingüível e despertara uma sede de vingança ainda capaz de matar depois de três gerações.

E lá descansava Ésquilo, o grande poeta trágico, cujo túmulo Aretes queria visitar antes que ficasse escuro demais. Era uma sepultura modesta, encimada por uma lápide com uma breve epígrafe:

AQUI JAZ ÉSQUILO, FILHO DE EUFÓRION ATENIENSE
MORTO EM GELA, RICA DE COLHEITAS.
O SEU VALOR PODEM ATESTAR, POR TÊ-LO CONHECIDO,
O MEDO DE FARTA CABELEIRA
E O BOSQUE SAGRADO DE MARATONA.

Aretes leu a inscrição, comovida.

— Nenhuma menção à sua glória de poeta, só à de combatente — comentou.

— Era um homem de uma outra época — respondeu Filisto. — Gente como essa é muito difícil de se encontrar hoje em dia.

Retomaram viagem no dia seguinte antes do alvorecer, depois de reabastecer-se de água, e levantaram vela para Kamárina, da qual já no começo da tarde puderam avistar o templo de Atena que dominava os telhados vermelhos da cidade.

— Kamárina sempre foi hostil a Siracusa, até mesmo durante a guerra contra os atenienses — explicou Filisto a Aretes que observava, apoiada no balaustrada da embarcação, a cidade que cintilava nos raios do sol.

— As cidades dos gregos são como ninhos de gaivotas grudados nos penhascos da costa — disse Aretes —, completamente cercadas por terras habitadas por bárbaros que não compreendem a nossa língua nem adoram os nossos deuses. Deveriam unir-se e ajudar-se umas às outras em lugar de continuar divididas e muitas vezes até inimigas mortais. Desgastam suas forças em contínuas lutas e quando o verdadeiro inimigo aparece no horizonte já não há ninguém capaz de detê-lo...

Filisto ficou mais uma vez atônito e surpreso com aquela observação da jovem que fazia supor uma longa convivência com os assuntos da política, incomum numa mulher. Talvez tenha sido justamente este aspecto da personalidade dela que conquistou o coração de Dionísio. Respondeu:

— É exatamente essa sua natureza de aglomerações isoladas, de comunidades vindas de muitos lugares diferentes que torna difícil qualquer acordo, para não falar de uma verdadeira aliança. Só se unem quando forçadas por um perigo tão grande que ameaça a sua própria existência, mas com freqüência já é tarde demais. É muito triste, pois quando os gregos da Sicília se juntaram sempre conseguiram grandes vitórias.

— Achas que isto ainda é possível?

— Talvez. Mas seria preciso um homem capaz de convencê-los a qualquer custo de que a união é indispensável para a sobrevivência. Se necessário, forçando-os.

— Um homem desses seria um tirano na sua própria cidade e nas dos outros — respondeu Aretes com firmeza.

— Há horas em que podemos desistir de uma parte da nossa liberdade se o que está em jogo é a vida e a sobrevivência de comunidades inteiras, não achas? Há situações em que o próprio povo escolhe confiar a um homem digno responsabilidades excepcionais.

— Parece que tu estás pensando particularmente em alguém, quando falas desse jeito — disse Aretes sem tirar os olhos da pequena cidade que se afastava na espuma das ondas.

— Isso mesmo. Este homem já está entre nós e tu o conheces.

— Dionísio... Tu estás pensando em Dionísio? — exclamou Aretes virando-se finalmente para ele. — Mas é absurdo, é pouco mais do que um rapazola.

— A idade não quer dizer nada, o que importa é a coragem, a inteligência, a determinação e ele tem estas qualidades no mais alto grau. Tu nem podes imaginar o fascínio que ele exerce nas pessoas e quantas delas estariam dispostas a fazer qualquer coisa por ele.

— Não seja por isso, posso imaginar muito bem! — respondeu Aretes com um sorriso.

Levaram mais dois dias antes de avistar Siracusa, onde fundearam na margem meridional do Porto Grande. Filisto mandou dois homens comprar mantimentos e buscar água mas preferiu ficar a bordo com a jovem, sabendo que Dionísio esperava dele uma vigilância contínua, atenta e prudente. Reparou que Aretes mostrara-se um tanto perturbada ao avistar a cidade, não conseguindo esconder uma visível comoção.

— Conheces alguém aqui? — perguntou Filisto.

— Passei a minha infância em Siracusa — respondeu Aretes procurando controlar-se.

— É mesmo? Então talvez eu conheça os teus pais.

— Não creio — replicou ela, e foi sentar-se no convés da popa para cortar a conversa.

Filisto nada mais disse e ficou cuidando dos mantimentos. Mandou servir o jantar a bordo para evitar que mais alguém descesse do navio.

Antes de o sol se pôr Aretes chegou mais uma vez perto do seu acompanhante.

— Dá para ver a casa dele daqui? — perguntou.

Filisto sorriu indicando um ponto à sua frente.

— Dirige o olhar lá para cima, sobre a Acradina, onde fica o teatro. Isso, e agora segue uma linha imaginária até o cais de Ortígia. Estás vendo o terraço com o alpendre, mais ou menos no meio?

— Estou.

— Pois é, é a casa dele.

— Os pais moram lá?

— Eles já morreram. O pai Ermócrito morreu durante a grande guerra, quando os atenienses sitiavam Siracusa. E a mãe não demorou a juntar-se a ele no túmulo, devido a uma doença incurável. Só tinha dezesseis anos quando viu-se obrigado a cuidar das irmãs menores, que agora são todas casadas e moram em outras cidades, e do irmão Leptines.

Aretes nada mais perguntou e manteve os olhos fixos no teto de telhas vermelhas e no alpendre até o sol desaparecer no horizonte.

Passaram-se mais dois dias antes de avistarem o Etna coberto de neve, imponente com o seu penacho de fumaça, a dominar o golfo maravilhoso e a planície costeira cheia de oliveiras e videiras onde as primeiras folhas da primavera começavam a brotar.

Esparramada no litoral, distinguia-se Naxos, a primeira colônia dos gregos na Sicília, com seu templo principal que se erguia não muito longe da praia a indicar o ponto em que os pais fundadores, guiados por Tucles, haviam desembarcado. Filisto explicou que na ágora havia a estátua de Apolo Lidador, o guia dos colonos que migravam da pátria em busca de uma nova vida em terras distantes. Daquele altar, o primeiro lugar sagrado da ilha, partiam todas as delegações que iam consultar o oráculo de Delfos na Grécia.

— Nenhuma migração — continuou Filisto — jamais foi empreendida sem consultar o Oráculo, que indicava o lugar onde os emigrantes deveriam fundar a nova pátria e a hora mais propícia para enfrentar o mar. É por isto que em muitas colônias existe o altar de Apolo Lidador, e às vezes até um templo, como em Cirene...

— Já estiveste em Cirene? — perguntou Aretes curiosa.

— Já. É uma cidade maravilhosa e bem no meio da praça há uma grande inscrição que lembra o juramento dos colonos. Conheces a história da fundação de Cirene? Algum dia vou te contar, é muito bonita, cheia de extraordinárias aventuras.

— Por que não contas agora mesmo — perguntou Aretes.

— Melhor deixar para outra hora — respondeu Filisto. — Quanto mais nos aproximamos da meta, mais percebo que a tua mente está ligada em outros pensamentos, coisa aliás muito justa, se o motivo for aquele que imagino.

— Será que sou tão transparente?

— Dediquei toda a minha vida ao estudo das vicissitudes e da natureza dos homens e espero ter aprendido alguma coisa. Mesmo assim, no entanto sinto que mais cedo ou mais tarde tu ainda serás motivo de surpresa para mim. Há muitas coisas que ainda não consigo entender em ti.

— Quando vamos chegar a Messina? — perguntou Aretes mudando de assunto.

— Nesta mesma tarde, se o tempo continuar bom. A nossa viagem está quase no fim.

Entraram no grande porto em forma de foice de Messina ao entardecer e Aretes exultou como uma criança ao ver o estreito que separava a Sicília da Itália. E Régio, do outro lado, podia ser vista tão claramente que quase parecia ao alcance da mão.

— Que lugar maravilhoso! — exclamou. — Nem dá para imaginar que esta é a terra de Escila e Caribdes.

— O que te parece um lugar maravilhoso, emoldurado por lindas cidades, pareceu no entanto terrível e selvagem aos primeiros navegantes que se aventuraram nestas águas: as fortes correntezas do estreito jogavam os seus frágeis barcos contra os recifes de ambos os lados. O Etna com suas crateras e rios de fogo, os estrondos que estremeciam a terra, os sinistros penhascos que dominam no Oriente, as florestas sombrias... tudo parecia imenso e ameaçador. Por isto imaginaram que Ulisses, o herói errante, já navegara essas ondas turbulentas vencendo monstros, derrotando o ciclope, enganando as sereias, evitando os sortilégios de Circe...

Aretes virou os olhos para a margem siciliana, para o porto que fervilhava de navios, na hora em que a água assumia a cor do chumbo e nuvens ao longe ficavam vermelhas nos últimos raios do sol. Até mesmo o penacho do Etna tingia-se de cores irreais e compreendeu o que Filisto queria dizer com aquelas palavras.

— Poderia ficar ouvindo-te por horas a fio — disse. — Aproveitar a tua companhia nesta viagem foi um privilégio para mim.

— Eu que agradeço — respondeu Filisto.

Aretes baixou os olhos e perguntou corando:

— No teu entender, como te pareço? Quer dizer... achas que sou magra demais?

Filisto sorriu.

— Tu estás linda. Mas vê, há alguém chegando, e ao que parece não está vendo a hora de abraçar-te.

Aretes virou-se para as docas e emudeceu: Dionísio vinha correndo como um jovem deus, vestindo somente uma leve clâmide, de cabelos soltos a balançar sobre os ombros, e gritando o nome dela.

Tinha vontade de também ir ao encontro dele correndo, e de gritar, ou quem sabe chorar, mas não conseguia se mexer: ficou imóvel e muda, debruçada na amurada, estática como se estivesse diante de uma visão de sonho.

Dionísio deu um pulo do cais e agarrou-se ao costado do barco, do lado de fora. Içou-se para cima com os braços, galgando a amurada de impulso, para ficar diante dela.

A jovem só conseguiu dizer:

— Como foi que soubeste que...?

— Porque todas as tardes fiquei olhando para a entrada do porto esperando ver-te chegar.

— E não mudaste de idéia? Tens certeza de...

Dionísio cortou suas perguntas com um beijo e apertou-a contra si. Aretes retribuiu o abraço e sentiu-se derreter no calor daquele jovem corpo vigoroso, entregou-se à sua força, às palavras ardentes que ele murmurava em seus ouvidos.

Dionísio separou-se dela e disse sorrindo:

— Agora, no entanto, precisamos respeitar as tradições. Vem comigo, preciso pedir a tua mão.

— Como assim... pedir a minha mão a quem? Estou sozinha, eu...

— A teu pai, minha menina. Ermócrates está aqui.

Aretes olhou para Filisto e depois novamente para Dionísio dizendo:

— Meu pai? Oh... pelos deuses do céu, meu pai? — seus olhos ficaram cheios de lágrimas.

# VI

A Ermócrates só disseram que Dionísio queria falar com ele e que o jovem estava acompanhado por uma pessoa que também queria vê-lo, e de repente o almirante viu-se diante da filha que já considerava morta.

Era um homem duro, forjado pelas vicissitudes de uma vida aventurosa, um aristocrata altivo e severo, mas ficou abalado com a surpresa. Aretes não se atreveu a correr para ele devido ao respeito pelo pai ao qual havia sido acostumada desde criança e só deu uns tímidos passos de aproximação, sem ousar fitá-lo nos olhos. Sempre havia sido para ela mais uma imagem, um ídolo do que um verdadeiro pai e aquela situação tão extrema, aquela repentina e dramática intimidade criava nela uma sensação de medo e vertigem, uma perturbação que a sufocava. Mas o velho, logo que se recobrou do assombro, levantou-se e correu para ela apertando-a num longo abraço comovido. E então ela também se entregou; a tensão derreteu-se num longo pranto libertador, agarrou-se nele e ficou ali, de pé no meio do aposento despojado e austero, mergulhada no calor de um abraço com o qual desde sempre sonhara.

A voz de Dionísio forçou-os a voltar à realidade:

— *Hegemón*...

Só então Ermócrates pareceu dar-se conta da sua presença: fitou-o com expressão interrogativa, não conseguindo entender como aquele jovem guerreiro pudera apresentar-se diante dele com a filha que considerava perdida para sempre.

— Pai — disse Aretes —, é a ele que devo a minha vida. Encontrou-me exausta e quase sem sentidos na beira da estrada e me reanimou, ajudou, protegeu... — Ermócrates fitou o jovem diante dele com olhos repentinamente perturbados e desconfiados. — ... e respeitou — concluiu Aretes.

Ermócrates afastou-se dela e se aproximou de Dionísio.

— Fico-te grato pelo que fez. Dize o que posso fazer para recompensar-te...

— Já recebi a minha recompensa, *hegemón*, conhecer a tua filha foi para mim a maior sorte com que podia sonhar. O privilégio de falar com ela, de ouvir as suas palavras fez-me mudar profundamente...

— Tudo acabou da melhor forma possível — interrompeu Ermócrates. — Estou muito agradecido, meu rapaz, muito mais do que possas imaginar. Depois que soube da queda de Selinunte, sem conseguir de forma alguma notícias da minha filha, fui atormentado pelos mais aflitivos pensamentos. A incerteza sobre o destino dela fazia-me sofrer mais do que se soubesse que havia morrido. Só de pensar que podia ter sido capturada e levada como escrava para não se sabe onde, que podia estar sujeita a todo tipo de ultraje e violência, eu sentia um terrível aperto no coração que me consumia. Não há tortura comparável à de um pai que não sabe o que aconteceu com sua filha. As minhas propriedades e as minhas riquezas foram confiscadas, mas ainda me sobra alguma coisa: deixe que eu o recompense.

— Não há preço para aquilo que tenciono pedir, *hegemón* — disse Dionísio com voz firme e fitando-o fixamente nos olhos — pois tenciono pedir justamente a filha que acabo de te devolver.

— Mas que conversa é... — começou Ermócrates.

— Apaixonei-me por ele, pai — intrometeu-se Aretes. — Logo que o vi, desde o momento em que abri os olhos, estás entendendo? E desde então o meu único desejo tem sido tornar-me sua esposa e viver com ele todos os dias que os deuses decidirem conceder-me.

Ermócrates ficou mudo e imóvel, como que petrificado por tantas emoções inesperadas.

— Sei que sou um homem de condição humilde — continuou Dionísio — e que nem deveria atrever-me a olhar para ela, mas o amor que me anima dá-me a coragem da ousadia. Saberei ser digno da tua filha e até de ti, *hegemón*. Não irás te arrepender se me concederes um tesouro tão precioso. Eu não peço a mão dela porque quero formar uma família ou assegurar-me uma descendência, ou então para estabelecer um vínculo de parentesco com uma das mais ilustres casas da minha cidade, e tampouco para reivindicar o mérito de trazê-la de volta. Teria agido da mesma forma com qualquer um que estivesse naquelas condições. Peço-a porque sem ela a minha existência perderia toda a graça, porque quero amá-la e protegê-la contra qualquer ameaça ou perigo, mesmo que isto me custe a vida.

Ermócrates acenou gravemente com a cabeça sem nada dizer e Aretes, percebendo que ele consentia, abraçou-o com força sussurrando em seu ouvido:

— Obrigada, pai, muito obrigada... Estou feliz porque estou com as únicas pessoas no mundo que me importam.

A cerimônia foi celebrada no dia seguinte e uma vez que Aretes não tinha amigas que pudessem acompanhá-la até a casa do marido, e uma vez que ele não tinha casa em Messina, as famílias mais nobres da cidade ofereceram uma morada a Dionísio e as moças virgens a Aretes: elas iriam acompanhar a noiva ao quarto nupcial e tirar-lhe o cinto da veste. E Aretes lembrou as fogueiras de Agrigento e o canto solitário do poeta na colina dos templos enquanto subia para a casa onde era esperada por Dionísio, o herói que mais se parecia com seu pai e com o qual sempre sonhara, desde menina, quando ouvia histórias maravilhosas sentada no colo da mãe.

O cortejo era festivo, os garotos ao longo do caminho gritavam e faziam algazarra, as crianças cantavam a ladainha tradicional que desejava ao casal filhos de ambos os sexos.

*Lá vem de volta a andorinha*
*E também vem chegando a gralha*
*E traz no bico um filho*
*Assim como uma linda filha!*

As mocinhas que a acompanhavam espalhando em volta pétalas de rosas silvestres eram quase todas graciosas, nos seus peplos dos feriados, mas nenhuma delas igualava o esplendor da noiva que a felicidade tornava ainda mais encantadora: porque tinha decidido esquecer toda lembrança aflitiva para pensar somente no jovem que esperava por ela no limiar daquela modesta morada no sopé das colinas.

O sol deitava-se atrás dos morros quando chegou perto da casa. Dionísio esperava na porta vestindo um elegante quíton branco bordado de prata que lhe chegava aos pés, que certamente devia ter sido emprestado por algum amigo endinheirado. Ao seu lado estava o sacerdote que iria juntar as mãos deles com o sagrado pano e benzer a esposa.

As jovens acompanharam Aretes ao tálamo acendendo as tochas que tinham nas mãos na lanterna do átrio e cantando o hino nupcial. Soltaram os seus cabelos e pentearam-na, desataram o cinto que lhe prendia a veste, despiram-na e deitaram-na na cama sob o lençol de cândido linho.

Saíram correndo pelas escadas, soltando gritinhos maliciosos, e Dionísio esperou até tudo ficar tranqüilo e silencioso para em seguida subir e encostar na porta do quarto. Prestou atenção e finalmente ouviu ecoar lá fora a serenata que naquela noite pedira para a noiva. Na rua, um cantor de Messina, acompanhado pela flauta e por um instrumento de cordas, entoara o seu canto: uma linda história de amor que falava de um rapaz pobre que se apaixonara por uma princesa depois de vê-la passar uma só vez na liteira.

Empurrou delicadamente a porta abrindo uma fresta e ficou pasmo ao ver que a cama estava vazia. Entrou alarmado no quarto: também estava vazio e sentiu logo um nó na garganta. Tentou acalmar-se, fechou a porta atrás de si e virou-se. Aretes escondera-se atrás da ombreira e estava agora orgulhosamente nua diante dele, de pé contra a parede, e fitava-o com um sorriso malicioso e divertido.

Dionísio sacudiu a cabeça e aproximou-se:

— Sabes muito bem que uma jovem esposa deveria esperar trêmula e recatada debaixo dos lençóis! Isso são horas de ficar brincando desse jeito?

Aretes sorriu.

— Ainda achas que sou magra demais?

— Acho-te muito bonita — respondeu Dionísio — e que eu estava totalmente enganado. — Esticou o braço a acariciar o seu rosto e ela beijou-lhe a mão com delicadeza, mal chegando a roçar nela com os lábios entreabertos. Ele moveu a outra mão até acariciar o seio escultural e o ventre. Viu Aretes fechar os olhos e a pele dela estremecer ao toque dos seus dedos.

Levantou-a de uma só vez nos braços, com gesto natural e delicado, como se ela tivesse o peso de uma pluma, e colocou-a na cama. Aí também despiu-se e apareceu-lhe como as estátuas dos atletas olímpicos nas praças e dos deuses nos frontões dos templos. Havia no quarto os últimos reflexos dourados do entardecer que pousavam na pele de Aretes como o olhar de Afrodite. A serenata ecoava agora mais longe, comedida, lembrando muito aquela do cantor de Agrigento, acompanhada pelo som leve da flauta e do tremor argentino das cordas.

Dionísio deitou-se deixando-se envolver pelo perfume e o calor dela, e viu-a transformar-se à medida que conseguia despertar o prazer naquele corpo virginal: os olhos cintilavam de luz dourada, os lábios pareciam desabrochar e o rosto se relaxava numa transparência quase cristalina. Respondia a cada carícia, a cada beijo com igual calor, com inocente luxúria. Foi ela a puxá-lo para dentro de si vencendo a tosca esquivança do guerreiro com a calorosa intensidade do olhar, com o encanto do seu seio imaculado, apertando como uma amazona os flancos dele entre as coxas. Amaram-se enquanto durou o tremelicar da lamparina, até ficarem exaustos num estado de semiconsciência, como que mergulhados numa beatitude úmida e entorpecida. Passaram do amor para o sonho sem se dar conta: a luz nacarada do alvorecer marinho encontrou-os ainda abraçados, só cobertos pela sua própria beleza.

Ermócrates só pensava em voltar à pátria e entrou em contato com os amigos que ainda tinha em Siracusa para que solicitassem à Assembléia para elaborar um decreto permitindo a sua volta do exílio. Dionísio também enviou uma mensagem a Filisto para que instasse os membros da Companhia a votarem em massa a favor da volta de Ermócrates, e até mandou muitos para casa a fim de participarem da votação. Diocles no entanto, depois das vergonhosas derrotas de Selinunte e Imera, receava que a presença de Ermócrates acabasse ofuscando-o por completo e que o seu fascínio pessoal e a inflamada oratória suscitassem no povo o desejo de desforra. Temia que o almirante levasse a cidade a uma guerra longa e sangrenta e que as instituições democráticas não resistissem ao poder da sua personalidade. Numa série de tempestuosas reuniões as duas facções defrontaram-se violentamente na Assembléia mas acabou ficando claro que o povo não queria a volta de Ermócrates, do poder absoluto da aristocracia e a proposta que pedia a sua volta foi rejeitada por uma diferença mínima de votos.

O próprio Dionísio levou a notícia a Ermócrates que, com ar grave e sisudo, parecido com uma divindade zangada, recebeu-a na semi-obscuridade do átrio da sua casa. Ainda estava na plenitude do vigor físico e espiritual, e o seu olhar desprendia um poder turvo e ameaçador que incutia medo até nos amigos.

O parentesco recém-adquirido não tinha tirado de Dionísio a atitude de reverente respeito que sempre tivera com ele e, como qualquer simples soldado, continuou a chamá-lo de *hegemón*.

— Quer dizer então que se recusaram — disse Ermócrates mal conseguindo refrear a indignação.

— Por uma margem de votos muito pequena — tentou consolá-lo Dionísio.

— Na democracia, a diferença de um voto ou de mil é exatamente a mesma coisa.

— Pois é. E o que tencionas fazer agora, se posso perguntar?

Seguiu-se um longo silêncio, então Ermócrates respondeu:

— Não queria voltar por sede de poder, mas sim para coordenar a desforra contra os bárbaros.

— Sei disso, *hegemón*.

— Visto então que a minha cidade não me quer, terei de comandá-la daqui mesmo. — Levantou-se e o tom da voz soou tão poderoso como se estivesse arengando para o povo na Assembléia. — Espalha entre os foragidos que ainda se encontram em Messina a notícia de que vamos voltar a Selinunte, que está na hora de ocuparmos de novo a cidade. Dize-lhes que os dias da humilhação acabaram, que reúnam os companheiros sobreviventes, estejam onde estiverem. Nós mesmos vamos ajudar a trazê-los de volta, desde que eles nos informem acerca do paradeiro. Vou redigir uma proclamação que espalharemos em centenas, milhares de exemplares, para convocar os foragidos e os derrotados, aqueles que perderam as casas e as famílias, que ainda têm nos ouvidos os gritos aflitos dos filhos massacrados e das mulheres violentadas; chamá-los-ei para que acampem nos destroços ainda fumegantes da pátria destruída, devolver-lhes-ei as armas e a honra, levaremos de volta aos templos as imagens dos nossos deuses e os símbolos sagrados da nossa religião. E depois atacaremos, desentocaremos os inimigos de qualquer lugar em que se encontrem, acossá-los-emos sem trégua e sem misericórdia. E agora, vá!

Dionísio despediu-se com um sinal quase imperceptível da cabeça e saiu para convocar os companheiros e transmitir o plano e a vontade de Ermócrates. Em menos de sete dias mil imerenses e quinhentos selinuntinos estavam prontos a marchar sob o seu comando.

Aretes queria acompanhá-lo, mas não pôde opor-se às vontades somadas do marido e do pai, que queriam mandá-la de volta a algum lugar seguro em Siracusa para não expô-la ao enorme sacrifício de uma marcha estafante e aos perigos de uma campanha cheia de incógnitas.

Ficou tão furiosa devido a esta exclusão que Dionísio nem conseguiu explicar suas razões na hora da despedida.

— Tu não passas de um ordinário, de um bastardo! O que foi que eu fiz para ser tratada deste jeito?

— Diz isto de novo e vou ser obrigado a te bater até ficar inchada como um odre!

— Quero ver!

— E vais ver mesmo! Afinal de contas sou teu marido, por Zeus!

— Se me mandares embora vais te arrepender!

— O que é isso? Uma ameaça?

— Pensa o que quiseres!

— Mas não te estou mandando embora, estou mandando-te para casa, maldição!

— E achas pouco? Então para que precisas de uma mulher, só para o sexo? Tanto faz arrumar uma rameira, se for assim, como fazem alguns dos teus amigos.

Dionísio levantou a mão para esbofeteá-la mas ela o encarou sem pestanejar, desafiando-o abertamente.

— Some da minha frente! — exclamou praguejando, então deu-lhe as costas dirigindo-se à porta.

— Dionísio... — a voz dela o deteve antes que saísse. Dionísio parou sem se virar.

— Eu tentei — disse a jovem.

Dionísio não respondeu.

— Na verdade não consigo ficar longe de ti, enquanto tu consegues ficar longe de mim sem o menor problema, e isso me deixa louca.

— Não é verdade.

— O que não é verdade?

— Que eu consigo ficar longe sem o menor problema. Vou contar os dias e as horas que passarei sem ti e cada instante vai parecer uma eternidade.

— Falas isso porque desse modo irei embora sem aborrecer-te com os meus gritos.

— Digo isto porque é a verdade.

— Falas sério? — ela já estava muito perto e ele podia sentir o cheiro da sua pele, o perfume de violetas dos seus cabelos.

— Muito sério — respondeu ele e se virou. Viu-se diante dela, bem perto daquele rosto vermelho de raiva e de comoção.

— Então leva-me para cama antes de ir embora, seu bastardo. A sua unidade pode esperar. Vão ter-te por não sei quanto tempo, mas eu não.

Ele tomou-a nos braços como fizera na noite do casamento e a carregou escadas acima.

— Afinal, onde aprendeste a falar daquele jeito? — perguntou enquanto despia a couraça e as caneleiras. — Tu és a filha de um nobre, de um aristocrata: pensei que...

— No acampamento com os guerreiros. Às vezes meu pai mandava me chamar para eu ficar com ele alguns dias. Ou até semanas, ou meses... E agora — disse deixando cair ao chão a veste — procura fazer com que isto valha a pena: terás de bastar-me por todo o tempo em que estarás longe.

Marcharam durante onze dias pelo interior da ilha, ao longo dos pedregosos caminhos das montanhas, sem que ninguém ousasse importuná-los nem chegar perto deles; vez por outra só avistavam algum homem a cavalo a observá-los das alturas que ladeavam as trilhas e que logo em seguida se afastava a galope. Ermócrates liderava a coluna, incansável. O primeiro a se levantar e a vestir a armadura, o último a sentar em volta da fogueira para comer a refeição frugal. E antes de ir dormir queria ter certeza de que todos se haviam alimentado o suficiente e dispunham de um cobertor para defender-se do frio ainda intenso naquela altitude, como faria um pai com os seus filhos.

Na tarde do décimo segundo dia chegaram aos arredores de Selinunte e os guerreiros pararam petrificados. Parecia impossível que uma cidade tão linda e populosa pudesse ter sido destruída, que o seu povo tivesse sido tão cruelmente chacinado e escorraçado.

Ermócrates relaxou a disciplina militar e os selinuntinos foram enxamear pela cidade como fantasmas, perambulando entre paredes desmoronadas e ruas entulhadas de escombros onde ainda se viam os restos de corpos carbonizados. Alguns procuravam a sua casa, que na primavera cheirava a cal fresca e no verão a alecrim e hortelã silvestre, a casa na qual haviam sido criados e onde durante tantos anos se haviam reunido à noitinha para jantar, para rir e brincar, para contar o que haviam feito durante o dia, os cômodos nos quais haviam ecoado as vozes das crianças e que agora, já sem teto, só eram invadidos pelo gemido do vento que soprava das montanhas.

Quando a encontravam, vagueavam entre os muros derrocados apalpando, quase acariciando as paredes, os umbrais das portas. Apanhavam chorando algum sinal da vida passada para guardá-lo como um precioso talismã: o caco de uma vasilha, um modesto enfeite para os braços ou os tornozelos, uma argola que pudesse ter prendido os cabelos de uma pessoa querida.

Em alguns lugares, naqueles que haviam sido hortas e jardins, umas romãzeiras tinham conseguido florescer mas suas corolas vermelhas, que já haviam sido festivos presságios da primavera, agora só pareciam manchas de sangue nos muros enegrecidos pelos incêndios. Os sarmentos de videira serpeavam no chão entrelaçando-se com as ervas daninhas que já cresciam por toda parte.

Só quando começou a ficar escuro os guerreiros selinuntinos, um depois do outro voltaram a aparecer da maranha de escombros, atraídos pelos reflexos da fogueira que havia sido acesa na ágora. Ali Ermócrates, os imerenses e os siracusanos esperavam por eles.

Jantaram quase que em absoluto silêncio, só trocando umas poucas palavras devido à angústia que os oprimia. Com o passar do tempo, no entanto, devido ao conforto da refeição comum e ao calor da fogueira, da sensação de estarem animados pelos mesmos sentimentos e pela mesma determinação, à reverberação das chamas nas fachadas dos templos desertos, acabaram redescobrindo em si um sopro de reencontrado orgulho, uma sensação de território reconquistado, de solo novamente sagrado.

No dia seguinte juntaram os restos dos mortos e sepultaram-nos na necrópole, para em seguida separar-se em grupos conforme as tarefas que lhes haviam sido confiadas. Alguns foram até a praia pescar com arco e flechas devido à falta de redes, outros espalharam-se pelos campos em busca de terrenos cultivados que ainda permitissem algum tipo de colheita. Mais outros identificaram as casas menos arruinadas e começaram a livrá-las dos escombros para torná-las novamente habitáveis. Mais um grupo adentrou os bosques para cortar árvores que se transformariam em vigas para os telhados, tábuas para portas e janelas, madeirame para construir barcos. Levou muito pouco tempo para a cidade mudar de aparência, pelo menos nos bairros mais próximos da ágora.

Nas aldeias espalhadas no alto das colinas, as fogueiras que palpitavam à noite e as sombras que perambulavam nas ruínas tornaram-se logo objeto de contos de toda espécie. Diziam que eram as sombras dos mortos que vagueavam no escuro, sem encontrar paz entre as ruínas da cidade arrasada, e que aqueles fogos eram seus espíritos que ardiam de ódio pelos inimigos que lhes haviam tirado a vida. Naquela altura nem mesmo os pastores se atreviam a chegar perto das muralhas, com medo de encontros indesejáveis. Não demorou, no entanto, para a verdade tornar-se evidente e se espalhar pelas três pontas da Sicília e além.

A proclamação de Ermócrates surtira efeito e da ilha inteira começaram a chegar voluntários, em sua maior parte selinuntinos e imerenses. Primeiro às centenas, depois aos milhares, a pé, a cavalo, vindos de todos os cantos assim como do mar. Apareceu até um sujeito que tinha conseguido fugir da escravidão atravessando o mar da África com uma espécie de balsa feita de troncos de palmeira. Encontraram-no, certo dia, mais morto do que vivo, na praia, e quando recobrou os sentidos e viu centenas de guerreiros que se exercitavam com lança e espada na ágora começou a berrar que também queria uma armadura pois precisavam invadir imediatamente a África. Não foi nada fácil acalmá-lo.

No decorrer de mais ou menos dois meses juntaram-se seis mil guerreiros prontos para tudo, perfeitamente treinados e cegamente fiéis ao seu comandante. Dionísio tornou-se o segundo em comando e recebeu a tarefa de organizar as incursões em território inimigo e providenciar o abastecimento de comida e forragem. Não demorou para as correrias se tornarem verdadeiras campanhas militares. Durante o verão, Ermócrates liderou toda uma série de expedições atacando Lilibéu e Palermo e infligindo perdas muito duras aos mercenários a serviço dos cartagineses. Chegaram até a levar a cabo um desembarque noturno com infantaria ligeira na ilha de Mótya, incendiando dois navios de guerra ancorados no estaleiro naval. As unidades mercenárias que patrulhavam o território a serviço de Cartago foram interceptadas e aniquiladas. Embora tanto Ermócrates quanto Dionísio tentassem impedir que os seus homens se excedessem, não lhes foi possível evitar atrocidades de todo tipo que acabaram acirrando além de qualquer medida antigos ódios e rancores.

De Siracusa, Filisto mandava continuamente notícias através dos amigos da Companhia como Bíton, Dorisco e Iolau, amigos de Dionísio desde a infância, e ficou-se assim sabendo da imensa preocupação com que Diocles via estas ações militares — que sem dúvida alguma iriam provocar uma reação cartaginesa — mas também da enorme popularidade que Ermócrates e o próprio Dionísio estavam conquistando na terra natal graças às suas façanhas, principalmente entre os jovens. Pelos mesmos mensageiros Dionísio também recebia ardentes cartas de amor de Aretes, que sempre acabava batendo na mesma tecla: o pedido de juntar-se a ele quanto antes.

Dionísio voltou a vê-la algumas vezes, às escondidas, durante o inverno seguinte, aproveitando a interrupção das operações militares, mas nunca conseguiu ficar mais do que uns poucos dias pois do contrário poderiam descobrir as suas escapulidas. Passava o tempo todo na intimidade do lar, e aquilo só podia dar imenso prazer a Aretes que, dessa forma não precisava partilhá-lo com ninguém.

No começo da primavera seguinte Ermócrates tomou uma decisão que iria dar o que falar: no comando das suas tropas atravessou a Sicília ocidental e chegou a Imera. Queria deixar bem claro o sentido daquele gesto: era um pedido para que todos os gregos da Sicília se juntassem numa única poderosa aliança e formassem um exército jamais visto até então para escorraçar os cartagineses de toda a ilha. Era justamente em Imera que setenta anos antes havia sido travada e vencida a guerra sob a liderança de Siracusa: e de Imera iria ser desfechado o contra-ataque.

Por este mesmo motivo, portanto, a raiva dos inimigos havia sido tão encarniçada e tão trágico o destino da infeliz cidade. A visão daquilo que sobrara de Imera foi para os sobreviventes ainda mais pungente do que a volta às ruínas de Selinunte. Ali a ferocidade dos bárbaros superara qualquer limite: tinham arrasado uma casa depois da outra, arrebentado os muros, ateado fogo nos templos, derrubado e quebrado as estátuas, torturado até a morte aqueles que haviam encontrado de armas na mão. Seus corpos desmembrados ainda estavam espalhados entre os escombros e no local da derradeira chacina, perto da grande pedra que funcionara como altar sacrifical, a visão era tão horrível que um dos guerreiros mais jovens desmaiou. Os corpos estavam amontoados aos milhares e o solo embaixo deles ficara negro de sangue.

O próprio Ermócrates ficou visivelmente abalado. Pálido de raiva e de indignação rondava em torno daquele horror rosnando entre os dentes palavras que ninguém conseguia entender.

Mandou imediatamente realizar uma cerimônia funerária para aqueles pobres restos e depois os enterrou. Em seguida enviou mais um grupo de homens aos campos onde se travara o último sangrento embate para buscar os ossos dos combatentes siracusanos caídos durante a infeliz tentativa de socorrer Imera e abandonados por Diocles. Despidos das armas e de tudo o que podia ter algum valor, só eram reconhecíveis devido a uma pulseira de salgueiro — um pequeno galho cortado em dois no sentido do comprimento, com o nome do guerreiro gravado na parte de dentro — que usavam preso ao pulso como os espartanos.

Mandou então construir caixões de pinho tendo em cima o nome de cada um dos mortos e preparou-se para levá-los para que fossem enterrados na terra natal. Era um gesto de enorme importância, e não somente do ponto de vista ético. Ermócrates estava perfeitamente ciente do impacto que iria ter na população, da qual ainda esperava um decreto oficial que o chamasse de volta à cidade. Com aquele ato, a diferença entre a sua postura moral e a do seu adversário, o chefe democrático Diocles, mostrava-se em toda a sua gritante evidência. De um lado o capitão exilado — nunca derrotado e afastado do comando exclusivamente por motivos políticos — que vinha resgatar a honra de Siracusa e de todo o helenismo, trazendo do volta, para aquela mesma pátria que o humilhara e tratara com ingratidão, os filhos tombados em combate. Do outro, o rival Diocles, ao qual ainda podia ser atribuída a vergonhosa responsabilidade de não ter impedido que os bárbaros assolassem duas das mais ilustres cidades da Sicília, de ter ignominiosamente fugido entregando os aliados à mais sangrenta e feroz represália e de ter deixado os corpos dos seus soldados à mercê da profanação, sem sepultura, condenando as suas almas a vaguear sem nunca ter paz na entrada do reino de Hades.

A notícia da volta de Ermócrates para a pátria com os restos dos seus filhos tombados em combate suscitou uma violenta comoção no povo, que se reuniu na Assembléia para deliberar sobre uma solene cerimônia funerária pública. Logo apareceu quem pedisse a volta imediata de Ermócrates para a cidade.

Diocles, que até então havia se mantido afastado da disputa, por saber muito bem da precariedade e mesquinhez da sua situação, apresentou-se quando o debate já começara e pediu a palavra.

O seu repentino aparecimento calou a voz de todos: um silêncio tumular tomou conta da Assembléia.

# VII

— Siracusanos! — começou Diocles. — Compreendo os vossos sentimentos, sei o que estais sentindo. Eu também tinha amigos que morreram em Imera, e mesmo assim não parei para recolher os corpos...

— Porque és um covarde! — exclamou um dos presentes.

— Silêncio! — intimou o presidente da Assembléia — deixai-o falar.

— Não o fiz — continuou Diocles — porque me arriscaria a perder mais companheiros que ainda estavam vivos. Preferi trazê-los de volta sãos e salvos. Agindo assim também salvei a vida de muitos fugitivos que de outra forma iriam ser massacrados...

— Deixando outros tantos sem amparo! — gritou outro. — Pessoas que haviam acreditado em nós, que nos haviam confiados suas vidas. Desonraste a nós todos! — apontou o dedo contra ele ao proferir estas palavras e Diocles viu que usava no pulso a pulseira com o golfinho, o símbolo da Companhia à qual pertencia Dionísio.

O presidente da Assembléia pediu mais uma vez ordem na sala e Diocles retomou a palavra.

— Não tive escolha, acreditai em mim! A cidade estava condenada: nada e ninguém poderia salvá-la do assalto de sessenta mil homens. Aquele bárbaro sedento de sangue nunca iria levantar o sítio sem antes chacinar todos os imerenses. Ao menos salvei as mulheres e as crianças, além de muitos homens... Mas não vim aqui para defender-me das vossas acusações. Agi de boa-fé e lutei com coragem. Os meus companheiros são testemunhas disto. Estou aqui, no entanto, para exortá-vos a não deixar Ermócrates entrar na cidade...

Um murmúrio de insatisfação serpenteou entre os presentes. Alguns resmungaram, outros insultaram-no.

— Sei que nesse momento ele se apresenta a vós como herói, um valoroso soldado que desafiou os bárbaros, que acampou nas ruínas de Selinunte, que trouxe de volta as ossadas dos vossos filhos. E talvez ele seja mesmo um herói. Mas também é um aventureiro, um homem que visa apossar-se do poder. Siracusa é uma democracia e as democracias não precisam de grandes homens, de heróis. Precisam de cidadãos, de pessoas normais que cumpram com seu dever a cada dia e que estejam a serviço do seu país. Se Ermócrates entrar na cidade, como achais que as nossas instituições livres poderão sobreviver? O seu séquito é formado por imerenses e selinuntinos, além de um grupo de mercenários orientais que ele paga com ouro persa, homens fiéis a ele, não à cidade ou às instituições, e que tudo fariam por ele. Se o que ele queria era somente devolver os corpos dos caídos, por que então trouxe consigo milhares de guerreiros?

— Porque está juntando um exército para escorraçar os cartagineses de toda a Sicília — ecoou outra voz, a de Filisto.

— Sei de que lado tu estás! — invectivou-o Diocles. — E todos nós sabemos que o teu amigo Dionísio casou com a filha de Ermócrates.

— Sou amigo de Dionísio com muito orgulho! — exclamou Filisto. — É um homem corajoso que sempre lutou sem se poupar, expondo-se diretamente ao perigo e à morte. Será por acaso uma culpa se manter fiel à amizade?

Diocles não respondeu e retomou o fio da meada dirigindo-se aos membros da Assembléia.

— Já esquecestes a arrogância dos aristocratas? Se deixardes que Ermócrates passe pelas portas da cidade, podeis ter certeza de que ele trará de volta ao poder os antigos patrões, os que mandavam fustigar-vos se vós não trabalhásseis noite e dia, como animais, nos campos deles, e que nem mesmo se dignavam a olhar para as vossas caras quando vos encontravam na rua, que só casavam entre si como se pertencessem a outra raça, como se nada tivessem a ver com os comuns dos mortais.

Filisto reagiu.

— Não escutai o que ele diz, cidadãos! Só fala assim para desviar a atenção da sua inépcia, da desonra que jogou sobre todos nós ao abandonar os aliados nas mãos do inimigo, fugindo de noite como um ladrão, deixando sem sepultura os corpos dos vossos filhos, à mercê de cães e aves de rapina. Eu vos peço, ao contrário, que deixeis Ermócrates entrar na cidade. Ele foi removido injustamente do cargo enquanto lutava longe daqui à frente da nossa frota, teve a sua volta recusada sem ter cometido crime algum. Ermócrates é a única esperança desta terra, o único capitão capaz de escorraçar os cartagineses da ilha, o único que pode vingar os vossos filhos!

Ao ouvir estas palavras a multidão rumorejou. Muitos ficaram de pé gritando para Diocles:

— Sai da nossa frente! Queremos os nossos mortos! Tu só falas por inveja!

Muitos outros, no entanto, ficaram em silêncio. De algum modo as palavras de Diocles haviam deixado uma marca.

Finalmente os magistrados decidiram votar a ordem do dia que constava de dois pontos: a cerimônia de um funeral público às custas do Estado para honrar os mortos que voltavam à pátria e a permissão para Ermócrates entrar na cidade.

A primeira moção foi aprovada, a segunda reprovada, mais uma vez com uma diferença mínima de votos.

Mesmo assim, no entanto, um grupo de cidadãos apresentou uma terceira proposta que condenava Diocles ao desterro por incapacidade como chefe do exército e por covardia diante do inimigo. A moção foi aprovada com maioria esmagadora, como se os cidadãos se sentissem culpados por ter recusado a volta do mais valoroso entre todos os filhos de Siracusa e quisessem compensá-lo com o exílio do seu principal adversário.

Num breve intervalo de tempo Ermócrates recebeu pela segunda vez a recusa da sua cidade, e não lhe serviu de consolo saber que Diocles havia sido condenado ao desterro. Uma delegação da Assembléia informou-o da notícia e o homem que falou em nome de todos fez isto a contragosto, demonstrando não estar nem um pouco à vontade, e sentiu-se pior ainda quando Ermócrates não deu resposta alguma, limitando-se a inclinar a cabeça sobre o peito em desdenhoso silêncio.

Então Dionísio falou.

— Podeis pegar os caixões com os restos dos soldados mortos para que sejam devidamente honrados. Andai logo, pois quanto antes ídeis embora, melhor.

A comitiva partiu logo a seguir e chegou à cidade uma hora mais tarde. Os caixões foram colocados um ao lado do outro na ágora para que as famílias reconhecessem os próprios parentes. Quando a pulseira de salgueiro permitia a identificação, o nome do morto era gravado a fogo na madeira do ataúde. No caso de não ter sido possível dar um nome ao corpo escrevia-se a palavra αγνωτοσ, "desconhecido"; onde se haviam juntado membros soltos de várias pessoas, escrevera-se a palavra πολλοι, "muitos".

A volta daqueles restos reavivou a dor dos pais e dos parentes e em todos os cantos da cidade ecoaram a noite inteira prantos e lamentações. No dia seguinte foram celebradas as exéquias. As piras funerárias foram acesas fora da cidade, mais para o sul, e quando o fogo consumiu o que havia sido poupado pelos cães e os animais selvagens, os ossos e as cinzas foram devolvidos aos parentes para que fossem colocados no túmulo.

Aretes também participou do funeral, sozinha, pois entre os mortos havia um primo dela de quem sempre gostara muito. Quando voltava para casa, antes de ficar escuro, percebeu que alguém a seguia e apressou o passo.

De repente deu-se conta de que àquela hora somente uma escrava ou uma prostituta podia andar sozinha na rua, e teve medo. Sem se virar começou a andar ainda mais depressa, quase correndo para alcançar a porta de casa e fechar-se lá dentro. As passadas que a perseguiam tornaram-se mais velozes e pesadas, como as batidas do seu coração. Então, de repente, deixaram de ser ouvidas.

Aretes parou, olhou para trás. Ninguém. Suspirou e dobrou à esquerda sem demora, mas logo que virou a esquina viu-se diante de uma figura encoberta por um manto escuro e não conseguiu evitar um grito.

— Shhh! *Siopa!* — intimou uma voz peremptória.

— Dionísio! — exclamou Aretes ao reconhecê-lo.

Tinha a cabeça e o rosto encobertos por um capuz e disse-lhe:

— Segue em frente sem parar. Irei atrás de ti até em casa.

Seguiram então adiante, rápidos pelas ruas do bairro de Acradina até chegar à casa com o alpendre. A videira já estava cheia de folhas novas, assim como a figueira que crescia bem encostada no muro, ao lado da entrada. Aretes tirou a chave da sacola, abriu e mandou entrar o marido, para logo em seguida trancar a porta e pular em cima dele abraçando-o apertado. Dionísio segurou-a longamente sem nada dizer.

— Preparo o jantar? — perguntou ela.

— Não estou com muita fome — respondeu Dionísio.

— Qual foi a reação do meu pai?

— Não gostou nem um pouco. Era de se esperar.

— Ele já decidiu o que vai fazer?

— Acho que voltaremos a Selinunte. Não há outro lugar onde possamos nos estabelecer.

— Assim sendo, irei convosco. Já não há motivo para eu ficar aqui sozinha.

— Nem penses nisso.

— Como assim?

— Teu pai prefere que fiques em Siracusa.

— E daí? Sou uma mulher casada: já não preciso acatar as ordens de meu pai, só as de meu marido. Não preciso do consentimento dele, só do teu.

— Acontece que concordo com teu pai. Enquanto estivermos em Selinunte a situação continuará sendo muito perigosa.

— Tu não passas de um bastardo... — disse Aretes com os olhos cheios de lágrimas —, será possível que não me queiras nem um pouco?

— Não vamos recomeçar a brigar — rebateu Dionísio em tom conciliatório. Sabes muito bem que és a pessoa que mais amo no mundo. Por isso mesmo decidi não levar-te comigo. Mas ouve... eu não deveria tocar no assunto mas vou falar assim mesmo: não creio que ficaremos separados por muito tempo.

— O que queres dizer? — perguntou Aretes enxugando as lágrimas.

— O teu pai volta para Selinunte, mas eu só irei acompanhá-lo na primeira parte da viagem. Irei encontrar umas pessoas que poderão ajudar a preparar a sua volta à cidade.

— A volta? Como assim?

— É melhor tu não ficares sabendo. Acredita, só vai levar uns poucos dias, sem dúvida alguma menos de um mês. E então nunca mais vamos nos separar: vais acabar ficando enjoada de mim, tu vais ver.

Aretes sacudiu a cabeça.

— Não acreditas?

— Acredito — respondeu — e é por isso mesmo que estou com medo. Um regresso desses não pode acontecer sem derramamento de sangue.

— Não necessariamente. Faremos com que a coisa chegue a bom termo o mais rápido possível. Teu pai tampouco quer ver sangue correndo na rua, e a cidade já sofreu perdas demais. Mas ele tem o direito de voltar: o decreto que o condenou ao exílio é injusto. E além do mais Siracusa está sem um chefe justamente quando os cartagineses preparam uma nova invasão.

— Como é que sabes?

— Temos nossos informantes.

— Na cidade andam dizendo que se os cartagineses voltarem a culpa é vossa, porque se se instalardes em Selinunte levareis adiante ações bélicas.

— E que tu achas?

— Que pelo menos em parte estão certos.

— Fizemos o que precisava ser feito e fico surpreso que justamente tu, que assististe àqueles horrores, fales desse jeito.

— As mulheres têm uma maneira diferente de pensar. Vós homens só pensais em vingança, honra, procurais mostrar o vosso valor como guerreiros, mas isto só serve a perpetuar os ódios, a acirrar os rancores. Vós ficais à cata de glória, nós choramos pelos nossos filhos, os nossos irmãos, os pais, os maridos. O meu sonho é viver em paz nesta casa ao teu lado, receber os amigos e cozinhar para eles embaixo do alpendre, nas noites de verão, olhando para os barcos que entram no porto. E criar os meus filhos para um dia poder olhar para os netos. Podem parecer sonhos sem muita importância, eu sei, mas para mim seriam a realização de tudo aquilo que desejo.

Dionísio segurou-a pelos ombros e fitou-a nos olhos.

— As mulheres de Selinunte e de Imera também tinham sonhos, não achas? E alguém transformou-os em pesadelos sangrentos. E os foragidos que se salvaram, homens e mulheres, também têm um sonho: voltar para suas casas para lá viver o resto dos seus dias. Todas as nossas cidades ficam na costa e foram fundadas nos únicos lugares próprios para se viver. Se forem destruídas, Aretes, não há outra alternativa a não ser desaparecermos como se nunca tivéssemos existido. É isto que tu queres? Que os gregos da Sicília desapareçam como sombras, que as nossas cidades fiquem reduzidas a montões de escombros, covis de animais selvagens?

— Não... — respondeu Aretes baixinho. — É claro que não desejo isto, mas estou cansada de viver na angústia, no terror de saber que cada vez que alguém bate à minha porta pode ser para trazer a notícia que partiria o meu coração.

— E então temos de escorraçar os bárbaros da ilha. Só assim poderemos viver em paz e construir um futuro para os nossos filhos. Teu pai e eu voltaremos a Selinunte, e depois chefiaremos a desforra. Mas antes de isso acontecer passará sem dúvida algum tempo e nós teremos a possibilidade de ficar tranqüilamente juntos aproveitando a vida e... o amor.

Aretes enxugou as lágrimas.

— Seja como for, sei muito bem que qualquer coisa que eu ou qualquer outro possamos dizer de nada adiantaria para levar-vos a mudar de idéia, nem tu nem meu pai. É incrível como os únicos homens que importam na minha vida concordem exatamente em tudo aquilo que me deixa doente... Deve ser a minha sina.

Dionísio sorriu.

— Para tua informação, desta vez as coisas são um tanto diferentes.

— Como assim?

— Teu pai ainda não sabe do meu plano.

— Mas... não estou entendendo.

— Será informado no devido tempo.

— Isso me deixa ainda mais apavorada. Parece-me, aliás, uma verdadeira loucura.

Dionísio acariciou-lhe a face.

— Não te preocupes. Sei o que faço. E quando o dia chegar, tudo irá resolver-se em apenas umas poucas horas.

Aretes fitou-o com uma expressão desconcertada: amontoavam-se na sua cabeça mil coisas que gostaria de mencionar, mil razões para tentar dissuadi-lo, dúvidas, temores, aflições. Só conseguiu dizer:

— Queres então que lhe prepare algo para o jantar?

— Jantar? — repetiu Dionísio.

— Queres ou não afinal?

— Não — respondeu. Aí segurou-a nos braços e levou-a para cima, para o quarto.

Ermócrates levantou acampamento três dias depois e não foram poucos, em Siracusa, a respirar mais aliviados quando souberam que a coluna se dirigia do Ocidente. Dionísio saiu mais tarde a cavalo, sozinho, e dirigiu-se para um local no interior onde tinha um encontro com alguns homens da sua Companhia, entre os quais os amigos mais íntimos: Iolau, Dorisco, Bitão; Filisto também estaria lá.

Diocles já havia deixado Siracusa obedecendo ao decreto da Assembléia. Desapareceu no vazio e nunca mais se soube dele. Talvez por ter ficado satisfeito com o fato de conseguir manter Ermócrates fora da cidade, ou talvez por sentir-se envergonhado a ponto de não querer que se falasse de novo a seu respeito, escolhendo portanto viver em algum lugar desconhecido, como uma pessoa qualquer.

Ermócrates e seus mercenários levaram seis dias de marcha para chegar a Selinunte, onde muitos outros guerreiros esperavam que o comandante os liderasse.

Enquanto isso, Dionísio chegara ao local da reunião secreta: uma pedreira de arenito abandonada no caminho para Catânia. Um bom número de amigos, todos membros da Companhia, também foram chegando aos poucos e finalmente Filisto também apareceu. Quando todos já estavam presentes, Dionísio mandou umas sentinelas ficar de vigia e começou a falar.

— O decreto da Assembléia é um escândalo — foi logo dizendo — e o exílio de Ermócrates é uma monstruosa injustiça. Não há qualquer acusação contra ele: apenas suspeitas e malevolências. Na verdade é o melhor entre nós, um homem valoroso cuja única culpa é ter sempre servido à pátria em qualquer lugar e a qualquer hora, sempre se sacrificando sem pedir coisa alguma em troca. Mas o ponto não é este: sabemos com certeza que os cartagineses estão preparando uma nova campanha para o ano que vem, e desta vez estão dispostos a acabar com qualquer resistência, inclusive a de Siracusa.

— Como é que tu sabes? — perguntou um dos presentes.

— Eu posso explicar — interveio Filisto. — Há pouco mais de um mês uma delegação cartaginesa foi a Atenas para certificar-se de que o governo da cidade continua a apoiar a guerra contra Esparta. Por que fariam isto, no teu entender? Muito simples: se os atenienses mantiverem os espartanos empenhados no Egeu, estes últimos não poderão vir nos socorrer, como fizeram sete anos atrás, no caso de os cartagineses nos atacarem. E podeis ter certeza de que este é o plano deles.

— Assim sendo — continuou Dionísio — o único homem com condição de guiar o nosso exército neste conflito, nessa altura inevitável, é Ermócrates. Já viram o que aconteceu em Selinunte e Imera só porque faltou unidade de comando e determinação: o mesmo acontecerá com Siracusa se continuarmos a perder tempo com questões de teoria política. Estamos falando de sobrevivência. Estamos todos de acordo quanto a isto?

Todos assentiram.

— Muito bem. Então faremos com que regresse à cidade.

— Não vai ser fácil — objetou Dorisco, um rapaz de mais ou menos vinte e cinco anos de cabelo ruivo como o pai, originário da Trácia, e olhos escuros como a mãe siciliana.

— Mas tampouco tão difícil de se fazer — continuou Dionísio.

— É uma loucura — rebateu Iolau, um dos companheiros mais fiéis e, assim como Dorisco, amigo de infância. — O povo nos fará em pedaços.

— Atacaremos de surpresa — continuou Dionísio sem pestanejar — nós por dentro e Ermócrates por fora. Assumiremos o controle da porta ocidental e abri-la-emos quando os nossos exploradores nos avisarem que Ermócrates está pronto a invadir a cidade. Nesse ponto será só questão de poucas horas e tudo estará resolvido. O povo irá aceitar a realidade dos fatos.

"Se ficarmos parados teremos de assistir à ladainha de sempre: o pessoal que debate durante longos dias na Assembléia antes de tomar uma decisão cuja execução será entregue a amadores, a um comerciante de peixes salgados ou a um carpinteiro naval em lugar de um guerreiro, filho e neto de guerreiros. Lembrai-vos disto, amigos: não faz muito tempo que os bárbaros nos temiam — talvez superestimando a nossa força por saber que tínhamos vencido os atenienses — mas o comportamento covarde de Diocles convenceu-os de que não somos capazes de defender os nossos aliados e que, portanto, tampouco seremos capazes de defender a nós mesmos. Vão atacar, podeis ter certeza disso, e não irão parar até a nossa aniquilação. Só Ermócrates pode nos salvar. Acreditai, não temos escolha."

— Para mim ele está certo! — exclamou Bitão, o mais vigoroso, impaciente e irrequieto dos companheiros de Dionísio, sempre pronto a entrar numa briga e a usar as armas, se necessário.

— Então, quem está comigo?

Todos levantaram as mãos.

— Muito bem — concluiu Dionísio. — A decisão está tomada. Agora precisamos transformá-la em ação, mas antes vamos renovar o nosso juramento, o que nos prende uns aos outros, e que os deuses amaldiçoem quem chegue a violá-lo. Juremos que se alguém trair iremos atrás dele até encontrá-lo e puni-lo.

Os presentes juraram. Participar de uma Companhia significava ter importantes vantagens na vida social e política, e até no exército, mas também acarretava pesadas obrigações e riscos mortais no caso de defecção.

Da mesma forma com que haviam chegado, todos partiram aos poucos, um de cada vez ou em pequenos grupos, seguindo caminhos de volta diferentes para não chamar atenção.

Filisto, que até então nada dissera limitando-se a ouvir e a observar, aproximou-se de Dionísio.

— Parece-me impossível que com tanta gente envolvida alguém não acabe nos traindo.

— Nunca aconteceu — respondeu Dionísio tranqüilo.

— Mas a aposta nunca foi tão alta como agora. Estamos falando do destino de Siracusa, e talvez da Sicília inteira — rebateu Filisto.

— Seja como for, é um risco que precisamos correr. Já não é possível voltar atrás.

Filisto ficou calado algum tempo, observando os retardatários que montavam a cavalo e se afastavam pela estrada branca de poeira, aí perguntou:

— Quando pensas contar a Ermócrates?

— Hoje mesmo. Esta noite enviarei alguém para avisá-lo.

— Achas que vai concordar?

— Sem a menor dúvida. É tudo aquilo que ele deseja. A volta é uma verdadeira obsessão para ele, e também seria para mim se estivesse no seu lugar.

— Já pensaste em como coordenar a tua ação com a dele? É preciso que as duas aconteçam exatamente ao mesmo tempo.

— Usarei estafetas, e de qualquer maneira já conhecemos muito bem os prazos para deslocar um exército de Selinunte para Siracusa.

— Pode ser, mas não te esqueças: esta vai ser justamente a coisa mais difícil e delicada. Procura dedicar-te atentamente ao problema. O resto acontecerá por si só... Quando vai ser?

— Exatamente daqui a nove dias, contando a partir de amanhã. Atacaremos ao alvorecer e tudo estará acabado antes do pôr-do-sol.

Filisto aproximou-se.

— Dionísio — disse —, sabes que sou um letrado, não um guerreiro, e nesta ação seria mais um estorvo do que outra coisa. Dize-me o que posso fazer para ajudar.

— Nada. Observe e considere tudo aquilo que acontecerá para transmiti-lo aos que virão depois de nós. Esta é a tua tarefa. O que sobra de nós, depois que entramos no reino de Hades, não é a lembrança verdadeira daquilo que fizemos mas sim a nossa imagem forjada pela história. E agora vai, antes que fique escuro demais.

Filisto acenou de leve com a cabeça, jogou a capa em cima dos ombros e foi pegar o cavalo.

Ermócrates recebeu a mensagem de Dionísio, escrita em código numa *skytale* à moda espartana, na tarde do terceiro dia e logo que a leu foi tomado por profunda agitação. O teor do recado deixava entender que chegara a hora de aproveitar uma oportunidade que nunca mais se apresentaria e que, portanto, era preciso mexer-se sem demora. Numa situação que precisava da mais atenta reflexão, Ermócrates acabou se entregando à paixão, ao violento desejo de rever a pátria, de conquistar o poder, de vingar-se daqueles que se aproveitaram da sua ausência para privá-lo dos direitos mais sacrossantos, para desacreditá-lo e torná-lo malvisto pelo povo.

Perguntou quantos homens estavam disponíveis naquela mesma hora e responderam-lhe que podia contar com pouco mais de mil soldados prontos a marchar ao seu sinal. Os demais estavam longe, ocupados em outras missões contra as guarnições cartaginesas, e não poderiam voltar antes de um ou dois dias.

— Não posso esperar por eles — disse. — Avisai-os para que, ao voltarem, partam sem demora e se juntem a mim em Siracusa.

— É um erro, *hegemón* — replicou um dos seus oficiais chamado Cleante. — Para que tanta pressa? Acho que seria melhor nós nos movermos em segurança, com todas as nossas tropas.

— Não. Estão me dizendo que a hora é esta. Agora ou nunca.

— Como quiser — respondeu Cleante. — Podes contar comigo, é claro, mas continuo achando que esperar mais um dia não faria muita diferença.

Ermócrates pareceu hesitar um momento, tomado pelas dúvidas. A idéia de arriscar tudo naquela decisão deixava-o angustiado. Então, de repente, pareceu ter encontrado a solução para o problema.

— Talvez tu estejas certo — disse. — Vamos fazer o seguinte: eu partirei logo, e virás juntar-te a mim com o resto das tropas a marchas forçadas. Deixará aqui em Selinunte uma guarnição de mil homens no máximo. Serão suficientes. Leva o resto contigo. E não só infantaria pesada, traz também uma unidade de peltastas, tropas de assalto.

— Nada de cavalaria?

— Não vamos precisar. Lutaremos nas ruas, nos becos...

— Não temos muitos — disse Cleante. — Reunirei todos que puder.

— Ótimo. Vou viajar mais tranqüilo. Deseja-me boa sorte, meu amigo. Desta empresa depende o meu futuro, o teu, o da cidade e talvez o da Sicília inteira.

— Desejo-te a proteção dos deuses, *hegemón* — disse Cleante. — Só espero que os nossos aliados na cidade saibam tão bem quanto nós o que estão fazendo.

No dia seguinte, antes de o sol raiar, o corneteiro deu o toque de reunir e não demorou quase nada para mil e cem hoplitas e duzentos entre peltastas e infantes de assalto se juntarem no meio da ágora.

Ermócrates, já vestindo a armadura, passou-os em revista quando ainda estava escuro, para logo a seguir dirigir-lhes um breve discurso.

— Homens! Desta vez cabe-nos uma tarefa bem mais difícil e dolorosa: voltaremos a Siracusa, mas só uma parte dos nossos concidadãos aguarda o nosso regresso. Os demais lutarão conosco e teremos de matá-los. Infelizmente não temos escolha. Uma vez instalados e já de posse das rédeas do poder, guiaremos a desforra contra os bárbaros e os rechaçaremos para a África depois de fazê-los pagar pela chacina de Selinunte e o massacre de Imera. As feridas irão sarar e uma nova prosperidade fará com que o passado seja esquecido.

"Mas agora precisamos levar a cabo a tarefa. A nossa será uma corrida contra o tempo, razão pela qual não quero ouvir qualquer um de vocês dizer 'estou cansado'. Teremos de marchar desde as primeiras luzes do dia até a noite, só parando brevemente ao meio-dia para o almoço, pois precisamos chegar à porta ocidental de Siracusa dentro de seis dias no máximo. Marcharemos leves, portanto, deixando os escudos nos carros. A palavra de ordem é 'Aretusa'. Que os deuses nos protejam. Nada mais tenho a dizer."

Logo a seguir Ermócrates segurou a lança e seguiu em frente. Os homens, dispuseram-se em fileiras de quatro e a coluna começou a marchar. Um oficial entoou uma canção mas muito em breve o passo do comandante mostrou-se tão acelerado que ninguém teve mais fôlego para cantar e a marcha prosseguiu em silêncio pelo resto do dia.

# VIII

No terceiro dia após o envio da mensagem a Ermócrates, Dionísio mandou passar adiante a ordem de alerta entre os homens da Companhia e todos se mantiveram prontos a intervir a um sinal dele. O plano consistia em ocupar a porta ocidental no bairro de Acradina, manter a posição até o almirante passar com as suas tropas para então dividir-se em suas unidades. A primeira, sob o seu comando, formada por soldados de assalto com armas leves, iria livrar as ruas das patrulhas de ronda. A outra, às ordens de Iolau, manteria aberta a passagem para a infantaria pesada de Ermócrates, que por sua vez encarregar-se-ia da ocupação da ágora.

Em seguida iriam tomar de assalto a Ortígia capturando os chefes do partido adversário. Depois disto os arautos iriam convocar a Assembléia para que o povo ficasse a par das mudanças na nova situação política.

Dionísio, no entanto, não tinha levado em conta a ansiedade de Ermócrates para voltar quanto antes a Siracusa. Tamanha havia sido a rapidez da sua marcha que deixara muito para trás o segundo contingente guiado por Cleante. Este partira com mais de um dia de atraso mas, longe de aproximar-se, distanciara-se cada vez mais, de forma que quando Ermócrates avistou Siracusa, as tropas de Cleante ainda iriam levar dois dias para chegar. O próprio Cleante tinha enviado na vanguarda exploradores a cavalo para descobrir aonde tinham chegado os homens de Ermócrates, avisando-o então do atraso acumulado; a missão, no entanto, não surtira efeito.

O primeiro contato entre Dionísio e o sogro aconteceu através de mais uma mensagem em código.

Dionísio a Ermócrates. Salve. Estamos prontos a agir no dia e na hora combinada. É de extrema importância que tu entres com o maior número possível de soldados: os siracusanos deverão ter a impressão de que a cidade foi ocupada e está em nosso poder. Se porventura tivermos de travar uma batalha nas ruas o resultado poderá ser bastante incerto.

Mais uma vez Ermócrates ficou em dúvida. Logo ele que nunca na vida hesitara diante do inimigo atormentava-se agora na incerteza, justamente na hora de desfechar uma ação militar contra a sua própria pátria. Percebia que se esperasse demais acabariam na certa reparando na sua presença e o alarme espalhar-se-ia pela cidade. Talvez o exército saísse para enfrentá-lo em campo aberto e o êxito do embate, neste caso, ser-lhe-ia certamente desfavorável.

Não podia esperar: com mais uma mensagem em código confirmou ao genro que estaria na porta ocidental no dia e na hora marcados, isto é ao alvorecer da manhã seguinte.

Os chefes do governo da cidade, no entanto, haviam de alguma forma percebido os estranhos movimentos de tropas a ocidente e haviam colocado sentinelas em vários locais do território, ao longo das margens do Anapo e nas encostas das colinas, para não serem pegos de surpresa.

Mesmo assim Ermócrates conseguiu alguma vantagem ao movimentar as tropas em silêncio, no escuro, e conseguindo assim postá-las bem próximas da porta ocidental. Quando viu o sinal de caminho livre lançou-se em frente e topou quase imediatamente em Dionísio e nos jovens da Companhia, armados e prontos a obedecer às suas ordens.

Ermócrates abraçou-o.

— Finalmente chegou a hora — disse. — Vamos atacar juntos na direção da ágora, pois dali poderemos seguir em frente rumo a Ortígia. Se conseguirmos ocupá-la, também estaremos controlando o porto e o estaleiro. Então tudo será fácil. Tu dispões de grupos de assalto?

— Claro — respondeu Dionísio. — Aqui estão eles. — E apontou para uns cinqüenta peltastas armados de arco, flechas, espada curta e pequenos escudos trácios em forma de meia-lua.

— Então vai em frente com eles e abre o meu caminho. Livrai-vos das patrulhas de ronda antes que toquem o alarme.

Dionísio anuiu com um sinal da cabeça e foi em frente com o seu grupo de homens.

Ermócrates também mexeu-se forçando a um passo acelerado as suas unidades que o seguiram em fileiras de seis, o máximo permitido pela largura das ruas.

Diante do avanço de Dionísio e dos seus peltastas o bairro mostrava-se estranhamente silencioso. Não havia vivalma nas ruas. Algum cachorro acordava de repente enquanto passavam e começava a latir mas ninguém parecia responder àqueles furiosos chamados: as portas e as janelas continuavam trancadas. Dionísio seguia em frente, correndo, cada vez mais tomado de ansiedade, preocupado com aquele progresso demasiado fácil, com a total ausência de patrulhas de ronda. Chegou a pensar que talvez fosse melhor recuar, convencer Ermócrates a desistir, mas achou que talvez os seus receios não tivessem fundamento, que a calma era devida à hora tardia e que a maioria das patrulhas devia estar entre o estaleiro e a Ortígia.

De repente pôde vislumbrar diante de si, a uns cem passos de distância, a colunata que marcava o acesso à ágora, o amplo espaço destinado às assembléias que era preciso atravessar para chegar ao curto dique que ligava a

Ortígia à terra firme. Aparecia esbranquiçada na primeira luminosidade da alvorada, através do véu de névoa impalpável que subia do mar.

Dionísio fez um sinal para os homens pararem e se achatarem contra os muros das casas dos dois lados da rua, em seguida chamou Bitão e Iolau e mandou-os em exploração.

— Segui em frente mantendo-vos bem encostados nas paredes nas áreas mais escuras, até chegardes à colunata: se não houver coisa alguma a despertar as vossas suspeitas assobiai e nós iremos atrás. Vamos presidiar a entrada e a saída da ágora até toda a infantaria pesada passar, então retomaremos a dianteira das tropas e seguiremos novamente em frente para abrir caminho no dique até a Ortígia. Alguma dúvida?

Os dois acenaram que não e se encaminharam sem fazer o menor barulho. Dionísio esperou quase com angústia que chegassem até a colunata. Enquanto isto aguçava os ouvidos para captar o passo cadenciado da infantaria pesada que se aproximava sob o comando de Ermócrates. Passaram-se poucos instantes antes de ouvirem o assobio de Bitão: o caminho estava livre.

Dionísio partiu correndo com o seu grupo.

— Ninguém à vista — disse Iolau.

— Melhor assim, mas ficai atentos. — Dionísio dividiu os seus homens em duas tropas. — Vós comigo — disse aos primeiros. — Vamos à saída que dá para a Ortígia. Os outros ficam aqui com Bitão e Iolau à espera de Ermócrates e do resto das tropas. Depois de todos passarem, alcançai-me na frente da coluna para que possamos novamente avançar juntos.

Separaram-se em dois grupos de uns vinte homens cada e o primeiro seguiu Dionísio logo chegando à saída oriental da ágora.

Tudo deserto do outro lado também e Dionísio postou-se embaixo da colunata para presidiar a passagem. Não demorou muito para os primeiros homens da coluna de Ermócrates aparecerem. Uma boa parte da operação já tinha sido felizmente concluída: a entrada da Ortígia só estava a poucas centenas de passos de distância, e dali a pouco o primeiro raio da manhã iria refletir-se nos acrotérios dourados do templo de Atena no ponto mais elevado da ilha: a saudação do sol a Siracusa.

Mas foi aí que tudo virou um inferno: justamente na hora em que os homens de Ermócrates ocuparam a ágora, colunas de armados, até então escondidos nas casas, irromperam das ruas laterais, da esquerda e da direita, de oriente e de ocidente, bloqueando todas as saídas. Dos telhados dos prédios em volta choveram milhares de dardos desfechados por arqueiros invisíveis que atiravam no amontoado sem nem precisar mirar.

Dionísio reagiu com os homens da sua Companhia e tentou furar o bloqueio do lado oriental da praça para forçar uma saída rumo ao estaleiro e às docas, mas os adversários tinham previsto esta tentativa e tinham disposto ali uma unidade numerosa e escolhida que contra-atacou com vigor rechaçando qualquer assalto.

A briga espalhou-se feroz em cada canto da grande praça e, com o aumentar da luminosidade, as proporções do desastre tornaram-se visíveis em toda a sua assustadora evidência. O sangue corria farto em todo lugar, o chão estava coberto de mortos e feridos, o assédio dos soldados da cidade ficava cada vez mais apertado e nenhuma salvação parecia possível para os guerreiros apinhados no meio da grande esplanada.

Ermócrates tentou juntar à sua volta os homens melhores para furar o cerco num ponto à direita da praça, onde a multidão dos inimigos parecia ter ficado menos numerosa. Para eles também era difícil manter a coesão da formação e a uniformidade de pressão num espaço tão limitado.

Ao perceber as intenções de Ermócrates, Dionísio apressou-se a acudir com os seus e todos juntos lançaram-se adiante segurando as lanças e gritando a plenos pulmões para se encorajar e estimular uns aos outros. A frente adversária cambaleou no impacto com aquele grupo desesperado e começou a ceder. Os golpes de Dionísio, que combatia agora com a espada e estava empenhado num terrível corpo-a-corpo, acabaram com três adversários um depois do outro, e os demais companheiros, já vendo perto a possibilidade de sair daquela cilada, começaram a empurrar com força apoiados nos escudos, tornando ainda mais vigoroso o impulso dos que lutavam na primeira linha. Finalmente a formação inimiga foi atropelada e os homens de Dionísio procuraram irromper na brecha para encontrar a salvação nos bairros ocidentais da Acradina. Naquela mesma hora, porém, ao perceber o que estava acontecendo, um dos oficiais inimigos mirou com cuidado de uns dez passos de distância e lançou com precisão o dardo contra Ermócrates, que naquele momento era iluminado pelos raios do sol nascente, acertando-o bem no meio do peito.

Ferido no coração, Ermócrates tombou fulminado e um grito de aflição ouviu-se nas fileiras dos seus guerreiros, que mesmo assim continuaram a combater com ainda mais encarniçamento para vingar a morte do seu comandante.

Dionísio, que já tinha chegado quase fora da praça, virou-se para ver o que estava acontecendo quando um golpe de espada afundou no seu ombro direito. Deixou cair com um grito de dor a arma que empunhava e ainda teve força suficiente para abater o adversário que o ferira com um violento golpe de escudo. Iolau socorreu-o antes que caísse e arrastou-o consigo deixando atrás um rasto de sangue.

Pararam ofegantes embaixo de um arco que se abria entre duas estreitas ruas laterais e dali puderam ouvir os gritos do massacre que ecoavam nos muros da cidade como mugidos de animais no matadouro.

Iolau levantou-o de novo segurando-o pela axila e exortou-o a retomar o caminho.

— Daqui a pouco vão começar a revistar as ruas à cata de sobreviventes, precisamos sair sem demora.

Dionísio apoiou-se na parede e pareceu ser tomado de repente por um terrível pensamento.

— Deuses sagrados, Aretes!

— O quê?

— Preciso ir ver a minha mulher. Está sozinha em casa e acho que eles sabem muito bem que participei do ataque. Esta emboscada só pode ser fruto de traição.

— Precisas o quanto antes de um médico, pois do contrário irás morrer.

— Primeiro a minha mulher. Ajuda-me, eu te peço.

— Está bem — arquejou Iolau — mas antes temos de pensar a hemorragia para evitar que sangres até morrer. — Rasgou um pedaço da capa e comprimiu-o na ferida com as tiras do escudo, então retomaram o caminho.

Enquanto isso a cidade fervilhava de pessoas que corriam enlouquecidas de um lado para o outro, sem entender o que estava acontecendo, e já se ouviam nas encruzilhadas os arautos do governo anunciando aos berros a tentativa de Ermócrates e Dionísio de subverter as instituições da cidade e a promessa de generosas recompensas para quem capturasse os sobreviventes ou os denunciasse.

— Como temia — disse Iolau.

— Eu sei, eu sei. Vamos logo, receio...

Iolau olhou para ele: estava exangue no rosto, com o corpo frio como gelo. Arquejava a cada passo e suava copiosamente devido ao esforço. Parou várias vezes para recuperar o fôlego antes de enfrentar a subida que levava à sua casa. Dionísio apoiou-se numa pequena edícula de Hecate que surgia no cruzamento de um trívio. Quando voltou a mexer-se deixou uma larga mancha de sangue no muro.

Tiveram de parar de novo, principalmente quando encontraram unidades de soldados siracusanos fazendo a ronda à cata de fugitivos. Os que eram encontrados eram imediatamente executados. E a cidade já era palco de correrias de grupos exaltados que procuravam as casas dos conjurados para invadi-las e saqueá-las.

A casa do alpendre já estava perto e Dionísio estava entregue à mais terrível aflição. Iolau apoiou-o na mureta da cerca.

— Espera aqui — disse. — Vou na frente: pode haver alguém de tocaia para nos matar.

Aproximou-se da pequena porteira do jardim dos fundos, entrou pela portinhola de serviço e entrou no átrio olhando em volta. Logo que seus olhos se acostumaram com a penumbra, o rosto contraiu-se numa careta de horror. Virou-se imediatamente para voltar mas viu-se diante de Dionísio, pálido como um cadáver, que mal conseguia agüentar-se nas pernas.

— Já não há ninguém, lá dentro — disse Iolau tentando assumir uma atitude normal. — Vamos embora... tu precisas de um médico. Nem consegues ficar de pé. — Mas o seu olhar ainda mostrava uma terrível aflição.

Dionísio compreendeu e afastou-o com um braço.

— Deixa-me passar.

— Por favor... — disse o companheiro já não podendo segurar o pranto. — Eu te peço, não entra...

Mas Dionísio já passara do limiar, estava dentro de casa. Logo a seguir ouviu-se a sua voz alquebrada de horror gritando frases incoerentes, ouviram-se os seus soluços desesperados ecoando entre aquelas paredes manchadas e derrubadas. Iolau aproximou-se mas não se atreveu a tocar nele nem a falar. Dionísio estava de joelhos diante do corpo nu da mulher e chorava descontrolado.

Aretes estava quase irreconhecível: violentaram-na até provocar uma pavorosa hemorragia. Jazia numa gosma repulsiva de esperma, sangue e cuspe, tinha o rosto inchado, os lábios rachados, o corpo cheio de pancadas e arranhões. Como extrema afronta tinham até cortado os seus cabelos do jeito das prostitutas.

Dionísio segurou-a entre os braços apertando-a e começou a balançá-la para frente e para trás quase a niná-la, entregando-se a um choro comovido, lamuriento, um longo ganido de animal ferido.

— Vamos embora, eu te peço — disse a certa altura Iolau. — Vão voltar procurando por ti, podes ter certeza disto. Precisas salvar-te, Dionísio, salvar-te para vingar-te deste horror.

As palavras do amigo pareceram fazer efeito em Dionísio.

— Estás certo — disse. — Preciso vingar-me, preciso encontrá-los, desentocá-los e então matá-los todos, um depois do outro... mas não posso deixá-la aqui... não quero que o corpo dela sofra mais injúrias.

— Ela já não pode sofrer, Dionísio, e se estivesse viva seria a primeira a incitar-te a te salvares.

Afagou a testa da mulher com uma carícia.

— Ajuda-me a levá-la para baixo, eu te peço. Há um esconderijo no porão. Esperarei com ela e lhe farei companhia. Sempre teve medo do escuro.

Iolau contentou-o assumindo quase por completo o peso do corpo exânime da jovem, pois Dionísio poderia desmaiar a qualquer momento. Levantaram um alçapão, desceram alguns degraus e chegaram ao subsolo.

Dionísio apontou ao amigo uma passagem que levava a um cubículo cavado no arenito, escondido atrás de uma estante para as ânforas de vinho.

— Agora volta ao sótão — disse. — Irás encontrar uma arca com trajes limpos. Despe as armas, troca de roupa, lava o rosto: poderás circular mais facilmente sem despertar atenção. Procura Filisto: mora na Ortígia, na casa com o pórtico atrás da fonte Aretusa. Dize-lhe que estou aqui.

Iolau acenou que sim com a cabeça.

— Está bem, sei onde fica. Tu não te mexe e não tenta nada. Fica o mais parado possível. Vou buscar um jarro de água: deves estar morrendo de sede.

Dionísio nada disse. Estava encolhido contra a parede e abraçava o corpo de Aretes como se quisesse acalentá-la. Iolau trouxe a água, limpou-se, trocou de roupa e saiu.

Voltou dentro de umas duas horas acompanhado a uns cinqüenta passos de distância por Filisto e um médico. Encontraram Dionísio desmaiado, ainda abraçado no corpo de Aretes. Filisto não conseguiu evitar as lágrimas e ficou alguns momentos absorto, em silêncio, totalmente vencido pelo vendaval de emoções. Logo depois o médico também entrou. Juntos levaram Dionísio para o quarto de dormir e colocaram-no na cama. Ainda respirava mas os batimentos eram extremamente fracos; o corpo estava frio e os lábios lívidos. Despiram-no e puderam ver o rasgão que a espada tinha feito entre o ombro e o músculo peitoral.

— É um milagre que não tenha cortado os tendões do braço e a grande veia que passa justamente por aqui — disse o médico, apontando com o seu ferro cirúrgico para um ponto embaixo da clavícula. — Agora segurai-o firme.

Filisto e Iolau imobilizaram-lhe os braços enquanto o médico lavava a ferida com vinho e vinagre. Em seguida abrasou o ferro no fogo que havia ateado com a chama da lamparina e cauterizou a parte interna que continuava a sangrar; finalmente começou a suturar o corte externo. Dionísio estava tão esgotado que nem se mexeu. Só soltou um longo gemido quando o médico queimou a sua carne.

— Agora precisa descansar. Já fiz tudo o que estava ao meu alcance, o resto está nas mãos dos deuses: só espero que a ferida não se transforme em gangrena.

Filisto levou-o para um canto.

— Não deves comentar com ninguém a tua vinda para cá. Se ficares calado não irás te arrepender, e também serás recompensado por isto.

O médico acenou com a cabeça e esticou o braço para pegar o dinheiro que Filisto lhe entregava: cinco lindas moedas de prata com Aretusa cercada de golfinhos.

— O que vamos fazer com o corpo da jovem? — perguntou Iolau.

Filisto suspirou.

— Por enquanto vamos enterrá-la no subsolo, até quando for possível celebrar os funerais e colocá-la num túmulo digno da sua condição e do amor que Dionísio sentia por ela.

Deitaram-na numa vala cavada no arenito e Filisto mais uma vez teve de conter as lágrimas enquanto murmurava:

— Recebei-a, ó Deméter e Perséfone, nos gramados de asfódelos, deixai que beba a água do Letes para que esqueça os horrores deste mundo brutal e possa encontrar a paz, à espera do dia em que poderá juntar-se de novo ao único homem que amou na vida.

Voltaram para o quarto de Dionísio e esperaram até ficar escuro. Filisto já cuidara de tudo. A certa altura chegou um dos seus criados com um carro de feno puxado por uma parelha de mulas e entrou no jardim, ao abrigo do muro de pedra. Colocaram nele Dionísio, depois de envolvê-lo num lençol e ocultá-lo em seguida sob feixes de feno.

O carro dirigiu-se para a porta ocidental onde naquela hora estavam de vigia dois membros da Companhia prontos a matar as outras duas sentinelas de plantão no caso de elas se mostrarem diligentes demais no controle das pessoas e das mercadorias que passavam.

Não foi necessário. O carro atravessou a porta sem maiores problemas e seguiu para as margens do Anapo onde era esperado por um barco que começou então a navegar contra a correnteza entre cerradas moitas de papiro.

Na calada da noite, com a cidade já silenciosa após um dia de sangue e de gritos, perto da casa com o alpendre ouviu-se entoar uma cantiga, o hino de amor de uma antiga melodia nupcial. Uma serenata suave e pungente naquele lugar desolado e profanado, a última homenagem de um fugitivo ferido e quase moribundo ao seu amor perdido.

Dos participantes da desventurada empresa quase ninguém se salvou: entre os prisioneiros, todos os foragidos siracusanos que pertenciam à odiada casta dos proprietários de terras foram executados. Aqueles que por sua vez se haviam juntado a Ermócrates na esperança de ver novamente livres e prósperas as cidades de Selinunte e Imera tiveram a sua vida poupada, mas os coitados foram mesmo assim condenados a longos anos de cárcere.

Dionísio foi condenado à morte à revelia uma vez que dele não se encontraram pistas. Filisto mandou espalhar com estudada sagacidade a notícia que tinha morrido devido às feridas, e que o seu corpo havia sido queimado durante a noite, às escondidas, pelos seus amigos nas margens lamacentas do Ciane.

Na Assembléia afirmou-se um novo chefe popular chamado Dafneu, que se gabou de ter morto mais de vinte inimigos na noite da terrível batalha da ágora. Proclamou que a vitória sancionara de uma vez por todas o triunfo da democracia e que no futuro ninguém mais ousaria aspirar à tirania.

As gabolices de Dafneu inspiraram muitas outras e não demorou para que vários freqüentadores das tabernas do porto começassem a vangloriar-se de ter gozado entre as pernas daquela putinha, a filha do traidor Ermócrates. Ninguém jamais se atreveria a dizer uma coisa dessas acerca de uma mulher que ainda tivesse um marido, um irmão ou um noivo, mas a memória de Aretes estava indefesa e, portanto, podia-se ofendê-la inventando qualquer coisa, sem temor de vingança. Mas Filisto tinha olhos e ouvidos nos lugares certos, e muito dinheiro para gastar: em parte da sua própria fortuna, e em parte do tesouro da Companhia. Na base das informações que recebia começou a compilar uma cuidadosa lista com nomes e sobrenomes, endereços, profissões, relacionamentos e tudo mais que pudesse tornar-se útil.

A Companhia, apesar das baixas sofridas, ainda era forte e numerosa e quando circulou a notícia, reticente e extremamente secreta, que Dionísio havia sobrevivido e se escondia nas montanhas, num local quase inacessível, muitos se ofereceram para juntar-se a ele e ficar sob o seu comando.

Naquela mesma época um mensageiro de Filisto, um tal de Demétrio, foi enviado à Ásia para avisar o irmão caçula de Dionísio, Leptines, que morava em Éfeso.

Um escravo abriu a porta dizendo que o amo não estava.

— E para onde foi? — perguntou o enviado.

— Não sei. Quando sai à noite nunca me diz para onde vai.

Demétrio suspirou.

— Então vou ter de esperar até ele voltar. Trata-se de um assunto urgente. Enquanto isto tu bem que poderias dar-me alguma coisa de comer, uma vez que ainda não jantei.

O escravo não gostava da idéia de hospedar em casa aquele desconhecido, mas tampouco tinha coragem de mandá-lo embora. De forma que trouxe um prato de azeitonas e um pedaço de pão.

Demétrio começou a comer acompanhando a comida com uns goles de vinho do seu cantil.

— Costuma demorar muito? — perguntou.

— Quase nunca chega antes do amanhecer — respondeu o escravo.

Mas inesperadamente Leptines chegou logo a seguir, esbaforido, trancando apressadamente a porta atrás de si.

— Quem és tu? — perguntou sem se mostrar surpreso.

— O meu nome é Demétrio e fui enviado por Filisto para dizer-te que...

Mas enquanto o mensageiro falava Leptines já tinha aberto uma arca e apanhado um saco de viagem com uns poucos objetos de uso pessoal.

— Poderás contar-me ao longo do caminho. Já não dá para viver mais nesta cidade. Tu tens um barco?

— Claro, o que me trouxe aqui...

— Ótimo. Vamos andando, então... Por estas bandas os maridos ficam bastante intratáveis quando te encontram na cama com a mulher deles, e podem tornar-se até violentos...

Saíram correndo enquanto o escravo gritava:

— E eu, patrão, o que é que eu vou fazer?

— Absolutamente nada — gritou Leptines de volta. — Se alguém perguntar, diga que tive de viajar. Fica com tudo que encontrares em casa e que os deuses te protejam!

Mal tiveram tempo de sumir numa ruela lateral que um grupo de sujeitos armados de cajados já chegava a casa e irrompia nela.

Os dois fugitivos correram em disparada até chegarem ao barco de Demétrio, preso ao cais com duas amarras.

— A passarela! — ordenou Demétrio, que percebera claramente a urgência da situação.

O marinheiro de vigia reconheceu-o e empurrou a passarela para o cais, de forma que os dois puderam embarcar e ficar ao abrigo.

Leptines respirou aliviado, sentou num banco e, como se nada tivesse acontecido, virou-se para Demétrio.

— Então? Como vão as coisas em Siracusa?

Demétrio encarou-o sério.

— Muito mal — respondeu. — Aliás não poderiam estar piores. O teu irmão precisa de ajuda.

Leptines franziu a testa.

— Ainda faltam algumas horas antes de podermos zarpar. Conta-me tudo.

Dez dias depois o navio de Demétrio lançou âncora no porto de Lákios e Leptines foi logo à casa de Filisto.

— Onde está Dionísio? — perguntou antes mesmo de entrar.

Filisto fez um sinal pedindo mais discrição e levou-o ao seu escritório.

— Está num lugar seguro.

— Sim, mas onde? — insistiu Leptines com impaciência.

— Não posso dizer — respondeu Filisto. — É perigoso demais. Se tu quisesses descobrir onde está, agora que a mulher está morta, ficarias de olho em quem? E por quanto tempo achas que a tua chegada à cidade ficará despercebida?

Leptines compreendeu o sentido das palavras de Filisto e não insistiu.

Na noite da batalha da ágora Dionísio foi entregue a alguns amigos da Companhia que subiram de barco rio acima e o levaram o mais longe possível, primeiro remando contra a correnteza e depois fazendo puxar a embarcação por um burro que avançava na margem. Quando o leito do riacho tornou-se impraticável, os companheiros compraram mais um burro de um camponês, fizeram uma maca e colocaram nela o amigo ferido, prendendo as duas barras nos asnos enfileirados um diante do outro. Puderam assim chegar sem excessivos solavancos à nascente do rio: uma espécie de lago encantado, um manancial de água cristalina no meio de campos cheios de flores de aloendro de todas as cores e de giestas intensamente perfumadas, fechado entre altos paredões de rocha perfurados por inúmeros nichos, cavados pelos mais antigos moradores daquela terra para sepultarem os seus mortos o mais perto possível do céu.

Alguém já estava esperando e, na fraca luz do luar, uma primitiva plataforma de madeira foi baixada até o chão com a ajuda de uma berrante polia; com todo o cuidado os companheiros deitaram Dionísio nela, prenderam-no com tiras de couro e deram um grito para que o puxassem para cima. Ficaram olhando aquela frágil treliça de galhos que subia no vazio acima das suas cabeças até uma altura de tirar o fôlego e então desaparecer numa abertura na rocha escura e sombria como a órbita de uma caveira.

Tinham levado felizmente a cabo a tarefa que lhes fora confiada e retomaram, portanto, o caminho de volta para relatar a Filisto o bom êxito da empresa. Dionísio estava agora em segurança, num refúgio tão inacessível quanto o ninho de uma águia no meio das montanhas, entregue às mãos experientes de quem decidira tomar conta dele: um nativo do interior, de etnia sícula, um homem de medicina para o seu povo, venerado e respeitado. Filisto confiava mais nele do que nos médicos de Siracusa, ótimos e competentes cirurgiões — acostumados que eram a limpar, cauterizar e suturar os ferimentos dos guerreiros que voltavam dos campos de batalha — mas não igualmente competentes para curar as insidiosas infecções que tantas vezes se desenvolviam nas feridas.

Naquele lugar isolado Dionísio ficou entre a vida e a morte por vários dias, amiúde mergulhado no pesado sono provocado pelo prostrante esgotamento da perda de sangue e pelas poções soporíferas, misturadas com mel silvestre, que lhe eram ministradas pelo velho curandeiro sículo. Quando finalmente recobrou os sentidos, as primeiras imagens e sensações que ficaram gravadas na sua mente foram uma abertura luminosa atravessada pelos pássaros, o gorjear das cotovias, o perfume das giestas e o canto de uma mulher que parecia chegar de dentro da sólida rocha que o cercava.

Então ela apareceu: tinha a pele dourada de sol, olhos e cabelos negros e o olhar curioso e fugidio de uma criatura selvagem.

# IX

Dionísio mal teve tempo de perceber aquela estranha presença e a criatura já havia desaparecido. Talvez fosse uma imagem do seu último sonho, ou quem sabe um dos muitos aspectos que Aretes iria assumir ao visitá-lo toda vez que a lembrança dela apertasse o seu coração.

Deixou-se jazer no catre com um estertor de agonia e passou a mão sobre o ferimento. Os seus dedos encontraram uma cicatriz ainda dolorida mas quase seca. Apalpou o próprio rosto e descobriu que a barba tinha crescido farta e espessa. Estava tão fraco que cada movimento provocava nele repentino e abundante suor, além de uma incômoda e cansativa palpitação. Viu uma tigela com água e bebeu com avidez, tentando em seguida alcançar a abertura do seu estranho refúgio para olhar em volta.

Estava na borda de um precipício, no fundo do qual o sol refletia-se com clarões intermitentes numa bacia de água límpida emoldurada por margens floridas. Os longos galhos de um plátano, esticados por cima da nascente e movidos pelo vento, interceptavam com o tremelicar das suas folhas os reflexos dourados do astro. Sentiu-se tomado de vertigem e quase tragado por aquele abismo luminoso, achou que dali a pouco poderia sair voando e precipitar-se como uma cotovia ofuscada e aturdida pelo sol; poderia assim acabar de uma vez por todas com a angústia que enchia cada vez mais o seu coração à medida que se dava conta da incurável amargura da sua solidão.

Uma mão hirsuta e uma voz áspera fizeram com que voltasse à realidade.

— Se quiseres morrer, fica à vontade, mas só depois de os teus amigos me pagarem. Prometi que iria devolver-te a eles totalmente restabelecido.

— Quem és tu? — perguntou Dionísio. — Que lugar é este?

— Quem sou não é da tua conta. E este é um cemitério: o lugar mais apropriado para alguém que todos consideram morto.

Falava um grego tosco mas eficaz, com um pesado sotaque siciliano.

— Há quanto tempo estou aqui?

— Há um mês. E vais levar mais outro para ficares novamente em forma.

— Gostaria de descer até a beira da água. Acho que isto me faria bem. Posso imaginar o perfume das flores. E também gostaria de tomar banho. O cheiro, aqui, está repugnante.

O velho colocou ao seu lado uma cesta com pão e queijo.

— Come. Se recuperares as forças vou deixar que desças muito em breve. Por enquanto procura limpar-te com a água do odre — disse apontando para um recipiente de couro pendurado a um prego.

— Alguém procurou por mim?

— Várias vezes, mas tu não estavas em condições de ouvir nem ver. Amanhã virá o homem que providenciou a tua vinda para cá.

— Filisto?

O velho anuiu. Ficou mais um momento olhando para ele, como se quisesse certificar-se de alguma coisa, para então sair através de um fenda na parede da gruta e fechar atrás de si uma espécie de pequena porteira.

Dionísio esperou que ele se fosse e aí destampou o odre e deixou escorrer a água pelo corpo, saboreando o prazer daquele banho rudimentar. Comeu e então, esgotado, deitou-se de novo e caiu num sono profundo.

Filisto chegou no dia seguinte, quando já entardecia, e foi levado ao refúgio de Dionísio. Abraçaram-se durante um bom tempo, calados. Um nó apertava as suas gargantas e nenhum dos dois queria demonstrar o tumulto de emoções.

Finalmente o primeiro a falar foi Filisto.

— O teu irmão está em Siracusa, sabias? Agora precisamos pensar em preparar a sua volta e...

— Quem foi? — rosnou Dionísio.

— Calma... ouve o meu conselho... sempre procurei indicar-te o melhor caminho, não foi? Não te deixes levar pela raiva, não podes considerar o fato como um assunto pessoal. Foi uma ação política, estás entendendo? Quem atiçou o tumulto visava acabar contigo, dobrar o teu espírito no caso de tu sobreviveres aos ferimentos do corpo. Conhecem o teu valor, a tua coragem, a tua força de vontade, as tuas idéias, o fascínio que exerces no povo e principalmente nos jovens, e receiam tudo isto. Sabem que não têm ninguém capaz de enfrentar-te na Assembléia.

— Os nomes — repetiu Dionísio.

— Juntei algumas informações — respondeu Filisto depois de hesitar alguns momentos. — Mas se eu contar, prometes que não vais fazer nada sem antes me consultar?

— Posso até prometer — rebateu Dionísio —, mas isto não muda o fato de querer vê-los mortos. Desde o primeiro até o último. E quanto a isto não estou disposto a tratar. Se quiseres ajudar, ficarei grato, mas se preferires não te imiscuir, agirei sozinho... Tu... tu não estavas lá para ver... não podes imaginar... Não sabes como me sinto toda vez que acordo e percebo que aquilo tudo realmente aconteceu. — Parou porque a voz lhe faltava e deixou cair a cabeça no peito.

— Iolau contou. Eu também queria bem a Aretes, gostava dela como de uma irmã e vivo atormentado ao pensar que não consegui protegê-la. De repente a situação tornou-se incontrolável; não houve tempo para nos organizarmos, os chefes militares conseguiram manter em segredo os seus planos até o fim. Não houve jeito de ficarmos de alguma forma preparados. E eu não podia fazer perguntas demais, tu sabes disto. Estava sendo vigiado. Sabem que somos amigos, e eu devia demonstrar que, acima dos assuntos pessoais, estou comprometido com o bem do Estado, pois do contrário nunca mais poderia ajudar-te no futuro, nem poderia estar fazendo isto agora. Acredita, Dionísio, aquele horror tira o meu sono, atormenta-me e angustia-me sem parar...

— Não estou te culpando, aliás fico agradecido por tudo aquilo que estás fazendo por mim, pois devo-te a vida. Mas tenho de cumprir o que a honra impõe e a religião manda. A sombra de Aretes precisa encontrar a paz... ela sofre... está com frio... está sempre com frio e tem medo do escuro... — levantou o rosto. — Ela me chama, sabias? E vem visitar-me nos sonhos... Ontem apareceu com o aspecto de uma criatura selvagem... Estava suspenso no vazio ali mesmo, diante daquela fresta. Só um espírito pode ficar pairando no ar, não achas?

Delirava e Filisto ficou olhando para ele tentando disfarçar a compaixão que sentia, fingindo não ver as lágrimas que desciam das pálpebras sobre as faces hirsutas.

Dionísio cravou os olhos nele.

— Eles têm de morrer. De morte lenta e muito sofrida. Então, qual é a tua decisão?

— Estou contigo, claro — respondeu Filisto. — É a única coisa que poderia fazer. Mas eu te peço, ouve o meu conselho e pensa duas vezes antes de agir: a Companhia ainda é poderosa e temos homens ocupando cargos importantes no exército e na administração, e até mesmo entre os sacerdotes. Juntei informações: sei quem foram os executores e até conheço o nome de alguns mandantes. O dinheiro faz falar muitas bocas. Mas há outros problemas. Parece que os cartagineses irão atacar na próxima primavera e em Agrigento estão muito preocupados: acham que a cidade deles vai ser a próxima. Recebi uma mensagem de Telias: pelo que conseguiu averiguar, o ataque púnico é coisa certa. Algo sem meias medidas, com o apoio de uma frota poderosa. Mas ele não ficou parado. Convenceu oitocentos mercenários campanos, postados em território cartaginês, a passar para o lado de Agrigento. Pagou do seu bolso, uma quantia enorme. Mas, tu sabes, o dinheiro não lhe falta.

"O que me preocupa é a nossa situação. Se não assumirmos uma postura bélica correta, se permitirmos a queda de Agrigento, então a próxima será Gela, e depois será a vez de Siracusa, quanto a isto não há dúvidas... Mas agora, antes de mais nada, precisamos preparar a tua volta."

— Imagino que estejam oferecendo um prêmio pela minha cabeça.

— Não, pois acham que tu morreste. Alguém testemunhou a tua morte diante das autoridades.

— E os mortos não voltam.

— Não seja por isto. Há uma lei, ignorada pela maioria, segundo a qual os bens de um homem considerado morto sem deixar testamento cabem aos herdeiros mais próximos ou, se ele não os tiver, acabam nos cofres do Estado. Foi por isto que mandei buscar o teu irmão Leptines na Ásia. No caso, entretanto, de o morto reaparecer seja qual for o motivo, não poderá reivindicar coisa alguma, nem mesmo a cidadania, a não ser...

— A não ser? — Dionísio perguntou com a curiosidade atiçada por aquela série de hipóteses inesperadas e pela formidável capacidade de Filisto organizar tramas de todo tipo.

— A não ser que alguém o adote. Nesta caso ele volta a ser reintegrado em seus direitos e funções e, além do mais, torna-se intocável. Presume-se com efeito que se um homem que se acreditava morto resulta ao contrário vivo, isto só pode ter acontecido por vontade divina, e ninguém pode dar-se ao luxo de desafiar os deuses. O teu reaparecimento e a tua adoção, em outras palavras, são consideradas como que um segundo nascimento.

— E quem iria querer adotar um homem como eu?

Filisto sorriu.

— Estás te lembrando de Héloris, o criador de cavalos?

— Claro. Ajudou-me a aprovar no Conselho o envio da minha unidade para Selinunte.

— Pois é. Foi fácil convencê-lo. Ficou feliz e honrado uma vez que tem a maior admiração por ti. O meu plano, portanto, é este: tu continuarás aqui mesmo até ficares bom e recobrares por completo as tuas forças. Aí farei com que voltes às escondidas: só assim poderás obter justiça sobre aqueles que te ofenderam. Quando soubermos ao certo quem são eles, isto é, todos eles, então, e só então, iremos nos mexer: tu deves reaparecer pegando todo mundo desprevenido.

Dionísio ficou calado, incrédulo e fascinado, quase não acreditando em toda aquela sutil habilidade, e sentiu-se particularmente confortado pela certeza daquela amizade tão profunda e fiel. Abraçou o amigo sem conseguir articular uma só palavra, mas Filisto entendeu mesmo assim, pelo vigor do abraço, aquilo que o amigo tinha no coração e queria expressar.

— Cuida-te, e não faze bobagens — disse. — Voltarei logo que puder.

Dionísio anuiu e acompanhou-o com o olhar enquanto saía.

De repente, quando já ia partir, Filisto virou-se para ele.

— Ouve... a jovem que tu viste... não creio que fosse Aretes, infelizmente. Acho que foi uma pobre infeliz que mora nesta necrópole meio abandonada. É uma criatura selvagem, uma coitada que perdeu os pais ainda pequena e criou-se aqui no cemitério. Os moradores das redondezas acham que é um fantasma, pois aparece e desaparece sem ninguém ver e sobe por estes penhascos como uma aranha. Sabe como os sículos são supersticiosos... Fique com os deuses.

Dez dias depois Dionísio desceu até a nascente no fundo do abismo e sentiu-se renascer logo que pôde mergulhar nu naquelas águas cristalinas, respirar o perfume de todas aquelas flores, sentir a carícia do sol nos seus ombros, do vento entre os cabelos. O lugar era de uma estonteante beleza, completamente isolado pelos enormes rochedos que o cercavam de quase todos os lados e por uma regra religiosa muito rigorosa que proibia o acesso ao vale do Ciane a não ser numa única comemoração anual no fim do verão. Um plátano gigantesco erguia-se na margem e espalhava os seus galhos até quase roçar na superfície da água. Alguns deles eram tão volumosos que pareciam eles mesmos árvores, e havia muitos ninhos de pássaros entre a folhagem. O canto das aves, misturado com o fretenir das cigarras, era o único som a ecoar entre os íngremes paredões cobertos de louras giestas, naquele jardim encantado e escondido como um pequeno Elísio.

Dionísio sentia a vida voltar a correr em suas veias e a força vibrar novamente em seus músculos, e atribuiu isto às forças talvez milagrosas da nascente. Deitou-se na margem, na areia limpa, para deixar-se secar ao sol, e entregou-se à maré das lembranças. Parecia-lhe agora reconhecer no canto de um rouxinol a melodia da última serenata que mandara tocar em memória da esposa antes de perder os sentidos devido à dor, antes de abandonar a cidade às escondidas, como um malfeitor...

Ah, quem lhe dera que Aretes pudesse juntar-se a ele pelo menos por um instante... Que ele tivesse o dom do canto, como Orfeu, para comover a dura Perséfone e convencê-la a deixar a sua amada voltar à superfície, a emergir do lago de cristal e brilhar na luz do sol por um momento, oh, deuses, mesmo que fosse apenas por um momento!

Mas um farfalhar de folhas tirou-o dos devaneios e viu a criatura, agachada na bifurcação de um galho, a uma incrível altura, que olhava para ele mais curiosa do que amedrontada. Era horrível de se ver, de cabelos desgrenhados e sujos, tão longos que lhe cobriam o corpo inteiro. Tinha a pele morena de quem está exposta ao sol o tempo todo, e os pés cinzentos devido aos calos e à poeira.

Dionísio não prestou maior atenção e fechou logo os olhos, tomado de repentino cansaço. Quando os reabriu o pequeno vale já estava na sombra e a criatura híspida aparecia sentada num galho mais baixo, com os pés quase a roçar na água. Devia ter ficado de vigia até então, como se percebia pelas inúmeras folhas que tirara do plátano só para passar o tempo, e que agora boiavam na água como frota de minúsculas embarcações empurradas pelo vento do entardecer.

Levantou-se sem nem mesmo tentar esconder a sua nudez, pois tinha a impressão de estar mais diante de um animal do que de um ser humano.

— Quem és tu? — perguntou. — Como te chamas?

O som da primeira palavra foi o bastante para assustá-la. Saiu correndo entre os galhos da árvore com grande agilidade, depois pulou no chão e começou a galgar o paredão. Os seus membros esticavam-se sobre a rocha com graça e destreza incríveis, sem aparente esforço e certamente sem medo. Ficava às vezes pendurada entre duas saliências e aí, depois de um leve volteio, soltava uma para segurar-se na outra e puxar-se para cima, até com um só braço, e alcançar um novo ponto de apoio, sem se importar minimamente com o abismo abaixo dela.

De repente desapareceu, engolida por uma das muitas aberturas escuras que pontilhavam o penhasco, deixando o seu atônito espectador estupefato, de queixo caído pela maravilha.

Dionísio pegou a túnica, naquela altura já seca, que procurara lavar na nascente, vestiu-a e voltou lentamente para o abrigo. Encontrou o costumeiro jantar de pão, queijo e verduras, pela primeira vez acompanhado por um pequeno jarro de vinho. Tomou-o com prazer, apesar de o seu sabor ser rascante demais, e sentiu-se revigorado pela força daquele líquido vermelho escuro. Agora que já podia movimentar-se e sentia as forças voltarem, o lugar onde estava começava a parecer-lhe uma insuportável prisão. Só conseguia pensar naqueles que queria ver mortos e que, ao contrário, continuavam vivos, e cada instante daquelas vidas ilícitas parecia-lhe uma ofensa intolerável. Bem que gostaria de sair dali imediatamente, mas não sabia que direção tomar e percebia que, se fosse reconhecido por alguém, tornaria inúteis os esforços daqueles que ainda lhe queriam bem.

Só para passar o tempo, começou então a exercitar-se toda vez que tinha a possibilidade de fazê-lo, nadando nas águas frias do lago lá embaixo, até que certo dia voltou a ver a misteriosa moradora do vale. Estava sentada numa saliência do penhasco, com os pés pendurados no vazio, a uma altura incrível, e de repente ele também achou que poderia fazer a mesma coisa, isto é escalar o paredão até lá em cima, até a pequena caverna onde já morava havia tanto tempo.

Começou a subir lentamente, ignorando a dor no ombro direito, arranhando mãos e pés nas asperezas da pedra, sob o olhar curioso daquela criatura. Depois que ele conseguiu subir algumas dezenas de metros a jovem ficou com medo e desapareceu, mas Dionísio continuou a escalada, mordendo os lábios para sufocar a dor enquanto o cansaço se tornava cada vez mais insuportável. Ele mesmo não sabia a razão pela qual estava fazendo mas continuava a agredir o penhasco, cada vez mais íngreme e hostil, como se o perigo não tivesse a menor importância, numa brincadeira insana em que podia estar apostando a vida.

Só que a certa altura acabou ficando num lugar que não permitia qualquer tipo de avanço ou recuo. Virou-se para trás e viu o abismo; a voragem pareceu sugar o ar dos seus pulmões, o cansaço fustigar seus músculos com dolorosas cãibras, e achou que dali a pouco iria morrer espatifado no fundo do precipício, mas era como se aquela possibilidade nada tivesse a ver com ele. Já não receava coisa alguma. De forma que fez aquilo que só um homem que não preza a vida poderia fazer: deixou-se cair na esperança de agarrar-se numa saliência da parede rochosa uns vinte pés abaixo dele. Mas quando soltou a presa, uma mão fechou-se como garra em volta do seu pulso e, com força incrível, começou a puxá-lo para cima. A criatura estava presa de pernas cruzadas ao tronco de uma figueira silvestre arraigada nas pedras acima dele e, pendurada de cabeça para baixo, conseguira segurá-lo bem em cima da hora, aparecendo sabe lá de qual esconderijo. Puxou-o até um lugar de onde ele podesse continuar a sua escalada sem maiores problemas, para então deixar-se cair e executar com sucesso o movimento em que Dionísio quase certamente teria falhado. Só levou alguns momentos para chegar ao fundo do precipício, movendo-se como um gato selvagem para logo desaparecer nas sombras do plátano.

Por muito tempo, durante a sua permanência ali, nunca mais a viu. Mas tinha certeza de que ela o observava. Quem sabe até mesmo quando ele dormia.

Certo dia, quando já sentia que estava perto da completa recuperação, assistiu a um evento que o deixou profundamente impressionado: a grande festa indígena das Três Mães. O seu tutor disse-lhe para não descer no vale por motivo algum se prezava a vida, e para ficar escondido durante toda a duração da cerimônia. Assistiu portanto daquele local de observação privilegiado, bem no topo da parede rochosa.

Viu uma longa fileira de homens e mulheres de todas as idades subindo pelo vale do Anapo até a nascente, precedida por aqueles que deviam ser os sacerdotes. Eram figuras veneráveis, de longas barbas brancas, vestindo túnicas de lã crua que lhes chegavam aos pés. Avançavam apoiando-se em bordões entalhados onde estavam pendurados chocalhos de bronze que tilintavam a cada passo. Logo atrás vinham as imagens das Três Mães: estátuas de madeira muito toscas, cujas formas eram um tanto indefinidas mas sugeriam o aspecto geral de mulheres sentadas, cada uma amamentando dois recém-nascidos nos seus enormes seios. Seis homens carregavam nos ombros cada estátua e as imagens balançavam conforme os acidentes do terreno. Um grupo de músicos com flautas de Pã, chocalhos e pandeiros enchia o estreito vale com suas estrídulas dissonâncias. Quando o cortejo chegou perto da nascente, as estátuas foram colocadas no chão à sombra do plátano, os sacerdotes encheram de água límpida tigelas de madeira e borrifaram as imagens das Três Mães, entoando um canto monótono e ritmado sobre umas poucas notas graves e prolongadas. Depois do ritual, aquele que dentre eles parecia presidir a cerimônia fez um sinal e uma longa fila de moças, todas elas muito jovens, começou a avançar. Uma depois da outra as moças se aproximavam das três estátuas, ajoelhavam-se diante de cada uma delas apoiando a testa no seu ventre, talvez para receber a bênção da fertilidade.

A música tornou-se mais intensa, o tom das cantigas mais alto e agudo até que de repente, quando o som de um corno ecoou sozinho e poderoso no vale, apareceu como que num passe de mágica um grupo de rapazes que até então permanecera escondido no bosque. Cada rapaz segurou a mão de uma jovem e levou-a consigo entre as moitas de aloendro, de murta e de giesta. A música dos pandeiros, das flautas e dos chocalhos aumentou bastante de intensidade até tornar-se um fragor que os penhascos em volta multiplicavam além de qualquer medida.

Dionísio achou que aquele estrondo devia acompanhar o ritual de acasalamento dos jovens que se haviam afastado com as virgens escolhidas, e na verdade estava certo. Aquele povo primitivo, que vivia satisfeito com o pouco que a montanha tinha a oferecer, celebrava daquele jeito o que todos os povos do mundo celebram de muitas formas diferentes e sempre iguais, o momento mais frenético e comovente, mais intenso e misterioso da existência humana: o amor que junta um homem e uma mulher e eterniza a vida.

Quando a escuridão tomou conta do céu e o vale encheu-se de fogueiras e do canto monótono dos humildes pastores, Dionísio lembrou as fogueiras de Agrigento e o invisível cantor que entoara a sua cantiga nupcial entre as colunas dos esplêndidos templos nas colinas. Sentiu mais aguda a dor da sua mulher violentada e morta, mais amarga a saudade do seu amor perdido.

# X

Filisto veio buscá-lo no fim do mês e levou-o incógnito a Agrigento, deixando-o mais uns quinze dias aos cuidados de Telias. Antes de despedir-se entregou-lhe uma tabuleta dizendo:

— Um presente para ti.

— O que é? — perguntou Dionísio.

— A lista — respondeu Filisto. — Completa. Estão todos aí. Não foi simples nem fácil, mas há o nome de todos, até dos mandantes. — Fez um sinal de despedida e foi embora.

Telias aproximou-se e apoiou uma mão no seu ombro.

— É uma lista de pessoas vivas ou mortas? — perguntou.

— Mortas — respondeu Dionísio dando uma olhada nos nomes —, continuam andando por aí, mas não por muito tempo.

— Cuidado — comentou Telias —, a vingança pode ser um bálsamo para uma alma exacerbada, mas também pode ser o começo de uma cadeia de sangue sem fim.

— Não creio — respondeu Dionísio —, eu posso matar muitos. Eles só podem matar a mim. De qualquer maneira, esta será a minha vantagem.

Voltou na calada da noite, no fim do mês seguinte, e Filisto marcou um encontro na casa de Bitão. Dionísio abraçou-os com força, um depois do outro, sem nada dizer. Era desde sempre a sua maneira de esconder o excesso de emoção.

— Finalmente! — exclamou Bitão. — Achei que não irias voltar mais. Como estás te sentindo?

— Bem melhor — respondeu Dionísio —, agora que estou em casa.

— Há uma pessoa, aqui, que não vê a hora de dar-te um abraço — disse Filisto.

Abriu a porta de um aposento que dava para o átrio e Leptines apareceu. Os dois irmãos ficaram imóveis sem nada dizer por algum tempo, aí jogaram-se um nos braços do outro.

— Passaram por tantas coisas — disse Filisto —, mas ao que parece não têm nada para contar.

Leptines segurou o irmão pelos ombros e esquadrinhou-o da cabeça aos pés.

— Por todos os deuses — disse — achei que ia ser pior! Tu estás com uma ótima aparência.

— Tu também — respondeu Dionísio.

— Soube que as coisas não correram muito bem por aqui — continuou dizendo Leptines. — Sinto muito. Eu poderia ter...

— A tua presença não iria mudar muita coisa, infelizmente... Estou feliz em ver-te.

— Eu também, por Heraclés! Mais uma vez juntos, como quando éramos meninos. Lembras das brigas à pedrada com as turmas da Ortígia?

— Claro — Dionísio respondeu com um sorriso.

— Pois é, agora que estou de volta algumas coisas vão mudar... e como! Não vejo a hora de começar a dar pauladas. Quem vai ser o primeiro?

Dionísio levou-o para um canto e murmurou alguma coisa no seu ouvido.

— Entendi — assentiu Leptines. — Vou esperar.

Dionísio despediu-se e por algum tempo ficou escondido alternando as casas de Iolau, Dorisco e Bitão para não pôr em risco a vida de Leptines e Filisto. Não cortou a barba nem os cabelos, só saindo à noite encoberto por uma ampla capa sob a qual ocultava uma espada e um punhal, controlando os movimentos dos seus inimigos, estudando os seus hábitos e itinerários. Quando achou que já sabia bastante avisou Leptines:

— Estou pronto, mas preciso de ajuda. Estás disposto?

— Estás brincando? Só estava esperando tu pedires.

— Ótimo, vais me ajudar a pegá-los, mas o resto fica comigo... tu entendes, não é?

— Perfeitamente. Vamos lá, então.

Saíram aquela mesma noite e as noites sucessivas, silenciosos, inesperados, invisíveis, inexoráveis. E pegaram-nos, um depois do outro. Foi fácil pois os sujeitos estavam desprevenidos e não tomavam cuidado.

Um chamava-se Hiparco.

Outro Eudóxio.

Mais outro Augias.

Conseguiram capturá-los vivos e, como havia sido combinado, Dionísio arrastou-os sozinhos para o subsolo da casa com o alpendre. Deitou-os, de mãos e pés amarrados, no lugar onde estava enterrada Aretes, aí cortou-lhes as genitálias e deixou-os sangrar lentamente até a morte. Os gritos deles saíram de lá distorcidos e abafados, como ganidos de animais ou gemidos de fantasmas na calada da noite, e em lugar de chamar a atenção de alguém que pudesse socorrê-los só conseguiram espantar os vizinhos alimentando aterradores boatos que se espalharam por toda a cidade. Mais dois foram mortos na rua enquanto voltavam de um banquete. Chamavam-se Cleito e Protógenes. Seus corpos foram encontrados, inchados e meio carcomidos pelos peixes, numa pequena enseada do porto Grande. Também tinham sido mutilados, mas não pelos peixes: o corte das genitálias era limpo demais.

Naquela altura os outros comparsas começaram a dar-se conta de que alguém estava riscando com o gume da espada os nomes de uma lista muito precisa, então reuniram-se para concertar um plano de defesa.

Eram seis: Filipe, Anactório, Esquédio, Calístemos, Górgias e Calícrates, todos bastante bons de briga. Dois eram casados e os demais solteiros. Decidiram morar juntos por algum tempo depois de se abastecer de armas e comida. Também estabeleceram turnos de vigia para evitar que alguém os pegasse desprevenidos enquanto estavam dormindo.

Ficavam acordados até altas horas da noite pois receavam a inconsciência do sono, por demais parecida com a morte. Tentavam animar uns aos outros, comiam e bebiam com fartura; às vezes mandavam chamar moças de programa para brincar, embebedar-se e fazer sexo até não agüentar mais e esquecer o perigo mortal que pairava sobre as suas cabeças. Mais cedo ou mais tarde, no entanto, a conversa sempre voltava a tocar no assunto, às vezes em tom de chacota e desafio, às vezes bem baixinho e murmurando esconjuros.

— Não vamos deixar que nos esganem como ovelhas! — dizia Anactório. — Somos seis e o bastardo é um só: não precisamos ter medo!

— Um só? — rebatia Esquédio. — Como é que tu sabes? Como conseguiu então matar cinco de nós, todos rapidamente com a faca e a espada, brutamontes acostumados a lutar na primeira linha e a segurar o escudo por horas a fio?

— Não adianta ficar especulando — dizia Górgias. — Só precisamos resistir e ficar nos protegendo uns aos outros. Vai chegar a hora em que o homem terá de sair da toca, e então vamos pegá-lo e fazer com que pague por isto. Ou então vai entender que não tem mais jeito e terá de esquecer os seus planos. Não tem interesse em aparecer demais. A cidade é mais perigosa para ele do que para nós. No meu entender, se conseguirmos levar adiante por mais um mês, ele vai desistir. Só tem a perder, ouvi bem o que eu digo, ele só tem a perder.

— E além do mais — acrescentava Calícrates —, talvez estejamos nos preocupando por nada. Vai ver que nem sabe que nós estávamos lá... talvez pense que já encerrou a conta...

Mas não demoravam a se cansar do som das suas próprias vozes e o silêncio voltava a oprimi-los, um depois do outro; as imagens do estupro confundiam-se com as dos corpos dos seus companheiros, inchados como sapos verdes de putrefação na água parada do porto Grande.

Certa vez até foi sugerida a idéia de um suborno, de uma espécie de indenização, mas aquilo não convencera ninguém.

— Não creio que haja bastante dinheiro na cidade para deter esse louco — comentara secamente Esquédio, aquele que melhor conhecia Dionísio. — A única moeda que poderia aceitar seriam os nossos colhões servidos, quem sabe, numa bonita bandeja. Alguém se habilita ao sacrifício?

Todos caíram numa gargalhada debochada e sinistra e a coisa morreu ali mesmo.

Seguiram em frente conforme o combinado: todas as noites, enquanto os demais descansavam, um deles ficava de vigia no telhado, encolhido no escuro até ser rendido por um companheiro. Passou muito tempo sem que nada acontecesse e começaram realmente a pensar que o pesadelo acabara, que o perigo já passara.

Em vez disto, porém, enquanto estava vigiando no telhado numa noite de lua cheia, Górgias foi trespassado por uma flecha lançada com excepcional precisão de uma casa vizinha e morreu na mesma hora. Pouco antes do segundo turno de guarda labaredas levantaram-se em volta da casa e arderam descontroladas, empurradas pelo vento da terra. Os outros cinco queimaram vivos e o incêndio só foi controlado a duras penas antes de se alastrar às casas vizinhas graças às centenas de pessoas que acudiram formando uma corrente e passando umas para as outras baldes de água e de areia durante a noite inteira e parte do dia seguinte.

Só faltavam os dois mandantes, que naquela altura já não tinham mais dúvidas quanto à natureza daquelas mortes, ainda mais porque soube-se que na noite anterior ao fogo três ânforas cheias de pez negro haviam desaparecido dos armazéns do porto, perto do estaleiro, e que um inconfundível cheiro de enxofre havia sido percebido na hora em que o incêndio estourara. Já não tinham dúvidas, portanto, acerca daquilo que esperava por eles, a não ser que tomassem imediatamente alguma providência. Eram dois importantes membros do partido democrático, chamados Euribíades e Pancrates, e logo recorreram a Dafneu, que liderava o partido e mantinha o controle político da Assembléia, pedindo proteção.

— Se quiserdes a minha ajuda — respondeu-lhes Dafneu — precisais contar do que têm medo e por quê. Quero saber tudo nos mínimos detalhes, pois do contrário não mexerei um dedo. Circulam estranhos boatos acerca dessas mortes, boatos que eu preferiria ignorar, pois se forem verdadeiros, eu mesmo terei de intervir para punir os responsáveis. Estou sendo claro?

Claro até demais, tanto assim que os dois perceberam perfeitamente que deveriam cuidar de si mesmos se quisessem salvar a pele. Decidiram então que o melhor a fazer era saírem ambos da cidade para buscar abrigo em Catânia, esperando que mais cedo ou mais tarde as coisas fossem ajeitar-se por si só, tornando talvez possível alguma forma de reparação ou, quem sabe, de resgate.

Para não dar na vista e não perder tempo precioso com demorados preparativos partiram ao alvorecer do dia seguinte. Acompanhados somente por dois escravos e um carro para a bagagem, encaminharam-se pela estrada de Catânia, juntando-se a um grupo de mercadores. Estes iam levar umas poucas cabeças de gado, um rebanho de ovelhas e uns vinte escravos para serem vendidos no mercado de Catânia e ficaram contentes com a presença dos recém-chegados: quanto mais a comitiva era numerosa, menos provável se tornava um assalto de ladrões de estrada.

Tudo correu muito bem nos primeiros três dias, tanto assim que os dois começaram a relaxar e a ficar despreocupados. Também haviam confraternizado com os mercadores: um pessoal do Oeste da ilha, a julgar pelo sotaque, simpático e alegre, que gostava de compartilhar os mantimentos e aceitava com prazer o excelente vinho que os dois abastados companheiros de viagem ofereciam quando paravam depois do pôr-do-sol.

No quarto dia a caravana parou numa aldeia onde havia uma feira e uma parte dos animais foi vendida. No dia seguinte alguns diaristas a caminho da planície de Catânia para trabalhar durante a ceifa do trigo pediram para juntar-se à comitiva e tiveram permissão de seguir viagem com eles.

Naquela mesma tarde, porém, os ceifeiros despiram as capas, deixaram as foices de lado e empunharam as espadas que traziam escondidas. Cercaram o grupo ordenando que os mercadores saíssem logo dali e que os siracusanos jogassem as armas e juntassem as mãos atrás das costas para que pudessem atá-los.

Euribíades e Pancrates pensaram logo num assalto e tentaram negociar.

— Estamos dispostos a pagar — disse Euribíades —, temos algum dinheiro conosco e podemos mandar buscar mais em Catânia ou Siracusa sem demora.

— Não queremos o vosso dinheiro — respondeu um dos ceifeiros, um rapaz com pouco mais de vinte anos de cabelos espessos e encaracolados como os de um carneiro mas pretos como a asa de um corvo.

Ao ouvir aquilo os dois ficaram pálidos como fantasmas. Sabiam muito bem quão perigoso pode ser um homem que não se interessa por dinheiro.

— O que quereis, então — perguntou Pancrates com voz insegura e a alma cheia de desalentadores presságios.

— O que queremos? — respondeu o rapaz sorrindo. — Absolutamente nada. Adeus. — E saiu andando, acompanhado pelos companheiros de viagem, os animais, assim como pelo grupo de escravos. O badalar dos chocalhos das ovelhas perdeu-se no entardecer à medida que se afastavam, até os dois ficarem sozinhos no meio dos campos silenciosos.

— Fomos realmente uns idiotas! — disse Pancrates.— Era de se esperar. Estava bom demais para continuar.

— E o que vamos fazer agora? — perguntou Euribíades.

— Vamos ver se conseguimos livrarmo-nos antes que chegue mais alguém — respondeu Pancrates. — Vamos lá, fica de costas para mim e tenta desatar os nós. Depois te livrarei.

Mas Euribíades nem se mexeu.

— Esquece — disse com voz conformada. — Alguém já está chegando.

Percebia-se com efeito uma figura a cavalo sobressair na crista de uma colina. O misterioso personagem cutucou com os calcanhares os flancos do animal e começou a descer pela encosta.

— Estamos acabados — disse Pancrates. — Teremos o mesmo destino dos outros... ou pior.

— Talvez não — respondeu Euribíades. — Se estivesse a fim de nos matar já o teria feito isto. É óbvio que ficou de olho na gente desde que partimos. A meu ver ele quer negociar.

O homem desmontou do cavalo e virou-se para eles que o fitaram aflitos: uma capa negra descia dos seus ombros até os pés e o capuz escondia a cabeça. O rosto ficava oculto atrás de uma máscara teatral cômica, mas nenhum dos dois ficou com vontade de rir. O personagem permaneceu olhando para eles imóvel, sem dizer uma palavra, e o seu olhar invisível assustava-os mais ainda do que se os encarasse diretamente nos olhos. De repente tirou de baixo da capa uma faca extremamente afiada e disse:

— Poderia fazer com que morressem entre os mais atrozes sofrimentos, amaldiçoando a cadela que os pariu. Concordais comigo?

Os dois compreenderam o motivo daquela máscara teatral: não era só para encobrir o rosto, mas também para disfarçar a voz.

— Concordamos — respondeu Euribíades em nome de ambos. — Mas certamente culpa-nos de crimes que não cometemos.

— Conheço os vossos crimes até nos mínimos detalhes. Enquanto estou falando convosco outros estão sendo alcançados pelo justo castigo não por terem participado daquela horrenda façanha, mas sim apenas porque se gabaram dela. Mas trata-se de uns pobres infelizes sem a menor importância. Vós tendes um peso político que pode ser usado em troca de algo que realmente me interessa.

Euribíades achou melhor não discutir quanto ao mérito da acusação para não irritar ainda mais aquele ser mascarado e passar logo às negociações.

— Não sei do que estás falando mas estamos prontos a ouvir a sua proposta — respondeu. — Continue.

— Assim é que se fala — disse o desconhecido. — Eis as minhas condições: dentro de um mês uma pessoa julgada morta voltará à cidade e apresentar-se-á diante da Assembléia, sob a tutela de um pai adotivo, para reivindicar o seu direito à cidadania. Vós sabeis muito bem de quem estou falando, não sabeis?

— Acho que sabemos — respondeu Pancrates.

— Para não haver dúvidas direi que o nome desta pessoa é Dionísio, considerado morto depois do massacre de Ermócrates e dos seus homens na ágora. O vosso voto no Conselho será determinante. Posso ter certeza de que será favorável?

— Sim, claro, sem dúvida — responderam ao mesmo tempo os dois.

— Eu sabia que iríamos chegar a um acordo. Mas faço questão de lembrar-vos que, se porventura não respeitardes este trato, a vossa punição irá ser bem pior do que aquela que coube aos vossos capangas.

Aproximou-se de faca na mão e os dois estremeceram temendo que fosse dar-lhes uma amostra do ameaçado castigo. Mas o desconhecido limitou-se a cortar os cadarços de couro que mantinham presos os seus tornozelos e as suas mãos. Aí deu-lhes as costas, voltou para o cavalo e afastou-se a galope, logo desaparecendo atrás de uma colina.

Depois de um mês, enquanto a Assembléia convocada por Dafneu estava avaliando os preparativos de guerra que os cartagineses estavam levando a cabo, Héloris levantou-se e pediu a palavra.

— Tens a permissão para falar — respondeu o presidente da Assembléia.

— Cidadãos e autoridades — começou o homem — há algum tempo, enquanto viajava pelo interior em busca de uns bons cavalos para comprar, encontrei à beira da estrada um homem gravemente ferido que quase não dava sinais de vida. Recolhi-o e curei-o sem perguntar quem fosse, e só quando sarou por completo e recuperou totalmente as suas forças fiquei sabendo da sua identidade. Disse que se chamava Dionísio e que era o genro de Ermócrates... — Um murmúrio de maravilha e algumas pragas ecoaram entre os presentes. Héloris continuou impávido: — Nunca o havia encontrado pessoalmente mas conhecia a sua fama de valoroso guerreiro, um dos mais corajosos da cidade.

Mais resmungos de descontentamento serpenteavam entre os presentes. Mas daquela vez também ouviram-se numerosas aclamações. A Companhia fazia-se ouvir em vários pontos do hemiciclo.

— Sei por que muitos de vós protestais — continuou Héloris. — Dionísio levantou-se contra a sua própria pátria ao participar do lamentável golpe de Ermócrates, mas peço que procurais entender. Os vínculos de sangue, o amor pela esposa e a admiração por aquele homem que durante anos havia ficado ao serviço da cidade induziram-no a um gesto insensato. Sofreu um terrível castigo: a sua casa foi assolada, a esposa que amava foi violentada e morta. Não achais que já pagou bastante pelos seus erros, que a sua jovem idade e inexperiência já bastariam para o desculpar. Se ele se livrou da morte, não foi certamente por vontade própria, mas sim porque assim os deuses quiseram, e reconheceu comigo as suas culpas. Acreditei nele e adotei-o como filho, e agora peço, autoridades e cidadãos, que seja readmitido entre nós, que lhe seja devolvido o direito de votar nesta Assembléia e de retomar o seu lugar entre as fileiras dos guerreiros prontos a lutar pela pátria. Vislumbra-se no horizonte a ameaça de mais uma guerra e a cidade precisa de cada um dos seus filhos, principalmente dos mais valorosos.

Com estas palavras Héloris concluiu a sua intervenção e logo desencadeou-se uma verdadeira batalha entre os adversários e os defensores do redivivo Dionísio. Nenhum dos membros da Companhia faltava naquele dia na Assembléia e a presença maciça deles serviu antes de mais nada para intimidar os adversários mais acirrados e finalmente para calá-los por completo. Só se ouviam gritos tais como: "Muito justo! Dionísio é um herói", "Foi uma vítima, não um réu!", "Precisamos da sua coragem!", "Devolvam-lhe os seus direitos!"

— Não podemos deliberar sob este tipo de pressão — começou dizendo Dafneu.

— Tu tens toda razão — comentou um conselheiro. — Há balbúrdia demais e está claro que os partidários de Dionísio estão intimidando uma parte dos cidadãos para que não expressem o seu descontentamento.

Quem falou chamava-se Demonates e era um parente de um dos homens queimados vivos na casa nos arredores do porto.

— Não me parece que seja bem assim... — tentou dizer Euribíades.

Demonates virou-se imediatamente para ele como se não pudesse acreditar em seus próprios ouvidos.

— Não te parece? O que quer dizer com isto? Até um cego poderia ver o que está acontecendo nesta Assembléia. E fico surpreso contigo, logo tu que querias a condenação à morte a qualquer custo, no caso de Dionísio ser capturado.

Pancrates também procurou apoiar o companheiro.

— As coisas mudam. Somente as pedras permanecem iguais, por Heraclés. Houve uma evolução, os fatos já não são os mesmos...

— Evolução? Umas dez pessoas foram cortadas em pedaços ou queimadas vivas por um assassino cruel cuja identidade é fácil de adivinhar, e tu chamas isto de evolução? E vou dizer mais: se insistires nesta sua absurda atitude pedirei oficialmente que se faça um inquérito acerca da tua conduta. Certas mudanças repentinas de opinião parecem bastante suspeitas.

A situação estava ficando incômoda e Pancrates procurou assumir uma posição mais conciliatória e temporizadora, capaz de ser compartilhada pelos colegas e de adiar ao mesmo tempo a ordem do dia que tinham em pauta, a devolução a Dionísio dos seus direitos de cidadão e a sua readmissão nas fileiras do exército. Euribíades, no entanto, deu-lhe disfarçadamente uma cotovelada apontando com o olhar para alguma coisa no lado mais alto do hemiciclo. Pancrates reconheceu uma expressão de pânico no rosto do companheiro: levantou os olhos para a colunata que lá em cima emoldurava a arquibancada da Assembléia e tampouco conseguiu reprimir um arrepio: numa das colunas estava pendurada uma máscara teatral cômica, a mesma, ao que tudo indicava, usada pelo misterioso personagem que os visitara nos campos ao sul de Catânia.

A careta grotesca da máscara fez com que se lembrassem claramente de um trato não escrito mas nem por isto menos vinculatório. Pancrates suspirou e ficou algum tempo em silêncio, depois de trocar um olhar muito significativo com o companheiro. Em seguida, enquanto Demonates já seguia em frente com seu enfático requisitório, ciciou alguma coisa no ouvido do colega.

Euribíades pediu então a palavra e disse:

— Não creio que valha a pena adiarmos os problemas que, de qualquer maneira, teremos de enfrentar. Acho melhor fazermos isso o quanto antes. E para que não se repita a mesma situação intimidadora à qual assistimos neste momento na Assembléia, proponho que o Conselho vote agora mesmo, com escrutínio secreto.

— Eu concordo — confirmou Pancrates. — É a melhor coisa.

Não havia motivo para se opor àquele procedimento bastante comum e ninguém protestou. A reintegração de Dionísio foi aprovada com um só voto de diferença e Demonates abandonou a sala do Conselho indignado.

Dionísio recebeu a notícia do próprio Hélloris, mas o pai adotivo aconselhou-o a não participar das reuniões por algum tempo, a fim de evitar qualquer pretexto de briga cuja responsabilidade os seus adversários poderiam atribuir-lhe.

Só compareceu quando teve certeza de que a Companhia já podia contar com uma esmagadora maioria na Assembléia, depois de convencer ou de algum modo intimidar os renitentes.

Fez sua entrada de rosto bem escanhoado, os cabelos presos na nuca, vestindo uma linda clâmide azul, e sentou no meio dos amigos que ficaram atentos protegendo-o de todos os lados. Pancrates e Euribíades lançaram-lhe um cativante sorriso, como se quisessem deixar claro que aquela atmosfera amplamente favorável devia-se principalmente ao trabalho deles. Dionísio também respondeu com um sorriso e eles tiveram então certeza de que o assunto estava encerrado.

Mas estavam errados.

Certa tarde, um pouco antes do escurecer, Pancrates foi capturado enquanto voltava para casa depois de jantar com uns amigos. Foi atado e amordaçado, embrulhado numa manta e levado ao porão da casa com o alpendre. Duas noites mais tarde Euribíades foi capturado na sua própria casa, na calada da noite. Fora acordado pelos latidos do cão e levantara para ver o que estava acontecendo. Ouviu o cão ganir e depois mais nada. Quando viu os seus escravos atados à porteira e amordaçados compreendeu que havia algo errado, mas já era tarde demais: quatro homens armados pularam em cima dele, atordoaram-no com uma cacetada e levaram-no embora fechado num saco.

Acordou na casa do alpendre, no subsolo; tinha ao seu lado Pancrates, que o fitava apavorado, pálido como um trapo, e à sua frente, de pé e espada na mão, Dionísio.

— Mas... havia um trato entre nós... — gaguejou.

— Não me lembro de ter compactuado convosco — respondeu Dionísio em tom gélido.

— O homem com a máscara cômica... eras tu... ou então algum dos teus amigos. Prometeu que nos pouparia a vida em troca do nosso voto favorável à tua readmissão na Assembléia.

— Nunca usei uma máscara na minha vida. Sempre mostro o meu rosto aos inimigos.

— Mas nós te ajudamos — disse Pancrates, enquanto o companheiro soluçava baixinho.

— É verdade, e por isto mesmo ser-vos-á concedida uma morte rápida. Não me censurai: se dependesse do que sinto no coração cortá-vos-ia em pedaços pouco a pouco e jogaria os vossos restos aos cachorros. Vós nem podeis imaginar o espetáculo com que me defrontei quando passei pela porta desta casa depois do massacre na ágora, aquilo que experimentei ao ver o corpo nu e desfigurado da minha mulher. Quem a torturou e violentou, pelo menos, assumiu a responsabilidade dos próprios atos, vós nem tiverdes a coragem de fazer isto.

— Eu imploro — insistiu Euribíades. — Tu estás cometendo um erro. Nada tivemos a ver com aquilo, não temos culpa do que aconteceu. Sentimos muito... podemos entender a tua mágoa, mas asseguro-te que não temos culpa, acredita... Em nome dos deuses, não te manches com o sangue de dois inocentes!

Dionísio aproximou-se.

— Pode ser que eu esteja errado e neste caso enfrentarei o julgamento dos deuses. Mas a sombra de Aretes precisa aplacar-se. Adeus.

Nada mais disse e trespassou-os de lado a lado, um depois do outro, com um golpe firme na base do pescoço.

Seus corpos nunca mais foram encontrados.

Filisto encontrou-o às escondidas dois dias depois, num olival perto da Epípole.

— Tu prometeste poupar a vida deles se te ajudassem na tua volta à cidade — disse num tom severo.

— Menti — respondeu Dionísio. E foi embora.

# XI

No decorrer do verão a atenção das autoridades e do povo de Siracusa ficou focada nas ameaçadoras notícias que os informantes transmitiam tanto de Cartago quanto da Grécia. Embora não resolvidos, portanto, os problemas locais passaram para um segundo plano. Soube-se que os cartagineses haviam enviado uma embaixada a Atenas para convencer o governo da cidade a continuar a guerra contra os espartanos mesmo depois que o melhor general ateniense, Alcibíades, havia fugido para a Ásia. Desta forma Esparta não poderia intervir a favor de Siracusa, na Sicília, quando eles decidissem atacar. Também se soube em seguida que os atenienses haviam enviado uma delegação deles para se encontrar com os generais cartagineses na Sicília. Tão grande era o ódio que sentiam pelos siracusanos que teriam compactuado com qualquer um desde que pudessem prejudicar a cidade que os tinha rechaçado e vencido sete anos antes.

O governo de Siracusa protestou com uma nota oficial contra aqueles preparativos de guerra, sem no entanto conseguir qualquer resposta. Dafneu decidiu então mandar uma frota de quarenta navios para a Sicília ocidental, restaurando de alguma forma o porto de Selinunte para prevenir um possível desembarque cartaginês. Houve uma primeira confrontação na qual os siracusanos afundaram uns quinze navios inimigos mas, quando Aníbal lançou ao mar toda a sua poderosa esquadra de oitenta navios de guerra, Dafneu mandou a sua frota recuar para ela não ser completamente destruída, e cuidou de enviar imediatamente emissários para pedir ajuda aos gregos da Itália assim como aos espartanos. Estes últimos mandaram um general chamado Deuxipo e mil e quinhentos mercenários que desembarcaram em Gela. O comandante espartano seguiu então para Agrigento onde também assumiu o comando dos oitocentos mercenários campanos que o dinheiro de Telias convencera a abandonar os cartagineses.

Aníbal desembarcou na vizinhança imediata da cidade no começo da primavera. Os anos já começavam a pesar nas suas costas e, portanto, tinha agora ao seu lado o primo Himilko, mais jovem e enérgico. Posicionou uma poderosa unidade a Oriente da cidade para prevenir incursões daquele lado e montou um acampamento fortificado a Ocidente, começando logo a destruir os túmulos monumentais da necrópole, usando então o material para levantar uma rampa que lhe permitisse assaltar as muralhas.

Dentro da cidade ninguém parecia levar realmente a sério o exército que já aniquilara Selinunte e Imera: havia fartas reservas de mantimentos, as muralhas surgiam sobre um esporão rochoso muito alto acima da planície e eram praticamente inacessíveis. Além do mais, sabia-se que muito em breve Dafneu iria chegar de Siracusa no comando de um exército confederado. O ambiente estava tão descontraído que os comandantes militares tiveram que expedir uma ordem de serviço na qual ficava explícito que as sentinelas não podiam dispor de mais de um colchão e de dois travesseiros cada. Vez por outra a cavalaria fazia algumas saídas para atacar unidades inimigas isoladas que perambulavam pelos campos a fim de prover-se de forragem para os animais e mantimentos para os homens.

Não demorou para o calor se tornar insuportável: o fedor dos dejetos e dos excrementos de sessenta mil homens e cinco mil cavalos amontoados lá embaixo, num local úmido e não muito ventilado, alcançou então o topo das muralhas.

Telias subia todas as manhãs até o passadiço da ronda para dar uma olhada na planície, aproveitando a hora em que o vento da terra levava para longe aquele fedor nojento. A cidade ainda estava adormecida e os vigias noturnos estavam sendo rendidos pelos sentinelas diurnos. O sol que surgia iluminava o grande templo de Atena na acrópole e então, pouco a pouco, as casas, os jardins, os pórticos, as colunadas e finalmente a imensa massa do templo de Zeus ainda inacabado. A obra não havia sido interrompida e os escultores estavam trabalhando no grande frontão que representava a queda de Tróia: o emaranhado de membros heróicos tomava forma e assumia contornos cada vez mais claros a cada dia que se passava. Só as figuras dos deuses, imponentes no triângulo do tímpano e impassíveis no olhar, já estavam prontas, e algumas já começavam a mostrar as cores vivas com que os pintores animavam rostos e membros, vestes e cabeleiras. Os Gigantes da colunada pareciam esticar os músculos no titânico esforço de sustentar o peso da arquitrave decorada; os acrotérios dourados reluziam iluminados pelos raios matinais e bandos de íbis rosa levantavam vôo da foz do Akragas passando por cima das amendoeiras e das oliveiras do vale.

O espetáculo era tão encantador, a harmonia das obras dos homens e da natureza tão sublime que a visão da estupidez humana, que com a sua guerra colocava em perigo toda aquela maravilhosa beleza, deixava em Telias uma sensação de profunda angústia, um aflitivo presságio de fim iminente. E a imagem de Aretes voltava insistente à sua memória: lembrava-se de como a jovem gostava de Agrigento, de quão fascinante achava aquela cidade tão excessiva em tudo, tão irrequieta e ávida de vida, de como desejava um futuro de esposa ao lado do homem que havia escolhido como companheiro. Lamentava dentro de si o seu fim cruel, e não podia encontrar qualquer consolo na vingança que Dionísio levara a cabo com igual crueldade.

Só esperava que Agrigento pudesse sobreviver e demorava-se muitas vezes recitando baixinho os versos de Píndaro, como oração. Agrigento... empoleirada em seu rochedo, luminosa e altaneira, o rebrilhar longínquo do mar, os bosques de carvalhos e pinheiros, as oliveiras plantadas pelos pais fundadores, o fogo sagrado na acrópole, nunca apagado desde que alguém o acendera pela primeira vez: seria possível cancelar isso tudo de uma vez por todas, como se nunca tivesse existido? Poderia realmente acontecer? A destruição de Selinunte e Imera seria um fato isolado ou algo que poderia repetir-se ao infinito?

Certa vez, enquanto estava perdido na contemplação dos seus próprios pensamentos, Telias foi trazido de volta à realidade pelas vozes dos generais que estavam no comando do exército. Estavam escarnecendo o inimigo, que parecia risível, longínquo e impotente. Os seus navios, pequenos devido à distância, mostravam-se tão inofensivos quanto os barquinhos com que as crianças brincavam na grande piscina no fundo do vale. Estavam tão confiantes na vitória... deviam certamente ter seus bons motivos. Um deles dizia:

— Vê só, estão acampados em seu próprio excremento! Talvez planejem forçar-nos à rendição com seu fedor!

Quando entre as tropas cartaginesas alastrou-se a peste, que ceifou milhares de homens e espalhou o desânimo no exército inimigo, pareceu que as mais róseas previsões estavam se realizando. A fumaça das fogueiras e o insuportável cheiro de carne queimada tornou o ar irrespirável por uma vasta área do território circundante. O próprio Aníbal adoeceu e morreu e, quando a notícia começou a circular pela cidade, o pessoal exultou achando que naquela altura os cartagineses iriam desistir do cerco e voltar para casa.

Telias ficou tão reanimado que até organizou uma eficaz encenação. Contratou um grupo de atores do teatro trágico e mandou que aparecessem de noite, como fantasmas, entre os escombros dos túmulos destruídos pelos cartagineses, gemendo lúgubres lamentações e soltando terríveis pragas em língua púnica. Luzes igualmente sinistras foram acesas nos cemitérios, durante as noites sem lua, e outras pavorosas aparições aconteceram de repente ao longo de trilhas perdidas entre os campos, quando algum grupo de auxiliares cartagineses passava em busca de forragem e mantimentos. O terror supersticioso espalhou então um pavor ainda mais aflito entre as tropas invasoras, tanto assim que ninguém queria mais sair à noite.

Himilko, o comandante sobrevivente, não era no entanto tão simplório. Convocou os adivinhos e mandou que sugerissem logo algum remédio para aplacar os espíritos dos mortos dos túmulos profanados. A coisa deveria ser feita da forma mais impressionante e espetacular possível e os xamãs, depois de interpretarem os sinais, sentenciaram que era preciso sacrificar um ser humano.

Um pobre rapaz indígena, já escravizado durante a campanha precedente, foi degolado no altar e o seu corpo foi em seguida jogado ao mar. Depois disto Himilko proclamou que os espíritos estavam satisfeitos e que a partir de então tudo iria mudar para melhor. Umas chuvaradas repentinas e violentas levaram embora a sujeira amontoada em volta do acampamento e a situação melhorou, abonando o vaticínio dos adivinhos e as promessas do comandante, que mandou logo retomar a construção da rampa.

Telias observava preocupado os progressos dessa construção.

Enquanto isto, em Siracusa, Dionísio havia reconquistado a cada dia uma posição de maior prestígio e, quando o exército confederado — formado por cerca de vinte mil siracusanos, dez mil mercenários e vinte mil italianos das cidades aliadas — ficou pronto para partir, ele já ocupava o cargo de ajudante-de-campo do estado maior.

Na noite anterior à partida mandou exumar os restos de Aretes no subsolo onde jaziam para colocá-los num maravilhoso túmulo que mandara construir fora da porta ocidental, ao longo da estrada que levava a Kamárina. O corpo foi encontrado incrivelmente intato e, antes de mero efeito da salinidade do solo, como pensava Filisto, ele considerou o prodígio um sinal dos deuses, um verdadeiro milagre que a sua vingança tornara possível.

A cerimônia aconteceu quase às escondidas, depois do pôr-do-sol, e quando a pesada laje de calcário baixou sobre o sepulcro, Dionísio quis ficar sozinho a conversar com ela, longamente, na esperança que o espírito da mulher pudesse responder. Acabou adormecendo ao lado do túmulo, esgotado pelo cansaço e a vigília, e sonhou estar caindo do penhasco a pique sobre a nascente de cristal, caindo sem mais respirar, numa espécie de abandono infinito e pungente.

Foi acordado por Leptines, que naquela altura tornara-se quase o seu guarda-costas e acompanhava-o por todo lado, sempre bastante próximo e suficientemente afastado.

— Vamos embora — disse — está na hora de voltarmos para casa.

O exército confederado pôs-se a caminho no dia seguinte, logo antes do alvorecer: os siracusanos na frente, os mercenários no meio, os aliados italianos fechando a coluna, com a cavalaria protegendo os flancos. Na frente avançavam Dafneu com o estado-maior e o próprio Dionísio. Leptines cavalgava um pouco mais atrás, junto ao grupo dos exploradores. A verdadeira cavalaria, por sua vez, era composta quase exclusivamente de aristocratas que não toleravam a presença de outras pessoas que não fossem da sua classe.

Percorreram a distância inteira entre Siracusa e Agrigento em sete dias, sendo reabastecidos pela frota que acompanhava em comboio ao longo da costa e desembarcava quando necessário dezenas de botes carregados de mantimentos que mantinham por enquanto os contatos entre os navios e a terra firme.

Chegaram a avistar a cidade na tarde do sétimo dia e acamparam não muito longe do destacamento oriental do exército cartaginês. Dionísio foi logo esporeando o seu cavalo, acompanhado por Leptines, Bitão, Dorisco e mais alguns amigos da Companhia, numa volta de reconhecimento, e avaliou as forças do inimigo em cerca de trinta e cinco mil homens. Também reparou que a cidade não era afinal tão inacessível como muitos pensavam e deu-se conta da estratégia do inimigo: o destacamento oriental diante deles deveria prevenir expedições de socorro vindas de Siracusa enquanto o grosso do exército cuidaria do assalto final com as máquinas e os aríetes a partir da rampa já pronta.

Antes de ficar escuro demais deu uma volta pela parte norte das muralhas, chegando bem perto da necrópole ocidental de onde se tinha uma boa visão da rampa que, naquela altura, já alcançara o planalto natural no qual se erguia a cidade. Para defender-se dos arremessos dos arqueiros, os cartagineses haviam montado uma espécie de telheiro móvel sobre rodas, protegido por peles de bois não curtidas e ignífugas, para proteger os homens que trabalhavam no aterro.

Ao voltar para o acampamento soube que estava havendo uma reunião do estado-maior e apresentou-se imediatamente.

— A primeira coisa a fazer — começou dizendo Dafneu — é atacar o destacamento oriental das tropas de Himilko: está em campo aberto, num terreno bastante plano. Pegá-los-emos de surpresa ao alvorecer, quando ainda não faz muito calor: formação unida, profundidade de oito fileiras; conosco e os aliados sicilianos no meio, os aliados italianos à direita, os mercenários à esquerda. A cavalaria dos dois lados.

— E se o exército de Himilko nos atacar enquanto estamos empenhados no combate? — perguntou Dionísio. — Eu acharia melhor colocar algumas unidades de cavalaria a uma distância conveniente entre nós e o acampamento fortificado cartaginês a Oeste, para que nos possam avisar se eles se mexerem.

O comandante da cavalaria, um aristocrata de antiga linhagem chamado Arquelau, olhou para ele sem esconder um certo fastio, como se aquelas palavras tivessem sido ultrajantes.

— Acho que tu não tens qualquer autoridade para opinar sobre o emprego da cavalaria — disse num tom cheio de desdém.

— Faze o que bem entenderes — rebateu Dionísio —, mas continuo achando que rejeitar uma proposta sensata só por questões de princípio é uma grande tolice. Se fosse por mim, já teria mandado prender-te com a acusação mais grave que pode haver em tempo de guerra: a estupidez.

Arquelau, pálido de incredulidade diante de tamanha ousadia, já ia desembainhando a espada para vingar a ofensa quando Dafneu encerrou o assunto com um soco na mesa. Filisto, presente na sua função de conselheiro, não conseguiu disfarçar um irônico sorriso.

— Postaremos estafetas — disse Dafneu. — Precisamos saber o que acontece além da nossa frente de combate.

— Posso falar? — perguntou Dionísio.

— Só se não for para ofender alguém — respondeu Dafneu.

— Estamos planejando entrosar a nossa ação com os agrigentinos dentro da cidade?

— Não — respondeu Dafneu. — Por quê?

— Por quê? — gritou Dionísio. — Porque acho uma loucura não fazê-lo! Como eles vão saber o que fazer e o que não fazer? E como nós poderemos eventualmente aproveitar a ajuda, talvez determinante, dos milhares de guerreiros bem armados e equipados que estão agora abrigados atrás das muralhas de Agrigento?

— Não será necessário — respondeu Dafneu. — Não vamos precisar deles e não confio nos teus mercenários campanos: já estiveram a serviço dos cartagineses e agora lutam contra eles, mas poderiam mudar novamente de lado durante a batalha. Amanhã de manhã vamos atacar e acabar de uma vez com esses bárbaros. Então, logo que as condições nos sejam favoráveis, marcharemos contra o acampamento fortificado e rechaçaremos o resto para o mar. Nada mais tenho a dizer. Podeis ir. Os homens deverão ser acordados em silêncio, sem toques de clarim, um a um. A palavra de ordem será "Akragas". Boa sorte.

Dionísio voltou à sua tenda, tirou a armadura, vestiu uma capa escura e, com a desculpa de controlar os postos de guarda, saiu do acampamento do lado ocidental, com Leptines. Mas logo que ficou fora do alcance visual começou a correr com o irmão, entrando no denso bosque de azinheiras que chegava até o sopé da elevação sobre a qual surgiam as muralhas de Agrigento. Quando chegaram perto o bastante, mandou Leptines esperar para dar-lhe cobertura quando voltasse. Logo a seguir chamou a sentinela de vigia que andava de um lado para o outro do passadiço.

— Tu! — gritou. — Tu aí!

— Quem está lá? — respondeu a sentinela.

— Sou um soldado siracusano. Estou sozinho, deixa-me entrar, preciso falar com os teus chefes.

— Espera um momento — disse o homem, e chamou logo o oficial de plantão.

— O que queres? — perguntou o oficial, debruçando-se um tanto desconfiado do parapeito.

— Preciso entrar sem demora — insistiu Dionísio. — Sou siracusano e preciso falar com os teus comandantes.

— Qual é o teu nome?

— Dionísio.

— Alguém te conhece aqui na cidade?

— Sou amigo de um homem muito conhecido que se chama Telias.

— Anda até aquelas moitas lá em baixo, à direita — disse o oficial. — Ali atrás há um postigo, vou mandar alguém abrir. Estás na nossa mira: se tentares alguma coisa serás um homem morto.

Dionísio fez o que lhe havia sido sugerido e logo a seguir estava dentro da cidade, na presença de um grupo de oficiais de alta patente.

— Quem te mandou aqui? — perguntou um dos generais, um homem de uns quarenta anos de barba muito preta e bem tratada, numa armadura que mais parecia um traje de parada do que de combate.

— Ninguém. Vim por minha conta.

— O quê? — exclamou o oficial e em seguida, virando-se para os colegas: — Não gosto deste homem, pode ser um espião. Proponho mantê-lo sob custódia até sabermos mais a respeito dele.

— Eu garanto pelo rapaz! — ressoou uma voz atrás dele.

Era Telias que subia ofegante até o sopé das muralhas, segurando com as mãos a bainha anterior da veste para não tropeçar e avançando com a velocidade que o seu tamanho permitia. Os quatro generais olharam para ele.

— O que tendes em mente? — continuou Telias quase sem fôlego, enxugando a testa. — Não o reconhecem? É Dionísio, o herói que guiou até aqui os refugiados de Selinunte e que lutou como uma fera sob as muralhas de Imera. Fala, meu rapaz, os nossos valorosos generais estão ansiosos para ouvir.

Ninguém teve a coragem de fazer comentários: o prestígio e a autoridade do homem que tinha alistado do seu próprio bolso quase mil mercenários eram mais do que suficientes para merecer a atenção deles.

Dionísio começou a falar.

— Posso ter certeza de que não há espiões entre vós? — foi logo dizendo.

— Como te atreves... — ensaiou o oficial que havia sido o primeiro a falar.

— O rapaz está certo — rebateu Telias. — Vamos nos reunir atrás do templo de Atena, onde ninguém pode nos ouvir. Sempre houve espiões, e muitas cidades já caíram por traição. Não vejo motivo para ficarmos escandalizados.

O interior do templo já estava iluminado para a noite. As lamparinas brilhavam soltando um fio de fumaça e o pequeno grupo reuniu-se num canto afastado da cela, atrás da estátua do culto.

— Na verdade — continuou Dionísio — de certa forma eu mesmo poderia ser considerado um espião. — Os presentes entreolharam-se surpresos, mas Telias fez um gesto incitando-o a continuar. — Isso mesmo, um espião aliado. Os meus comandantes ainda não decidiram enviar até aqui uma delegação para que possamos coordenar as nossas forças, e, portanto, achei bom vir em pessoa e contar qual é a situação. O nosso exército pode contar com quase cinqüenta mil homens bem armados e treinados. Quanto à frota, poderão vê-la amanhã mesmo das muralhas: mais ou menos trinta trirremes e uma dúzia de unidades de apoio.

"Amanhã, antes da alvorada, Dafneu tenciona atacar a divisão cartaginesa que barra o nosso caminho para concentrar em seguida as nossas tropas em volta do acampamento fortificado. Presumo que só então decida pedir a vossa ajuda."

— O teu comportamento é digno do mais severo castigo — disse outro oficial, mais idoso do que o primeiro, alto e de corpo enxuto, vestindo uma armadura de couro preto enfeitado com tachas de prata. Dionísio jamais tinha visto na vida generais tão elegantes. — Tomaste uma decisão perigosa, sem consultar os teus superiores, arriscaste-te a ser capturado pelo inimigo e revelar, portanto, importantes segredos militares, e...

— Fiz o certo para salvar Agrigento — interrompeu-o Dionísio com um gesto peremptório da mão — arriscando a minha pele e não a dos outros. Porque já vi cair duas cidades e não quero ver destruir esta aqui também. Fazei o que quiserdes, eu avisei. Se eu estivesse no comando do exército agrigentino, ordenaria uma saída para pegar por trás os inimigos que estão diante de nós e aniquilá-los. Uma só unidade presidiando as muralhas da cidade seria mais do que suficiente, pois depois da vitória juntaríamos as nossas forças e atacaríamos em massa o acampamento fortificado a ocidente da cidade. Se os cartagineses decidirem atacar aproveitando os poucos homens que ficaram defendendo a cidade, poderemos pegá-los de surpresa pelas costas esmagando-os contra as muralhas da cidade.

"Eu faria isto, mas a responsabilidade é vossa. Só queria que ficásseis a par. Se não tiverdes mais perguntas, ou mensagens a enviar, voltarei para a minha unidade antes que percebam a minha ausência e me prendam. Amanhã não quero perder o espetáculo."

— Eu proponho detê-lo — disse mais um oficial, na certa um aristocrata da velha escola a julgar pelos cabelos que usava bem longos e presos num arranjo no topo da cabeça. — Podemos entregá-lo ao seu comandante no fim da guerra e vamos ver então se ainda terá toda esta jactância.

Dionísio aproximou-se e fitou-o nos olhos a um palmo de distância.

— Tenta fazer isso — disse.

Telias interveio para dissipar a tensão.

— *Hegémones*, eu vos peço, não há motivo para tomar atitudes tão graves. Recebeste a visita informal de um oficial aliado, só isto. Não vejo nada demais.

— Atacai logo que nós começarmos a travar combate com o inimigo — disse então Dionísio, recuando e encarando um por um os quatro generais que tinha à sua frente. — Atacai sem a menor demora. Adeus.

Já estava indo embora quando deu meia-volta e parou diante de Telias. Ficou um bom tempo de olhos fixos nele e o velho amigo entendeu que queria dizer-lhe muitas coisas sem no entanto conseguir dizer nenhuma.

Deu-lhe uma palmada no ombro.

— Vai, agora. Teremos tempo de sobra para conversar depois de resolvermos a situação.

Dionísio afastou-se sem nada dizer, como costumava fazer quando sentia o coração oprimido por obscura ansiedade. Telias ficou ouvindo em silêncio o ruído dos seus passos que ecoavam entre as paredes do grande santuário.

— Como foi? — perguntou Leptines ao vê-lo aparecer de repente, como um fantasma.

— Muito mal — respondeu Dionísio.

# XII

Himilko foi informado a tempo da chegada e da consistência do exército confederado e providenciou o envio de reforços: mercenários líbios e campanos que foram ocupar seus postos durante a noite marchando em silêncio nos bosques que se estendiam entre a cidade e o mar.

Dafneu, que por sua vez já perfilara as suas tropas ao longo do Himera antes mesmo do raiar do sol, mandou que os soldados atravessassem o rio sem demora para se aproximarem logo do acampamento inimigo.

O exército avançou em coluna para em seguida desdobrar-se, com ampla manobra, em disposição horizontal de oito fileiras. Dafneu, da ala esquerda, deu pessoalmente a palavra de ordem que foi repassada de uma para outra unidade com extrema rapidez até chegar à outra ponta da formação. À medida que a palavra corria entre os homens eles levantavam o escudo e baixavam a lança de modo que se tinha a impressão de ver uma onda de bronze e de ferro espalhar-se de uma outra extremidade da imponente frente de batalha.

Seguiu-se um longo silêncio carregado de tensão à espera que a fina linha de luz que se vislumbrava a Oriente se alargasse e ampliasse até tornar visível o solo. Dafneu mandara avisar que o sinal do ataque aconteceria na mesma hora em que os homens pudessem enxergar a própria sombra, de forma que todos mantinham os olhos fixos no chão em frente, aguardando com cada vez mais ansiedade o aparecimento dos próprios contornos. De repente as sombras projetaram-se definidas e muito compridas no terreno e naquele mesmo instante os clarins tocaram, os oficiais lançaram o grito de guerra que foi repetido a plenos pulmões pelos guerreiros, e a poderosa falange atacou.

Da frente oposta respondeu o som prolongado dos cornos e o exército cartaginês lançou-se por sua vez ao assalto, chefiado pelos mercenários campanos e ibéricos, veteranos de inúmeras batalhas combatidas sob muitas diferentes bandeiras. Os primeiros, com espessos corpetes de couro e elmos encimados por espetaculares penachos de três pontas e ao amparo de grandes escudos pintados; os segundos protegidos por placas metálicas sobre as túnicas brancas e usando na cabeça elmos de couro listados de vermelho. Avançavam gritando e soltando repetidos enxames de flechas e de pedras com suas mortíferas fundas. A cada arremesso a falange levantava os escudos para deter a saraivada que crepitava como granizo sobre as grandes lâminas de bronze, para então retomar a sua corrida e adiantar o máximo possível o momento do impacto, que aconteceu com pavoroso fragor a meio estádio de distância do acampamento inimigo. As duas formações desmoronaram uma em cima da outra e a massa metálica dos escudos e das lanças dos gregos abateu-se como uma avalanche sobre os líbios, os ibéricos e os campanos, superiores por habilidade e experiência no combate individual, mas menos resistentes no choque com uma frente tão pesada e compacta. O corpo-a-corpo durou um bom tempo enquanto a luta tornava-se cada vez mais ferrenha e sangrenta, mas então a formação cartaginesa começou a ceder diante do empurrão cada vez mais decidido dos adversários, deixando no terreno inúmeros mortos e feridos. Estes últimos eram metodicamente abatidos a ponta de lança pelos soldados das últimas fileiras à medida que avançavam atrás dos companheiros.

Enquanto isso juntara-se em cima das muralhas de Agrigento uma verdadeira multidão de guerreiros que incitavam a plenos pulmões os aliados, como se estes, bem no meio do estrondo da batalha, pudessem ouvi-los. Seus gritos, de qualquer maneira, chegavam sem dúvida alguma ao acampamento fortificado inimigo espalhando medo e desânimo.

Em certa altura, quando ficou claro que as tropas de Himilko estavam perdendo terreno, os guerreiros agrigentinos começaram a juntar-se em volta dos seus comandantes pedindo que abrissem as portas e os deixassem entrar na briga para surpreender os inimigos pelas costas e acabar com eles de uma vez por todas.

— O que estamos esperando? — gritavam. — Vamos logo, assim poderemos finalmente arrancar o mal pela raiz!

— Vamos matar todos!

— Vingaremos Selinunte e Imera!

Entre os generais, o que se chamava Cratipo tentou acalmar os ânimos.

— Silêncio! — exclamou. — Calai-vos todos e ouvi!

O tumulto pareceu abrandar mas o rumorejar da batalha, que chegava até as muralhas, espalhava entre os homens um frenesi incontrolável, uma irreprimível excitação que se podia ler nos rostos, nos olhares e no frêmito dos corpos. Todos queriam tomar parte daquela festa feroz, daquela cruel chacina, antes de ela acabar.

— Ouvi! — repetiu Cratipo. — Se sairmos agora deixaremos a cidade desguarnecida e cometeremos o mesmo erro que marcou o fim de Imera. Himilko poderia sair do acampamento fortificado, atacar enquanto nós estamos lá fora e conquistar Agrigento no primeiro assalto. É isto que vós quereis?

— Basta de conversa, queremos entrar na luta! — berrou um dos presentes.

— Que comandantes sois vós? — exclamou outro. — Será que não sabeis liderar os vossos homens em combate?

Enquanto ainda debatiam espalhou-se o boato de que iriam tentar uma surtida e escorraçar de vez os bárbaros das terras agrigentinas. Milhares e mais milhares de guerreiros já armados, empunhando lanças e escudos, foram se amontoando, praguejando e gritando. Os que estavam no passadiço e podiam ver o que estava acontecendo na planície berravam ainda mais alto, como se estivessem no estádio ou no hipódromo, e a gritaria chegava ao céu.

Cratipo, percebendo que corria o risco de perder o controle da situação, chamou um dos seus ajudantes de campo, um rapaz com pouco mais de trinta anos chamado Argeu, e murmurou em seu ouvido:

— Vai logo ao quartel-general dos mercenários campanos e ordena que barrem todas as portas deixando-as guarnecidas: não podemos permitir que os homens saiam se atropelando e deixem a cidade indefesa. Rápido!

Argeu saiu apressado, mal conseguindo abrir caminho entre a multidão que o cobria de insultos gritando:

— Covardes, velhacos, vendidos!

Levou algum tempo antes de a ordem ser executada e, quando alguns soldados voltaram para aquela improvisada assembléia anunciando que as portas haviam sido trancadas, um grito ressoou do topo das muralhas:

— Acudam! Rápido, venham ver!

Ao ouvir aquilo todos subiram correndo as escadas que levavam ao passadiço e debruçaram-se no parapeito: o exército púnico estava em debandada, os homens fugiam desordenados para o acampamento fortificado. Estourou um selvagem urro de júbilo, mas logo a seguir pragas de frustrada decepção misturaram-se aos gritos de estímulo quando ficou claro que Dafneu segurava os seus homens para que não perseguissem o inimigo. Evidentemente receava cair numa cilada como acontecera com o exército de Diocles em Imera. Se estivessem mais perto poderiam ver e ouvir Dionísio, postado na ala direita, ainda coberto do sangue da carnificina, gritar como um possesso aquilo que eles mesmos gritavam, que era preciso seguir em frente matando a todos até o último homem.

Em vez disto, nada aconteceu. O exército confederado deteve-se obedecendo aos sinais dos clarins, de forma que o grosso das tropas cartaginesas pôde alcançar, incólume, o abrigo do acampamento fortificado.

Ao verem isto, os agrigentinos não tiveram outra escolha a não ser conformar-se. O exército confederado estava a quase dois estádios de distância e atacarem sozinhos não fazia o menor sentido. Viam claramente esvair diante dos próprios olhos a possibilidade de destruir a ameaça que pesava sobre eles.

Não demorou, no entanto, para que a decepção se seguisse à frustração e em seguida raiva. Os guerreiros reuniram-se ameaçadores em volta dos seus comandantes e começaram a gritar:

— Deixaste vos corromper! Quanto é que os bárbaros vos pagaram? Traidores! Bastardos vendidos!

Telias procurou acalmar os ânimos.

— Calma! Não perdei a cabeça! Não podeis fazer este tipo de acusações sem fundamento! — mas a sua voz fraca e fanhosa não conseguia dominar o crescente tumulto.

Pedras começaram a voar, e muitas acertaram no alvo. Atingido na cabeça, Cratipo tombou ao chão assim como, depois dele, os outros três colegas que ocupavam os supremos cargos de comando das grandes unidades do exército. Só salvou-se Argeu, o jovem oficial que fora postar os sentinelas dos mercenários nas portas. Chegou quando os quatro comandantes já estavam mortos, meio enterrados sob um monte de pedras. Os homens que os haviam lapidado estavam agora em volta dos cadáveres, em silêncio, e nem ligaram para o jovem quando apareceu entre eles e se aproximou, pálido e mudo, dos corpos sem vida.

Estavam todos imbuídos de amargura e nojo por aquilo que acabavam de fazer, e conscientes de que aquela justiça sumária havia sido a coisa mais injusta que jamais poderiam ter feito, de que talvez tivessem punido de forma exagerada, somente a indecisão e, quem sabe, a mera estupidez.

O embate fora extremamente duro e os cartagineses haviam deixado no campo quase seis mil homens, enquanto o exército confederado tivera apenas pouco menos de trezentas baixas, mas a frustração era grande entre os combatentes que haviam visto escapulir das suas mãos uma vitória que podia ter sido decisiva.

Dionísio correu para Dafneu e gritou:

— Por que não nos deixaste seguir em frente? Por que nos detiveste? Isto é covardia, é...

— Mais uma palavra e vou mandar executar-te. Agora mesmo!

Dionísio mordeu os lábios e voltou às fileiras, roendo-se por dentro de raiva reprimida.

Dafneu nem levou em consideração a idéia de atacar o acampamento fortificado — defendido por uma vala, um muro e uma paliçada — e levou os seus homens ao acampamento oriental que, fugindo, os inimigos haviam deixado livre. Naquela mesma noite chegou uma delegação de Agrigento para contar o que havia acontecido na cidade e como haviam sido punidos os comandantes. Dafneu estremeceu e não soube o que dizer.

Dionísio deu um passo adiante:

— Se tu tivesses prestado atenção nas minhas palavras isso nunca teria acontecido e nesta altura Himilko já estaria fugindo sem a menor possibilidade de salvação.

— Ninguém pode bancar o profeta — respondeu Dafneu. — A qualidade mais importante numa guerra é a calma. Agora eles precisam defender-se, estão praticamente encurralados em seu acampamento, enquanto nós controlamos todos os caminhos de acesso e de saída, podemos cortar as suas fontes de abastecimentos e fazer com que morram de fome. Logo que seus mercenários ficarem sem salário nem comida irão rebelar-se, e para Himilko estará tudo acabado.

Por alguns dias os fatos pareceram confirmar as previsões de Dafneu. Já estava começando a fazer mais frio e alguém — nunca se soube quem, em seguida — informou que em Palermo os navios cartagineses já tinham sido recolhidos aos estaleiros para reparos e manutenção, e que só iriam voltar ao mar na primavera seguinte. A frota siracusana, por sua vez, ainda estava em perfeitas condições de funcionamento e o exército podia contar com ela para se abastecer.

Cada vez que Himilko enviava uma patrulha em busca de forragem e alimentos, a cavalaria siracusana logo saía em perseguição e a aniquilava. Esperava-se a rendição a qualquer momento, ainda mais agora que o tempo começava realmente a piorar.

Justamente em vista do inverno que chegava pensou-se em providenciar um último volumoso carregamento de trigo e outros mantimentos para Agrigento, antes de as condições do mar se tornarem perigosas demais para a navegação. Mas quando a esquadra siracusana apareceu no horizonte, do lado oposto também apareceu, totalmente inesperada, a frota cartaginesa com quase cinqüenta navios prontos a atacar.

O destino da batalha já estava marcado: os barcos de Siracusa, carregados daquele jeito, eram muito lentos enquanto os de Cartago — já sem mastros, mais numerosos e com o vento a favor — podiam lançar-se ao assalto com uma velocidade e uma capacidade de manobra infinitamente superiores.

Os pouco navios siracusanos em condições de contra-atacar foram quase imediatamente postos fora de combate, os demais foram forçados a encostar na praia justamente no setor da costa logo atrás do acampamento fortificado e os mercenários de Himilko, naquela altura esgotados e já a ponto de desertar, entregaram-se ao saque levando consigo a carga de trigo destinada a Agrigento, depois de chacinar as tripulações.

Esse acontecimento mudou por completo o rumo de uma guerra que parecia vencida. Os agrigentinos, que nunca se haviam privado de coisa alguma nem tinham imaginado qualquer tipo de racionamento dos mantimentos, repararam de repente que as suas reservas alimentares haviam ficado extremamente escassas.

O comandante espartano Deuxipo, um dos poucos generais remanescentes, reuniu os oficiais em conselho de guerra.

— Quantos dias podemos resistir com aquilo que temos?

— Três ou quatro, no máximo — responderam-lhe.

— Então teremos de abandonar a cidade. Amanhã mesmo.

Estas palavras foram recebidas no mais absoluto silêncio: ninguém ousava rebater, mas, ao mesmo tempo, todos procuravam com febril ansiedade dentro de si uma possível alternativa àquela tão terrível decisão.

— Precisamos avisar o Conselho — disse um dos oficiais — para que a notícia seja dada à população.

— Espera um momento — interveio um dos comandantes que até então nada dissera, um sujeito de Gela chamado Eurito. — Estás querendo dizer que precisamos esvaziar uma cidade de duzentos mil habitantes e ir embora... assim? — e estalou as mãos batendo uma contra a outra.

— Assim mesmo — repetiu Deuxipo sem pestanejar. — Tens alguma solução a propor?

— Lutar, por exemplo. Abrir caminho para o interior até encontrarmos reservas de mantimentos.

— Ou então lutar em campo aberto junto com os siracusanos. Ainda podemos acabar com eles! — gritou outro, um jovem comandante de batalhão agrigentino.

Não foi preciso avisar o Conselho: chefiados pelo próprio Telias os anciãos vinham naquela mesma hora subindo do *bouleuterion* ali perto, para juntar-se aos chefes militares e avaliar a situação.

— Então é isso que estais propondo? — foi logo dizendo Telias. — Estais dizendo que temos de evacuar a cidade?

— Isso mesmo — rebateu Deuxipo. — Não temos escolha. Sem comida nem reabastecimento não temos a menor possibilidade de resistir.

— Tu és louco ou covarde, ou as duas coisas juntas — gritou Telias com a sua voz fanhosa. — Vamos abrir as portas, mandar os nossos rapazes lá fora armados até os dentes e acabar de vez com aqueles bastardos sarnentos. Em seguida pegamos de volta o nosso trigo e tudo mais, e vamos tirar deles a vontade de voltar para estas bandas de uma vez por todas!

— Não é tão simples — rebateu Deuxipo. — Eu mesmo faria isso, mas não é bem assim. Eles vão ficar trancados no acampamento fortificado, sem deixar-se atrair para um choque frontal em campo aberto. Vão esperar até ficarmos esgotados de fome, para então atacar e acabar conosco. Melhor nós recuarmos enquanto ainda temos tempo.

Telias sacudiu a cabeça.

— Não é possível... — disse. — Não posso acreditar que não haja outra escolha, outra saída. Deve haver um jeito... deve haver!

Nem tinha acabado de falar quando chegou uma das sentinelas que ficavam de vigia nas muralhas.

— Os mercenários campanos saíram pela porta meridional a caminho do acampamento cartaginês. Quando souberam que não havia mais comida abandonaram o setor que presidiavam!

— Estás vendo? — exclamou Deuxipo. — Se eu ainda tivesse alguma dúvida, isto acabaria de uma vez por todas com elas: neste momento temos mais ou menos um estádio das nossas defesas desguarnecido. Estais compreendendo isto?

— Mas há os siracusanos e os aliados italianos lá fora, por Heraclés! — Telias interveio angustiado. — Ainda podemos conseguir! Prestai atenção, só precisamos entrar em contato com Dafneu e os seus aliados para decidirmos o que fazer. Não podemos tomar decisões apressadas... Ainda há tempo... — Mas a sua voz estava cansada enquanto dizia aquilo, quase apagada.

— Como quiserdes — respondeu Deuxipo. — Mas nesse caso precisamos agir sem demora. — Chamou uma sentinela. — Pega um cavalo, sai pela porta oriental e procura Dafneu. Diz-lhe que ficamos sem mantimentos e que estamos pensando em abandonar a cidade, a não ser que ele proponha uma alternativa viável. Tu entendeste?

— Entendi — respondeu a sentinela. E virou-se para ir.

— Espera — intrometeu-se Telias. — Diz-lhe que estamos prontos a encontrá-lo onde ele achar melhor, quando quiser. E pergunta acerca de um oficial chamado Dionísio: é ajudante de campo do estado-maior. Nós também gostaríamos da sua presença, se houver o encontro.

— Farei isso — respondeu a sentinela, e foi embora. Logo a seguir pôde ser vista correndo a galope para o acampamento siracusano.

Começou a soprar um vento frio que gelava os ossos enquanto um chuvisco ralo descia do céu cinzento. Os presentes abrigaram-se embaixo do pórtico e aprontaram-se em silêncio para a longa espera antes de o mensageiro voltar com a sentença que iria decidir o destino de Agrigento. Enquanto isto, no entanto, a notícia da evacuação da cidade começara a se espalhar, primeiro devagar e depois como um incêndio de casa em casa, de bairro em bairro e o desespero invadia todas as moradas, desde as mais humildes até as luxuosas dos ricos. A aflição tomava conta de todos ao pensarem que iriam deixar o lugar em que haviam nascido e vivido, e à aflição juntava-se a incerteza e a incredulidade. Não se tratava do desfecho de uma longa agonia, mas sim de um fato repentino, depois de longos meses de guerra que entretanto quase não haviam afetado a vida dos cidadãos, sem baixas a serem lastimadas nem graves perdas patrimoniais.

A resposta de Dafneu chegou quando o sol já se punha: marcava um encontro com os dignitários e os comandantes militares agrigentinos perto da necrópole oriental, no lugar onde o cemitério era margeado pela estrada que ia para Kámikos passando pelo interior. A sentinela confessou que o encontrara muito deprimido e de péssimo humor.

— Não esperai milagres — disse depois de relatar o resultado da missão. — O moral no acampamento siracusano não me pareceu muito melhor do que o nosso aqui na cidade.

— Nada de conclusões apressadas — interrompeu Telias. — Vamos ver o que Dafneu tenciona fazer. Só devemos tomar uma decisão tão extrema depois de todas as outras saídas ficarem inviáveis.

Logo a seguir botaram o pé na estrada saindo por uma portinhola no lado oriental e chegaram ao local combinado a cavalo. Telias montava uma mula, um animal bem manso que estava acostumado com os maus humores e as manias do velho amo.

Dafneu apareceu ladeado por dois dos seus oficiais de mais alta patente e por Dionísio. Estavam armados até os dentes como se estivessem prestes a entrar na luta e não muito longe dali via-se a escolta: uns cinqüenta cavaleiros e mais uns trinta peltastas de assalto.

Telias notou que, a julgar pelos penachos nos elmos e os brasões nos escudos, eram soldados de Siracusa, Gela e Kamárina, todos gregos sicilianos, e a coisa pareceu-lhe um tanto estranha.

Foi de qualquer maneira o primeiro a falar, animado em parte pela presença de Dionísio.

— Alguns dos nossos comandantes militares, e principalmente Deuxipo que está aqui à minha direita, acham que deveríamos evacuar a cidade amanhã, mesmo porque nessa altura os nossos mantimentos só podem durar mais alguns dias...

— E além disso — interrompeu Deuxipo —, os nossos mercenários campanos passaram para o lado inimigo deixando desguarnecido quase um estádio das muralhas.

"Grandes demais" pensou Dionísio, e pareceu-lhe já ter imaginado ou articulado aquelas palavras sabe lá quantas vezes, como que num sonho.

— Eu sei. Vi quando partiram — disse Dafneu.

— É verdade — continuou Telias —, mas ainda há na cidade milhares de guerreiros equipados e bem treinados, e tu tens aqui um exército íntegro e poderoso. Ainda podemos travar combate e vencê-los, não achas?

Dafneu demorou algum tempo para responder à pergunta e aqueles longos momentos de silêncio apertaram os corações de todos como uma mão de ferro. Dionísio fitava o amigo nos olhos, com uma expressão de intensa aflição.

Afinal Dafneu falou:

— Já não tenho, infelizmente: os gregos da Itália estão nos deixando. Vão partir amanhã de manhã.

— O quê? — exclamou Telias. — Não pode ser...

— Mas é isto mesmo, infelizmente. Vão embora.

— E por quê?

— Era o combinado: só iriam ficar até o solstício de inverno; precisam preparar os campos para a semeadura e não querem correr o risco de que uma piora do tempo possa mantê-los longe de casa mais do que planejaram. Na verdade ainda faltam sete dias para o solstício, mas não creio que isso faça muita diferença...

— Não posso acreditar... — disse Telias sacudindo a cabeça consternado. — Não posso acreditar que...

— Como tu estás vendo — disse Deuxipo, que só parecia estar esperando por aquilo — eu estava certo. Evacuar a cidade é a única coisa a fazer. Usaremos as nossas tropas para proteger os fugitivos.

— Não pode ser... não pode ser. Deve haver outra solução... — exclamou Telias. — Tu és um guerreiro, por Heraclés! Precisas dizer-me por que não queres lutar: de que te adianta então vestir essas armas? Para que a espada? — parecia cada vez mais angustiado e a sua voz fanhosa tornara-se estridente, como o grito de um pássaro ferido.

— Precisai aceitar a realidade — continuou Dafneu. — Não podemos nos arriscar. Se eu apostar tudo numa batalha campal em condições de inferioridade numérica e perder, deixarei Siracusa indefesa... e se Siracusa cair é o fim. Não posso fazer isto: vós precisais entender.

— Então é esse o verdadeiro motivo: estás com medo de arriscar. Mas não entendes que defendendo Agrigento também estás defendendo Siracusa? Estás cometendo o mesmo erro de Diocles em Imera. Terrível... terrível e insensato...

Dafneu baixou a cabeça sem nada dizer, enquanto a chuva começava a cair mais intensa molhando os elmos, as couraças e os escudos, fazendo-os reluzir vez por outra à luz dos relâmpagos distantes.

Telias, com o rosto riscado de lágrimas e de chuva mas com uma postura extremamente digna, virou-se para Dionísio.

— Tu também pensas assim? Diz-me, também pensas a mesma coisa?

Dionísio sacudiu a cabeça em silêncio, aí levantou os olhos fitando Dafneu e Deuxipo com ostensivo desprezo.

— Compactuastes, não é verdade? Combinardes tudo — comentou então Telias, implacável. — Acertastes tudo de antemão. Talvez vós mesmos vos tenhais deixado corromper... Claro... Pois do contrário, como alguém poderia nos contar que a frota cartaginesa havia sido recolhida para o inverno quando na verdade estava pronta a atacar a siracusana? Como poderia acontecer uma coisa dessas?

— Tu estás louco — disse Dafneu. — Estás delirando. Não te mato porque não passas de um pobre velho que não sabe o que diz. Não mereces nem mais um momento do meu tempo. — Virou-se para os demais conselheiros agrigentinos que haviam ficado mudos e pasmos diante daquelas palavras terríveis. — Segui o conselho de Deuxipo — disse —, fazei o que ele manda: podereis pelo menos salvar as vossas vidas. Adeus.

Montou a cavalo e desapareceu na escuridão com a sua escolta.

Telias caiu de joelhos, soluçando sem se importar com a chuva.

Dionísio ajudou-o a levantar-se e apertou-o contra o peito.

— Volta para a cidade — disse, tentando acalmá-lo —, volta para o lar e procura cuidar da tua mulher. Preparai-vos para partir. Podereis ficar na minha casa, onde sereis amados como se fosseis meus pais... Eu te peço... ânimo.

Um clarão iluminou de repente a desolada paisagem da necrópole, acompanhado logo a seguir pelo rumorejar do trovão. Telias enxugou o rosto.

— Nunca deixarei a minha cidade, meu amigo — disse — podes entender isto? Nunca! — e afastou-se com a sua mula.

No dia seguinte as autoridades difundiram a ordem de evacuação e a cidade inteira encheu-se de prantos e gritos aflitos. A casa do Conselho foi cercada por uma multidão enfurecida mas já não havia vivalma para ouvir, nem para tomar qualquer outra providência além das já anunciadas. O pânico espalhava-se por toda parte, o povo amontoava-se abalroadamente nos arredores da porta oriental como se o inimigo já tivesse superado as muralhas, tanto assim que os soldados mal conseguiam manter a ordem e encaminhar de qualquer forma a multidão a caminho de Gela.

No caos de gritos e gemidos, no turbilhão de terror que tudo atropelava, os velhos e os doentes acabaram ficando entregues ao seu destino, aqueles que não tinham condição de enfrentar uma viagem de centenas e mais centenas de estádios. Alguns se mataram, outros ficaram impassíveis à espera do que estava para acontecer, achando que de qualquer maneira a morte ainda seria preferível à perda da pátria, dos lugares amados, da vista da cidade mais linda do mundo.

Telias e a esposa, que se recusou a deixá-lo sozinho, foram desses últimos. Dionísio ficou olhando com ansiedade, mas em vão, para as fileiras dos fugitivos, gritou inutilmente o nome daquelas pessoas queridas, passando repetidas vezes a cavalo ao longo da triste coluna, perguntando aos que encontrava se os tinham visto. Não sabia que naquela mesma hora eles estavam lá em cima, no ponto mais alto da cidade, no glorioso Penhasco Ateneu, e observavam sem lágrimas a longa serpente escura que avançava na planície, a grande multidão de fugitivos que abandonava Agrigento como um filete de sangue que escorre sem parar, até o corpo ferido morrer.

Em seguida as ruas começaram a ressoar com os gritos dos bárbaros que enxamearam saqueando, destruindo, chacinando todos aqueles que encontravam. Incendiaram o grandioso templo de Zeus lá no vale, ainda cercado de andaimes de madeira, e as maravilhosas esculturas da queda de Tróia, esculpidas no frontão, animaram-se no trágico realismo do crepitar das chamas.

Telias segurou então a mão da companheira e dirigiu-se ao templo que, com sua massa gigantesca, dominava a acrópole. Caminhava tranqüilo como se estivesse a fim de aproveitar aquele último passeio ao longo da rua mais sagrada da cidade. Parou sob a colunada, virou-se e viu a incontrolável maré invadir aos berros a rampa que dava para a esplanada e o pódio. Entrou então no templo e trancou a porta. Apertou num último abraço a companheira de toda a vida, trocou com ela um silencioso olhar cheio de sentido, então pegou a tocha e ateou fogo no santuário.

Queimou com a esposa, com seus deuses e as suas lembranças.

# XIII

Todas as estradas e as trilhas que levavam a Gela estavam apinhadas por uma enorme multidão desesperada e assustada. Eram mulheres, crianças e idosos. Os homens válidos escoltavam armados a coluna dos fugitivos. Os mais velhos e doentes haviam sido abandonados pois jamais conseguiriam enfrentar com sucesso uma viagem tão longa e difícil. Muitas jovens, mesmo bem nascidas e ricas, avançavam a pé, algumas segurando nos braços os irmãos menores, e demonstravam grande coragem e força de vontade uma vez que seus pés delicados, acostumados com elegantes calçados, já estavam cheios de bolhas e chagas. Apertavam com os dentes o lábio inferior como guerreiros empenhados na luta e engoliam as lágrimas para não alimentar mais ainda o choro das crianças e a angústia dos pais já oprimidos pela infinita aflição de terem sido forçados a abandonar de uma hora para a outra a pátria, a casa em que sempre moraram e os túmulos dos antepassados. Eram como plantas desarraigadas por um vendaval e arrastadas para lugares inóspitos e desconhecidos. Àquele sofrimento juntava-se uma espécie de atônito pasmo, pois muitos deles nem se davam conta do exato motivo daquela imprevista e pavorosa calamidade, e iam juntando pouco a pouco, ao longo do caminho, fragmentos de informação amiúde contraditores e absurdos.

Não tinham como resguardar-se do rigor da intempérie, nem dos transtornos e rudezas de uma viagem cheia de dificuldades; poucos haviam trazido comida consigo, e menos ainda estavam com água. Cambaleavam na lama que cobria a estrada e vez por outra viravam-se para trás como que respondendo a chamados de vozes inexistentes, das lembranças, da saudade e das imagens de uma vida inteira para a qual nunca mais poderiam voltar. Entre os muitos tormentos que os afligiam, além da fome e da sede, havia o vento frio, a chuva intermitente, o céu cinzento e hostil.

O único consolo era a presença de pais, filhos e maridos que, ainda enquadrados nas unidades militares, procuravam na medida do possível marchar perto deles para que pudessem encontrar naquela proximidade a força para seguir em frente.

Dionísio percorrera várias vezes para cima e para baixo a longa coluna à procura de Telias e da esposa, pedindo informações a muitas pessoas conhecidas ou que achava conhecer, mas sem sucesso, até que um homem deu-lhe a resposta que mais receava:

— Telias ficou. Vi-o com a mulher. Enquanto todos fugiam rumo à porta oriental, ele subia para a acrópole segurando-a pela mão. Velho teimoso! Sempre fez tudo a seu próprio modo.

Ao ouvir isto Dionísio esporeou o cavalo, alcançou Dafneu na cabeça da coluna e pediu licença para voltar atrás.

— Isso é uma loucura. Para fazer o quê? — respondeu Dafneu.

— Alguns amigos meus ficaram. Quero ver se ainda posso ajudar.

— Não há mais a quem ajudar, infelizmente. Já sabes como eles fazem. Tornam escravos os homens válidos para vendê-los, os demais eles matam. Quem eram os teus amigos?

Dionísio sacudiu a cabeça.

— Não importa — disse —, já não importa — e voltou para o meio da coluna.

Ficara marcada na sua mente a imagem de uma jovem enlameada e trêmula de frio que avançava segurando a mão de um menino e de uma menina, talvez seus irmãos menores. Lembrava-lhe de alguma forma Aretes e a situação tão terrivelmente parecida em que a conhecera, e quase parecia-lhe que os deuses lhe concedessem a possibilidade de ajudá-la de novo, de aliviar a dor que na certa ainda devia afligi-la no reino de Hades.

Aproximou-se da jovem, desmontou do cavalo e ofereceu-lhe a própria capa.

— Fica com ela — disse — eu não preciso.

A jovem respondeu com um pálido sorriso e retomou o seu caminho sob a chuva.

Os cartagineses instalaram-se em Agrigento após se apossar de uma enorme quantidade de despojos de guerra, como só podiam encontrar numa cidade que, nos seus duzentos anos de vida, jamais havia sido vencida nem saqueada. Não destruíram as casas, no entanto, pois tencionavam usá-las eles próprios para passar o inverno. Demonstravam com isto a sua intenção de não interromper a ação militar e a campanha de conquista. Nada iria detê-los enquanto houvesse alguma cidade grega na Sicília.

A nova fronteira era agora Gela, a cidade em que havia morrido Ésquilo, o grande trágico. No seu túmulo na acrópole havia uma epígrafe que não fazia qualquer menção à sua glória de poeta, só lembrando o guerreiro que havia lutado contra os persas em Maratona. Palavras que soavam agora como uma advertência naquela situação cada vez mais aflitiva. Os fugitivos de Agrigento foram acomodados em Leontinos enquanto não se criassem as condições para a sua volta.

Dafneu reuniu em conselho os seus oficiais, com a presença do espartano Deuxipo e dos generais de Gela.

— O que pensais a respeito da situação? — perguntou a estes últimos. — O que tencionais fazer?

— A nossa idéia é resistir — respondeu o comandante deles, um homem de uns cinqüenta anos chamado Nicandro. Era um aristocrata, um sujeito rijo e severo da velha escola, e parecia absolutamente determinado, embora cada traço do seu rosto e cada ruga da sua testa denunciassem a grande preocupação que o afligia.

— Se esta for a vossa decisão — respondeu Dafneu — então vamos ajudar. Faremos tudo aquilo que estiver ao nosso alcance para repelir os bárbaros e evitar mais uma catástrofe. O que houve em Agrigento não pode se repetir. Foi uma coisa anormal, um imprevisto, talvez até uma traição que nos pegou de surpresa quando já pensávamos ter vencido.

— Nunca devemos achar que vencemos até o inimigo ter sido aniquilado — rebateu seco Nicandro. — Seja como for, agradeço em nome da cidade por estareis dispostos a lutar ao nosso lado.

— Deuxipo ficará convosco — disse Dafneu — juntamente com os vossos mercenários até a retomada das operações.

"Deuxipo é um idiota" pensou Dionísio "e talvez até um traidor." Mas ficou calado. Estava de pé no fundo da sala do Conselho, de ombros encostados no umbral da porta e braços cruzados como uma cariátide, e o seu rosto não revelava qualquer emoção, como se fosse de mármore. Pensava em Telias e na sua esposa, a quem amara tão profundamente e nunca mais veria, em Agrigento perdida e violentada, na jovem à qual entregara a sua capa e que talvez naquela altura jazesse esgotada na lama, com as duas crianças a chorarem açoitadas pela chuva. Ele mesmo queria chorar, gritar, praguejar.

Foi-se embora, após cumprir suas obrigações, desaparecendo por uma ruela escura que levava à porta ocidental, amuado e pensativo, com a certeza no coração de que também Gela iria cair, assim como haviam caído Selinunte, Imera e Agrigento, devido à incompetência dos comandantes, à covardia de Dafneu, à imbecilidade de Deuxipo. As autoridades de Gela haviam reservado para ele uma acomodação no pritaneu, mas ele preferira alugar do próprio bolso uma casinha anônima perto das muralhas, pois não queria ficar com os demais oficiais pelos quais não tinha o menor apreço.

Entrou e logo subiu até o terraço na cobertura para apreciar a vista da cidade e do mar. Era isto que precisava fazer: observar, estudar, conhecer, fixar na memória toda e qualquer particularidade do terreno, dos caminhos de acesso e de fuga, os pontos fracos das muralhas, os itinerários mais rápidos para o abastecimento, a dança das correntezas do mar e dos ventos do céu, as passagens para o interior e ao longo da costa. Só então tomar uma decisão, apertar os dentes e seguir adiante, a qualquer custo, sem escutar ninguém, para atropelar, dispersar, aniquilar. Era assim que se devia liderar um exército para levá-lo à vitória. Mas o que podiam eles saber, os idiotas tagarelas que só sabiam encher a boca de reboantes promessas que nunca iriam cumprir?

O sol apareceu por uns breves instantes entre a compacta massa de nuvens irradiando a sua última luz vermelha e arroxeada antes de desaparecer no horizonte. O mar transformou-se imediatamente em chumbo líquido, encapelado pelo poderoso sopro do Áfrico, com as ondas bordadas de espumas cinzenta que se atropelavam rumorejando até o sopé da colina de Gela. As lamparinas começavam a iluminar as janelas das casas, fios de fumaça saíam das chaminés e a lua era um pálido fantasma atrás da esfarrapada cortina das nuvens. Suspirou.

Saiu daquela espécie de turvo devaneio ao ouvir alguém que batia insistentemente à porta, lá embaixo. Dionísio desceu então ao térreo e perguntou:

— Quem é?

— Abre logo, sou eu — respondeu a voz de Filisto.

— Entra — disse Dionísio abrindo a porta. — Estás todo molhado. Dá-me a sua capa.

Filisto entrou, roxo de frio e batendo o queixo.

— Espera um momento, vou acender o fogo. — Dionísio tirou uma pequena chama do lume que ardia diante de uma imagem pintada na parede e encostou-a num feixe de sarmentos secos na lareira no meio do despojado aposento. Ouviu-se logo o crepitar dos galhos e das agulhas de pinheiro que queimavam espalhando em volta um agradável calor.

— Não tenho lá muita coisa para comer — disse. — Uma fatia de pão, se tu te contentares, e um pedaço de queijo. Para beber, só mesmo água.

— Não vim até aqui para comer nem para beber — replicou Filisto. — Trago-te os cumprimentos do teu irmão Leptines e do teu pai adotivo Hélоris, assim como dos chefes da Companhia. A notícia da tomada de Agrigento já chegou a Siracusa e a cidade está um verdadeiro rebuliço. O que decidiste fazer, aqui em Gela?

— Resistir — respondeu Dionísio enquanto colocava o pão e o queijo na pedra da lareira para esquentar e acrescentava mais um pouco de lenha.

Filisto deu de ombros.

— Como em Agrigento, como em Imera, como em Selinunte.

— Pois é.

— Não podemos assistir a mais um desastre de braços cruzados.

— Só há uma maneira de evitar uma coisa dessas — disse Dionísio fitando-o nos olhos na reverberação das chamas.

— Também acho. Tu estás pronto?

— Estou — respondeu Dionísio.

— Nós também.

— Então segui em frente. Juntar-me-ei a vós em Siracusa.

— Quando?

— Quando o exército voltar.

— Tarde demais. Está tudo marcado para a próxima Assembléia. Daqui a exatamente sete dias.

— Não posso deixar o meu posto sem mais nem menos. Seria o que Dafneu pediu aos deuses para acusar-me de deserção e botar-me de mãos atadas diante de um pelotão de arqueiros.

— Já cuidei disto. Ao alvorecer de amanhã ele vai receber uma ordem do Conselho que pede a tua volta imediata por razões de Estado. Tudo falso, obviamente. Procura mostrar desagrado, como se não gostasses nem um pouco da coisa. Sem exagerar, é claro.

— Entendi.

— Muito bem. Ficarei esperando por ti em Kamárina, na casa de Proxenos, o fabricante de escudos, e aí seguiremos viagem juntos.

Dionísio anuiu em silêncio. O seu olhar fixou-se imóvel nas chamas da lareira.

— Soubeste de Telias? — perguntou de repente.

— O que houve?

— Ficou em Agrigento, com a mulher.

— Era de se esperar que não fosse deixar a cidade. Aceitar a humilhação da derrota e da fuga não era coisa dele.

— Perdi-os. Amava-os e sinto a falta deles.

— Sei. E eles também te amavam, como o filho que nunca tiveram e com que sempre sonharam.

— Muitos terão de pagar por isto. Tanto os bárbaros quanto os gregos.

Filisto não respondeu. Pegou a capa pendurada perto do fogo para secar.

— Continua molhada — disse Dionísio.

— Não faz mal. Eu não tenho tempo de esperar até secar. Está ficando tarde e preciso voltar.

— Mas já está escuro. Dorme aqui, poderás partir ao alvorecer.

— Está sempre escuro, nestes últimos tempos: faz diferença? — jogou a capa nos ombros e saiu.

Dionísio ficou na soleira, olhando a figura encapuzada que se afastava e ouvindo o trovão que rumorejava ao longe, nas encostas dos montes Ibleus.

No dia seguinte foi convocado por Dafneu logo depois do alvorecer.

— Precisas voltar imediatamente a Siracusa — disse o comandante.

— Como assim? Posso ser mais útil aqui.

— Precisas partir porque eu estou mandando. Saberemos muito bem o que fazer mesmo sem ti.

Dionísio fingiu conformar-se a contragosto e antes de sair deu uma rápida olhada na mensagem que estava na mesa de Dafneu, com os fragmentos do lacre de cera ainda por perto. Então encarou o comandante nos olhos, com uma expressão de difícil interpretação mas que não pressagiava nada de bom.

Chegou em Kamárina antes do anoitecer, cavalgando como um possesso, e foi logo à casa de Proxenos, o fabricante de escudos que hospedava Filisto, para ali passar a noite.

A notícia da queda de Agrigento espalhara o pânico e já havia quem se preparasse para partir para algum lugar no interior, principalmente aqueles que tinham propriedades agrícolas e fazendas. Tanto o governo da cidade quanto a Assembléia dos guerreiros, no entanto, já tinham decidido enviar reforços a Gela no caso de ela ser atacada, e defendê-la até o fim se fosse necessário.

— Finalmente entenderam que ninguém pode salvar-se sozinho — concluiu Filisto.

— Acho que sempre souberam disto — disse Dionísio. — Em Agrigento havia um exército duas vezes maior do que aquele que os atenienses trouxeram contra nós na guerra. O que sempre faltou foi um homem capaz de liderá-lo.

— É verdade — comentou Proxenos. — É o que está acontecendo neste momento em Atenas. Estive lá uns três meses atrás para vender um lote de armas. Nunca mais se recuperaram depois da derrota que sofreram aqui na Sicília e agora mandaram embora o único ainda capaz de ganhar uma batalha naval: Alcibíades, o sobrinho de Péricles. Acusaram-no de ter ido à farra enquanto a sua frota travava combate com a de Lisandro, o que bem pode ser verdade, mas sabes a quem decidiram então entregar o comando? A Cônon: um pobre coitado que jamais ganhou uma batalha na vida, e que logo de saída deixou-se encurralar no porto de Mitilene...

— Aproveitaste para ir ao teatro? — Filisto interrompeu-o só para mudar de assunto.

— Claro, embora nessa altura já não haja grande coisa para se ver. Agora que Sófocles e Eurípides estão mortos, o teatro trágico acabou. Só nos resta dar umas gargalhadas. Assisti a uma comédia de Aristófanes e posso assegurar que quase morri de tanto rir. Nunca houve alguém como ele, que acaba com os políticos, os advogados, os filósofos e até mesmo com os que vão ver os seus trabalhos, e todos riem como loucos.

— Se os espartanos ganharem — interveio Dionísio levando a conversa de volta ao primeiro assunto — poderiam enviar para cá o exército e a frota para nos ajudar.

— Não conta com isto — respondeu Proxenos. — Eles também já estão fartos de guerras. As hostilidades já duram quase trinta anos. Seja qual for o desfecho, não haverá vencidos nem vencedores. Todos choram os seus melhores filhos ceifados nos campos de batalha, a terra queimada, as safras perdidas, dúzias de cidades arrasadas, povos inteiros reduzidos a escravos. Para não mencionar os comércios quase inexistentes, os preços descontrolados, a escassez de tudo.

— Aqui a situação é outra — insistiu Dionísio. — Estamos falando da nossa própria sobrevivência... mas tanto faz, saberemos dar um jeito sozinhos, se for necessário. Pois é, sozinhos...

Dali a alguns dias Filisto e Dionísio chegaram a Siracusa, bem a tempo de participar da Assembléia plenária. Dionísio estava inscrito em décimo segundo lugar para falar. Leptines estava ao seu lado e de vez em quando trocava rápidos olhares e imperceptíveis sinais com os amigos da Companhia espalhados em volta. Quando chegou a hora, o secretário levantou um cartaz com a letra "M" para indicar o número doze e Dionísio tomou a palavra.

Sem se importar com o frio invernal, só estava usando a curta túnica militar e, do pódio onde subira, podia então mostrar como condecorações os sinais dos recentes ferimentos que os seus braços, as coxas e os ombros haviam sofrido em combate. Um verdadeiro estrondo de aclamações ouviu-se por toda parte. Ele levantou os braços musculosos para agradecer e pedir silêncio, e então começou a falar.

— Cidadãos e autoridades de Siracusa! Estou aqui para anunciar uma nova catástrofe. Sei que já se espalhou a notícia da queda de Agrigento e do fim daquela gloriosa cidade, desde sempre nossa aliada e irmã. Mas ninguém, acredito, poderia descrever melhor do que eu este desastre, o maior que já houve nestes últimos anos, devido à total inoperância dos oficiais que comandavam as nossas tropas...

O secretário levantou-se e admoestou-o.

— Cuidado com o que vais dizer: não te é permitido ofender homens que ainda gozam da confiança da cidade como supremos comandantes do exército.

— Serei mais preciso, então — continuou Dionísio, e levantando a voz trovejou:

— Eu acuso aqui, diante de vós, o comandante Dafneu e todo o seu estado-maior de traição e conluio com o inimigo!

O secretário voltou a interrompê-lo.

— Uma acusação tão grave, formulada dessa maneira, é um crime. Estás condenado a uma multa de dez minas. Guardas, executem!

Dois mercenários de plantão dirigiram-se para Dionísio para exigir a quantia que na certa não tinha consigo, e, portanto, levá-lo preso.

Filisto levantou-se imediatamente e erguendo o braço gritou:

— Eu pago, prossiga! — E ao mesmo tempo mandou um serviçal desembolsar as dez minas sob os olhares pasmos do secretário.

— Acuso-os de traição — continuou Dionísio — porque, quando já tínhamos ao nosso alcance a vitória definitiva sobre o inimigo, detiveram-nos bem no meio da perseguição e forçaram-nos a recuar. Traíram duplamente pois aproveitaram-se do nosso sentido de disciplina e obediência à pátria e aos nossos comandantes para proporcionar aos bárbaros uma escapatória que, de outra forma, já não tinham.

Gritos, aplausos, incitamentos ouviram-se em vários pontos da Assembléia, onde numerosos grupos da Companhia manifestavam o seu entusiasmo e a sua desaprovação, também comunicando com vigor os seus humores a quem estava por perto.

Enquanto isso o secretário, abismado com aquela irreprimível ovação e surpreso por aquele procedimento, espiava ansioso a areia que escorria na ampulheta esperando o momento em que, conforme as regras da casa, poderia infligir uma nova multa, ainda mais pesada.

— Vinte minas! — gritou logo que o vaso superior ficou vazio, sem mesmo se importar com que Dionísio estava dizendo.

— Está pago! — gritou Filisto levantando o braço.

Mais um estrondo explodiu, como se as pessoas estivessem no estádio torcendo pelo seu campeão preferido, e Dionísio seguiu em frente com a sua irrefreável arenga, evocando os momentos relevantes da batalha, as decisões insensatas, a dramática conversa com os representantes da cidade, a ordem absurda da evacuação. Também relatou a notícia acerca dos barcos púnicos que já estariam em seco nos estaleiros de Palermo, quando na verdade aprontavam-se para cair em cima da frota siracusana. Atribuiu sem qualquer escrúpulo a falsa notícia a Dafneu e ao seu grupo, inteiramente convencido no fundo da alma de que aquilo era verdade e achando que o fato de ainda não haver provas era apenas um elemento secundário sem maior importância.

A voz cada vez mais estrídula do secretário continuava anunciando multas cada vez mais vultosas, sempre pagas pela fortuna aparentemente inesgotável de Filisto, tanto assim que às vezes parecia se estar diante da mais dramática das assembléias, e às vezes assistia-se a um leilão onde a mercadoria mais vendida e comprada era a verdade.

No fim, o secretário rendeu-se e deixou espalhar-se incontida a eloqüência avassaladora de Dionísio. As suas palavras inflamavam, as suas lembranças e as cenas que evocava comoviam, faziam estremecer, indignar, gritar de raiva, de horror, de escândalo.

Quando se deu conta de que já tinha a Assembléia em suas mãos concluiu a sua intervenção certo de que nada lhe seria recusado.

— Cidadãos! — trovejou —, os bárbaros também irão assolar a nossa cidade, que conseguiu até derrotar Atenas, as vossas esposas serão violentadas, os vossos filhos escravizados se não forem antes torturados até a morte e sumariamente executados. Eu vi, lutei contra eles, e matei centenas para salvar os nossos irmãos de Selinunte, de Imera, de Agrigento, mas de nada adianta o valor nem o amor de um só pela pátria ameaçada. Vós que arriscais a vida na frente de batalha, vós que segurais o escudo e empunhais a lança precisais eleger vossos generais, não devido à classe social e aos rendimentos, mas sim na base da estima que sentem por eles! Deveis condenar à revelia aqueles oficiais sem honra que traíram e se venderam ao inimigo, condená-los ao exílio perpétuo e até mesmo à morte, se ousarem voltar à cidade sem vossa permissão, e então precisais eleger os que merecem a vossa consideração, aqueles que vós sempre vistes lutar com honra e paixão, aqueles que nunca foram vistos a jogar o escudo às urtigas e fugir. São pessoas deste tipo que merecem guiar-vos na guerra e que podem liderar os nossos aliados. Vamos dar um basta definitivo em toda esta seqüência de vergonhosas derrotas e chacinas! Como que uns bárbaros mercenários poderiam levar a melhor sobre cidadãos corajosos e disciplinados se não fosse pela traição? E direi mais: os que nos governam são um bando de incapazes que não merecem os cargos que ocupam. Vamos escorraçá-los de uma vez por todas elegendo quem realmente achamos digno da nossa confiança!

Um imenso clamor ressoou na Assembléia, tanto assim que Filisto e o próprio Dionísio só a duras penas conseguiram acalmar os ânimos. Logo a seguir Héloris incluiu na ordem do dia a proposta de condenar à revelia os generais traidores, proposta esta que foi aprovada por esmagadora maioria; apresentou então uma lista de candidatos para os cargos de comando dos principais batalhões, quase todos figuras bastante opacas, a não ser Dionísio que recebeu o mais caloroso apoio.

Quando, ao meio-dia, saiu ovacionado da Assembléia ele era o homem mais poderoso de Siracusa, os seus colegas oficiais eram mera sombra dele e tudo lhe deviam, inclusive a nomeação.

Três dias depois Dafneu e o seu grupo receberam a cópia da ata da Assembléia que sancionava a sua condenação ao exílio. Dionísio foi oficialmente investido no cargo de comandante supremo das forças armadas e apresentou-se diante da tropa numa esplêndida armadura ornada de cobre e de prata, segurando na mão direita a lança e na esquerda o escudo com a imagem de uma górgone com a boca manchada de sangue. Os gritos e as aclamações dos seus guerreiros subiram até o templo de Atena na acrópole, reverberando sonoramente nas portas de bronze.

# XIV

O generais siracusanos exilados encontraram abrigo em Hena onde decidiram ficar à espera de condições mais favoráveis e tiveram sem dúvida alguma a oportunidade de experimentar na carne tudo aquilo pelo qual passaram as centenas, às vezes milhares, de cidadãos que haviam sido banidos só porque o seu partido político sofrera uma derrota. Dafneu começou logo a mexer-se para organizar a volta, mas foi encontrado morto na sua casa no fim do inverno. Logo disseram que devia tratar-se de uma execução sumária ordenada por Dionísio e levada a cabo por algum membro da Companhia.

Dionísio, por sua vez, tratava de consolidar o seu poder na cidade e de levar adiante os preparativos da guerra, à sua maneira. Não queria condicionamentos. Não queria limitações.

— Não vai ser fácil numa democracia — comentou Filisto durante um encontro na sua casa.

— Eu quero vencer, e para vencer preciso de plenos poderes.

— Diocles tinha-os em Imera e Dafneu também, em Agrigento, e ambos foram derrotados.

— Foram derrotados porque eram uns incapazes. Se tivessem poderes ainda mais amplos teriam arrumado algo pior ainda. Mas não acontecerá comigo: sei o que fazer, juro: está tudo muito claro na minha mente. Lembrasse daquela noite em Gela?

— Lembro, um tempo horroroso...

— Depois que tu partiste eu tentei dormir pois estava mortalmente cansado, mas não conseguia pegar no sono e, portanto, decidi dar uma volta pela cidade, perto das muralhas, pelos passadiços da ronda, tanto do lado do mar quanto daquele que dá para os campos. Himilko não vai demorar a atacar Gela, só espera os primeiros calores da primavera e, quando aparecer, eu tenciono cortá-lo em pedaços.

— Cuidado...

— Sei do que estou falando. Tu partirás logo que o mar permitir e visitarás os nossos aliados italianos de Locre, Síbaris, Crotona e Régio para convencê-los a enviar todas as tropas disponíveis. Terás de convencê-los de uma coisa muito simples: se nós cairmos, logo a seguir será a vez deles. Se for necessário, arruma um documento falso em língua púnica com um plano de invasão das colônias gregas na Itália, conta que encontramos com um espião e... tu sabes, afinal de contas costumas fazer essas coisas melhor do que ninguém. Sabes o que quero dizer.

— Sei.

— Farás isto?

Filisto sorriu.

— Já o decepcionei?

— Muito bem, então. Agora preciso livrar-me dos demais oficiais, pelo menos daqueles que só atrapalham.

— Não podes fazer uma coisa dessas!

— Claro que sim.

— Sabes o que isto significa, não sabes?

— Sei, mas não é o que tu estás pensando. Por enquanto só tenciono desacreditá-los. Vamos espalhar o boato que mantêm contatos com os cartagineses, que estão sendo pagos por Himilko.

— Não conta comigo. Os coitados nunca fariam uma coisa dessas, e tu sabes disso. É um golpe muito sujo.

— Mas necessário para salvar a cidade.

— E a salvação da cidade coincide com a tua tomada do poder.

— Com a minha liderança. Preciso ser o único a comandar as tropas na batalha, porque só eu tenho a capacidade de salvar a cidade da aniquilação, os templos da profanação, o povo da escravidão.

Filisto permaneceu um bom tempo calado, não sabendo o que responder. Ia de um lado para o outro da sua sala de trabalho, de olhos fixos no chão, e sentia sobre si o peso do olhar de Dionísio.

— Sabes de uma coisa? — disse afinal, parando bem no meio do aposento. — Tu deverias ter nascido no tempo dos heróis de Homero. Pois é, teria sido a época certa. Você teria nascido rei como eles: Aquiles, Agamêmnon, Diomedes... Mas os tempos mudaram... acabaram para sempre e nunca vão voltar. Agora vivemos em grandes cidades onde todas as classes sociais querem ser representadas e onde os chefes são eleitos e demitidos conforme os seus merecimentos e desmerecimentos.

— Conforme suas intrigas! — exclamou Dionísio.

— Intrigas? E como chamas aquilo que estás tentando fazer? O que o faz pensar que é melhor?

Dionísio aproximou-se em silêncio e seus olhos eram tão ardentes que Filisto chegou a pensar que iria agredi-lo. Mas, longe disto, baixou a cabeça e disse quase num cochicho:

— Preciso da tua amizade, dos teus conselhos. Não me abandones. Não sei explicar por que me considero melhor, só posso perguntar se tu acreditas ou não em mim, Filisto, se estás comigo ou contra mim.

— Tu já tens Leptines, o teu irmão.

— Não é a mesma coisa. Leptines é um bom rapaz, sem dúvida alguma fiel, mas eu preciso da tua inteligência, da tua experiência e principalmente, como já disse, da tua amizade... Qual é a tua resposta?

— Estás pedindo a minha adesão irrestrita às tuas idéias, à tua visão do mundo.

— Sim, é isto mesmo que eu te peço. Em nome de tudo aquilo que nos liga, que enfrentamos juntos.

Filisto suspirou.

— Eu faria qualquer coisa por ti, sabes disto. Mas existem convicções morais das quais é difícil desistir... Mais do que difícil, aliás: doloroso.

— Sei, e embora possa parecer-lhe estranho, eu entendo. De qualquer maneira, trata-se de uma escolha amarga mas bastante fácil: basta que tu olhes para trás e considere se a tua afeição por mim é ou não é maior do que os teus princípios. Só isto. Mas preciso de uma resposta. Já.

Filisto ficou pensativo, perto da janela, observando as gaivotas que voavam entre os mastros e as velas do porto Grande, por cima dos telhados vermelhos da Ortígia e do templo de Atena. Quando se virou estava de olhos embaçados e parecia ter perdido a costumeira segurança, o notório domínio sobre as emoções.

— Conta comigo — disse com um suspiro. — Estou pronto a ficar do teu lado.

— Até no Ínfero?

— Até no Ínfero.

Dionísio abraçou-o fitando-o nos olhos.

— Sabia que nunca irias me abandonar.

— Faltou pouco.

— Ainda tem tempo. Ninguém vai obrigar-te.

Filisto nada mais disse.

Dionísio entregou-lhe um rascunho com uma lista de nomes.

— São os oficiais dos quais precisamos nos livrar. Os demais devem-nos a nomeação e, pelo menos por algum tempo, acho que vão fazer o que eu mandar.

Filisto anuiu e pegou a lista enquanto Dionísio dirigia-se à saída.

— Espera — disse.

Dionísio parou no limiar.

— Tu não eras assim, nunca foste. Qual a razão de toda essa impiedosa dureza?

Um lampejo de desespero faiscou nos olhos de Dionísio, tão rápido e inesperado que quase não deu para perceber.

— Tu sabes muito bem qual é a razão — disse. E saiu.

Filisto aproximou-se lentamente da janela para olhar a revoada das gaivotas. Só as andorinhas que voltavam chispando aos ninhos embaixo das telhas viram as suas lágrimas.

Sete dias depois os pesados passos dos mercenários de Dionísio ecoaram nos estreitos becos da Ortígia na calada da noite: seis dos dez oficiais superiores que compunham o conselho de guerra foram presos enquanto dormiam e levados ao cárcere sob a acusação de conluio com o inimigo. Os outros quatro apressaram-se a confirmar sua cega fidelidade ao chefe inconteste. Os aprisionados foram substituídos por amigos de Dionísio, entre os quais o pai adotivo Hélоris, o irmão Leptines e os companheiros Bitão, Iolau e Dorisco, todos membros da Companhia.

A primavera demorou a chegar, naquele ano, e toda uma série de borrascas impediu por um bom tempo a navegação. Himilko deixou Agrigento quase no começo do verão, depois de incendiar os templos, profanar os santuários e desfigurar as obras de arte que os enfeitavam. As estátuas dos deuses e dos heróis, muitas delas verdadeiras obras-primas, foram reduzidas a pedaços a marretadas. Todas as peças metálicas de bronze, prata e ouro, assim como as de marfim, foram por sua vez depredadas e enviadas a Cartago. Entre elas, o famoso touro de bronze que, como contam, foi usado pelo tirano Falarides para torturar e matar os adversários políticos. Os cartagineses, em sinal de homenagem e deferência, enviaram-no a Tiro, a sua Metrópole.

Em seguida o exército movimentou-se por terra em direção a Gela enquanto a frota seguia por mar com as peças das máquinas de guerra.

Num primeiro momento os cidadãos de Gela tomaram a decisão de evacuar mulheres e crianças para Siracusa, mas as mulheres recusaram-se a obedecer. Como antes delas já haviam feito as mulheres de Selinunte e de Imera, refugiaram-se nos templos abraçando os altares e disseram que por motivo algum no mundo iriam abandonar a cidade e as suas casas. Não foi possível convencê-las, mas a repetição daqueles gestos e daquelas condições quase soava como a monótona cópia de um infeliz desfecho que já acontecera até demais.

No começo Himilko achou por bem deixar um destacamento a leste da cidade, nas margens do rio Gela, como já tinha feito em Agrigento, mas preferiu desistir e limitou-se a montar um campo fortificado do lado oeste. Depois disto juntou as peças das torres de assalto e começou a martelar as muralhas com os aríetes.

Assim como as de Selinunte, as muralhas de Gela haviam sido construídas numa época em que máquinas como aquelas nem eram imagináveis e, com os primeiros golpes daqueles aríetes tão grandes e poderosos, logo começaram a fragmentar-se e a ceder. Durante a noite, no entanto, enquanto os guerreiros — esgotados pela dureza do combate — tentavam recuperar as forças dormindo, mulheres, velhos e crianças trabalhavam como formigas para consertar os danos, fechar as brechas, reforçar as defesas onde se mostrassem precárias ou enfraquecidas. Daquela forma passou-se mais de um mês sem que nenhuma das partes conseguisse levar a melhor.

Irritados com a obstinada resistência dos habitantes, os cartagineses dirigiram a sua raiva contra um dos mais sagrados símbolos da cidade: uma gigantesca estátua de Apolo que ficava fora da cerca das muralhas, não muito longe do seu acampamento. Tinha vinte e dois pés de altura e estava ali na praia havia tempos imemoriais, a assinalar o local onde desembarcaram os fundadores e a lembrar que fora o deus Apolo Lidador a guiá-los através dos mares até o sopé da colina na qual se fixara a comunidade.

Os cartagineses, recorrendo às máquinas de guerras e aos guindastes dos navios, conseguiram primeiro arrancá-la do pedestal e depois derrubá-la. Finalmente, fazendo-a deslizar sobre rampas de madeira engraxadas com sebo, colocaram-na numa barcaça que foi rebocada até Cartago.

Ver partir aquela imagem sagrada, vê-la enquanto se afastava de Gela, foi um doloroso golpe no coração de todos, como se a própria história da cidade estivesse sendo cancelada de uma hora para outra. A coragem e a raiva ainda eram tão fortes, no entanto, que animaram os combatentes infundindo neles novas energias.

Enquanto isto o tempo passava e os generais de Gela enviavam contínuos e desesperados pedidos de socorro a Siracusa, onde Dionísio ainda não tinha resolvido totalmente os seus problemas com a Assembléia. Numa reunião tempestuosa propôs chamar de volta os fugitivos que haviam tentado o golpe de estado com Ermócrates, e a sugestão provocou em muitos os mais indignados protestos.

— Com que atrevimento poderemos pedir ajuda aos nossos aliados — proclamou enfaticamente Dionísio numa pesarosa oração —, pedir que arrisquem a vida para nos apoiar quando nós impedimos que centenas de siracusanos lutem para defender a pátria deles? Não estou aqui para discutir acerca dos crimes que cometeram; e além do mais todos sabem que nunca senti muita simpatia pelos aristocratas e pelos grandes proprietários de terras: sou um de vocês, nasci e fui criado no meio do povo! Mas há uma coisa sobre a qual não podemos ter dúvidas: muitas vezes receberam o convite dos bárbaros para lutar em suas fileiras, muitas vezes foi-lhes prometida, em troca da traição, a volta e a restauração da sua dignidade, além da devolução dos seus bens confiscados, e eles sempre recusaram! Agora a pátria precisa desses seus filhos também, pois estamos diante de um perigo mortal e não podemos nos dar ao luxo de qualquer divisão! Eu vos peço que os chamem de volta e lhes permitam remir-se, mesmo que continuem a julgá-los culpados.

Mais uma vez a vibrante oratória de Dionísio surtiu o efeito esperado e a sua ordem do dia foi aprovada juntamente com o cargo de Único Comandante, que lhe outorgava poderes praticamente absolutos.

Afinal chegaram os aliados italianos guiados pelo próprio Filisto. Dionísio respirou então aliviado e pôde confiar sem mais temores na vitória, apesar de as notícias que chegavam de Gela falarem naquela altura de uma cidade completamente esgotada e incapaz de continuar resistindo por muito mais tempo. Mas Dionísio não pensava somente na campanha militar que iria enfrentar. Convencido de que o seu poder precisava ser ulteriormente consolidado, contemporizou até conseguir colocar os seus amigos nos pontos chave do Estado e em todos os centros decisórios.

Ainda insatisfeito, antes de partir, pediu e mais uma vez conseguiu, que a Assembléia dobrasse o salário dos seus mercenários, exibindo as provas de Himilko ter infiltrado espiões na cidade para assassiná-lo. Quando finalmente pôs-se a caminho o verão já estava no fim.

Os gregos da Sicília eram quase trinta mil, dos quais vinte mil eram siracusanos. Havia mais quinze mil italianos e cinco mil mercenários. A cavalaria, quase toda formada por aristocratas, contava com mais ou menos dois mil homens perfeitamente equipados.

Quando as tropas confederadas chegaram nas proximidades de Gela, o grito que ecoou nas muralhas foi tão alto que chegou até o acampamento fortificado dos cartagineses. Dionísio fez a sua entrada na cidade a cavalo, imponente na reluzente armadura, de elmo cristado na cabeça, cercado por uma multidão que gritava como louca de felicidade. Atrás, a passo cadenciado, desfilavam as tropas de elite, vestidas de bronze e de ferro, com os grandes escudos decorados com figuras fantásticas de monstros: górgones, serpentes, hidras, harpias. No de Dionísio, revestido de prata reluzente, sobressaía a *triskeles*, o símbolo da Sicília.

Ainda assim, mesmo no estrondo dos aplausos e das aclamações, mesmo naquele entusiástico frenesi, não faltavam os que no fundo da alma lembravam que o exército acampado a Oeste, não muito longe dali, sempre vencera, inexoravelmente, implacavelmente. Tinha arrancado de suas raízes e depois destruído uma comunidade após a outra sem que nem homens nem deuses pudessem impedir.

Naquela mesma noite Dionísio reuniu-se em conselho com os generais da cidade, alguns dos quais eram nobres altivos e cheios de orgulho, e teve logo de enfrentar algumas dificuldades. Depois do primeiro momento de euforia os velhos capitães lembraram que já tinham visto aquele rapaz de comportamento arrogante no inverno anterior, e não conseguiam entender como ele podia estar agora no comando supremo daquele grande exército. Achavam, ao contrário, que as decisões bélicas deveriam ser responsabilidade de todos, com os planos a serem concordados de forma colegiada.

Leptines cuidou do assunto pessoalmente, levando apenas oito dias para fazer com que quatro deles, num total de sete, os mais obstinados e irredutíveis, sumissem. Então espalhou-se a notícia que haviam desertado passando para as fileiras do inimigo. Os seus bens foram confiscados e com o dinheiro Dionísio pagou os atrasados aos mercenários de Deuxipo, naquela altura já sem dinheiro. Detestava-o e achava-o incapaz, mas por enquanto ainda precisava dele e não tinha escolha.

Sete dias depois, Dionísio reuniu o conselho de guerra na torre mais alta das muralhas, de onde se dominava com o olhar a cidade inteira, os campos em volta, o litoral e o acampamento cartaginês. Estavam presentes Leptines e Héloris, Iolau e Dorisco, três oficiais de Gela e dois italianos, o comandante da cavalaria, Deuxipo e até Filisto, na sua função de conselheiro do comandante supremo.

— O meu plano é perfeito — foi logo dizendo Dionísio. — Estou aprimorando-o há alguns meses, cada movimento está gravado na minha mente, cada fase, cada mínimo detalhe da ação. Encontramo-nos num terreno difícil pois a cidade estende-se sobre esta colina paralela ao mar, e Himilko foi astucioso ao acampar tão perto. Dessa forma quase não nos deixa espaço para manobrar. Se eu estivesse no comando do exército aqui em Gela já teria mandado ocupar aquele morro há muito tempo, mas agora já é tarde e não adianta recriminar.

"Devem ter notado que o acampamento está um tanto desguarnecido do lado do mar: evidentemente não esperam qualquer tipo de ameaça séria por lá, mas será justamente ali que desencadearemos o nosso ataque mais perigoso. Caberá a nós tomar a iniciativa: Héloris guiará os sicilianos com o apoio da cavalaria, avançando do Norte, logo depois do sol raiar para ficar o quanto antes em formação de combate. Himilko vai pensar que estamos procurando um choque frontal definitivo, como aconteceu com Dafneu em Agrigento, e mandará ao ataque a infantaria pesada líbia, que no entanto terá a desvantagem de lutar com o sol na cara. Ao mesmo tempo, porém, os italianos atacarão do lado do mar e assaltarão o acampamento fortificado justamente onde ele está mais desguarnecido..."

— E como é que vão fazer isso? — perguntou um dos generais de Gela. — Não há como deixar passar um contingente bastante numeroso para desfechar um ataque. Simplesmente falta espaço. Teriam de avançar enfileirados, um atrás do outro, e quando os primeiros ficassem prontos para atacar, os últimos ainda estariam muito longe.

Dionísio sorriu.

— Chegarão por mar, todos juntos. A frota, escondida pela colina, poderá chegar bem perto da costa e desembarcar rapidamente cinco batalhões, que ficarão escondidos naquele pequeno recôncavo que vós podeis ver lá embaixo, longe de olhares indiscretos, à espera do sinal que eu mesmo darei da porta ocidental: um pano vermelho que agitarei três vezes. Pois nessa altura já terei atravessado a cidade de Leste a Oeste no comando das minhas tropas de elite e dos mercenários, ao mesmo tempo que Héloris, liderando o grosso das nossas forças, mandará adiante a cavalaria numa manobra envolvente. Dorisco e Iolau serão os lugares-tenentes na operação.

"Himilko será forçado a dividir as suas tropas para enfrentar a dupla ameaça que será movida contra ele do Norte e do Sul. E então chegará a minha vez. Estarei na porta ocidental, pronto a desfechar o ataque. Logo que alcançarmos as primeiras defesas inimigas com a infantaria leve e as unidades de assalto, a infantaria pesada de Gela irá juntar-se a nós para apoiar a nossa ação.

"Enquanto isso Héloris soltará a cavalaria atacando por trás as tropas destinadas a enfrentá-lo, ao mesmo tempo que a sua infantaria pesada chocar-se-á com elas frontalmente. Dentro de uma hora a manobra conjunta das minhas unidades e as dos aliados italianos já terá vencido qualquer resistência dos defensores do acampamento. Himilko ficará esmagado entre o meu contingente, apoiado pelas tropas de Gela e dos italianos, e o de Héloris. Não terão escapatória.

"Poupai os que se rendem em massa, podemos vendê-los para pagar em parte os custos da guerra. Os oficiais cartagineses deverão ser mortos no ato, mas sem torturas. As unidades mercenárias serão bem-vindas, se decidirem desertar... Quanto a Himilko, quero-o vivo, se possível. Se alguém tiver alguma idéia diferente, que fale logo livremente. Uma opinião franca é sempre bem-aceita."

Ninguém falou. O atrevimento daquele plano astucioso pegara todo mundo de surpresa e ninguém parecia discordar. Estava tudo tão claro, tão evidentes eram os movimentos no terreno, tão perfeitamente coordenadas as várias unidades.

— Gostaria de fazer uma pergunta — disse a certa altura Deuxipo.

— Fala — respondeu Dionísio.

— Por que queres começar a ação, com o teu contingente, a partir do lado oriental de Gela? Isto vai forçar-te a atravessar a cidade inteira para chegar à porta ocidental de onde pretendes desfechar o ataque.

— Porque de qualquer outro lugar que escolhesse acabaria sendo visto. O meu será o golpe final, a investida definitiva. Sairei da porta Agrigentina como um ator que sai dos bastidores, e então o espetáculo irá começar! O que achais?

Seguiram-se alguns intermináveis momentos de silêncio em lugar da aclamação com que Dionísio contava, até que um oficial de Locre chamado Cleônimo disse:

— Brilhante. Digno de um grande estrategista. Quem foi o teu mestre, *hegemón*?

— Aprendi com o pai da minha mulher, Ermócrates. E através dos erros dos outros.

— De qualquer maneira — replicou Cleônimo —, também precisaremos de sorte. É bom não esquecer que em Agrigento também parecia que já tínhamos vencido.

Filisto foi falar com ele na calada da noite.

— Preocupado? — perguntou.

— Não. Vamos vencer.

— Assim espero.

— E mesmo assim...

— Mesmo assim estás nervoso e não consegues dormir. E sabes por quê? Porque desta vez tudo depende de ti, está tudo em tuas mãos. Os demais comandantes podiam até ter alguma desculpa: poderes limitados, estado-maior beligerante, discórdia interna... Tu tens plenos poderes e o maior exército que já se viu na Sicília nos últimos cinqüenta anos. Se perderes, a culpa será só tua, e isso te amedronta.

— Vencerei.

— É o que todos esperam. O teu plano é muito interessante.

— Interessante? É uma obra-prima de arte estratégica.

— Sem dúvida, mas tem uma falha.

— Que falha?

— Parece um jogo de mesa. No campo de batalha as coisas mudam: há milhares de fatores imprevisíveis. A coordenação entre as várias unidades, a resposta do inimigo e... o tempo, principalmente o tempo. Como vais conseguir combinar os movimentos de um exército em campanha, de um contingente de desembarque, de um conjunto de tropas locais e de um batalhão de infantaria de assalto que deverá atravessar a cidade?

Dionísio sorriu malicioso.

— Mais um estrategista amador. Não conhecia este teu interesse pelas coisas bélicas... Vai funcionar, estou te dizendo. Já arrumei pontos de sinalização e estafetas. Tem de funcionar.

Filisto ficou meditando em silêncio e o vento de poente trouxe, quase imperceptível, o canto das tropas ibéricas de Himilko que estavam de vigília em volta dos bivaques.

Dionísio foi ao terraço que dava para Ocidente.

— Amanhã não vão ter toda esta vontade de cantar. Eu garanto.

— Que assim queiram os deuses, meu amigo — respondeu Filisto. — Que assim queiram. Dorme bem, e boa sorte!

Dionísio dirigiu o olhar à grande máscara gorgônica que campeava no tímpano oriental do templo de Atena Líndia e debruçou-se no passadiço de ronda setentrional para observar a planície: as tropas de Héloris, com o contingente siciliano, avançava pelo descampado em formação espaçada, com vinte batalhões dispostos em duas linhas, e até dava para ver o comandante cavalgando a passo na frente de todos.

Mandou agitar o pano vermelho no telhado do Atenaion e esperou que um sinal de resposta parecido por parte da coluna em movimento confirmasse o recebimento da ordem. Passou então para o lado oposto das muralhas, ao sul, onde a frota balançava ancorada diante da foz do Gela, e fez três sinais com o escudo brilhante que refletia os primeiros raios do sol que acabava de nascer. A capitânia respondeu imediatamente içando um estandarte vermelho no mastro da popa. Logo a seguir viram-se os remos descendo na água para empurrar o grande vaso de guerra, costeando devagar para oeste acompanhado pelos demais barcos em fileiras de quatro.

Na mesma hora também moveu-se o contingente de gregos da Itália, já reunidos na praia à espera da chegada da esquadra.

Dionísio deu um soco no parapeito e, virando-se para os oficiais, gritou:

— Ótimo! Está tudo correndo conforme planejado. Agora é a nossa vez, precisamos atravessar a cidade demorando o mesmo tempo que a frota levará para percorrer o trecho entre a foz do rio e o campo cartaginês. A coordenação das etapas sucessivas depende de vós. Vamos, mexei-vos!

Foram descendo ao longo do flanco meridional do templo, rumo ao centro urbano, para embrenhar-se então no dédalo de ruelas que corriam mais ou menos paralelas de um lado para o outro da cidade.

E logo ficaram em sérios apuros.

Dionísio ordenara que todos ficassem trancados em casa até o seu contingente passar mas, longe disto, não demorou para a coluna ver-se diante de uma rua totalmente apinhada de gente que levava carros cheios de utensílios domésticos para a porta oriental, quer dizer na direção oposta à da marcha das tropas. Estava claro que um bom número de cidadãos já não acreditava na vitória do exército confederado. Espalhara-se aliás a notícia de que o comando supremo estava nas mãos de um rapaz de vinte e quatro anos que nunca tivera antes a experiência de comandar uma divisão, e quem sabe nem mesmo um batalhão.

Dionísio foi tomado por repentina angústia: o imprevisto que Filisto mencionara, a *Tyche*, a sorte imprevisível e maldosa que já se encarregava de bloquear o mecanismo perfeito que ele ideara. Mandou imediatamente os arautos gritarem que abrissem caminho para a coluna passar, mas muitos não ouviam e os que ouviam não podiam recuar pois eram empurrados pelos que vinham atrás e que nada escutaram. E não podiam certamente avançar recorrendo ao uso das armas contra uma multidão inerme, numa cidade amiga e irmã...

Enquanto isto Héloris seguia em seu caminho, mas os campos recém-arados, os troncos das oliveiras queimadas e rebotalhos de toda espécie atrapalhavam o avanço e atrasavam a marcha. A maior parte do efeito surpresa acabou se perdendo e quando finalmente os sicilianos conseguiram ficar em formação de combate o exército de Himilko já os vira e lançava-se ao assalto no maior arrebatamento.

Do outro lado os italianos estavam desembarcando e juntando as unidades conforme a cidade de origem. Mantinham-se escondidos atrás do promontório meridional para não serem vistos, mas logo a seguir um estafeta alcançou-os gritando que por ali o acampamento cartaginês estava desguarnecido e que toda a infantaria pesada tinha saído para travar um combate frontal com as tropas de Héloris. Era preciso atacar imediatamente antes de alguém perceber a presença deles.

— Nada disso — respondeu Cleônimo, o comandante de Locre — concordamos em esperar o sinal de Dionísio da porta ocidental! Aqui ninguém se mexe sem a minha ordem.

As tropas contiveram-se mas os comandantes percebiam que os guerreiros já estavam tomados pela excitação do ataque, por aquilo que os veteranos chamavam de *orgasmós*: uma espécie de congestão frenética da alma e dos músculos que antecedia a batalha, e que carregava e comprimia todas as energias do corpo antes de entrar na luta, mas que não podia ser agüentada por muito tempo sem desgastar perigosamente a força física e moral dos combatentes.

— Precisamos tomar uma decisão, pelos deuses — exclamou um comandante de batalhão sibarita, chamado Carilaos.

— Não — respondeu o obstinado oficial de Locre. — Prometi que iria esperar o sinal.

Carilaos, o oficial sibarita, virou-se para um companheiro com olhar estranho e este logo gritou:

— O sinal! O sinal! Olhem!

— Eu não vi nada — respondeu Cleônimo.

— Estou te dizendo que vi, lá em cima. Olhe! Lá estão as tropas de Dionísio!

Via-se com efeito um contingente de infantaria pesada sair da porta e tomar posição no topo da colina.

Não era Dionísio. Eram os guerreiros de Gela que, não o vendo chegar, perfilavam-se em posição dominante para eventualmente intervir em caso de necessidade.

Finalmente convencido, o comandante de Locre achou que o companheiro Carilaos tinha realmente visto o sinal. De qualquer maneira, afinal, mesmo que não tivesse visto já não dava para esperar mais. Deu portanto a ordem para atacar. Os aliados italianos lançaram o grito de guerra e, segurando os escudos, saíram em campo aberto correndo para o acampamento. Não demoraram quase nada para chegar até lá e travaram logo um violento combate com os defensores que acudiam para fechar a brecha.

Conseguiram empurrá-los para trás até invadirem o acampamento, mas ficaram logo em desvantagem diante de toda a infantaria ibérica e campana deixada por Himilko para defender a posição.

Depois de um furioso corpo-a-corpo, cercados por todos os lados, os italianos começaram a recuar e foram rechaçados para a praia. As tropas de Gela, ao ver aquilo, apressaram-se colina abaixo para ajudar os aliados que naquela altura já estavam em dificuldades à beira do mar. Felizmente que na frota alguém mandou os arqueiros entrarem em ação e enxames de flechas abateram-se sobre os ibéricos e os campanos dizimando-os, até eles decidirem abrigar-se de novo no acampamento.

Uma vez que sua tentativa falhara, os gregos da Itália embarcaram de novo em seus navios e os de Gela, naquela altura já em contato com o inimigo, preferiram voltar para não deixar desguarnecida a cidade.

Quando finalmente Dionísio conseguiu sair da porta ocidental viu que Héloris, depois de assistir ao fracasso dos demais ataques, ia recuando para o Norte uma vez que Himilko, que já dispunha de todas as suas tropas, podia agora atacar com esmagadora superioridade numérica. Dionísio só teve tempo para voltar ao abrigo das muralhas e evitar uma verdadeira catástrofe. Os aliados italianos tinham perdido seiscentos homens e Héloris mais de mil, apesar de ter provocado muitas baixas nos inimigos. Naquela altura ninguém acreditava que Dionísio pudesse comandar mais um ataque contra os cartagineses. O seu plano, tão meticulosamente estudado e preparado, fora um fracasso. A cidade estava em pânico.

# XV

Naquela mesma noite Dionísio convocou o conselho de guerra num clima de tensão amargurada por recriminações, protestos, acusações. Ele mesmo estava profundamente perturbado e aflito devido àquele fracasso tão estrondoso quanto imprevisível, mas achou oportuno tentar tudo ou nada, atacando em lugar de se defender, e foi logo falando em voz bastante alta para abafar as rezingas dos oficiais presentes e impor o silêncio.

— Amigos! — começou —, o plano que vos apresentei e que vós aprovastes na véspera desta batalha infeliz era perfeito. O que aconteceu só pode ter uma explicação: traição.

Houve um prolongado resmungar por parte dos generais e alguns sorrisos de escárnio entre os comandantes da cavalaria siracusana, todos aristocratas.

— Não estou acusando nenhum dos presentes — prosseguiu —, mas como podem explicar aquilo que aconteceu esta manhã? A multidão de pessoas ocupando o único caminho pelo qual podíamos passar para chegar à porta ocidental? O meu irmão Leptines percorreu-o pelo menos cinco vezes para calcular o tempo necessário para alcançar o local de reunião. Pois bem, comandantes, esta manhã levamos um tempo cinco vezes maior, como pude calcular pela sombra da minha lança!

— É verdade! — confirmou Leptines. — Eu mesmo dera a ordem para deixar a rua desimpedida!

— O que toda aquela gente estava fazendo ali, tomada de pânico, àquela hora? Quem falou que deviam preparar-se para fugir pela porta de Kamárina? — Os protestos pararam. — E há mais uma coisa — continuou Dionísio —, quem deu a ordem para atacar o acampamento? Certamente não fui eu, pois quando cheguei os nossos aliados italianos já estavam se retirando.

Cleônimo fitou instintivamente o oficial que lhe dissera ter visto o sinal fora da porta ocidental e o homem desviou o olhar. Lembrou tê-lo visto pouco antes trocar algumas palavras com um dos comandantes da cavalaria siracusana e o fato parecera-lhe um tanto estranho. Então disse:

— Quem deu a ordem fui eu! Um dos meus gritou ter visto o sinal e logo depois um grupo de soldados saiu da porta. Era a infantaria de Gela, mas de tão longe não dava para distinguir.

— Não te estou acusando, Cleônimo — respondeu Dionísio —, mas procura saber mais, se puderes, acerca do homem que disse ter visto o sinal: pode ser que tenhas algumas surpresas.

— É inútil queixarmo-nos daquilo que aconteceu. Infelizmente fomos derrotados e... — começou dizendo um oficial da cavalaria siracusana, um tal de Eloro, membro de uma das mais antigas famílias da cidade, descendente direto, afirmava, do próprio fundador.

— Não é verdade! — exclamou Dionísio. — Sofremos graves perdas, reconheço, mas as que infligimos foram ainda mais pesadas. Na verdade, se considerarmos este aspecto, nós fomos os verdadeiros vencedores. Mas não é isto que interessa. Eu estou pronto a atacar de novo amanhã mesmo. Sim, homens, vamos atacar, divididos em apenas dois grupos: as tropas de desembarque, do mar, e o grosso das nossas forças por terra. Vamos atacar os bastardos e veremos quem tem mais coragem entre todos!

Não funcionou. Ninguém respondeu àquela extemporânea chamada às armas.

— O lugar não é apropriado — disse Cleônimo. — Hoje ficou bem claro. E além do mais, nós, italianos, já decidimos em conselho. Esta campanha começou tarde demais: se o tempo piorar estamos correndo o risco de não conseguir mais atravessar o Estreito. As nossas cidades ficariam desguarnecidas. Nós também temos nossos bárbaros com que lidar, como sabeis.

— Concordo com ele — confirmou Eloro, o comandante da cavalaria siracusana. — Muitos dos nossos cavalos ficaram coxos no meio daquele emaranhado de cepos de oliveira e tivemos de sacrificá-los. O local é totalmente impróprio para a cavalaria.

Dionísio teve a impressão de o chão desaparecer de repente debaixo dos seus pés. Virou-se para Héloris, o pai adotivo.

— E tu? Tu também pensas assim?

— Esta não é uma questão de coragem, meu rapaz; temos de levar em conta todos os elementos envolvidos, os riscos de uma aposta como esta, as condições em que nos encontramos. Vamos dizer que o bastardo lá embaixo — e apontou para trás com o polegar, para o mar — decida entrincheirar-se no acampamento e não travar combate. Afinal não tem nada a perder! Mas quanto a nós? Temos aqui cinqüenta mil homens, mais a população da cidade, para alimentar: se o tempo mudar corremos o risco de um verdadeiro desastre.

— Sem dúvida — confirmou Carilaos.

— Se quiseres atacar, conta comigo — protestou Leptines.

— E comigo, por Zeus! — exclamou Dorisco.

— E conosco também — apoiaram Bitão e Iolau, comandantes de batalhão da infantaria siracusana.

Mas Dionísio já percebia que o moral se fora, assim como o espírito de luta dos homens. O verdadeiro problema era que já não acreditavam nele. Já não o reconheciam como chefe.

Eles tinham descido em campo, ele não, eles haviam enfrentado o inimigo, mas não ele, eles haviam arriscado a vida de espada em punho... e quando precisaram de um guia e de apoio ele não estivera presente. Sentiu-se só e amargurado.

Leptines provavelmente percebeu a sua angústia reparando no súbito suor que lhe umedecia a testa e a pele acima do lábio superior, pois aproximou-se e murmurou no jargão fechado da infância no bairro:

— Cuidado, não te mostres inseguro se não quiseres que te cortem em pedaços.

Dionísio notou a expressão aflita de Filisto que ficara de pé, perto do umbral. Deu-se conta de que não tinha escolha, e pensando naquilo que teria de fazer dali a pouco sentiu-se queimar de vergonha, de raiva e frustração. Estava a ponto de manchar-se da mesma infâmia com que se haviam manchado Diocles e Dafneu, estava a ponto de encher mais uma vez as estradas de fugitivos desesperados, de crianças e mulheres em pranto, estava a ponto de entregar ao saque os templos e as casas de uma cidade velha de séculos, fundada pela vontade de um oráculo sagrado. Percebia que o gesto mais honroso, para ele, seria afastar-se com uma desculpa qualquer e matar-se com a sua própria espada, uma lâmina honrada, irrepreensível.

Mas Leptines afundou no seu braço dedos tão duros quanto punhais rosnando:

— Reage, por todos os deuses!

Dionísio recobrou-se e falou. Com expressão abalada mas firme, com um timbre duro de voz, disse:

— Ouvi. Um comandante deve ser capaz de prever tudo, até mesmo a traição que faz parte da guerra, e quanto a isto eu errei, porque amo tanto a minha cidade e as demais cidades dos helenos da Sicília que nunca poderia atraiçoá-las, nunca e em hipótese alguma. Tomarei portanto a decisão inevitável, a mais amarga. Esvaziarei esta cidade dos seus habitantes e levá-los-ei embora, em segurança. Digo isso a vós, valorosos comandantes de Gela, a vós que esta noite tereis de ver o vosso povo enxamear pelos caminhos do exílio. Pois é, nesta mesma noite.

"E também vos digo isto, valorosos comandantes que vieram nos ajudar da Itália, oferecendo as vidas da vossa melhor juventude, e digo o mesmo a vós, amigos siracusanos. Eu juro em nome de todos os deuses e de todos os demônios que o bárbaro não vencerá, juro que irei escorraçá-lo das nossas cidades, que as retomarei uma após a outra, juro que vos levarei de volta às vossas casas e que o nome dos helenos da Sicília e da Itália incutirá tamanho terror nos bárbaros que eles nem chegarão a pensar na possibilidade de torná-los seus inimigos."

Um silêncio tumular tomou conta da sala. Os generais de Gela pareciam ter sido acometidos por um raio e não conseguiam articular uma palavra sequer. Os italianos murmuraram alguma coisa baixinho aos demais companheiros mas ninguém podia censurá-los depois de terem demonstrado excepcional valor no desembarque e no ataque ao acampamento cartaginês, pagando um preço muito alto em vidas humanas. Os siracusanos sentiam-se os responsáveis mais diretos pela decisão anunciada, assim como o alvo mais provável do sucessivo movimento cartaginês. Davam a impressão de estar vivendo um pesadelo do qual não conseguiam acordar.

Dionísio retomou a palavra.

— Vamos fazer a única coisa que ainda podemos fazer, e vamos fazer logo. Dois mil homens da infantaria leve ficarão a noite inteira nas muralhas cuidando das fogueiras de sinalização, para que os cartagineses pensem que ainda estamos aqui. Os comandantes de Gela mandarão logo espalhar a ordem de evacuação, por setores sucessivos, para que a cidade não fique entregue ao caos total. Os soldados locais serão distribuídos conforme o bairro de origem, de forma que possam inspirar segurança e tranqüilidade aos seus familiares e vizinhos. Dentro de uma hora, no mais tardar, as primeiras colunas deverão estar saindo pela porta ocidental, no escuro e no mais absoluto silêncio.

"Uma embaixada seguirá, enquanto isso, para o acampamento inimigo para negociar uma trégua e a devolução dos corpos dos mortos. Isto também nos ajudará a ganhar tempo.

"Antes da alvorada as tropas remanescentes jogarão mais lenha nas fogueiras para então sair o mais rápido possível antes de o dia ficar claro.

"Agradeço aos nossos aliados pela ajuda que nos deram e, ao cumprimentá-los, quero assegurar-vos que nos veremos novamente muito em breve, e que dessa vez nada ou ninguém poderá nos deter. Nada mais tenho a acrescentar. Podeis ir e que os deuses vos protejam."

Dito isso, abraçou um por um os generais dos gregos italianos que partiam assim como os comandante de Gela. Estes últimos retribuíram o cumprimento primeiro um tanto frios e aí de forma cada vez mais calorosa ao reparar no olhar cheio de dolorosa aflição do jovem estrategista.

Dionísio voltou aos seus aposentos para pegar a bagagem e aprontar-se para a viagem. Filisto juntou-se a ele logo a seguir.

— Vieste jogar na minha cara os teus presságios nefastos? — perguntou.

— Vim lembrar-te que o poder, por si só, não basta para vencer certos desafios. Vim lembrar-te que acabas de ordenar uma evacuação e estás indo embora sem dar digna sepultura aos corpos dos teus homens caídos na luta. Não é isso? Pois a história da embaixada só podia ser uma farsa, não é verdade? Tu irás partir com o primeiro grupo sem se importar com os mortos, exatamente como Diocles fez em Imera e Dafneu em Agrigento!

— Eu sei! — berrou Dionísio. — Conheço muito bem a história. Poupa-me dessa conversa!

— Tu pediste que eu te desse a minha amizade e a minha mais cega fidelidade. Tenho o direito de saber a quem entreguei a minha confiança!

Dionísio virou-se para a parede escondendo o rosto com o braço, soltou uma espécie de estertor e aí disse:

— O que queres saber?

— Se as palavras que disseste no Conselho do alto comando eram sinceras.

— Que palavras?

— Toda aquela conversa sobre helenos, sobre a desforra e sobre os jovens que tombaram na batalha... Quero saber se isso tudo era sincero e ditado realmente pelo coração, ou se não passava de hipócrita mentira só para não seres lapidado como aconteceu com os generais de Agrigento.

— E ficarias satisfeito com isto?

— Acho que sim.

— Mas eu nunca poderia provar que estou dizendo a verdade.

— Eu sei disso.

— Agora tanto faz, que tu acredites no que bem quiseres. E agora movamo-nos. Uma longa noite nos espera.

Pendurou a espada no cinturão, colocou o escudo a tiracolo, empunhou uma lança e saiu.

Filisto gostaria de tê-lo detido, de ter continuado a conversa, mas a voz morreu-lhe na garganta. Ficou sozinho no aposento vazio, ouvindo as mulheres de Gela que enchiam as trevas com seu pranto abafado.

Kamárina tinha sólidas muralhas e era defendida a leste por um pântano que, pelo menos daquele lado, tornaria impossível o uso das máquinas de guerra. Poderia portanto ser defendida se Himilko parasse em Gela. Mas não foi isto que aconteceu. Ao perceber que a cidade estava vazia, entregou-a logo ao saque dos seus mercenários, mandou chacinar todos os velhos e os doentes que haviam ficado para trás por não terem ninguém para cuidar deles, e seguiu em frente. Não receava a intempérie do inverno, não se importava com o mar agitado que poderia danificar a sua frota. Naquela altura tinha certeza de que nada iria resistir ao seu avanço e que as demais cidades gregas da Sicília iriam fatalmente cair uma depois da outra sob os seus golpes como que num terrível jogo de tabuleiro.

Todos os dias os estafetas deixados de vigia voltavam até Dionísio antes do anoitecer para informá-lo acerca da posição exata do exército que os perseguia.

Não se detinha. Não iria parar diante de coisa alguma.

Os gregos da Itália já se haviam separado do resto das tropas confederadas, dirigindo-se pelo caminho mais breve para o Estreito, e era portanto inimaginável até pensar em algum tipo de resistência.

Kamárina também precisava ser abandonada.

Apesar do considerável e evidente mau humor dos soldados, as ordens de Dionísio eram acatadas e ele continuava sendo obedecido como comandante supremo do exército siracusano.

Um dia depois da evacuação de Kamárina, Eloro, o comandante da cavalaria siracusana, informou que haviam sido notados movimentos suspeitos mais adiante na estrada, num local a uns cinqüenta estádios de distância, e pediu permissão para se adiantar a fim de assegurar a passagem, se isto se tornasse necessário.

Dionísio concordou e o oficial afastou-se a galope com a sua unidade. Eram mais ou menos mil homens.

Leptines aproximou-se.

— Aonde eles estão indo?

— Parece que está havendo alguma coisa suspeita a uns cinqüenta estádios daqui. Só espero que não se trate da cavalaria leve cartaginesa, que nos tenha ultrapassado. Eles foram averiguar para, eventualmente, assegurar a passagem.

— Assegurar a passagem? E por que não preparar uma cilada? Não gosto deles. São um bando de aristocratas jactanciosos e arrogantes: desprezam-nos porque não pertencemos à mesma classe e falamos com o sotaque dos bairros pobres. E tenho certeza de que rejubilam-se com a tua humilhação. Não se importam com o sofrimento destes pobres infelizes... — continuou, apontando para a coluna de fugitivos que avançava na estrada. — A única coisa que interessa, para eles, é o fato de tu teres sido derrotado. Nunca te esqueças disto.

Dionísio nada comentou. A ingenuidade era a acusação que mais queimava na sua pele. Preferiria ser considerado um patife antes que um ingênuo.

— Onde está Filisto? — perguntou.

— Não sei. A última vez que o vi estava na retaguarda, ajudava uma velha que mal conseguia andar.

— Já não sei mais o que pensar. Afinal de contas eu...

— Só porque te casaste com a filha de Ermócrates? Esquece! Muitos daqueles miseráveis festejaram e ficaram bêbados na noite em que ficaste ferido e ela foi...

— Chega! — gritou Dionísio, com tamanha veemência que alguns dos fugitivos que passavam naquele momento viraram-se para ele espantados.

— Como quiseres — respondeu Leptines —, mas acontece que estou dizendo a pura verdade, embora isto te doa.

— Como tu sabes? — perguntou Dionísio um pouco depois.

— As palavras voam, acaba-se sabendo. Filisto também sabe e, se ele quiser, poderá confirmar.

— Contou-me que tanto os responsáveis quanto os mandantes foram todos... punidos.

— Ora, sim, claro. Aqueles bastardos que castramos, massacramos, cozinhamos. Mas a gente fina, os nobres, os descendentes dos heróis e dos deuses, estes intocáveis nunca sujam as mãos. Eles nem precisam dar certas ordens, basta-lhes deixar entender que simplesmente não gostam de certas coisas, e que também gostariam de livrar-se de outras. Uma meia palavra já é suficiente, um olhar enviesado para mostrar que alguém não é propriamente do agrado deles.

— Pega logo um cavalo — ordenou Dionísio. — Leva contigo uns vinte dos mais velozes companheiros e persegue-os até descobrires o que querem. Não deixa que descubram, e aí volta para me contar. Vai!

Leptines não se fez de rogado. Gritou alguma coisa em seu jargão peculiar e um grupo de infantes de assalto logo se aproximou de vários lugares da coluna. A um sinal dele, partiram a galope, rápidos como o vento.

Voltou depois de umas duas horas com o cavalo brilhoso de suor e quase morto de cansaço. Enquanto isto Dionísio deixara-se alcançar por Filisto que, desde a noite da fuga, nunca mais falara com ele.

— Então? — perguntou Dionísio.

— Não há coisa alguma por lá. Nem sombra de cartagineses nem de qualquer outra ameaça — respondeu Leptines.

— E a cavalaria?

— Sumiu. Desapareceu no ar. Mas tudo indica que foram para Siracusa.

Filisto aproximou-se, com expressão preocupada, e dirigiu-se a Leptines.

— Do que está falando?

— Só estou dizendo a verdade. Soltei uma dúzia dos meus homens atrás deles com a ordem de ficar atentos e de informar com estafetas. Se formos em frente, a cada vinte estádios teremos novas notícias.

— Estão indo a Siracusa para provocar um levante popular — disse Dionísio. — Não há a menor dúvida.

— Também acho — concordou Filisto. — Precisamos agir depressa pois do contrário estaremos perdidos. Tu precisas partir sem demora, a marcha forçada com todas as tropas disponíveis.

Dionísio observou a longa coluna de fugitivos que se arrastavam na estrada e sentiu o coração bater com a mesma força e intensidade de quando entrara em combate pela primeira vez, com dezoito anos de idade.

— Só preciso de uns poucos homens — disse. — O que sobrou da cavalaria e a tropa de ataque. Tu, Leptines, irás substituir-me aqui...

— Nem pensar! Eu também vou para Siracusa.

— Quem está falando é o comandante supremo — rebateu com firmeza Dionísio. — Tu irás obedecer às minhas ordens.

Filisto interveio.

— Vais precisar dele, Dionísio. Trata-se de uma situação extremamente perigosa. Entrega a chefia a Iolau. Sempre te foi fiel e já está no comando do quarto batalhão da falange.

— Está bem, então, mas vamos saindo logo daqui, por todos os deuses!

Iolau foi convocado às pressas para ser investido no cargo. Antes de montar a cavalo Dionísio abraçou-o e, quando estava com a boca bem perto do seu ouvido, murmurou: — Tenta fazer com que não sofram mais do que já sofreram. Defende-os com a vida, se for preciso — afastou-se dele e, fitando-o com firmeza, acrescentou em voz alta: — E diz-lhes que no próximo ano levá-los-ei de volta para casa.

— Direi, *hegemón*. Nos veremos em Siracusa.

Dionísio montou no cavalo, despediu-se com um gesto fugaz de Filisto e saiu em disparada com sua guarda de mercenários campanos, Leptines e a tropa de ataque. Um batalhão de infantaria pesada iria acompanhá-lo a marcha forçada.

Vinte estádios mais adiante encontraram a primeira patrulha composta por três estafetas que desmontaram cobertos de suor e poeira. Ainda fazia muito calor.

— *Hegemón* — cumprimentaram-no. — Não temos a menor dúvida. A cavalaria está indo para Siracusa.

— Certo. Voltai para junto do exército. Pedi uma boa comida e procurai descansar.

— Se deixares, preferimos ir contigo. Poderemos ajudar, e não estamos nem um pouco cansados.

— Trocai então as vossas montarias e vinde comigo.

Seguiram portanto com a maior velocidade até encontrar a última patrulha a menos de quinze estádios de Siracusa.

— A porta está trancada — relatou o chefe do grupo —, e não sabemos o que está acontecendo na cidade.

— Deixaram tropas presidiando as entradas?

— Que eu saiba, não.

— Então não desconfiam que nós estamos aqui. Mexei-vos.

Um dos cavaleiros, entretanto, deteve-o.

— *Hegemón*...

— Em nome dos deuses! — desabafou Dionísio. — Falai logo tudo o que sabeis, mas rápido. Não há tempo a perder!

— Fizeram algo que não gostareis...

Dionísio tentou imaginar como eles poderiam feri-lo de longe, mas não conseguiu pensar em nada.

— Abriram o túmulo da vossa esposa, *hegemón*... — continuou o soldado.

— Não! — gritou Dionísio.

— E profanaram o corpo... Os cães o...

Dionísio berrou ainda mais alto, tomado por tamanho furor que o soldado calou-se e ficou imóvel olhando para ele que pulou do cavalo e saiu correndo de espada na mão como se os inimigos estivessem bem ali na sua frente.

— Atrás dele! — gritou Leptines. — Não sabe o que faz!

Mas na sua ira Dionísio mantinha-se perfeitamente lúcido. Ao passarem diante dos estaleiros do porto Grande, mandou buscar piche e ateou fogo nos batentes da porta para abrir uma abertura e deixar passar os seus homens.

Os cavaleiros estavam reunidos em conselho na ágora para convocar a Assembléia no dia seguinte e declarar o fim do poder do "tirano". Era com este nome que haviam decidido chamar o seu adversário político.

Foram pegos totalmente de surpresa e Dionísio, lembrando-se de como ele mesmo fora encurralado naquele espaço junto com os homens de Ermócrates, mandou as suas tropas ocuparem as ruelas e os becos em torno para bloquear qualquer saída. Deu então a ordem de atacar, lançando-se ele mesmo em frente, raivoso, de espada na mão e segurando o escudo, mergulhando na chacina com frenética fúria.

Nenhum deles se salvou. Ninguém teve a vida poupada, nem mesmo quem se jogou em pranto implorando piedade.

Na calada da noite, com a ajuda do irmão Leptines, ele mesmo queimou os restos profanados de Aretes numa fogueira improvisada, recolheu as cinzas e sepultou-as num local secreto, que só ele conhecia. E naquela mesma noite enterrou num lugar ainda mais secreto e escondido do seu coração qualquer misericórdia, qualquer piedade.

# XVI

O grupo dos fiéis incondicionais reuniu-se na casa de Filisto, na Ortígia. Além de Dionísio e do dono da casa, estavam presentes Iolau, Dorisco e Bitão; Héloris apareceu logo a seguir, acalorado devido à pressa. O último a chegar foi Leptines que, a um sinal do irmão, começou a relatar as mais recentes novidades:

— Saquearam Kamárina mas não pararam. Estão vindo para cá.

— Tens certeza disso? — perguntou Dionísio, sem no entanto mostrar-se excessivamente apreensivo.

— Acho que sim. Pegaram um caminho que leva para esses lados, e não creio que estejam querendo uma visita social.

— Podem até chegar até aqui, mas não acredito que vão atacar. As nossas muralhas já rechaçaram os atenienses. A nossa frota continua intacta, assim como o exército. Para que se arriscarem numa tentativa fadada ao fracasso?

— Porque acreditam que pode dar certo — interveio Filisto. — Já venceram quatro vezes, por que não mais uma, então? Os seus mercenários são homens da melhor qualidade e, quando morrem, ninguém se queixa: nada de enterros públicos, nada de falatórios, nada de epígrafes. Jogam-nos numa vala com dois palmos de terra em cima: um salário a menos para pagar. Nós, ao contrário, precisamos prestar conta de cada homem que perdemos, à família e à cidade.

— Muito justo — disse Dorisco. — Afinal somos helenos.

— Todos nós temos família — acrescentou Bitão.

— É verdade — admitiu Dionísio. — Mas, como foi então que há setenta anos Téron de Agrigento e Guélon de Siracusa conseguiram aniquilar o exército cartaginês em Imera? Eu sei por quê: porque dispunham de um vasto território do qual tirar todo tipo de recursos humanos e materiais. Nós somos apenas punhados de casas grudadas nos penhascos ao longo da costa. Podem nos conquistar um depois do outro. Em teoria, as nossas tropas são superiores em armas, treinamento e técnicas de combate, mas não há em nossos exércitos uma verdadeira transmissão de comando: alguém decide que está na hora de ir embora e vai embora. Ninguém pode detê-lo. Então, faltam de repente quinze, vinte mil homens, e fica-se logo numa dramática inferioridade numérica. E por que isso acontece? Porque precisam voltar para a semeadura. Eles voltam para semear, estais entendendo? Por Heraclés, a guerra é uma coisa séria! É coisa para profissionais.

— Não concordo — objetou Iolau. — Os mercenários vendem-se a quem paga mais e, dependendo da oferta, podem deixar-vos na mão a qualquer momento. Estais lembrando Agrigento? O que deixou a cidade sem defesa foi a deserção dos campanos...

— Não é bem assim — rebateu Dionísio. — Os mercenários ficam com quem ganha e não com quem perde, ou que está fadado a perder. Ficam com quem lhes proporcionam generosos salários, possibilidade de saques, com quem sabe guiá-los e não desperdiça suas vidas. Eles também prezam a pele e sabem muito bem o quanto valem.

— Estás propondo um exército de mercenários? — perguntou Héloris, sem esconder um certo espanto.

— Pelo menos um núcleo estável de mercenários. Pessoas que não tenham outro ofício a não ser o de soldado, que passem o tempo todo treinando, usando as armas, esgrimindo. Pessoas que não tenham campos para cultivar nem lojas para cuidar, que só possuam a própria espada e a própria lança como fonte de renda. O ideal seria que fossem gregos, não importa de onde, mas gregos.

Leptines ficou de pé.

— Não estou acreditando nos meus ouvidos: os bastardos estão se aproximando das nossas muralhas e nós ficamos aqui, discutindo sobre o que temos e não temos. Será que alguém tem alguma idéia de como vamos nos defender?

— Fica tranqüilo — respondeu Dionísio —, as nossas muralhas irão detê-los e, se vierem por mar, sairemos com toda a frota e os afundaremos. Mas não creio que será necessário. Acho que vão preferir negociar, somos um obstáculo duro demais até para eles. Por enquanto só precisamos presidiar as muralhas, noite e dia, reforçar as portas e manter a frota nas entradas dos portos para que não fique bloqueada aqui dentro. E esperar.

— Esperar? — perguntou Leptines, pasmo.

— Esperar — confirmou Dionísio.

Cada um saiu de lá para executar suas ordens. Filisto voltou para casa e sentou à escrivaninha. Já percebera há algum tempo que os eventos aos quais assistia mereciam ser contados e estava convencido de que aquilo que ainda iria acontecer deveria ser objeto de uma obra histórica, pois trataria da luta mais encarniçada que já se vira entre gregos e bárbaros, comparável de alguma forma às guerras pérsicas relatadas por Heródoto em suas *Histórias*. Também acreditava conhecer os planos futuros de Dionísio: a formação de um império territorial siracusano sem respeitar ninguém, nem gregos nem bárbaros, e a criação de um novo exército que lhe fosse cegamente fiel, capaz de travar com sucesso um duelo mortal e sem dar cartel ao inimigo cartaginês.

Tirou um rolo de papiro virgem de uma gaveta, esticou-o e firmou-o na mesa, e começou a escrever mais um capítulo, o que tratava do seu amigo Dionísio. Ao contrário de quase todos aqueles que tencionavam compor uma obra literária de qualquer tipo, Filisto não costumava ditar, preferindo escrever ele mesmo, como humilde escrivão, porque gostava de ouvir o leve ruído da caneta que escorria no papiro, lubrificada pela tinta, e ver as palavras que surgiam e se perseguiam na brancura do rolo. Saboreava naquela hora um poder maior do que qualquer outro no mundo: o de fixar os acontecimentos e as vicissitudes humanas pelos anos e talvez séculos vindouros. O poder de representar os homens, com seus vícios e suas virtudes, na base do seu próprio inapelável julgamento. Naquele momento ele era o *histor*, aquele que conta porque sabe, e sabe porque viu e ouviu, mas cujos pesos e medidas de juízo só obedecem às categorias da sua mente e a nada mais.

E escrevia sobre Dionísio.

*Assistira à destruição de maravilhosas cidades, ao massacre de milhares de homens, mulheres e crianças, à deportação de populações inteiras e, finalmente, ao estupro e assassinato da mui amada esposa, ainda muito jovem, por parte dos seus próprios concidadãos durante desordens internas. E como costuma acontecer nesses casos, dois conceitos muito fortes imprimiram-se na sua mente: o primeiro era que as democracias são ineficientes quando torna-se necessário tomar decisões imediatas e levar a cabo ações que acarretam escolhas radicais, e ao mesmo tempo, não são capazes de conter os excessos da multidão e dos elementos mais exaltados; o segundo, que qualquer cartaginês vivo na terra de Sicília representa uma ameaça para a existência dos helenos e que portanto é melhor ele morrer. No que diz respeito aos gregos, Dionísio tinha diante dos olhos o desolador espetáculo daquilo que acontecia na Metrópole. Oitenta anos antes, a aliança entre todas as principais cidades da Grécia tinha derrotado o império do Grande Rei dos Persas, o maior que já existiu na face da terra, e agora aquelas cidades dilaceravam-se numa luta sem fim que abria o caminho para a sua própria ruína. Estava portanto convencido de que tal coisa deveria ser evitada, pelo menos no Ocidente, e que a única solução era a conquista e a unificação de todos os gregos da Sicília e da Itália em um único Estado. E a autocracia, na sua maneira de ver, era o único meio. Dava-se conta, acredito, da terrível solidão enfrentada por aquele que quer governar sozinho, dos perigos, das insídias. Mas contava, pelo menos nos primeiros tempos, com os amigos que conhecia desde criança e com o irmão Leptines. Quanto aos pais, ele os perdera quando era pouco mais do que um menino.*

*Dorisco era filho de um mercador de trigo e nascera de mãe siciliana de Medma. Tinha a mesma idade e era extremamente audacioso. Participara, ainda adolescente, dos jogos olímpicos como pugilista e ganhara em sua categoria. Tinha estado presente em todas as campanhas militares ficando ferido muitas vezes. Era muito orgulhoso das cicatrizes que testemunhavam estas lutas.*

*Iolau, um pouco mais velho, era prudente e pensativo, virtudes que havia cultivado dedicando-se ao estudo com vários mestres. Diziam que também freqüentara escolas pitagóricas na Itália, em Síbaris e Crotona, onde aprendera muitas noções sobre os segredos do corpo humano assim como do espírito.*

*Bitão era o sobrevivente de dois gêmeos que receberam o nome dos míticos Kleobis e Bitão, os heróis que tinham puxado o carro da mãe de Argos até o templo de Hera, conquistando a imortalidade. Era muito forte, mas de índole pacata. Tendo perdido o irmão idêntico, identificara-o mais tarde com Dionísio, ao qual era cegamente fiel.*

*Leptines, além de irmão, também era um amigo, o máximo que alguém pode pedir na vida. O caráter impulsivo, no entanto, a queda pelo vinho e as mulheres, os seus rompantes improvisos representavam incógnitas na guerra, onde o valor e a coragem que possuía até de sobra nem sempre bastavam para assegurar o desfecho favorável das operações.*

*De qualquer maneira, era esse o risco que Dionísio tinha de correr: basear o seu governo em relacionamentos pessoais e familiares insubstituíveis. No caso de eles falharem devido aos caprichos da sorte, por perdas em batalha ou por doença, a solidão do autocrata torna-se cada vez maior e a sua alma cada vez mais árida e parecida com um deserto...*

Himilko apareceu em Siracusa no começo do outono, instalou o acampamento na planície alagadiça perto da foz do Ciane — por ser o único lugar capaz de acomodar tantos milhares de homens — e logo a seguir enviou um mensageiro com uma proposta de armistício. Ficou portanto evidente que a presença do exército cartaginês naquele lugar era mais uma demonstração de força do que uma ameaça real. Queria despertar medo mais do que propriamente desfechar um verdadeiro ataque.

Dionísio recebeu o embaixador de Himilko na Ortígia, no quartel dos seus mercenários. Já tinha deixado a casa com o alpendre na Acradina havia muito tempo, pois as lembranças que ela evocava eram para ele insuportáveis, e os sarmentos de videira já se espalhavam pelo chão, sem dar mais frutos, uma vez que ninguém os podava.

Mandou o embaixador entrar na sala de esgrima, um amplo local despojado e nu com lanças e espadas penduradas nas quatro paredes, e recebeu-o sentado num banco, descalço, mas armado de couraça, espada, caneleiras e com o elmo coríntio apoiado num cabide perto dele, de forma que parecia uma espécie de máscara fria e impassível da guerra.

— O que quer de mim o teu amo? — perguntou ao chefe da delegação quando este foi introduzido na sala. Era um grego de Cirene, baixo e de cabelos crespos, que trabalhava como mercador de púrpura.

— O nobre Himilko — começou — quer mostrar-se generoso. Tenciona poupar a vossa cidade embora pudesse conquistá-la sem demora, assim como fez com as outras...

Dionísio nada disse mas fitou-o com olhar gélido, com olhos tão penetrantes quanto os ferros das suas lanças.

— Está disposto a conceder que os gregos sicilianos voltem a morar em suas cidades e se dediquem aos seus comércios e atividades. Não poderão porém reconstruir as muralhas e terão de pagar impostos a Cartago.

"Que desgraçado!" pensou Dionísio. "Quer repovoar as cidades porque precisa do dinheiro e dos impostos." Mas falou em tom pacato, aparentando um timbre de voz indiferente.

— Alguma outra condição?

— Não — respondeu o embaixador. — Só isso. Mas o nobre Himilko também lhe oferece a possibilidade de resgatar os prisioneiros de guerra capturados nas últimas campanhas.

— Entendo — disse Dionísio.

O embaixador ficou um tanto sem jeito à espera de uma resposta que no entanto não vinha. Dionísio fitava-o em silêncio, de forma que o pobre coitado começou a suar frio sentindo sobre si aqueles olhos de gelo. Queria perguntar alguma coisa mas não se atrevia. Tinha a impressão de que o próprio mundo iria desmoronar se ousasse proferir qualquer som. Finalmente decidiu arriscar e perguntou:

— O que... devo então relatar ao nobre Himilko?

Dionísio olhou para ele com a expressão de quem tinha acabado de acordar de um devaneio e disse:

— Tu não achas que eu deveria ter algum tempo para pensar? Não é uma decisão tão simples, afinal.

— Oh, sim, claro — respondeu o embaixador aliviado. — Sim, sim... claro.

Passou-se quase uma hora de silêncio total em que Dionísio não deixou transparecer qualquer pensamento nem mexeu sequer um músculo do rosto, como se fosse uma estátua, enquanto o embaixador passava de vez em quando um lenço de linho na fronte, cada vez mais molhada de suor, apoiando-se ora numa perna ora na outra, uma vez que no aposento não havia onde se sentar.

Finalmente Dionísio soltou um leve suspiro e fez um sinal com o indicador para que o emissário se aproximasse. Este aproximou-se com passos lépidos e quase circunspectos, e Dionísio falou:

— Podes dizer ao nobre Himilko, de minha parte...

— Sim, *hegemón*...

— Que se eu pudesse expressar-me conforme o mais ardente desejo da minha alma responderia...

— Sim? — encorajou-o o embaixador.

— Que ele se dane.

O embaixador esbugalhou os olhos.

— Que ele...?

— Vá se danar — repetiu Dionísio. — Entretanto — prosseguiu —, as minhas responsabilidades de governo impõem o uso de palavras mais conciliadoras. Dir-lhe-ás então que por enquanto estou disposto a assinar a paz nessas condições e a resgatar o maior número possível de prisioneiros logo que ele levantar o cerco e puser um termo às hostilidades.

O emissário anuiu, satisfeito por ter afinal conseguido uma reposta, em seguida recuou até a porta dando um passo para trás de cada vez e escapuliu apressado.

Himilko, que pretendia uma aceitação incondicional das suas propostas, decidiu dar início sem demora às operações militares. Ficou algum tempo em dúvida a respeito de como deveria conduzir a campanha. O terreno era desfavorável, as muralhas incutiam um certo temor devido à sua imponência e era de fato impossível bloquear os portos, ambos guarnecidos pelas unidades mais aguerridas e poderosas da marinha siracusana. As poucas tentativas de martelar as muralhas com as máquinas abortaram, e o calor abafado daquele verão, que adentrava obstinadamente o outono sem esmorecer, levantava dos pântanos uma insuportável umidade que esgotava os corpos e desalentava os ânimos. O fedor dos excrementos de tantos milhares de homens estagnava em cima da depressão alagadiça tornando o ar irrespirável, e logo apareceram os primeiros casos de peste. Não demorou para centenas de corpos serem amontoados todos os dias nas fogueiras e a insatisfação serpentear entre a tropa, a ponto de representar uma ameaça para o comandante e seus oficiais. Himilko continuava esperando que, assim como em Agrigento, alguma coisa acontecesse para mudar por completo a situação. Talvez acreditasse que os siracusanos acabariam tentando um ataque frontal por terra ou por mar, mas os dias passavam e nada acontecia.

Dionísio permanecia ao abrigo das formidáveis muralhas e continuava a receber mantimentos através do porto Lákios, ao Norte, de forma que os habitantes não sofriam baixas nem padeciam da fome.

Finalmente Himilko, após contar os mortos e os sobreviventes, percebeu já não ter forças suficientes para levar a cabo um ataque e decidiu levantar o cerco. Mandou de volta os mercenários campanos para que presidiassem o lado ocidental da ilha enquanto ele, depois de embarcar os seus africanos, rumou com a frota rumo a Cartago.

Nesta mesma época Dionísio soube que na Trácia a esquadra espartana sob o comando de Lisandro havia surpreendido os navios atenienses em seco e quase desprovidos de tripulação, e acabara com eles num lugar chamado "os rios da cabra", nome tão absurdo quanto o próprio fato em si. Cônon, o almirante ateniense, salvara-se com oito navios abrigando-se no Pireu. Atenas estava bloqueada por terra e por mar e numa situação realmente desesperadora.

— O que achas disso? — perguntou Filisto.

— Para nós tanto faz — respondeu Dionísio. — Em teoria os espartanos teriam agora muito mais condições para nos ajudar, mas na prática acharão por bem não se meter. Precisamos entender de uma vez por todas que cabe a nós mesmos resolver os nossos problemas.

— Tu não entendeste: quero saber o que achas que vai acontecer com Atenas.

— Queres saber o que eu faria se estivesse no lugar de Lisandro?

— Isso mesmo, se não te importares.

— Os atenienses são os melhores. Ensinaram ao mundo como pensar, e só por isto merecem existir, seja qual for o crime que porventura tenham cometido em trinta anos de guerra.

— O que importa, então, é somente a excelência da mente? O comportamento não conta?

— Queres entabular uma conversa filosófica? Já debatemos esses problemas. A tua pergunta faria algum sentido se houvesse um juiz supremo que absolve e condena, se existisse uma força que protege os inocentes e castiga os maus, mas esse juiz não existe e essa força não passa de violência cega e casual, parecida com a das tempestades e dos furacões que acontecem por acaso, levando a morte e a destruição por onde passam.

— Mas na verdade o juiz que tu mencionaste realmente existe...

— É mesmo? E quem é?

— A História. A História é o juiz. Ela lembra os que fizeram o bem da humanidade e condena os opressores, quem provocou sem motivo o sofrimento dos homens.

— Ah, a História... — respondeu Dionísio. — Queres dizer que no teu entender um sujeito deveria regular o próprio comportamento tendo em vista o que a História irá dizer dele, mesmo sabendo que quando for reduzido a cinzas já não se importará minimamente com isso? E quem escreve a História, afinal? Pessoas que sem dúvida alguma não valem mais do que eu... Eu faço a História, meu amigo. Estás me entendendo? Tenho certeza de poder dobrar os eventos à minha vontade, mesmo quando tudo parece demonstrar o contrário. Lembre-se de qualquer maneira que ainda não viste nada... nada, entendeste? O melhor ainda está por vir.

— Não te iludas: a História é a narração da própria vida da humanidade, filtrada pela inteligência de pessoas que têm o dom de entender. E a História segue seus próprios caminhos, Dionísio, é como um imenso rio que ora corre irrefreável atropelando tudo e arrastando consigo; ora avança, ao contrário, em preguiçosos volteios, e quase parece deixar-se domar até por homens medíocres. A História é um mistério, uma mescla de paixões, esperanças, entusiasmos, mesquinharias; é acaso e casualidade, assim como é o resultado de vontades precisas e obstinadas, como a tua por exemplo. A História é o desejo de superarmos as nossas misérias humanas, é o único monumento que nos sobreviverá. Mesmo depois de os nossos templos e as nossas muralhas ficarem em ruínas, quando os nossos deuses e heróis já não passarem de fantasmas, imagens desbotadas pelo tempo, estátuas mutiladas e carcomidas, a História ainda testemunhará aquilo que fizemos e a lembrança que nos sobreviverá será a nossa única possível imortalidade.

— Muito bem — respondeu Dionísio — então toma nota, Filisto, pois sei que já vens escrevendo há algum tempo. Eu fiz a minha escolha e estou pronto a danar a minha memória pelos séculos vindouros, a ser lembrado como um monstro capaz de qualquer torpeza, mas também como um verdadeiro homem, um homem que sabe dobrar os eventos à própria vontade. Somente este tipo de homem assemelha-se aos deuses. Só se tu fores realmente grande as pessoas irão perdoar-te a limitação das liberdades, pois do contrário irão cortar-te em pedaços e pisotear-te logo que demonstrares a menor fraqueza.

Filisto calou-se, abalado por aquelas palavras pretensiosas e arrogantes, mas também por aquela confiança quase cega no próprio destino que Dionísio sabia comunicar com a voz e com a febril intensidade do olhar.

— O que tencionas fazer, então? — perguntou finalmente.

— Preciso alistar mais mercenários, construir uma fortaleza na Ortígia — que será a minha morada e terá de compreender o estaleiro, para que ninguém possa bloquear-me do lado do mar — e uma muralha transversal sobre o istmo, que separe o resto da cidade da terra firme, porque os meus inimigos podem chegar de qualquer lugar, do exterior assim como do interior. E os internos podem ser os mais temíveis e cruéis: é dos irmãos que tu deves esperar a mais encarniçada ferocidade.

Filisto ficou pasmo.

— É um plano gigantesco. Onde vais arrumar o dinheiro?

— Podes ficar tranqüilo, não te pedirei.

Filisto reagiu ofendido.

— Acho que nunca me...

— Não pretendia dizer isso. Já fizeste até demais por mim. Não quero arrastar-te na minha ruína, se porventura ela acontecer. Desejo-te uma boa vida, nos limites do possível. E de qualquer maneira, nem mesmo a tua fortuna, cujo real valor desconheço, bastaria para cobrir tamanha despesa.

— E então?

— Ainda não sei — respondeu Dionísio — mas encontrarei uma solução. Sempre há uma solução para quem tem a coragem de pensar grandes coisas. Agora preciso de ar, preciso respirar a maresia. Vais me acompanhar?

— Com prazer — respondeu Filisto.

— Então cobre o rosto. É melhor não despertares indesejáveis curiosidades nas ruas.

Saíram do quartel por um postigo secreto, de ombros e cabeça encobertos por capas com capuz, e se encaminharam pelas ruas já escuras da Ortígia.

Dionísio dirigiu-se ao estaleiro, onde os grandes vasos de guerra da sua frota ficavam em seco para a manutenção outonal. Seguiu então para o Norte, rumo às docas comerciais.

— Vê só que coisa mais estranha — disse a certa altura Filisto. — Lá embaixo, no segundo cais.

Dionísio olhou e viu que um navio conseguira atracar na última luz do anoitecer e estava agora desembarcando um carregamento de escravos. Aproximaram-se e Dionísio reparou em um homem de cabelo extremamente louro, quase branco. Estava nu em pêlo e tinha a pele toda vermelha e queimada de sol. A única coisa que levava consigo, além de uma pequena tatuagem no peito, era um colar rígido em forma de cordão que acabava na frente com duas pequenas cabeças de cobra esculpidas na madeira.

Dionísio observou-o por alguns instantes e então disse a Filisto:

— Pergunta o preço dele.

Filisto aproximou-se do mercador.

— O meu amigo quer saber quanto custa o celta de pele queimada.

— Diga ao teu amigo que pode voltar amanhã bem cedo à praça do mercado e ficar na fila com os demais para fazer o seu lance — respondeu o mercador sem nem mesmo olhar para trás.

Dionísio murmurou alguma coisa no ouvido do amigo, fez um gesto de assentimento e afastou-se. Filisto chegou-se novamente ao mercador.

— O meu amigo está muito interessado no teu escravo e está disposto a pagar uma considerável quantia.

— Claro que sim. Já imaginou quantos velhos afeminados vão aparecer amanhã para disputar entre si aquele loiro Apolo boreal? Ou tu achas que o teu amigo é mais bonito? Eu já disse: se quiser comprar aquele lindo exemplar terá de fazê-lo ao som das moedas de prata, como os demais fregueses.

Filisto baixou o capuz sobre os ombros mostrando o rosto.

— O meu amigo chama-se Dionísio — rebateu. — Isso te diz alguma coisa?

A expressão e a atitude do mercador mudaram de repente.

— Queres dizer *aquele* Dionísio? — perguntou esbugalhando os grandes olhos brancos.

— Ele mesmo — respondeu Filisto fitando-o com um olhar muito significativo. — E se aceitares o meu conselho, a essa altura eu até fixaria um bom preço, no teu lugar.

— E o que seria um bom preço, a teu ver?

— Diria que cinco minas parece-me bastante honesto.

— Cinco minas? Mas ele vale pelo menos o triplo!

— É verdade. É o que tencionava oferecer, mas tu não soubeste aproveitar a ocasião. Agora terás de te contentar, a não ser que decidas arriscar-te numa insegura e perigosa jogada para ver quem dá mais.

— Como é que vou saber que não estás brincando comigo?

— Não vais, de fato. Cabe a ti confiar ou não nas minhas palavras. Se estiveres com sorte, amanhã irás conseguir o dobro no mercado. Mas se não for o teu dia, não conseguirás coisa alguma. Então?

— Aceito, tudo bem! — respondeu o mercador, ressabiado.

Filisto entregou-lhe a quantia combinada e as instruções para a entrega. Então alcançou Dionísio na porta Marinha.

— Como foi? — perguntou o amigo.

— Cinco minas. À vista.

— Um bom preço.

— Também acho.

— Mandarei reembolsar-te amanhã mesmo.

— Por que ficaste interessado naquele escravo?

— Reparaste no colar que tinha no pescoço?
— Reparei, mas...
— E na tatuagem no peito?
— Parece-me que...
— Aquele homem faz parte de uma espécie de irmandade guerreira bastante temível. A mais temível de todas, aliás. São grupos nômades que se portam como bandos de lobos perseguindo uma presa, mas às vezes alistam-se como mercenários. São tão fortes e seguros de si que vão à luta nus sem outra proteção a não ser a espada e o escudo. Não têm qualquer receio da morte e o seu único escopo na vida é mostrar a sua coragem. Não consigo entender como foi que se deixou capturar vivo. Sabes se ele fala grego?
— Não perguntei.
— Vê se descobre, e pergunta de onde ele vem, e como acabou naquele navio. Resumindo, tenta saber tudo dele. Se não falar grego, peça ajuda a um dos nossos mercenários.
— Ainda não me contaste o que tencionas fazer com ele.
— Vai ser o meu guarda-costas — respondeu Dionísio. E foi embora.

# XVII

Já livre das correntes, o celta entrou com lentas passadas incertas na ampla sala das armas fracamente iluminada por duas lamparinas penduradas nas paredes. Diante dele havia um homem sentado num banquinho, imóvel, de costas. O guerreiro aproximou-se sem fazer o menor barulho, descalço no chão de pedra. Parou a poucos passos do homem que parecia uma estátua.

Segurou a respiração ao vislumbrar no fundo do aposento uma portinhola entreaberta: a possibilidade de fugir. Deslocou-se lépido como uma sombra ao longo do cabide onde estavam enfileiradas dúzias de lanças e de reluzentes espadas. Pegou então uma espada e virou-se como um raio, pronto a desferir o golpe, mas seus olhos azuis toldaram aflitos ao enxergar o banquinho vazio. Um lampejo de intuição fez com que se virasse sobre si mesmo justamente a tempo para ver-se diante da ameaça silenciosa que se lhe adiantara na escuridão. Uma lâmina desceu repentina e ele mal conseguiu defender-se do ataque. Os dois ferros chocaram-se soltando faíscas e o repentino clangor rasgou o silêncio da grande sala vazia, ecoou nas paredes nuas e no teto, os golpes seguiram-se aos golpes, os ecos aos ecos, o estrondo tornou-se terrível, ensurdecedor.

O celta era incrivelmente ágil, o seu corpo nu e lustroso movia-se como o de um animal selvagem, com um vigor que parecia aumentar em vez de diminuir com o embate.

De repente o adversário entrou em cheio no halo de luz das lamparinas e parou de novo, imóvel. Ele também estava descalço e nu, mas tinha o rosto completamente encoberto por um elmo coríntio que só deixava entrever o brilho dos olhos na fenda escura da celada. Não ofegava: o peito não se mexia, o corpo lustroso parecia de bronze. Levantou com movimento rápido a espada em posição horizontal e, avançando devagar, apontou a cúspide para o tórax do adversário. O celta encolheu-se dobrando as pernas, comprimindo as forças antes do pulo, e ficou de olhos fixos na ponta da espada preparando o bote que iria assegurar-lhe a vitória. Baixou com força o fendente sobre a lâmina estendida para que o outro a soltasse mas a espada inimiga evitou o golpe com movimento repentino, recuando. Enquanto ele se desequilibrava para diante, o adversário sem rosto acertou-o com um pontapé atrás do joelho, aí com outro nas costas fazendo-o ruir de bruços no chão. Logo a seguir o celta sentiu o toque gelado da ponta da espada que o cutucava no dorso.

— A morte é fria — ressoou uma voz distorcida dentro do elmo — não é verdade?

A lâmina afastou-se e o guerreiro loiro aproveitou imediatamente para segurar de novo a espada e rodar sobre si mesmo como uma cobra, mas logo sentiu a do inimigo encostada em sua garganta. Uma lâmina impiedosa que apertava, cortava a sua pele.

Ainda estava armado, mas tinha certeza de que qualquer movimento, qualquer tentativa de reação, faria com que o gume daquele ferro inimigo invadisse o frágil limiar da vida cortando-lhe a respiração e o fluxo do sangue. Deixou-se abandonar no chão soltando a espada.

— Levanta-te — ouviu dizer, e logo a seguir a voz já tinha um rosto. O elmo subiu ficando apoiado no topo da cabeça e revelando dois olhos escuros e penetrantes, uma boca carnuda e bem desenhada, um rosto sombreado por uma barba curta mas muito negra.

— Sei que falas grego — disse novamente a voz. — Qual é o teu nome?

— Aksal.

— A qual tribo pertences, insubros ou cenomanos?

— Bois.

— Fica de pé.

Levantou-se e dominava-o de quase uma cabeça.

— Os bois ficam na Gália. O que estavas fazendo na Itália?

— Muitos nossos atravessam a Ligúria.

— Por onde?

— Montanhas.

— Quem conseguiu prender-te?

— Etruscos. Cilada. Aí vendido.

— Por que tentaste matar-me?

— Porque Aksal livre.

— Só há uma maneira de tu continuares livre: ficando a meu serviço. Eu sou Dionísio e sou o chefe desta poderosa tribo que se chama Siracusa. Já há muitos irmãos teus que combatem para mim —, apontou com o dedo para o colar e a tatuagem e disse: — Sei o que eles significam.

O guerreiro retraiu-se como se tivesse sido novamente espetado pela ponta da espada. Dionísio continuou:

— Eu também sou o chefe de uma "companhia" como essa, guerreiros que juraram ajudar-se como irmãos, lutadores que nunca irão aceitar que alguém os supere no uso das armas e na coragem. Somos os melhores, e por isto te derrotei. Mas também poupei a tua vida. Agora decide: queres ser a minha sombra ou queres voltar para o teu amo?

— Sua sombra — disse o celta, sem hesitar.

— Muito bem. Vai até aquela porta. Dar-te-ão roupas, armas e um lugar onde ficares. Alguém também ensinar-te-á a falar direito... no devido tempo. E tira o bigode, estás parecendo um bárbaro.

Aksal dirigiu-se à porta com suas longas passadas silenciosas e desapareceu.

Dionísio vestiu uma clâmide e foi para o lado oposto, rumo aos seus alojamentos. Deixou-se cair em cima do colchão de crina vegetal, duro como pedra, e logo adormeceu.

Foi acordado bem no meio da noite pelo irmão Leptines.

— O que houve? — perguntou Dionísio sentando-se na cama, um tanto alarmado.

— Calma, está tudo bem.

— O que estás fazendo aqui, a esta hora?

— Acabo de voltar de uma reunião da Companhia. Estávamos todos na casa de Dorisco. Ao sair de lá um velho que parecia um mendigo chegou perto de mim dizendo: "Não quero nada. Leva isto ao teu irmão e diz-lhe que se lê com o sete." — E entregou-lhe uma tira de couro.

Dionísio levantou-se, foi até o corredor e examinou-a à luz de uma lamparina. Havia palavras escritas, mas truncadas e ilegíveis.

— Uma *skytale* — comentou. — Qual era a aparência do velho?

— Um tanto corpulento, quase careca. Só mesmo uma coroa de cabelos em volta da nuca e nas têmporas. Acho que tinha olhos negros, mas estava escuro... Tudo parece bastante escuro à noite.

— Não disse mais nada?

— Nada.

— Algo especial no jeito de falar? Quer dizer, falava como nós? Ou como um selinuntino. Como alguém de Agrigento ou de Gela? Ou com sotaque estrangeiro?

— Murmurou aquelas poucas palavras baixinho, entregou-me a tira e desapareceu. Só posso dizer que era grego, e não bárbaro.

Dionísio meditou em silêncio por alguns momentos, aí disse:

— Espera aqui, não te mexe.

Voltou ao quarto, abriu o cofre escondido no chão e escolheu uma pequena barra de bronze entre umas dez guardadas lá dentro. Enrolou nela a tira de couro e então dirigiu-se novamente para o corredor a fim de ler a mensagem à luz da lamparina.

— O que diz? — perguntou Leptines.

— Nada que te possa interessar — respondeu Dionísio. — Obrigado. Agora podes ir descansar. Amanhã aparece aqui no quartel e encarrega-te do treinamento do novo recruta, um celta que comprei no porto. Nada de lança, só armas curtas e arco, mas acho que este ele já conhece muito bem. E pergunta se Filisto pode arrumar alguém que lhe ensine grego: fala como um macaco. Tu ficarás aqui no meu lugar. Precisarei ausentar-me por algum tempo.

— Aonde vais?

— Não posso dizer, mas toma cuidado. Mantém os olhos bem abertos e não confie em ninguém. Ninguém deve saber da minha ausência: seria fatal para todos nós.

— E quando vais voltar? — insistiu Leptines.

— Logo que puder — respondeu Dionísio, e desapareceu dentro do quarto.

A alvorada encontrou-o a cavalo, quando já se dirigia para o interior subindo pelo vale do Anapo. A vegetação estava seca devido à longa estiagem e a terra em volta do rio mostrava-se cheia de fendas e rachaduras. Os rebanhos mordiscavam os restolhos, onde ainda havia alguma coisa para comer, ou vagueavam balançando a cabeça no ar abafado e caliginoso. Não demorou muito para o vale apertar-se entre altas margens e o riacho ficar cada vez mais estreito, até que ao entardecer, vislumbraram-se as águas límpidas da nascente.

Dionísio teve a impressão de reviver a breve temporada que passara entre a vida e a morte. Muito mais perto da morte do que da vida, e mesmo assim mágica em seu delírio.

Sentiu mais uma vez aquela energia dolorida que despertava sentimentos perdidos ou esquecidos, percebeu um olhar selvagem que lhe feria os ombros e a nuca. Entregou-se ao fluxo vital que emanava da nascente, ao perfume da hortelã silvestre murchando nas margens, ao sopro das aves de rapina que mergulhavam no espaço dos seus abrigos no paredão rochoso.

Uma voz ressoou repentina no vale.

— Aproxima-te.

— Quem é? — perguntou Dionísio levando a mão à espada.

— Esquece, não vais precisar dela. Vem para cá.

Virou-se e viu uma sombra deslizar entre os aloendros. Foi atrás dela. A sombra parou e confundiu-se entre as demais ao longo da parede.

— Tu tens nome? — perguntou Dionísio.

— Não, mas tenho uma mensagem.

— Que mensagem?

— Alguém deixou um tesouro para ti.

— Quem foi?

— Se tu não sabes, como é que eu vou saber?

— Diz então onde está.

— Em Agrigento, no reservatório, na altura da quarta coluna do pórtico. Vais precisar de animais de carga. Pelo menos três, talvez quatro.

— Quem te mandou?

— Alguém que já não é. — A figura desapareceu como que engolida pelo paredão.

Dionísio voltou para as margens da nascente em busca de um contato com aquela seiva vital quase milagrosa. Já ia mergulhar nas águas frias quando viu algo mexer-se sob a superfície... uma ninfa da fonte?

Surgiu de repente, com os cabelos molhados que lhe chegavam aos ombros, as gotas escorrendo como lágrimas sobre o rosto escuro, os olhos negros sob as longas pestanas, os lábios cor de romã. Não era possível... Como podia ser aquela a mesma criatura selvagem que visitara os seus sonhos e delírios febris?

Chegou-se mais, continuando a emergir da água, com os ombros e aí com o seio, firme e rijo como os músculos de um guerreiro, o ventre achatado e tenso e finalmente o púbis e as coxas retas e reluzentes como bronze. Estava tão perto que dava para perceber o cheiro da sua pele. Um cheiro levemente áspero, parecido com o do vinho novo.

Murmurou na mente os versos de Homero:

*Quem és, senhora? Uma mulher mortal*
*Ou uma das deusas que moram no vasto Olimpo?*

Deixou cair a espada como Menelau diante do seio nu de Helena, como Odisseu diante de Circe, em seguida abaixou-se a recolher um lírio do campo, o último daquela longa estação abrasadora, e o deu para ela. A criatura enrijeceu por um momento, recuando para a água, então pegou a flor e segurou-a na boca, mastigando-a devagar. Dionísio também deixou cair a clâmide e entrou na nascente. Possuiu-a sem dificuldade naquela água puríssima, e ela agarrou-se nele, mordendo e arranhando, rosnando como uma jovem fera, gritando no êxtase, um grito rouco e ofegante, que esmoreceu finalmente num suspiro de abandono. Deitaram um ao lado do outro na areia da margem, deixando secar seus corpos na brisa morna.

Passou mais algum tempo e então ouviu-se de novo a voz que dizia:

— Leva-a contigo.

Dionísio sobressaltou-se, como se tivesse esquecido por completo a razão da sua presença naquele lugar.

— Do que estás falando? Ela nunca saiu daqui, nunca conseguirá adaptar-se ao mundo fora deste vale.

— Leva-a contigo — repetiu a voz. — Ela te seguirá.

— Por que pedes que a leve?

— Porque ela consegue ficar embaixo d'água mais tempo do que ninguém. Talvez seja uma ninfa das fontes: tu a conquistaste e agora ela irá proteger-te, assim como Atena protegia Odisseu. Já falei tudo o que eu tinha a dizer. Adeus.

Dionísio correu apressado para a parede rochosa de onde provinha a voz, mas nada encontrou.

Conversara com um eco.

Recortou com a espada um buraco circular no meio da capa que passou por cima da cabeça dela, prendendo-a em seguida na cintura com umas varetas de salgueiro trançadas e ela, dócil, deixou-se vestir. Era como se estivesse esperando havia muito tempo, pronta a enfrentar qualquer coisa só para ficar com ele. O vale ainda estava escuro mas lá em cima o sol começava a dourar as bordas do penhasco. Um relincho abafado ecoou por perto e Dionísio avistou três cavalos presos a uma tamarga. Olhou então para a jovem e disse:

— Se quiseres vir comigo terás de montar a cavalo, assim.

Pulou no seu animal e segurou pelo cabresto o primeiro dos outros três. Por algum tempo a jovem acompanhou-o a pé, mas depois parou de repente olhando com expressão estranha a roupa grosseira que vestia.

Dionísio também parou e virou-se para se despedir dela com um último olhar, achando que a moça nunca se atreveria a superar o limite da grande bacia rochosa, mas ela disparou apressada e, com agilidade sobre-humana e maravilhosa leveza, pulou na garupa do primeiro cavalo da fila. O animal não se assustou, como se a criatura fosse desprovida de peso e de odor, e continuou tranqüilo a sua marcha, guiado por aqueles pequenos pés nus e endurecidos pelas pedras.

Naquele mesmo dia, ao entardecer, cortou-lhe os cabelos com a espada na altura do pescoço e ela mudou mais uma vez de semblante, tornou-se por um momento um tenebroso efebo e então, só por um instante muito breve e fugidio, foi Aretes. E fitou-o com os olhos dela.

Retomaram o caminho antes do alvorecer e adentraram territórios desertos e solitários que a guerra esvaziara com seus golpes mortais, viajando o tempo todo em silêncio. Vez por outra ele a observava tomado por uma misteriosa sensação de desconforto. De alguma forma a muda presença da jovem realçava a sua solidão e, ao mesmo tempo, os lugares desolados que estavam atravessando pareciam enfatizar e exaltar ao infinito a presença dela, quase a ponto de divinizá-la.

Avançaram entre as montanhas durante oito dias, só dormindo umas poucas horas por noite, até que certa manhã avistaram Agrigento, no alto da colina na alvorada espectral.

Estava deserta e os animais selvagens — cães sem dono, raposas, corvos — apossaram-se dela. Nas ruas viam-se por toda parte os sinais da destruição, os restos miseráveis dos que haviam ficado e haviam sido mortos.

Não ousou subir até a acrópole mas passou diante da casa de Telias e entrou. Foi recebido por paredes calcinadas, móveis queimados, vasos preciosos espalhados aos pedaços no chão, tetos enegrecidos. Apoiou a cabeça na parede enquanto os olhos se enchiam de lágrimas. A jovem aproximou-se e acariciou-lhe a nuca com a mão. Sentia instintivamente a dor que o feria e tentava aliviá-lo assumindo uma parte dela.

Dionísio virou-se, fitou-a nos olhos e disse:

— Vem, vamos até o reservatório.

A água estava morna, quase quente, mas não havia peixes. Os invasores deviam ter pego todos para se alimentar durante o inverno passado. Mergulhou mas precisou tentar várias vezes antes de alcançar o fundo. Viu finalmente duas caixas atadas com cordas de cânhamo mas os seus esforços para levantá-las foram inúteis.

Já não tinha ar nos pulmões e empurrou com as pernas para subir, mas algo segurou-o: a corda que tinha cortado prendera-se em seu tornozelo e impedia que subisse à tona.

Estava morrendo? Tudo acabaria então daquele jeito? Gorgolejos saíam do seu corpo, as imagens de toda uma vida esmaeciam numa atmosfera verde irreal, lamentações de moribundos corriam embaixo da sua pele, chamas de incêndios ardiam em seus pulmões, olhos de jovens mulheres em pranto observavam-no de outros mundos...

E aí sentiu um puxão: o seu corpo emergia veloz enquanto uma força descomunal empurrava-o para a margem. A jovem selvagem estava agora com os joelhos em cima do seu peito, forçando o vômito para fora do seu estômago, a água — e o fogo — fora dos pulmões. Tossiu, cuspiu, agitou-se convulsamente e afinal respirou.

Olhou em volta e não viu vivalma. Ouviu de novo o gorgolejar da água e viu a jovem lançar para a margem dois grandes punhados de moedas de prata e de ouro, para logo a seguir mergulhar de novo.

Continuou assim, subindo e descendo sem parar, sem descansar durante o dia inteiro, enquanto Dionísio enchia os alforjes que seriam carregados pelos animais de carga.

Estava anoitecendo e o tesouro já estava todo fora da água: uma riqueza enorme.

— Vamos — disse, e encaminhou-se para os cavalos a fim de ajeitar a última carga quando de repente ouviu um ruído e parou.

A tremenda excitação de um dia incrível, a visão de todo aquele dinheiro, a presença dele e daquela criatura na cidade espectral mergulharam-no como que numa situação onírica, mas aquele barulho levou-o imediatamente de volta à realidade. Sentiu um arrepio correr pela espinha. Só um louco poderia ter agido daquele jeito, sozinho e naquele lugar.

— Quem está lá? — gritou.

Não obteve resposta, mas vislumbrou umas sombras deslizando de uma casa para outra, rente aos muros.

— Monta logo, rápido! — disse à jovem enquanto explicava com gestos o sentido daquelas palavras. Ela, no entanto, ficou imóvel. Parecia estar cheirando o ar, deixando à mostra os dentes como um bicho selvagem, recuando. Dionísio pegou os cavalos e começou a puxá-los rumo à porta oriental.

Mas daquele lado também chegaram ruídos, chamados, e outras figuras puderam ser vista avançando para eles. Estavam cercados.

Dois sujeitos aproximaram-se armados de bordões. Vestiam apenas uns míseros trapos, de barbas e cabelos compridos. Assaltantes? Desertores?... Sobreviventes? Mais do que homens pareciam animais. Dionísio parou e desembainhou a espada. A jovem, por sua vez, pegou duas pedras e arremessou-as com mortífera precisão. Acertou ambos no meio da testa e eles ruíram ao chão, um depois do outro, sem dar um pio. Mas um coro de gritos levantou-se em torno deles e um grupo de talvez uns cinqüenta indivíduos avançou empunhando cacetes e punhais.

— Rápido, vamos sair logo daqui! — gritou Dionísio segurando a mão da jovem e abandonando os cavalos. Os perseguidores, no entanto, queriam evidentemente vingar os companheiros e continuaram a correr atrás deles brandindo facas e bordões.

Dionísio foi o primeiro a virar a esquina de uma casa e acabou chocando-se com alguém que vinha em sentido oposto. Tentou acabar com ele com um fendente da espada mas o outro logo berrou em grego:

— Pára, seu energúmeno, estás querendo cortar a minha garganta?

— Leptines?

— E quem mais? — Virou-se. — Vamos lá, acabai logo com esses miseráveis, mexei-vos!

Uns sessenta mercenários e o próprio Aksal lançaram-se ao ataque massacrando os primeiros que encontraram, para em seguida ceifar com os arcos os outros que haviam saído fugindo. Ninguém escapou.

— As minhas ordens haviam sido muito precisas! — berrou Dionísio.

Leptines baixou a cabeça mordiscando o lábio.

— Teria resolvido sozinho, de qualquer maneira — continuou. — Não passam de um bando de infelizes esfarrapados, enquanto a tua desobediência pode ter comprometido tudo. Estás me entendendo?

— Deixei Dorisco em Siracusa: é um excelente oficial e desde sempre um membro da Companhia. Com ele no comando não vai haver problemas. Achei que era perigoso demais tu saires por aí sozinho sem escolta, e decidi então seguir as tuas pegadas. Da próxima vez vou deixar que te danes, está bem?

— Da próxima vez farás o que eu mandei, pois do contrário irei esquecer que és meu irmão e mandarei executar-te por insubordinação. Fui bem claro?

Chegou Aksal segurando pelos cabelos duas cabeças cortadas.

— Aksal é sua sombra, viu? — e esfregou-as no seu nariz.

Dionísio fez uma careta.

— Sim, sim, está bem. Pegai aquele cavalos e vamos embora daqui.

— Quem é ela? — perguntou Leptines apontando para a jovem.

Dionísio virou-se mas ela saíra correndo, desaparecendo na cidade deserta já mergulhada nas trevas.

— Espera! — e também correu, mas logo percebeu que seria inútil. Nunca conseguiria encontrá-la.

— Quem é, afinal? — insistiu Leptines.

— Não sei — respondeu seco Dionísio.

Puseram-se a caminho passando pelos bairros orientais até chegar à porta de Gela para então atravessar o lado ocidental da necrópole enquanto a lua surgia atrás deles espalhando o seu palor sobre os templos na colina. Dionísio observou o irmão que avançava em silêncio acompanhando as passadas com o freixo da lança.

Pareceu-lhe estranho que Leptines tivesse tomado sozinho uma decisão como aquela.

— Diz a verdade: quem foi que insistiu para tu me seguires? Foi Filisto?

Leptines parou e virou-se para ele.

— Não, Filisto não tem nada a ver.

— E quem foi, então?

— O tal homem. O tal corpulento e careca, o mesmo que me dera a mensagem. Topei com o gordo na entrada do quartel e ele disse: "O teu irmão está correndo perigo. Precisas ir logo procurá-lo, a caminho de Agrigento." Nem tive tempo de responder e ele já tinha sumido. O que mais podia fazer?

Dionísio não respondeu. Retomou o caminho em silêncio e ninguém viu as grandes lágrimas que lhe enchiam os olhos brilhando nas trevas, e tampouco ouviu as palavras que lhe subiam à garganta com a emoção de uma repentina revelação:

— Telias... meu bom amigo.

# XVIII

Logo que voltou a Siracusa Dionísio deu início a obras imponentes: uma residência fortificada ligada ao estaleiro no coração da cidade velha e uma sólida muralha que barrava o ismo da Ortígia. Também mandou construir trinta navios de guerra. Tomou estas iniciativas sem convocar a Assembléia e ficou portanto bem claro que ele não queria qualquer limitação para o seu poder. Aquele comportamento provocou uma violenta reação por parte dos adversários, principalmente pelas famílias que tinham parentesco com generais e os cavaleiros exilados em Etna. Denunciaram abertamente a tirania que se instalara na cidade e conclamaram o povo à rebelião.

Dionísio reagiu com impiedosa dureza. Soltou seus mercenários para que vasculhassem meticulosamente a cidade a fim de desentocar os opositores e levá-los presos à fortaleza da Ortígia. Então, depois de um processo sumário, foram todos condenados ao exílio. Seus bens confiscados foram então entregues aos mercenários que daquela forma ficaram ainda mais ligados ao seu chefe e benfeitor, gratificados por um novo e prestigioso nível de vida.

De tão ocupado que estava com suas tarefas e preocupações, durante aquele tempo todo nunca mais vira a jovem da nascente do Anapo nem voltara ao local, mas às vezes, à noite, quando descansava no grande aposento despojado do seu palácio, onde só moravam os mercenários, pensava nela e em como haviam feito amor mergulhados na fonte. Em como parecera-lhe milagrosamente diferente ao acompanhá-lo naquela aventura entre as muralhas de Agrigento. Pensava na voz que falara com ele das pedras, baixinho, como se quisesse ser ouvida somente por ele.

Com a chegada da primavera começaram a chegar navios no porto, e com eles também chegaram as mais recentes notícias. Atenas havia sido derrotada, esgotada pela fome e as privações do longo cerco, bloqueada por terra e por mar; a poderosa Metrópole, de joelhos, não tivera outra escolha a não ser a rendição incondicional. Contavam que os aliados de Esparta, principalmente os tebanos e os coríntios, haviam insistido muito para que fosse arrasada de uma vez por todas, mas Lisandro se opusera: destruir Atenas teria sido o mesmo que privar a Grécia de um dos seus olhos. As condições haviam sido duras: demolição das Longas Muralhas, a poderosa fortificação que ligava a cidade ao porto do Pireu, entrega da frota de guerra, a não ser por oito navios e, a mais humilhante de todas, a presença de uma guarnição espartana na acrópole.

Dionísio ficou pensando que o início daquela irrefreável decadência começara justamente ali, sob as muralhas de Siracusa, onde a melhor juventude de Atenas havia sido ceifada. Também achou que chegara o momento de dar andamento ao seu plano e convocou o Conselho: Héloris, Filisto, Leptines, Dorisco, Iolau e mais alguns amigos da Companhia.

— A guerra na Grécia acabou — começou dizendo. — Atenas perdeu. Milhares e mais milhares de homens há anos acostumados somente a lutar e incapazes de fazer qualquer outra coisa estão agora à disposição de quem pagar mais. Tu, Leptines, partirás imediatamente para Esparta e alistarás o maior número possível. Tenta encontrar Lisandro e, se possível, estabelece algum tipo de entendimento com ele. Dizem que é um homem prático, que sabe reconhecer a realidade dos fatos.

— E quanto a Corinto? — perguntou Leptines. — Corinto é a nossa Metrópole e sempre demonstrou interesse pelas nossas vicissitudes internas, mesmo que fosse apenas para exercer alguma pressão.

— Leva oferendas ao templo de Poseidon, no istmo. Um gesto de homenagem formal vai ser mais do que suficiente. Somos mais fortes do que Corinto: não precisamos deles. Quem manda, agora, é Esparta, a verdadeira potência que venceu a guerra. E em Esparta, o homem mais poderoso é Lisandro, mais poderoso do que os reis. Enquanto isso, nós também iremos nos mexer por aqui. Tu, Dorisco, partirás e levarás a cabo a submissão dos sículos. A nossa primeira meta é Herbessos. Se ela cair, as demais cidades terão o mesmo destino. Levarás contigo as tropas da cidade. Eu irei em seguida com os mercenários.

— E os cartagineses? — perguntou Filisto. — A nossa atividade vai chamar a sua atenção...

— Não farão coisa alguma — respondeu Dionísio. — Soube que a peste ainda não acabou, a cidade ficou enfraquecida e Himilko já não goza do apoio de antes. Ficarão olhando, pelo menos no começo.

Dorisco partiu três dias depois e marchou com suas tropas contra a cidade sícula de herbessos, no interior. Antes mesmo de chegar enviou uma delegação avisando que os sículos sempre haviam sido submetidos a Siracusa e deviam portanto voltar a ser parte do território siracusano. Os habitantes da cidade disseram não aceitar esta imposição e as coisas arrastaram-se por vários dias sem solução. Dorisco, afinal, contemporizava para só desfechar o ataque após a chegada de Dionísio com seus mercenários.

Certa noite, enquanto controlava os postos de guarda em volta do acampamento, foi cercado com sua escolta por um grupo armado escondido nas moitas, e assassinado. Logo a seguir os membros do estado-maior fiéis a Dionísio foram mortos e os outros oficiais mandaram reunir o exército em assembléia, com os arautos anunciando o fim da tirania e a volta dos exilados. Agora era preciso livrar a cidade dos bárbaros a serviço de Dionísio e capturar o tirano para condená-lo à pena que merecia.

O exército, diante do fato consumado, aprovou a ordem do dia e pôs-se novamente a caminho de Siracusa, logo reforçado por numerosos contingentes de cavalaria que, obviamente, deviam ter sido informados antecipadamente acerca do que iria acontecer.

Filisto foi o primeiro a saber do golpe e logo percebeu que não podia tratar-se de uma ação espontânea e improvisada: a chegada dos cavaleiros de Etna, o repentino pronunciamento dos oficiais, o ataque direto contra a Ortígia, tudo indicava um plano bem elaborado, e talvez o pior ainda estivesse por vir. Enviou portanto uma unidade de cavalaria ligeira a avisar Dionísio e preparou um complexo plano para defender a qualquer custo a Ortígia.

Articulou ao mesmo tempo os seus informantes e dentro de três dias já dispunha de um quadro mais completo de notícias: todas más.

Os cavaleiros, do seu refúgio em Etna, haviam entrado em contato com Régio e Messina, que haviam decidido usar suas frotas para bloquear os dois portos da cidade. E não se limitaram a isto: uma delegação chegara até Corinto, Metrópole de Siracusa, e convencera o governo a enviar um estrategista encarregado de restaurar a legalidade na cidade filha. Não era grande coisa no plano militar, mas do ponto de vista psicológico era um golpe mortal. Embora as Metrópoles de forma alguma limitassem a independência e as escolhas políticas das colônias, mesmo assim a intervenção direta de um enviado delas para resolver questões internas assumia o valor de um aval incondicional ou de uma inapelável condenação. Corinto enviou um general chamado Nikóteles, um rijo veterano da grande guerra claramente partidário das oligarquias. Só tinha um ponto fraco, ao que parecia: gostava de vinho puro, um hábito perigoso para um grego, acostumado a temperá-lo com três ou cinco partes de água, e ainda mais para um soldado.

Dionísio voltou com os mercenários a marchas forçadas e trancou-se na fortaleza; bloqueou o istmo e mandou esticar uma corrente na entrada do porto de Lákios. Aksal acompanhava-o como uma sombra e dormia no chão, deitado na soleira do quarto do amo. A morte de Dorisco, seu amigo de infância, minara o moral de Dionísio levando o seu ânimo ao mais sombrio pessimismo.

Logo a seguir começaram os ataques contra a muralha do istmo, e continuaram durante vários dias sem um momento de pausa, testando duramente as defesas e a capacidade de resistência dos mercenários.

Dionísio reuniu em conselho os amigos mais fiéis: Filisto, Leptines, Iolau, Hélóris e mais uns poucos membros da Companhia. O ambiente era pesado.

— A situação está diante dos olhos de todos — começou Filisto. — Não creio que possamos levar a melhor.

Com efeito nenhuma saída parecia possível. As únicas propostas apresentadas só tinham a ver com quando ou para onde fugir, ou qual poderia ser o melhor refúgio.

Hélóris, vendo que Dionísio permanecia sentado sem nada dizer, achou que já devia estar conformado com o inevitável e, para desanuviar o ambiente, achou por bem levar na brincadeira, mas acabou soltando uma piada bastante infeliz que criou indelével ranço entre os dois.

— Não vos esqueçais — disse — que um tirano só abandona o seu posto quando puxado pelos pés.

Filisto baixou os olhos, Leptines fez uma careta. Nem a palavra "tirano" nem a imagem dele sendo arrastado fora do palácio como um bicho abatido deviam ter sido do agrado de Dionísio. Viram-no empalidecer de raiva e recearam, pelo seu olhar, que recorresse à espada, mas nada aconteceu. Falou como se nada tivesse acontecido, num tom firme e seguro.

— Tu, Leptines, vais partir imediatamente, antes que cheguem as frotas de Messina e Régio para nos bloquear. Irás falar com Lisandro, em Esparta, e assinarás um acordo com ele. Os coríntios são seus aliados, mas sempre foram um problema para ele, e além do mais são ricos demais, influentes demais em relação aos espartanos, e isto provoca ciúmes e desconfianças que podem nos ajudar. A guerra acabou e eles têm milhares de homens desempregados que só sabem fazer uma coisa: combater. São um problema e representam um elemento de instabilidade. Nós podemos resolver o problema, pelo menos em parte: dar trabalho ao maior número possível deles, e voltar o quanto antes. Entendeste?

— Creio que sim — respondeu Leptines.

— Nada de dúvidas, quero ter absoluta certeza: tu precisas fazer exatamente aquilo que eu disse. Estamos combinados?

— Fica tranqüilo. Já podes contar com os homens que estás pedindo.

— Não levarás cartas, seria arriscado demais. Falarás diretamente em meu nome. Tu és meu irmão: será como se eu mesmo estivesse lá.

— Certo — confirmou Leptines.

— Ótimo — concluiu Dionísio. — Filisto...

— Podes falar.

— A ti caberá uma missão igualmente delicada. Terás de partir esta mesma noite num navio de carga direto para Oeste. Desembarcarás num lugar protegido da costa e seguirás em frente cavalgando uma mula, para não chamar a atenção, chegando até a fronteira do território cartaginês... — Filisto ajeitou-se na cadeira mostrando uma certa apreensão, mas Dionísio fingiu que não viu e continuou: — Entrarás em contato com os mercenários campanos a serviço de Himilko que guarnecem a província cartaginesa e far-lhes-ás uma oferta...

— O quê? Estás esquecendo que não passam de animais selvagens? Que massacraram os habitantes de Selinunte e de Imera, feras sanguinárias que...

— São meras máquinas de guerra, não homens. Teriam feito o mesmo com os cartagineses, se estivessem trabalhando para nós. Já falamos a respeito e conheces a minha opinião. Agora, toma cuidado. Devem estar mortalmente aborrecidos na vigilância, não vendo a hora de entrar numa luta. Nós vamos lhes dar esta oportunidade. Ofereceremos aquilo que querem, mas traze-os para o nosso lado. Logo que levar a cabo a negociação, avisa-me e eu mandarei um oficial assumir o comando. Prepara-te a partir, então. Confiai em mim: sairemos desta arapuca e viraremos as cartas na mesa antes do fim do inverno.

— E se essas missões malograrem? — perguntou Héloris.

— Então lutarei até o fim, com tanto ânimo e tamanho vigor que quando for derrotado ninguém terá motivo de júbilo devido ao estrago e aos inúmeros mortos que terão de lamentar, queimar e sepultar nesta cidade. Nenhum de vós é obrigado a ficar comigo. Quem quiser partir, que faça logo, pois saberei resolver as coisas sozinho, principalmente se elas piorarem.

Filisto anuiu gravemente com a cabeça. Bem no fundo do peito achava que era tudo inútil, que acabariam morrendo, mas disse:

— Partirei o quanto antes. O tempo de juntar o dinheiro e arrumar um navio.

Leptines zarpou em três dias e Dionísio levou-o ao porto.

— Voltaste a ver aquele homem? — perguntou enquanto já subia na passarela para embarcar.

— Que homem?

— O que te pediu para seguir-me a caminho de Agrigento.

— Não, nunca mais vi.

— Quem achas que podia ser?

— Não faço idéia. Achei que tu conhecias, que armaras toda a história com ele. Na hora nem passou pela minha cabeça saber mais. Por que perguntas isto?

— Porque é um mistério que não consigo entender e eu nunca acreditei em mistérios: só problemas, problemas a serem resolvidos... Mas agora vai. Faz o que te pedi e faz direito. Desejo-te uma boa viagem.

Leptines pisou na passarela e então parou virando-se para trás.

— Mano...

— O que foi?

— Achas que realmente vamos sair dessa? Isto é, não seria melhor se...

— Que idéias são essas? Pára com isso, nem te atreves a pensar desse jeito!

— Acontece que tudo parece tão inútil...

Dionísio segurou-o pelos ombros.

— Ouve bem, por Heraclés, lembra-te de quando éramos meninos e os do bando da Ortígia encurralaram-nos no armazém do porto para nos bater?

— Claro que me lembro! — respondeu Leptines.

— E não foste tu, então, a dizer que não deveríamos ceder de jeito nenhum?

— É verdade...

— E como foi que acabou?

— Tu me botaste nos ombros e me empurraste através de uma clarabóia. Eu fui chamar reforços e...

— E o que achas que estamos fazendo agora?

Leptines sacudiu a cabeça.

— Pois é, mas receio que agora a situação seja um tanto diferente.

— É exatamente a mesma. Só mudaram as proporções e as posições. Quem manda na Ortígia agora somos nós... e ganharemos como ganhamos da outra vez. Demonstrarei que sou o homem destinado a guiar não só Siracusa mas todas as cidades gregas da Sicília e da Itália contra o seu mortal inimigo. Mas preciso saber que tu também acreditas nisto. Todo dia e toda noite que eu passar nessa fortaleza, inspecionando os passadiços e animando a tropa, precisarei ter certeza de que tu estás chegando com reforços. Que estarás chegando a qualquer momento, estás me entendendo? Então? O que me dizes?

— Ah, dane-se o mundo! — exclamou Leptines no mesmo jargão que usavam quando, ainda meninos, atacavam a pedradas com seu bando os adversários dos bairros nobres.

— Dane-se o mundo — respondeu Dionísio. — E agora, mexe-te. — Ele mesmo soltou as amarras: a trirreme deslizou para o meio da enseada, depois virou sobre si mesma, empurrada pelos remadores, e apontou a proa para o mar aberto.

Filisto partiu no dia seguinte com um pequeno cargueiro, levando na estiva moedas de prata suficientes para alistar cinco mil homens.

Bem em cima da hora, as frotas juntas de Messina e Régio apareceram logo a seguir posicionando os seus vasos de guerra e bloqueando o porto Pequeno e o porto Grande.

O exército chegou no dia seguinte e entrou pela porta de Catânia, acolhido por uma multidão festiva, e foi presidiar o istmo entre a cidade e a Ortígia.

Dionísio estava só. Héloris já não gozava da sua privacidade e os jovens oficiais da Companhia não tinham nem a experiência nem a capacidade para falar com ele de igual para igual. Percorria sem parar as salas escuras e os corredores da fortaleza, a qualquer hora, e descia amiúde até os armazéns do porto para controlar as reservas de mantimentos que diminuíam a olhos vistos, dia a dia, enquanto os sitiantes não davam um só momento de trégua e continuavam a lançar um ataque após o outro, da alvorada ao anoitecer.

Os mercenários começaram a desertar, primeiro um de cada vez, em seguida, em pequenos grupos. Dionísio, com a ajuda de Aksal, conseguiu pegar dois em flagrante. Mandou dar o toque de reunir, iluminou o pátio interno com dúzias de tochas e mandou crucificá-los diante da tropa perfilada. Mas já sabia que não poderia segurá-los por muito mais tempo com o terror, que bastaria uma coisa de nada para o seu exército se dissolver. E então iriam destruí-lo. Ele, o tirano, iria ser morto e arrastado para fora pelos pés como dissera Héloris, abatido e cortado como um animal, exposto ao escárnio, abandonado sem sepultura, à mercê dos cães e dos corvos...

Certa noite, passeando ao longo da muralha do istmo envolvido numa pesada capa de lã, pareceu-lhe ver um homem corpulento e careca que caminhava apressado na direção do porto e estremeceu.

— Tu aí! — gritou. — Pára!

Mas o homem seguiu em frente como se não fosse com ele e desapareceu na escuridão. Sumiu como se nunca tivesse existido. Dionísio achou que talvez estivesse vendo coisas, que o cansaço, a tensão e a insônia estivessem envenenando a sua mente. Lembrou Aretes e Telias, Dorisco e todas as pessoas às quais quisera bem. Todos mortos. E agora talvez fosse a sua vez. Também lembrou a jovem selvagem que talvez tivesse voltado ao seu abrigo nas montanhas, na nascente do Anapo, e que na certa nem se lembrava dele. Quem sabe perdera o rumo na volta, podia ter sido capturada, vendida como escrava...

Meras divagações, fugas de uma realidade cada vez mais adversa e difícil que era preciso encarar sem ilusões. Os cavaleiros do outro lado da muralha continuavam a presidiar o istmo, certos de que agora era apenas uma questão de tempo... tempo que passava sem que nada de novo acontecesse. Tempo que já estava lhe faltando, dia após dia, hora após hora...

Certa manhã, ao alvorecer, recebeu de Filisto uma mensagem presa à haste de uma flecha. Reconheceu-a logo pela escrita, pelas volutas dos "gamas" e dos "sigmas". Começava assim: "Precisas negociar a rendição com os cavaleiros..." Já ia rasgando-a mas continuou lendo, cada vez mais interessado naquele plano doido... totalmente louco. E mesmo assim... bem que poderia funcionar. O que tinha a perder, afinal? Convocou um arauto e enviou-o com uma proposta para os cavaleiros.

— Dirás que estou pronto a negociar a minha rendição.

— A vossa rendição, *hegemón*? Entendi direito?

— Entendeste direito: irás negociar a rendição. Dirás que estou disposto a deixar a cidade, que só peço cinco navios e uma escolta de quinhentos homens. Nenhuma inspeção a bordo.

— Farei isto, *hegemón* — respondeu o arauto.

Fez com que lhe abrissem as portas e saiu com as insígnias de paz dirigindo-se ao posto de guarda no istmo. Um oficial de plantão foi ao seu encontro e logo a seguir levou-o diante dos seus chefes.

Teve então início a negociação que iria se prolongar por vários dias, com o cansaço que naquela altura já começava a aparecer também entre o sitiantes. O clima não ajudava em nada: chovia bastante e certa noite houve até uma borrifada de neve. A exaustão, as baixas e os padecimentos daquele longo cerco iam lentamente espalhando graves tensões e desentendimentos entre os membros do alto comando. A autoritária altivez dos cavaleiros tornava-se cada vez mais insuportável para os demais oficiais — que tinham sua origem na classe média dos pequenos proprietários de terra, dos mercadores e dos empreiteiros do porto —, tanto assim que certo dia foram se apresentar diante de Nikóteles, o comandante coríntio, para pedir que os dispensassem, afirmando que a cavalaria só tinha utilidade em campo aberto e que poderiam chamá-los de volta quando fosse necessário.

Nikóteles que, forçado havia algum tempo à imobilidade, recomeçara a beber, sem qualquer cerimônia, repassou aos cavaleiros a opinião dos outros oficiais siracusanos. Os fidalgos, ofendidos, saíram furiosos diante daquela afronta e retomaram o caminho de Etna. Os oficiais que ficaram, embora mantendo uma posição intransigente nas negociações, já estavam convencidos de que Dionísio iria desistir da luta e começaram a relaxar na segurança, ainda mais porque o estrategista mandado pela Metrópole não era certamente um bom exemplo de disciplina e temperança.

Na última lua do inverno muitos hoplitas pediram licença para cuidar dos campos e preparar a semeadura e o seu pedido foi aceito. O istmo era tão estreito que não eram necessários muitos homens para presidiá-lo.

Era justamente o que Dionísio estava esperando. Na manhã seguinte mandou sair do porto, num barquinho, um dos seus homens disfarçado de pescador. Os marujos de Régio e Messina, depois de revistar a pequena embarcação, deixaram-no passar, e ele deu toda a volta do promontório Plemírion até chegar a uma enseada na costa sul. Dirigiu-se então a uma fazenda e falou com o dono, um criador de gado, que saltou sobre um cavalo e desapareceu rumo ao Norte.

Antes do entardecer Filisto já sabia que o istmo estava praticamente desguarnecido e que a porta ocidental da cidade continuava aberta todos os dias até o pôr-do-sol. Também soube que, segundo fontes confiáveis, era justamente naquele horário que Nikóteles sofria mais vistosamente os efeitos do vinho.

Filisto convocou o comandante dos mercenários campanos, um degolador meio etrusco e meio napolitano com o olho esquerdo coberto por uma tira de couro, e ele entrou logo em ação. Aconselhado por Filisto, deixou todos os carros de transporte e os utensílios numa pequena aldeia do interior e avançou a toda velocidade com a cavalaria.

Irrompeu pela porta norte completamente inesperado e atravessou a cidade a galope investindo contra a linha de sítio no istmo com tamanha violência que a maioria dos adversários acabou sendo jogada ao mar. Nikóteles foi encontrado nos seus aposentos com a garganta cortada e nunca se soube quem foi o responsável pelo crime.

Filisto encontrou-se pessoalmente com Dionísio no pátio da fortaleza.

— Correu tudo conforme tu previste — disse abraçando-o. — Incrível, não achas?

— Incrível? — respondeu Dionísio. — Eu nunca tive dúvidas.

— Eu tive — disse Filisto.

— Sei, dava para ler no teu rosto... Notícias de Leptines?

— Deve estar de volta a qualquer hora.

— Não vai ser fácil forçar o bloqueio naval.

Filisto sorriu.

— Não creio. Pelo que sei está voltando com o próprio Lisandro.

— O quê?

— Se as minhas fontes estiverem certas, é isto mesmo. Aquele danado conseguiu. Lisandro está a caminho para negociar um acordo contigo. E traz consigo uns mil mercenários, todos do Peloponeso, os melhores. Não creio portanto que as frotas de Régio e Messina estejam dispostas a desafiar o poder de Esparta. Estamos novamente com a situação sob controle, meu amigo. Vencemos.

— Venci, venci! — repetiu Dionísio, quase ainda sem poder acreditar naquelas palavras. Tomado por irrefreável entusiasmo jogou a capa no chão e saiu correndo escadas acima até alcançar a torre mais alta da fortaleza.

Fez então ressoar de lá as mesmas palavras a plenos pulmões, com um grito agudo como o de um gavião e trovejante como o de Aquiles nas portas de Tróia.

Calou-se afinal, arquejando. Olhou o céu que ficava escuro com a chegada da noite e a cidade que emudecia, estupefata, aos seus pés.

# XIX

A pequena esquadra de Lisandro e os três navios de Leptines chegaram alguns dias depois e entraram na enseada sem qualquer problema, pois as frotas de Régio e de Messina já haviam levantado âncora. Ninguém estava a fim de enfrentar os espartanos, mesmo que eles fossem poucos, mesmo que se tratasse de um só, principalmente em se tratando do vencedor da grande guerra.

Dionísio foi recebê-los no cais. O primeiro a desembarcar foi Leptines, que logo adiantou-se para abraçá-lo.

— Até que enfim chegaste! — exclamou Dionísio. — Se fosse esperar por ti, nessa altura já estaria morto e enterrado.

— Agi o mais rápido possível, mas não foi tão simples quanto parecia. E além do mais sabia que de alguma forma tu irias encontrar uma saída.

— Foi por pouco, por muito pouco... O que me dizes dele?

— De Lisandro? Nem perguntes: ninguém consegue entender o que se passa na cabeça dele. É... como dizer? Escorregadio. Um grande comandante, sem a menor dúvida, mas com um caráter que nada tem a ver com o de um soldado.

— Um bastardo.

— Isso mesmo.

— Então vamos nos entender.

— Lá está ele. Está desembarcando agora.

Lisandro vinha descendo naquele momento pela passarela da trirreme. Tinha em torno de sessenta anos, cabelos grisalhos, olhos cinzentos esverdeados, mais cinzas que verdes, meio calvo mas de farta juba na nuca, à moda espartana. Estava desarmado e vestido à paisana, mas ostentava no dedo um anel vistoso demais para um espartano: devia ser uma lembrança das suas peregrinações pela Ásia e demonstrava que na sua própria terra ele era bastante forte para desafiar as iras dos éforos, os rígidos defensores dos costumes de Esparta.

— *Hegemón*... — cumprimentou-o Dionísio. — Seja bem-vindo a Siracusa.

— *Hegemón* — respondeu Lisandro. — Fico feliz em conhecer-te.

Dionísio gostou daquele título que o outro lhe reconhecia, era uma espécie de legitimação, sinal de que o seu poder já havia sido reconhecido e aceito em Esparta. Abriu então caminho para a fortaleza onde iria ser servido o jantar. Aksal, naquela altura já parecendo um perfeito guerreiro grego, escoltava-o armado até os dentes; Lisandro, por sua vez, caminhava sem qualquer escolta. Evidentemente julgava-se tão poderoso que podia dispensá-la.

Dionísio mandou um serviçal levá-lo aos aposentos que lhe haviam sido reservados, no caso de o hóspede querer refrescar-se e trocar de roupa, mas viu-o chegar usando os mesmos trajes que vestia no navio. Fê-lo sentar à cabeceira da mesa e acomodou-se diante dele, na outra ponta. Leptines ajeitou-se no lado comprido, bem no meio entre os dois. Não havia assentos estofados nem, propriamente, uma mesa: apenas uma espessa tábua de carvalho aplainada cercada por toscos bancos.

— Está parecendo Esparta — comentou logo Lisandro, e não deu para entender se o seu tom era de aprovação ou de decepção.

— Somos pessoas simples — respondeu Dionísio — e levamos uma vida sóbria. Na verdade, porém, devo admitir que a sua sopa negra é demais até para nós. Mandei preparar pescado — e indicou uma bandeja que estava sendo trazida naquele momento junto com pão e uma vasilha de água quente para limpar os dedos.

— É assim que deve ser com verdadeiros soldados — respondeu Lisandro, e mais uma vez não deu para entender se o tom era de elogio ou sarcasmo.

"Que desgraçado" pensou Dionísio em seu íntimo. Em seguida, achando que já estava na hora de acabar com as amenidades, foi direto ao assunto.

— Seria para mim extremamente proveitoso conhecer os motivos da tua presença aqui, em Siracusa.

Lisandro olhou-o fixamente, assumindo de repente uma expressão séria, quase fria.

— Esparta ganhou esta guerra mas não há motivos para rejubilar-se. Tivemos muitas baixas e sofremos grandes prejuízos, como aliás os nossos aliados. Agora implantamos guarnições em todas as cidades da antiga liga ateniense, sob o comando de oficiais nossos que também têm poderes políticos, mas sabemos muito bem que não será nada fácil manter esta situação. Os persas só nos ajudaram porque Atenas sempre foi um perigo para eles: poderiam mudar de política a qualquer momento. Precisamos portanto do maior número possível de amigos e aliados. Esparta sempre foi amiga de Siracusa e, aliás, talvez deva a Siracusa a sua vitória final. Foi de fato sob estas muralhas que o poder ateniense ficou irreversivelmente enfraquecido... E por outro lado vós não ireis conseguir vencer sem a nossa ajuda.

— Certo, mas... — respondeu Dionísio num tom propositalmente baixo — aqui não se trata de Siracusa, quem a representa agora... sou eu.

Lisandro esboçou uma careta que talvez parecesse um sorriso.

— Vou ser claro contigo, *hegemón*, tratar com um só homem é muito mais fácil do que tratar com uma Assembléia. Estás me entendendo?

— Perfeitamente. E estou de acordo, isto é óbvio. O meu irmão disse-me que nos será permitido alistar mercenários no Peloponeso e que o primeiro contingente já está para chegar.

— Isso mesmo, mas a iniciativa é só vossa. Nós nada temos a ver com o assunto. Preferimos ficar alheios.

— Eu entendo — respondeu Dionísio. — E não peço mais do que isso.

— Nós te estamos ajudando a manter o poder porque, nesse momento, o assunto é do nosso interesse recíproco. Espero que esteja claro.

— Claríssimo.

— Se porventura a situação mudar...

— Terei de agir sozinho.

— Exatamente.

— E o que devo fazer para que a situação não mude?

— Encarrega-te da Sicília.

— É o que farei.

Lisandro suspirou fundo, como se de repente sentisse todo o cansaço da viagem.

— Talvez desejes recolher-te — disse Dionísio.

— Sim, daqui a pouco — respondeu o espartano. O seu olhar demorou-se em Aksal que, imóvel atrás do amo, parecia um gigante encostado na parede. Estava armado à maneira grega, com couraça e caneleiras, mas mantivera o colar e os bigodes, dos quais fora impossível privá-lo.

— Quem é? — perguntou.

— O meu guarda-costas.

— E de onde vem? Poderia ser um trácio, mas é grande demais.

— É um celta. Comprei-o no mercado.

— Um celta? E são todos assim?

— Diz que os irmãos dele são ainda maiores.

— Ouvi dizer que moram nas margens do Oceano setentrional e que, quando a maré invade as suas aldeias na costa, entram na água e enfrentam as ondas com os escudos como que tentando repeli-las... Devem confiar muito em seu vigor. Se algum dia se derem conta da beleza e da riqueza das nossas terras, tornar-se-ão um problema e tanto. Difícil de ser controlado... — Avaliou-o de novo. — Por Zeus, parece um titã! Será que tem algum ponto fraco?

— Tem sim, o sol. Não agüenta ficar no sol, fica todo vermelho. Os meus médicos, no entanto, descobriram uma mistura de azeite e óleo de nozes que evita as queimaduras.

— Interessante — comentou Lisandro, baixinho —, realmente interessante... O teu peixe estava muito bom. E agora, se me deres licença, irei descansar. Os excessos da guerra enfraqueceram-me. Já não sou o mesmo de antes.

Um criado veio buscar o prato vazio, que revelava agora o desenho de um peixe no fundo, outro acompanhou o hóspede ao quarto de dormir. Dionísio fez um sinal a Aksal e ele também foi embora.

Só ficou Leptines, que até então nada dissera.

— Eu diria que tudo correu bastante bem, não achas? Foi bem claro. Disse que...

— Não disse absolutamente nada — interrompeu-o Dionísio. — Só veio aqui para ver que tipo de homem eu sou.

— E achas que agora sabe?
— Creio que sim.
— E está interessado numa aliança conosco.
— Nada disso.
— E então?
— Só está querendo uma coisa: enfraquecer Corinto, que é uma aliada poderosa e rebelde demais. Corinto saiu-se muito mal dessa aventura na Sicília, e é justamente o que Esparta queria. Só isto. E então, se também os livrarmos de um bom número de soldados desempregados alistando-os no nosso exército, melhor ainda. Afinal de contas os espartanos são pessoas que não amam os imprevistos e as aventuras, e muito menos a guerra, aliás, como sempre acontece com os verdadeiros soldados. Lisandro só veio para ver se está tudo sob controle e descobrir se por acaso eu tenho alguma idéia estranha na cabeça. Tu verás, não levará muito tempo para ir embora.

Partiu de fato três dias depois e nunca mais voltou a pisar em solo siciliano.

Dionísio dedicou-se então ao preparo do seu verdadeiro plano: aniquilar os cartagineses na Sicília e vingar os massacres de Selinunte, Imera, Agrigento e Gela. A fim de criar as condições para levar adiante a façanha, dirigiu nos três anos seguintes toda uma série de campanhas seja com milícias locais, seja com tropas mercenárias.

Conquistou Etna, o covil dos cavaleiros, os seus mais acirrados adversários, e não deixou pedra sobre pedra. Dali continuou avançando para o interior a fim de subjugar os sículos, ocupou Herbita, subiu pelas montanhas e atravessou os bosques no meio da ilha até alcançar Hena.

Havia ali o santuário de Deméter e Perséfone, a jovem que acabou casando com Hades, o deus mais venerado de toda a Sicília. A virgem havia sido raptada justamente naqueles declives, enquanto brincava com as companheiras, e levada ao tétrico mundo das sombras, à esquálida morada dos mortos.

Era um lugar que todos evitavam, até os pastores, onde se abria um antro que comunicava com o além. Era a caverna na qual o carro de Hades, puxado por flamejantes garanhões negros, desaparecera no abismo levando consigo Perséfone. E por ali descera Orfeu em busca de Eurídice, a esposa adorada. Com seu canto comovera a senhora do reino sombrio, a linda mas estéril Perséfone. E ficara estabelecido um trato: Eurídice iria voltar ao reino dos vivos, seguindo a um passo de distância de Orfeu, desde que ele, o sublime poeta, nunca olhasse para trás até voltarem à superfície, em plena luz do sol. Se ele se virasse, a mulher iria desaparecer para sempre.

Orfeu começou portanto a subir, imaginando atrás de si o passo da amada, leve demais para ser ouvido, e procurava reparar na respiração fria dela em cima dos seus ombros, pensando que o sol iria afinal aquecê-lo e que aqueles lábios exangues voltariam a ter a cor da romã. Sonhava com a úmida beleza daquela boca que iria abrir-se como botão aos seus beijos... Mas não conseguia acreditar, a suspeita de um engano ficava cada vez mais presente nele, até que, quando já podia vislumbrar um sutil palor, virou-se para trás.

E viu-a, maravilhosa e comovida, por um instante, para então só ouvir o seu grito apavorado na hora de ser sugada de volta ao Ínfero.

Apesar de todos tentarem dissuadi-lo, Dionísio quis chegar ao lugar para ser iniciado nos mistérios, tomando o líquido vermelho cuja origem só os sacerdotes conheciam. Leptines foi com ele, assim como Teseu acompanhara Piritoos, mas ao chegar a alguns passos da gruta ele, que não tinha medo de coisa alguma, que havia enfrentado toda chacina e massacre com coração inconsciente, empalideceu e ficou tomado por suores frios.

— Pára — foi a única coisa que conseguiu dizer. — Não vá. Nada existe lá embaixo, nada que mereça ser visto.

Mas Dionísio não lhe deu ouvidos, e avançou sozinho até a entrada da gruta. Já entardecia e as sombras começavam a alongar-se no planalto. Etéreas línguas de neblina deslizavam fora dos bosques como dedos esguios a encobrir a verde luz da relva.

Começou a descer no silêncio e na solidão rumo ao local onde diziam que uma vez por ano, no equinócio da primavera, aparecia o rosto pálido de Perséfone que vinha visitar a Mãe.

Ele, que em nada acreditava, acreditou que Aretes pudesse vê-lo da sua triste morada. Acreditou que pudesse ouvi-lo quando começou a invocar o seu nome com gritos cada vez mais altos, tão desesperados que a caverna inteira com eles ressoava.

Prostrou-se afinal, dolorido, quase sem força, e sentiu-se tomado por um estranho e sutil esgotamento, uma vaga sensação de frio que conquistava devagar o seu corpo a partir das extremidades. Seria este o beijo de Aretes? A sua maneira de aproximar-se, de mostrar a sua presença? Ele não tinha o dom de Orfeu e nunca conseguiria comover Perséfone e Hades envolvido em sombras, mas pensou mesmo assim numa canção, no canto melodioso daquela antiga seresta, no hino do cantor de Agrigento de que ela tanto gostara e que chegara a encher de doçura o seu coração na noite em que se casaram. Ora, por que não pensara nisto antes? Por que não mandara buscar o excelente cantor, tão experiente no uso da lira, para que a música chegasse até ela através daquela estreita abertura?

Sentia-se tomado por um sono frio, esquecia de respirar como se já não fosse importante, e a sua mente ficou entregue aos devaneios: Aretes assumia a aparência da jovem selvagem que o amara na nascente do Anapo, tinha os mesmos olhos e a mesma pele, o mesmo sabor dos lábios.

O coração disparou e lá estava ela!

A jovem selvagem estava diante dele, vestindo uma roupagem estupenda, um peplo maravilhosamente leve e transparente como o que as virgens da Ortígia ofereciam todo ano à deusa no templo da acrópole. Os cabelos estavam atados na nuca, presos com uma fita rubra como sangue. Os lábios eram vermelhos, úmidos, e os olhos profundos como a noite. Que transformação maravilhosa! Nunca seria possível, se ela não fosse uma criatura do outro mundo! Sentiu-se perdido entre os seus braços, frio como nunca lhe acontecera antes na vida, e ao mesmo tempo em chamas. E pela primeira vez após tanto tempo ouviu-a falar, e a voz dela chamava-o finalmente pelo nome.

— Leva-me contigo, se tu não puderes voltar — disse-lhe, e ouviu ecoar dentro de si aquelas palavras como se só as tivesse pensado, e não dito, como se tivessem sido proferidas pelo homem que gostaria de ser e que já não era. Em seguida o rosto e o corpo dela sumiram nas sombras. O seu peplo pairou como névoa no ar do entardecer.

Acordou na calada da noite num lugar silencioso ao lado de uma fogueira crepitante. Abriu os olhos e viu o rosto de Leptines.

— Eu a vi. Não tenho a menor dúvida de que era ela. Sempre soube, mas desta vez ela quis me dar a certeza.

Leptines não respondeu. Ajudou-o a sentar-se e ficou um bom tempo massageando-lhe os ombros, o pescoço e os braços até ele recuperar a cor e o calor. Então disse:

— Vamos embora. As estrelas que te protegem já estão se pondo.

Depois de conseguir a submissão dos sículos, assim como muitos anos antes já tinha feito Guélon, o vencedor dos cartagineses em Imera, Dionísio dirigiu a sua atenção para as colônias calcídicas de Naxos, Catânia e Leontinos. Estava firmemente convencido de que os gregos sicilianos deviam formar uma só e grande coalizão contra o seu inimigo natural, esquecendo as discórdias internas. Sabendo, no entanto, que aquilo era impossível, decidira alcançar o mesmo resultado através da força, assim como fizera em sua própria cidade. Convocou Filisto e disse-lhe:

— Não quero massacres agora que estamos prestes a levar a cabo um grande empreendimento pan-helênico. Quero que essas cidades caiam por traição.

Filisto, já acostumado com quase tudo, fitou-o pasmo:

— O que estás dizendo?

— Não concordas?

— A traição é uma ação indigna tanto para quem a cumpre quanto para quem a solicita.

— Nunca vais parar de surpreender-me, meu bom amigo: continuas cultivando na alma inúteis conceitos éticos baseados nas idéias daquele velho sofista de nariz achatado e olhos porcinos que anda enchendo de mentiras a cabeça da juventude ateniense.

— Sócrates não é um sofista.

— Claro que sim. Não são dele as palavras: "O verdadeiro sábio é aquele que sabe que não sabe"? E não é este o mais enganoso e ao mesmo tempo o mais sutil dos sofismas? O velho bastardo não só está convencido de ser um sábio, como também de ser um grande esperto.

— Diz-me o que queres — disse seco Filisto.

— Todos os homens têm um preço. Descobre quem são os mais acessíveis em Catânia e Naxos, paga o que quiserem e faz com que te entreguem as cidades. Mais tarde irão nos agradecer. Alguns homens, para trair, precisam de desculpas, de justificativas que os façam sentir menos abjetos do que são. Sugere-lhes as mais oportunas. A causa pan-helênica, por exemplo, parece-me ótima. Quanto ao dinheiro, apresenta-o como uma espécie de indenização, uma oferta propiciatória para os deuses, uma herança fundamentada num antigo pacto de hospitalidade, o que tu quiseres, em resumo... Dir-me-ás no fim quanto custou. Nada de sangue, Filisto, se for possível.

Dentro de um mês Arcesilau entregou-lhe sem qualquer resistência a Catânia e Procles fez o mesmo com Naxos, a mais antiga colônia dos gregos na Itália, tão antiga que a estátua do "Fundador", no porto, ficara tão gasta pelo vento e a maresia que se tornara irreconhecível.

Leontinos, naquela altura sozinha, também achou por bem entregar-se e Dionísio decidiu transferir todos os seus habitantes para Siracusa.

No ano seguinte, Régio e Messina, elas também colônias calcídicas, achando que iriam ser as próximas da lista, armaram uma frota e um exército que marchou para o sul para travar combate com o de Dionísio. Leptines propôs enfrentá-los em campo aberto para acabar com eles de uma vez por todas, cortando o mal pela raiz, mas Dionísio deteve-o bem em cima da hora e convocou mais uma vez Filisto.

— Achas que também pode funcionar com um exército?

Filisto deu de ombros.

— Não banques o difícil. Pode ou não pode funcionar?

— Acho que sim.

— Então prossegue. Daqui a um ano aqueles guerreiros talvez estejam marchando ao nosso lado contra a província cartaginesa. Não quero que morram, e tampouco quero que morram os nossos. Agora dize-me: se por acaso funcionar, achas mais ética a minha ação, que se baseia na corrupção, ou aquilo que propõe o teu filósofo, que se baseia no rigor moral?

— Não creio que essa seja a maneira certa de pensar — objetou Filisto. — Quer dizer, a questão já é apresentada de forma enganosa desde o começo. Partindo de pressupostos errados, não há dúvida...

Dionísio sacudiu a cabeça.

— Ah, os filósofos! Fujo deles como da sujeira dos cães na rua.

Filisto suspirou.

— Já estás pensando em alguém em particular ou terei de descobrir eu mesmo?

Dionísio entregou-lhe um papel com alguns nomes escritos a carvão e, depois de Filisto ler, passou o polegar em cima até enegrecê-los e torná-los ilegíveis. Então, quando o seu conselheiro já ia embora, acrescentou:

— Já está na hora da semeadura. O teu trabalho vai ser mais fácil.

Filisto voltou aos seus aposentos para convocar os agentes que operavam ao seu serviço. Dentro de três dias, com poucas horas de intervalo um do outro, tanto no exército de Régio quanto no de Messina dois altos oficiais membros do estado-maior pediram a convocação da Assembléia do exército e falaram tão veementemente a favor da cessação das hostilidades, denunciando a insensatez dos respectivos comandantes, que na hora do voto a moção que propunha a volta imediata das tropas conseguiu uma esmagadora maioria.

Dionísio exultou. Ele era agora o comandante supremo da sua cidade e muito em breve também chefiaria a nação. Voltou a Siracusa cercado por uma multidão em delírio e logo a seguir convocou mais uma vez Leptines, Filisto e mais alguns amigos da Companhia. O velho Héloris já havia sido marginalizado pelos jovens oficiais e naquela altura deixara de participar das reuniões na fortaleza da Ortígia.

— Está na hora de eu me casar — anunciou.

Filisto e os demais entreolharam-se surpresos sem saber o que responder. Tinham todos a mesma expressão atônita e portanto nenhum deles estava a par da notícia.

— Quem é ela? — perguntou Filisto.

— Acho melhor dizer "quem são elas" — retrucou Dionísio.

— Elas? Como assim?

— Tenciono casar com duas.

Leptines riu baixinho, assim como os outros amigos.

Filisto ficou de pé.

— Do que estás rindo? A meu ver isto não passa de uma loucura. Não faz sentido! Se estás tão ansioso, não te faltam certamente oportunidades para desabafar.

— Tu não estás entendendo. O meu casamento duplo terá um sentido simbólico...

— Ouve bem — interrompeu Filisto. — De um jeito ou de outro, até agora o povo esteve ao teu lado. Afinal de contas estimam-te pelos teus dotes de inteligência e determinação, pelo teu passado de heróico combatente, mas se começares a tomar decisões desse tipo vão acabar rindo de ti, vão considerar-te apenas um personagem de comédia.

Leptines e os demais voltaram a sorrir.

Dionísio deu um murro na mesa gritando:

— Já basta!

Todos emudeceram.

— Se quiséreis saber por que tenciono casar com duas mulheres no mesmo dia, então direi. Do contrário, farei do mesmo jeito, mas o primeiro que ousar dar um risinho desses nem vai ter tempo para se arrepender. Fui bastante claro?

Filisto pediu vênia.

— Não era minha intenção ofender, mas continuo da mesma opinião: é uma coisa errada. Devo admitir, contudo, que estou curioso para conhecer os teus motivos.

Dionísio acalmou-se.

— Casar-me-ei com duas jovens: uma siciliana e outra italiana, para simbolizar a minha condição de chefe e capitão de ambas as terras. A moça siciliana, obviamente, terá de ser daqui, de Siracusa. Quanto à italiana, estava pensando em alguém de Régio, só para fazer um gesto de amizade. Deve haver sem dúvida alguma lindas virgens por lá, jovens de boa família. Tu, Leptines, irás pedir a mão da siracusana, enquanto tu, Filisto, irás fazer o mesmo com a italiana de Régio.

Leptines levantou a mão.

— Posso fazer uma pergunta?

— Só se não for idiota.

— Depende do ponto de vista.

— Então fala logo e pára de me aborrecer.

— Vamos dizer que elas se entendam e aceitem partilhar-te entre si. Como tencionas levar adiante a coisa no âmbito particular? Quer dizer, vais mandar fazer uma cama tripla? E com quem vais te deitar primeiro, com a italiana ou...

Dionísio desferiu um murro bem no meio da sua cara fazendo-o rolar no chão. Em seguida saiu batendo a porta.

— Acho que tu realmente pediste — disse Filisto ajudando-o a levantar-se.

# XX

Os habitantes de Régio reuniram-se em Assembléia e debateram por um bom tempo a possibilidade de Dionísio casar com uma das suas filhas enquanto Filisto, que levara o pedido oficial, esperava pacientemente.

Havia divergência de opiniões: uns salientavam a importância de ter um aliado poderoso como o tirano de Siracusa, outros achavam que, ao contrário era bastante perigoso, justamente por tratar-se de um tirano e um aventureiro e, no caso de ser derrubado, arrastaria à ruína e à desgraça todos os que fizessem parte da sua família. E além do mais o que acontecera com Naxos e Catânia havia sido horrível, e afinal de contas tratava-se de calcídicos como eles, pessoas que num passado distante tinham vindo da Metrópole Cálcis, na Eubéia.

Mais outros estavam apenas escandalizados com a proposta, que consideravam desaforada e impudente, e sugeriam mandar-lhe uma prostituta como noiva para fazer-lhe entender a consideração que tinham por ele. Afinal prevaleceu a opinião mais moderada: insistir numa recusa que no entanto não soasse como uma ofensa.

Filisto, no caminho de volta, não se sentia nem um pouco à vontade em pensar que deveria relatar a tal recusa a Dionísio, o que certamente não iria agradá-lo. Quando foi recebido reparou com alívio que Leptines também estava presente, sinal que os dois irmãos haviam feito as pazes e que a briga tinha acabado.

Dionísio não pareceu particularmente desapontado. Limitou-se a dizer:

— Vão se arrepender.

— Sinto muito — acrescentou Filisto.

— Tu não tens culpa. Tenho certeza de que fizeste o possível... Disseste que também iria casar-me com outra jovem?

— Disse, não tinha escolha.

— É verdade, realmente não tinhas.

— Tu tens certeza de que não podes contentar-te com uma só mulher? Há tantas jovens que poderiam satisfazer-te... afinal és o homem mais poderoso a Oeste do golfo jônico.

— Isso não vem ao caso. Tomei uma decisão e eu nunca volto atrás, tu sabes disso. Quero duas esposas: uma italiana e outra siracusana. Terás de partir de novo o quanto antes.

— Para onde?

— Locre. O que se diz de Locre?

— Pois é: a cidade das mulheres...

— Sempre foram nossos amigos. Irão aceitar, tu vais ver.

— Assim espero. E se me oferecerem uma escolha? Qual seria o tipo da tua preferência?

— Loura, morena? — sugeriu Leptines.

Dionísio baixou a cabeça e disse para si mesmo: "Aretes...", então levantou os olhos e encarou Filisto com uma estranha expressão.

— Morena... isso mesmo, prefiro morena...

— Só isto? Acredito que os locrenses apresentar-me-ão moças das melhores famílias...

— Longas pernas com quadris bem desenhados, belos seios... — acrescentou Dionísio. — Tenho de explicar tudo? Mas afinal não faz diferença, basta que seja de nobre estirpe e traga um dote apropriado.

— Obviamente — assentiu Filisto.

— Partirás dentro de exatamente vinte dias.

— Vinte dias? Por quê? O que vai acontecer daqui a vinte dias?

— Acontece que uma coisa levará este tempo para ficar pronta... Venha, quero que tu mesmo vejas   e saíram.

— Um presente? Algo especial? — perguntava Filisto acompanhando-o escadas abaixo com Leptines e o infalível Aksal.

— Espera e verás.

Dionísio dirigiu-se com passo decidido para a entrada do estaleiro enquanto Filisto tentava entender, pela expressão de Leptines, o que iriam mostrar-lhe naquele lugar tão barulhento e cheio de fumaça. Chegaram diante de uma área cercada por uma paliçada e vigiada por homens armados. Dois deles abriram um portão e deixaram-nos entrar. Filisto ficou de queixo caído, pasmo.

— Uma pentera — disse Dionísio sorrindo e apontando para o formidável vaso de guerra apoiado nos suportes no meio do estaleiro e quase pronto para o lançamento.

— Uma pentera? O que significa? — perguntou Filisto.

— Significa um navio com cinco ordens, isto é, com cem remadores a mais do que uma trirreme, um rostro com três cúspides de ferro de vinte talentos, duas vezes mais pesado do que os usados até agora. Bonito barco, não? Eu mesmo desenhei.

— É o maior vaso de guerra já construído no mundo — comentou Leptines. — Chama-se *Boubaris*.

— E será com ele que tu irás buscar em Locre a minha noiva — acrescentou Dionísio caminhando ao longo da amurada do poderoso navio. — Imagina só o espanto das pessoas ao vê-lo entrar no porto, com a estátua da proa ornada de prata e de ouro, o esvoaçar dos estandartes. Já pensaste no que vão começar a comentar, nos comentários dos marujos que irão correr de porto em porto agigantando-se cada vez mais, no espanto, na maravilha? E imagina então a sua volta: já está tudo combinado. Logo que o *Boubaris* for avistado, um carro puxado por quatro cavalos brancos partirá da casa da minha noiva siracusana. E no momento preciso em que a jovem desembarcar do navio, aqui no cais, do lado oposto do palácio chegará a outra em sua esplêndida quadriga...

Filisto soltou um longo suspiro.

— Uma cerimônia e tanto, não há como negar.

— E há mais — acrescentou Dionísio levando o hóspede para uma plataforma de onde podiam dominar quase todo o estaleiro. — Vê, mais vinte e nove unidades como esta estão sendo construídas.

— Por todos os deuses... — exclamou Filisto já sem palavras ao deixar o olhar correr pela fileira de gigantescos vasos em volta dos quais atarefavam-se centenas de mestres carpinteiros, calafates, armeiros, ferreiros.

— E não é só isso — continuou Dionísio. — Ainda há muitas outras maravilhas. Segue-me.

Desceu da plataforma e dirigiu-se para um canto meio escondido do palácio, onde se abria um postigo que dava para um dos pátios internos.

Filisto acompanhava-o tentando não ficar para trás e, enquanto isto, conversava com Leptines.

— *Boubaris*... é um nome bastante estranho... Onde o foram buscar?

— Eu mesmo sugeri — respondeu Leptines. — Sabes como é, quando meninos tínhamos no quintal um ganso tão grande e pesado que lhe demos o nome de "*Boubaris*" , "pesado-como-um-boi".

— Um ganso... — disse Filisto meneando a cabeça. — Um ganso gordo... quem diria!

Entraram no pátio e Filisto ficou ainda mais transtornado e maravilhado: três máquinas gigantescas já estavam montadas bem no meio da esplanada e em volta de cada uma delas debruçavam-se uns dez artilheiros. Alguns movimentavam os braços de um guindaste ligado à corda de um imenso arco para que ficasse retesado. Em seguida, depois de um seco comando do chefe do grupo, soltaram a trava e a corda arremessou com violência o pesado dardo de ferro maciço que, com baque surdo, foi cravar-se numa espessa tábua com a largura de dez polegadas, trespassando-a de um lado para o outro.

— Decidimos chamá-la de "balista". Se for apontada contra uma unidade de infantaria faz um grande estrago, e se acertar o flanco de um navio consegue furá-lo de uma distância de cem pés, até debaixo da linha de flutuação. E então vê aquilo. — Apontou para uma máquina cujo longo braço acabava com uma colher que acomodava uma pedra de umas cem libras. Um conjunto de polias esticava-a até o limite de ruptura para então soltá-lo de repente. O pedregulho foi lançado contra uma parede de pedra vulcânica que voou em pedaços. — A esta aqui, por sua vez, demos o nome de "catapulta".

— E tudo isto foi idéia tua? — perguntou Filisto quase incrédulo.

— Foi — respondeu Dionísio. — Fiquei trabalhando noite e dia, primeiro nos desenhos, depois nos modelos em escala montados pelos arquitetos, e finalmente com as máquinas prontas que agora podes ver. Funcionam perfeitamente. Estamos construindo umas cinqüenta peças. Os aríetes de Himilko vão parecer uns brinquedos, comparados com elas!

— Estás te preparando para a guerra — disse Filisto.

— Isso mesmo. Poderei afinal escorraçar os cartagineses de toda a Sicília. Reunirei sob o meu estandarte os sobreviventes de Selinunte, Agrigento, Imera e Gela, juntarei mercenários de todos os países e marcharei até Mótya e Palermo.

— Incrível... — murmurou Filisto ainda sem tirar os olhos das engrenagens que esticavam as balistas com sinistros rangidos.

— Isso não é nada — interveio Leptines. — Se não estiveres cansado demais, dá uma volta pela cidade: não vais acreditar em teus próprios olhos. Estamos ampliando as muralhas em sete estádios para incluir a Epípole, que sempre foi o nosso calcanhar-de-aquiles, e estamos construindo um castelo lá em cima, uma fortaleza inexpugnável chamada Euríalo. Uma série de bastiões capazes de empalidecer as Longas Muralhas de Atenas: vai ser o conjunto de fortificações mais imponente que já se viu no mundo.

— Então vamos — respondeu Filisto — ainda não consigo imaginar direito o que vós estais realmente fazendo nesta cidade.

— Leptines irá contigo — disse Dionísio. — Eu preciso testar a eficácia das minhas máquinas. Quero-as perfeitas na hora de levá-las à frente de batalha.

Atravessaram o istmo da Ortígia e penetraram na Acradina caminhando ao longo das muralhas que se agigantavam a olhos vistos. Filisto não podia acreditar no que via. Nos dois meses em que ficara ausente as defesas fortificadas haviam quase triplicado o seu comprimento e toda a cidade transformara-se num canteiro de obras. Milhares de pedreiros, serventes, trabalhadores braçais, mestres-de-obras trabalhavam simultaneamente ao longo de toda a cerca das muralhas.

— Dionísio inventou um sistema fantástico — explicou Leptines. — Dividiu o perímetro inteiro em setores de cem pés de comprimento e confiou cada setor a um grupo autônomo sob o comando de um mestre-de-obras que se responsabiliza pela execução e o progresso dos trabalhos. Cada grupo é pago conforme o comprimento do setor concluído, e a remuneração aumenta cada vez mais, quanto mais breve for o tempo empregado para concluir a obra. Isso faz com que todos se empenhem ao máximo. Aos escravos foi até prometida a liberdade, e assim eles se esforçam de um jeito que antes era inimaginável. Trabalham em rodízio, noite e dia, sem parar, sob a supervisão de inspetores que prestam contas diretamente a Dionísio, até arriscando a vida se porventura a qualidade do trabalho for insatisfatória.

Ficaram andando por mais de uma hora até chegar à Epípole e à fortaleza de Euríalo, cercada por uma vala. Podiam dominar dali a cidade inteira, os bairros novos, a serpenteante linha das muralhas, os dois portos e a Ortígia.

— Dentro de três meses todas estas obras estarão concluídas. Siracusa tornar-se-á inexpugnável.

— Também acho — concordou Filisto —, mas isso tudo não vai passar em brancas nuvens. Já devem estar sabendo, em Cartago, e sem dúvida alguma vão tomar providências comparáveis com as nossas.

— Talvez não. Mandamos cercar o bairro cartaginês. Ninguém pode entrar ou sair sem permissão. Em caso de suspeita, mandamos prendê-los e trancafiá-los na prisão. Se necessário, usamos a tortura.

— Eis aí as primeiras conseqüências nefastas da guerra — comentou Filisto. — São pessoas que sempre conviveram conosco, comerciando e fazendo negócios com vantagens recíprocas. Agora, de repente, tornaram-se inimigos detestáveis e perigosos a ser perseguidos, aprisionados...

— Quem começou isso tudo foram eles, não te esqueças! — protestou Leptines.

— Ninguém sabe ao certo quem começou, acredita. Esta guerra vai acabar se tornando um choque entre duas estirpes diferentes, a nossa e a deles, e não vai esmorecer até uma das duas ser aniquilada.

— Conversa estranha, a tua — disse Leptines. — De que lado tu estás, afinal?

— E ainda precisas perguntar? O problema é que todos esses preparativos me preocupam. Dionísio está jogando imensos recursos na fornalha da guerra, confiante na vitória, mas do outro lado do mar há um inimigo astucioso e escorregadio, uma grande potência naval que pode cortar as nossas rotas de abastecimento e de comércio...

— Eu sei, mas Dionísio também pensa no casamento... deseja ter herdeiros. E isto significa vida e futuro, não achas?

— Pois é, as duas esposas. Posso saber, pelo menos, quem foi a escolhida aqui em Siracusa?

— Aristômaque — respondeu Leptines, ficando subitamente sério.

— A filha de Hiparinos? Não posso acreditar.

— Ele é desde sempre um membro da Companhia, e dos mais importantes.

— Eu sei, mas também desde sempre inimigo de Héloris, o pai adotivo de Dionísio.

— Héloris terá de conformar-se. As filhas dele, aliás, são uma mais feia do que a outra. Aristômaque é linda. Já te contei que crescemos juntos? Brincávamos juntos no quintal. Quando fui pedir a mão dela tive a possibilidade de observá-la: é tão bela quanto Afrodite, o seu seio é rijo e atrevido, suas mãos parecem ter sido feitas para acariciar o corpo de um homem e...

— Podes parar por aí — interrompeu Filisto. — Nem quero pensar que ouvi essas palavras. Nunca ouvi, aliás. O teu irmão iria cortar-te a garganta se soubesse.

— Pois é... — admitiu Leptines. — Acho que faria isso mesmo.

Com a chegada da primavera o *Boubaris* desceu majestoso ao mar abrindo as águas com o rostro como um arado a terra, e levantando duas ondas simétricas à sua passagem. Dionísio estava impaciente para pô-lo à prova e já mandara levar para o mar aberto um navio cartaginês, capturado nos arredores de Selinunte, para que servisse de alvo. Filisto e Leptines estavam a bordo e também foi convidado o futuro sogro, Hiparinos.

A um sinal do navarca o marcador de voga começou a imprimir com o tambor uma remada cada vez mais veloz e poderosa. O *Boubaris*, desarvorado, investiu contra as ondas com impressionante vigor, também ajudado por uma leve brisa a favor.

O comandante deu uma ordem seca e os remos foram recolhidos com absoluta sincronia, o rostro pontiagudo penetrou na amurada do alvo com imenso estrondo e partiu em dois o navio cartaginês. Dionísio e os amigos estavam segurando com firmeza o parapeito mas mesmo assim o momento do impacto foi terrível. Os cabos de segurança rasgaram as vestes e a pele de todos, e Filisto correu o risco de quebrar o pescoço.

Os dois grandes tocos afundaram num piscar de olhos. O *Boubaris* seguiu em frente e então virou com a ajuda dos lemes de popa, enquanto os remos mergulhavam mais uma vez no mar.

A tripulação soltou um grito de júbilo e Dionísio apressou-se para olhar os poucos restos do alvo que ainda boiavam entre as ondas espumosas.

— *Nike! Nike!* — berrou. — Ganhamos! A pentera é o mais temível navio do nosso tempo.

Todos se congratulavam exultantes, mas Filisto pensava intimamente que os cartagineses certamente não ficariam parados como o alvo, à espera que os vinte talentos de ferro daquele rostro monstruoso estraçalhassem o seu madeirame, e que numa batalha real as coisas podiam ser muito diferentes. Preferiu entretanto não estragar a festa e juntou-se às comemorações. Ainda mais porque dali a alguns dias seria justamente o *Boubaris* que o levaria a Locre para buscar a noiva italiana de Dionísio.

— Por que chamaste Locre de "cidade das mulheres"? — perguntou-lhe Leptines enquanto estavam voltando. — Estás lembrado? Logo após a tua volta de Régio.

— Claro que me lembro. E se tu não fosses tão ignorante eu não precisaria explicar. Segundo as antigas crônicas, enquanto os locrenses da Metrópole estavam na guerra, as mulheres, cansadas de ficarem sozinhas em casa, foram para a cama com os escravos e pariram filhos. Quando os maridos voltaram da guerra repudiaram-nas e elas levantaram âncora levando os filhos para a Itália e fundaram Locre. Todas as famílias da cidade, portanto, têm como fundadora uma mulher, tanto assim que os nomes e as heranças transmitem-se por linha feminina. É por isto que Locre é chamada a cidade das mulheres...

Leptines fez uma careta.

— Com esta história da fundação não me parece lá muito animador casar com uma locrense, mas afinal isso é decisão dele.

— Pois é, é dele... — concordou Filisto.

O *Boubaris* voltou ao estaleiro e os arquitetos navais que o construíram logo examinaram-no até o último prego para ver se a estrutura do rostro sofrera algum prejuízo e se o cabo de tensão dentro do navio continuava devidamente esticado. Tudo resultou em perfeitas condições e a quilha, mesmo tendo sido alongada de quase vinte pés, agüentara o impacto sem o menor problema. A primeira pentera jamais construída estava pronta a tornar-se a rainha das batalhas.

Voltou à água alguns dias depois para levar Filisto a Locre, onde a noiva de Dionísio já havia sido escolhida conforme o desejo da mais influente família da cidade que oferecera a mais nobre e bela das suas filhas: Dóris.

De fato não era morena, como Dionísio sugerira. Era bem loira, de olhos azuis e cabelos lisos e reluzentes como fios de ouro, seio rijo, tão firme que segurava o peplo com extrema elegância; um peplo jônico leve como o ar, tão delicado que deixava entrever o corpo.

Sabia muito bem que teria de partilhar o marido com outra, mas mesmo assim estava feliz com a mudança para Siracusa: parecia uma menina prestes a ir a uma festa. Filisto achou que talvez a família fosse muito rígida e severa, a ponto de que passar do controle do pai para o do marido pudesse ser para ela algum tipo de alívio, mas então lembrou que em Locre os chefes de família eram as mulheres, e teve de pensar melhor. Talvez fosse justamente a tradição feminina que ignorava a forma exclusiva de posse típica dos homens, obcecados pela mania do domínio. Talvez estivesse feliz só de pensar que iria ter filhos, ou com a idéia de deitar-se com um homem do qual falavam maravilhas. De qualquer maneira parecia totalmente despreocupada, pois afinal a fama de Dionísio deixava supor que valesse de fato por dois homens.

Filisto participou durante dois dias de festejos e cerimônias de todos os tipos e, numa destas ocasiões, entregou o presente do noivo: uma jóia de ouro muito antiga com gotas de âmbar gravadas por um grande artista. Depois mandou embarcar a jovem com a mãe e o imenso dote de dinheiro vivo, roupas, móveis, jóias, animais domésticos, tecidos, perfumes, quadros, estátuas, vasilhames antigos e modernos, imagens sagradas para o culto familiar.

Entre estas últimas, uma que chamou particularmente a atenção de Filisto foi uma estatueta de Atena, bastante tosca e primitiva, sem qualquer atrativo a não ser um singular fascínio, que de forma bastante insólita retratava a deusa de olhos fechados.

— O que é? — perguntou.

— É uma reprodução do Paládio, a imagem sagrada de Atena que tornava invencível a cidade de Tróia, e que foi roubada por Odisseu e Diomedes. Na noite da queda de Tróia, foi aos pés do Paládio que Ajax Oileu, o nosso herói nacional, violentou a princesa Cassandra. A deusa fechou os olhos para não ter de assistir à torpeza. Desde então, como expiação daquele antigo estupro, todos os anos a nossa cidade envia a Tróia duas virgens das melhores famílias para servirem no templo de Atena Ilíaca.

— E tu já foste lá, minha senhora? — perguntou Filisto.

— Não, mas bem que gostaria de ter ido. Ver a armadura de Aquiles, o túmulo dele e o de Pátroclos...

— Vejo que sabes muitas coisas...

— Eu sei, para vós dórios, uma mulher instruída é quase um escândalo, mas por aqui é muito normal. Quem estabelece as normas da convivência, entre nós, são as mulheres, e a nossa sociedade é mais justa e equilibrada.

— E não estás com medo de acabar na cama do mais terrível desses dórios, aquele que todos chamam de "o Tirano"?

— Não — respondeu a moça sorrindo com os olhos azuis. — Para dizer a verdade, aliás, estou curiosa para ver se realmente se justifica toda essa pretensão.

Falaram longamente e várias vezes durante a viagem, tanto que se tornaram amigos e Filisto achou por bem explicar à jovem o tipo de vida que iria levar em Siracusa.

— Já sabes o que espera por ti — disse. — Dionísio mandou aprontar dois tálamos adjacentes ao teu quarto de dormir pessoal e ficará revezando-se entre vós duas. Mas ireis almoçar e jantar todos juntos, os três, a não ser que uma de vós não esteja passando bem e prefira ficar em seus aposentos. De qualquer maneira não te aconselho a passar mal mais de uma ou duas vezes por ano.

— Entendo — disse Dóris e apoiou-se no parapeito do navio deixando-se acariciar pelo vento Zéfiro até Filisto tirá-la do devaneio dizendo:

— Olha, já se pode ver Siracusa!

Aristômaque chegou num coche puxado por quatro cavalos brancos e guiado por um auriga que vestia uma túnica de tecido purpúreo. Tinha os cabelos negros como as penas de um corvo, com reflexos arroxeados, e usava um peplo cor de fogo preso com um cinto de ouro.

Dóris chegou do porto numa liteira carregada por oito escravos, entre os quais um etíope que despertou a curiosidade dos presentes. Mas os aplausos das pessoas eram todos para a siracusana e todos esperavam bem no fundo do peito que ela fosse a mãe do herdeiro de Dionísio, que naquela altura o povo já aceitava como o monarca fundador de uma dinastia.

Passaram simultaneamente uma pela porta oriental e a outra pela ocidental da fortaleza da Ortígia, conforme um protocolo muitas vezes ensaiado pelo chefe do cerimonial com a ajuda de figurantes.

A data havia sido escolhida para que nenhuma das duas jovens estivesse no período menstrual.

O noivo vestia um quíton branco muito simples que lhe chegava até os pés e usava uma braçadeira de ferro enfeitada com uma única pedra vermelha. Contavam que havia sido forjada com o metal do punhal com que matara os assassinos da sua primeira mulher, Aretes.

Aconteceu então uma dupla cerimônia de casamento e logo a seguir foi servido um banquete para dez mil talheres, para o qual foram convidados tanto estrangeiros, como os oficiais e os suboficiais dos mercenários, quanto cidadãos de qualquer nível social. Todos repararam na ausência do pai adotivo do noivo, o velho Héloris, que ficara tão ofendido com a exclusão das suas duas filhas da escolha de Dionísio que decidira exilar-se em Régio. Mais tarde, naquela cidade, assumiria a chefia dos cavaleiros siracusanos foragidos ou sobreviventes à tomada de Etna, que ali organizavam uma espécie de resistência armada contra o tirano.

Após o banquete oficial as duas noivas foram levadas cada uma para o seu quarto, despidas e penteadas pelas criadas. Um grupo de músicos entoou um canto nupcial siracusano e logo a seguir outro locrense.

Dionísio entrou primeiro no quarto de Dóris e contemplou-a longamente à luz da lamparina, pois ela se deitara na cama completamente nua, deixando suas formas gloriosas à mostra diante dos olhos do marido. Recebera instruções da mãe, aprendendo inclusive a rebolar os quadris para dar mais prazer ao noivo e induzi-lo a descarregar nela todo o seu sêmen para que nada sobrasse à siracusana.

Mas Dóris acrescentou aos ensinamentos da mãe o que lhe era sugerido pela sua descarada e ao mesmo tempo ingênua sexualidade de jovem, e prolongou ao máximo o coito, lisonjeando o noivo com palavras sedutoras e bajulando-o de todas as formas para satisfazer a sua vaidade.

Quando chegou a vez da siracusana, Dionísio já sabia que iria encontrá-la mal-humorada devido à longa espera e quem sabe até zangada por pensar que já não sobrara mais sêmen para ela. Por isto mesmo ele prodigalizou-lhe ternura para satisfazer ao máximo os seus sentidos. Beijou-a nos lábios, em seguida no seio, no ventre e no corpo inteiro, para então penetrar dentro dela, mas não conseguiu despertar no seu corpo o arrebatamento que esperava. Dóris, que do seu quarto ficava atenta a qualquer barulho, ficou surpresa e de alguma forma satisfeita com aquele estranho silêncio. Quem sabe, talvez Aristômaque fosse tímida como todas as jovens dóricas...

Dionísio prometeu à siracusana que na noite seguinte iria ter com ela primeiro, e ainda a segurava entre os braços quando a porta entreabriu-se delicadamente e apareceu Dóris, de lamparina na mão. Sorriu para ambos e disse:

— Posso ficar convosco? Estou com medo de dormir sozinha.

Aristômaque estava a ponto de reagir, mas ao reparar na expressão divertida de Dionísio mudou de idéia. Dóris deitou-se na cama e começou a acariciar primeiro Dionísio, voltando a despertar a sua virilidade após a longa noite de amor, e depois a própria Aristômaque. A siracusana enrijeceu, mas não a repeliu com medo de irritar o marido que, ao contrário, parecia achar a maior graça na brincadeira.

Foi Dóris, a locrense, quem engravidou primeiro.

# XXI

Antes de dar início à guerra, Dionísio decidiu esperar o término da colheita dos cereais a fim de evitar que houvesse defecções por parte dos aliados devido às exigências da agricultura, e enviou ao mesmo tempo uma embaixada a Cartago com um pedido peremptório: os prisioneiros deviam ser prontamente devolvidos sem resgate e o governo púnico tinha de reconhecer a independência das cidades gregas destruídas nas guerras precedentes. Dionísio sabia, através dos informantes, que a capital cartaginesa estava bastante enfraquecida por causa da peste, mas não levara devidamente em conta o orgulho do inimigo.

O governo reuniu-se em Cartago e quase imediatamente decidiu rechaçar a arrogante exigência do tirano siracusano. Himilko foi mais uma vez nomeado chefe militar com plenos poderes para levar adiante a guerra por todos os meios. Os grandes preparativos de Dionísio já eram conhecidos e temia-se que, depois de conquistar toda a Sicília, ele decidisse desembarcar na África. Era preciso aniquilá-lo antes que se tornasse perigoso demais.

Naquela altura já haviam chegado a Siracusa os aliados italianos, enquanto os habitantes de Régio e Messina mantinham uma postura entre a indiferença e a hostilidade. Havia, aliás, o receio de Régio aliar-se aos cartagineses desde que com isso conseguisse humilhar o detestado poder de Siracusa. Estava tudo pronto: duzentos navios de guerra, entre os quais trinta penteras recém-saídas do estaleiro, ficaram sob o comando de Leptines. De pé na proa do *Boubaris*, passou em revista a imensa esquadra que levantava âncora em direção de Drepano, na Sicília ocidental. Acompanhavam mais quinhentos barcos de carga com mantimentos, água, e as peças desmontadas das novas máquinas de guerra.

As tropas terrestres contavam com quarenta mil infantes e três mil cavaleiros, e a quase o mesmo número chegavam as forças embarcadas. Participavam da campanha quase todos os sobreviventes de Selinunte, Agrigento, Imera e os fugitivos de Gela e Kamárina.

Nenhum deles havia esquecido.

Dionísio falou para a tropa depois de juntá-la em formação diante da porta ocidental.

— Homens! — gritou. — Sicilianos e italianos das cidades helênicas do Ocidente! Finalmente chegou a hora da vossa vingança. Já passou muito tempo, quase dez anos, desde o dia em que viram morrer as vossas cidades, massacrar os vossos filhos, violentar e matar vossas mulheres! — a voz soou alquebrada de emoção enquanto disse esta últimas frase. — Eu então prometi a muitos de vós que iria levá-vos de volta para casa, que iria reconstruir as vossas cidades, que vingaria vossos mortos.

"Teria gostado de fazer isto muito antes, acreditai, pois conheço o vosso sofrimento uma vez que eu mesmo passei por ele. Fui o primeiro a socorrer os selinuntinos, estive em Imera e Agrigento e sofri a amarga derrota de Gela, não por minha culpa, mas sim devido à sorte adversa e à traição.

"Aqueles, dentre vós que então tinheis vinte anos, agora estão com trinta, os que tinham trinta estão com quarenta, mas acredito que o vosso ódio e a vossa sede de vingança, longe de esmorecer, só puderam aumentar durante este tempo. Sei que ireis lutar sem vos poupar, que nada poderá arrefecer o vosso ímpeto quando estiverdes segurando o escudo e empunhando a lança.

"Esta não é uma guerra como tantas outras, sangrentos embates entre irmãos por mesquinhas rivalidades e vis interesses comerciais. Esta é a guerra dos gregos contra os bárbaros, como foi em Maratona, nas Termópilas e em Salamina. Como em Imera e Cuma oitenta anos atrás! A Sicília inteira será grega, como é justo que seja. Os nossos antepassados, que aqui chegaram do além-mar pobres e famintos, transformaram-na construindo cidades maravilhosas. Abriram portos e mercados, plantaram oliveiras e semearam o trigo, ergueram gloriosos templos aos deuses. Estes templos foram saqueados e arrasados, os túmulos dos nossos antepassados foram profanados, as nossas famílias abaladas e feridas, os nossos filhos levados como escravos.

"Agora basta! O dia que vos prometi chegou. Deixai correr solta a vossa raiva, homens, lembrai-vos de tudo aquilo que sofrestes, lembrai os gritos das vossas mulheres violentadas, o sofrimento aflito dos vossos filhos, ceifados nas ruas e em suas casas, degolados nos berços... Vingai a sua honra!

"Só pararemos quando o último dos nossos inimigos for empurrado para o mar, quando a odiosa estirpe que destruiu as nossas cidades for aniquilada.

"Eu estarei convosco, marcharei ao vosso lado, comerei a mesma comida, enfrentarei as mesmas privações, e juro em nome dos deuses do Ínfero que não encontrarei paz enquanto não conseguir levar a termo esta tarefa, mesmo que me custe a vida!"

Um estrondo acolheu as palavras de Dionísio, o clangor das lanças batendo contra os escudos de bronze, ritmicamente, obsessivamente.

Mas ele fez um sinal mostrando que ainda queria dizer mais uma coisa e o fragor acalmou-se até apagar-se no silêncio.

— A serviço dos bárbaros — trovejou — há um grupo de traidores gregos, mercenários que decidiram lutar contra o seu próprio sangue em troca de dinheiro. Tenho uma mensagem para eles: "Abandonai os vossos donos, juntai-vos a nós como homens honrados e livrai-vos desta vergonha. Se não fizerdes isto logo, o vosso castigo será terrível, muito mais duro do que aquele que reservamos aos bárbaros! Tomai cuidado, estamos chegando!"

Fazendo eco a estas palavras, que obviamente deviam ter sido combinadas com antecedência, ressoaram agudos toques de clarins e o rufar dos tambores deu o sinal da partida, marcando o passo da marcha.

O imponente grupo de armados desfilou entre duas alas de habitantes da cidade e do interior, vindos de toda parte para assistir ao glorioso espetáculo. O próprio Dionísio, montando um cavalo negro igual àquele com que enfrentara a primeira vez os cartagineses, avançava na frente de todos resplandecente em sua soberba armadura, flanqueado pelo gigantesco Aksal e pelo sogro Hiparinos, que cavalgava um baio de crina lustrosa.

Vinham a seguir os três mil cavaleiros, em fileiras de cinco, e mais atrás a infantaria pesada de linha dividida em grupos conforme a cidade, com cada unidade alardeando suas insígnias e estandartes, no meio de um trovejar de aplausos, estímulos, cantos.

Mais ao longe, nas ondas espumosas, desfilava a esquadra naval, liderada pelas gigantescas penteras que fendiam o mar com os grandes rostros de três cúspides, afiados como pontas de lança.

Himilko logo percebeu que daquela vez iria ser uma luta até a morte e a sua primeira providência foi forçar a frota de Leptines a voltar para defender Siracusa. Desfechou um ataque noturno com uns dez barcos leves contra o porto de Lákios e as docas. Chegaram de repente, incendiaram o estaleiro e os barcos que estavam sendo construídos, e tentaram um ataque contra a Ortígia, mas os mercenários do Peloponeso que haviam ficado presidiando a cidade reagiram com grande determinação e forçaram-nos a recuar. Logo a seguir os siracusanos enviaram um barco veloz avisando Leptines de que o ataque havia sido rechaçado e que não precisavam de qualquer ajuda.

Enquanto isto Dionísio chegara ao local de onde tencionava lançar o ataque contra Mótya, a praça de guerra cartaginesa plantada numa ilha bem no meio da lagoa de Lilibéu, ligada à terra firme por um dique artificial.

Entre a lagoa e o mar aberto havia outra ilha comprida, rasa e de forma curiosa, da qual se originava o nome de "Canela de cabra", separada da terra firme por dois estreitos canais. O dique havia sido construído em direção Norte-Sul para não atrapalhar a navegação, e os moradores de Mótya, logo que souberam dos movimentos das forças inimigas, começaram a demoli-lo para não deixar aberto um caminho fácil até as muralhas.

Era relativamente fácil entrar na lagoa pelo Sul, onde a profundidade do mar era suficiente para deixar passar os grandes navios de guerra, mas era simplesmente impossível pelo Norte, onde a água era rasa demais, com bancos de areia que só os marinheiros fenícios e cartagineses do lugar conheciam. Leptines parou em Drepano — o porto de Érice, uma cidade dos elimos que costumava acolher todos aqueles que fossem fortes demais para serem repelidos — e então dividiu a frota em duas partes: os barcos de carga lançaram ferro ao Sul, não muito longe do promontório de Lilibéu; a esquadra de guerra, por sua vez, entrou na lagoa e atracou nos arredores do promontório setentrional, bastante perto de onde começava o dique que ligava Mótya à Sicília e que os habitantes tinham parcialmente demolido.

Dionísio deixou a cargo da marinha a tarefa de reativar a passagem e de montar as máquinas de guerra enquanto ele próprio, no comando das tropas, invadia o território de Palermo e de Solunto, devastando as lavouras e saqueando as fazendas. Também tentou bloquear com um cerco as cidades elimas de Segesta e Entela, aliadas dos cartagineses, mas não conseguiu. Decidiu então voltar a Mótya para assumir pessoalmente o comando das operações.

Enquanto isto Himilko, que permanecia em mar aberto, era constantemente mantido a par da evolução dos acontecimentos pelos marujos mótyos. Havia sido informado de que Leptines deixara em seco os seus navios para permitir que os seus marinheiros reconstruíssem o dique, e decidiu então lançar a sua frota ao ataque.

Mas encontrou primeiro os barcos de carga, dos quais conseguiu afundar um bom número, mas ao fazer isso comprometeu irremediavelmente o efeito surpresa. Leptines e Dionísio foram informados da chegada da esquadra inimiga e mandaram logo tocar o alarme reunindo de imediato os marinheiros. Os navios foram arrastados para a água o mais rapidamente possível e as tripulações conseguiram ficar a postos antes que Himilko tivesse tempo de cair-lhes em cima.

Leptines mandou dois barcos leves averiguar a situação e as notícias que eles trouxeram não foram nem um pouco animadoras.

— Dispuseram-se em posição de leque com a proa apontando para o Norte e fecharam a entrada da lagoa. Estamos presos numa armadilha — relataram os exploradores.

— Ainda não — respondeu Leptines. — Onde está o meu irmão?

— O comandante está no quartel-general.

— Levai-me para lá.

Leptines desceu para o bote preso à popa do *Boubaris* e dirigiu-se ao quartel general na entrada do estreito setentrional para relatar a situação.

Dionísio ficou com expressão pensativa.

— Eu teria escolhido manter um contingente da frota fora desta maldita lagoa. Agora, o que sugeres fazer?

— Vamos atacar com as penteras e rachá-los ao meio.

— Nada disso. É justamente o que eles querem que façamos. Posicionaram-se naquele buraco para que não possamos levar vantagem graças à nossa superioridade numérica. Não tenciono arriscar as nossas novas unidades numa situação tão desfavorável. As penteras precisam de espaço para manobrar.

— Eu que o diga! Afinal sou o comandante da esquadra — desabafou Leptines.

— E eu sou o chefe supremo. Já esqueceste? — berrou ainda mais alto Dionísio. — Será possível que tu só penses em atacar de cabeça baixa como um touro? Um só movimento errado e estamos perdidos. Já esqueceste o que aconteceu em Gela? Estava tudo combinado, tudo calculado e certinho, e acabamos perdendo. Temos a maior esquadra e o maior exército que a nação grega já conseguiu juntar: não podemos fracassar, estás me entendendo? Logo agora que o dique está quase pronto...

— Diz-me então como tencionas sair dessa, *hegemón* — respondeu Leptines, pronunciando aquele apelativo em tom irônico — pois não dá para sair pelo Norte, e se alguma nave encalhar irá bloquear as demais.

Dionísio ficou alguns momentos calado, então disse:

— Vamos dar um jeito de passar por terra.

— O quê?

— Isto mesmo. Construiremos uma espécie de plano inclinado, vamos untá-lo com graxa e passamos os navios por cima, um depois do outro, até que possam voltar ao mar do outro lado do promontório.

Leptines sacudiu a cabeça.

— E chamas isso de boa idéia? Só poderemos descer ao mar um navio de cada vez. Se os cartagineses perceberem, poderão facilmente afundar um barco depois do outro, logo que cada um rumar para o alto-mar.

— Nada disso — respondeu Dionísio. — Pois vamos preparar uma surpresa com que eles não contam.

— Uma surpresa?

— Manda erguer um tapume de vime e caniços com trezentos pés de comprimento e vinte de altura à beira do mar aberto e tu verás!

Os trabalhos começaram imediatamente: enquanto uma turma de marujos levantava o tapume, centenas de carpinteiros entregavam-se à tarefa de construir o escorregador, um trilho formado por duas linhas paralelas de toras de pinheiro que, partindo da margem da lagoa, atravessava o promontório até alcançar o mar do outro lado. Outros cuidavam de derreter em grandes caldeirões banha de porco e sebo de boi, que em seguida espalmavam nas toras para facilitar o deslizamento. Os vasos foram primeiro enfileirados no escorregador e aí puxados com cabos, cada um pela sua tripulação, cento e cinqüenta homens de cada lado.

A construção do plano inclinado não era visível de Mótya, mas quando os navios começaram a ser puxados através do promontório as sentinelas perceberam o que estava acontecendo e mandaram dizer a Himilko que o rato estava fugindo da ratoeira. O almirante púnico mandou logo içar as velas, baixar os remos ao mar e avançar para o Norte mantendo-se à esquerda da ilha Canela de cabra. Daquela forma poderiam ficar ocultos até o último momento, e quando os siracusanos percebessem a sua presença já seria tarde demais.

Da capitânia Himilko mandou sinais para que as suas unidades navegassem de conserva, sem se afastarem umas das outras, pois queria um impacto maciço e sincronizado contra os barcos inimigos. Quando pôde avistá-los, Himilko apressou-se a contá-los: apenas uns sessenta navios, o que o deixava numa posição numericamente bastante favorável. Depois de destroçá-los, iria desembarcar, destruir o escorregador imobilizando os demais vasos na lagoa até apodrecerem ou então forçando-os a lutar.

Depois de dobrar o cabo setentrional da ilha virou decididamente a estibordo em direção à costa, e quando achou que estava na distância certa mandou os remadores baterem na cadência própria para abalroar. Naquela altura os navios inimigos, com suas proas apontando a Oeste, viraram para estibordo como se estivessem a fim de rumar para o Norte e Himilko ordenou a mesma manobra. Ao fazer isto ficou com o flanco aberto para a costa, na qual aparecia agora claramente visível uma estranha estrutura: algum tipo de tapume de caniços, esteiras e até velas de navio. E o imprevisível aconteceu: o tapume foi ao chão, um segmento após outro, deixando à vista uma série de monstros mecânicos nunca vistos até então, engenhos já preparados para atirar com dúzias de armeiros prontos para o combate. Ouviu-se o toque de um clarim, e uma depois da outra as enormes máquinas entraram em ação. A frota de Himilko ficou mergulhada numa chuva de pedregulhos lançados pelas catapultas; enquanto isto as balistas, reguladas para atirar quase horizontalmente, desfecharam um enxame de dardos de ferro maciço que arrebentaram os cascos abaixo da linha d'água e estraçalharam os conveses espalhando morte e terror.

As máquinas haviam sido instruídas para lançamentos alternados: após as balistas era a vez das catapultas, enquanto as primeiras eram recarregadas.

Ao mesmo tempo a frota que havia atravessado o promontório deu uma ampla virada para ficar em posição de abalroamento, e enquanto isso Leptines, que havia saído da embocadura sul da lagoa atropelando as poucas unidades inimigas ali deixadas para guarnecê-la, chegou com as trinta penteras e os demais vasos de guerra para cercar inexoravelmente a frota de Himilko.

O almirante cartaginês, no entanto, avisado pelos sinais dos mótyos, mudou o curso, esquivou-se dos mortíferos tiros da artilharia e ganhou o mar aberto, evitando por um triz ficar bloqueado entre o contingente de Dionísio e o de Leptines.

Ao fazer isto entregou Mótya ao seu destino e este foi o seu agradecimento para aqueles que o haviam salvo do desastre total.

Gritos de júbilo troaram nos conveses dos navios gregos e na costa, onde os armeiros haviam comprovado o poder das suas formidáveis máquinas de guerra.

Das torres de Mótya os defensores da cidade viram angustiados a frota cartaginesa desaparecer no horizonte enquanto do outro lado as gigantescas máquinas que a afugentaram eram arrastadas para a entrada do dique, que agora ligava mais uma vez a terra firme à sua ilha. Já sabiam que estavam todos fadados a morrer. Era só uma questão de tempo.

Dionísio deu a ordem de atacar numa manhã no fim do verão, luminosa e sem nuvens depois de uma noite de ventania, e as máquinas de guerra avançaram pelo dique chiando e rangendo.

As balistas e as catapultas foram as primeiras a entrar em ação, ainda no trecho final do dique, martelando os bastiões da cidade e massacrando os defensores, para então postar-se do lado norte da ilha, onde havia mais espaço, e abriram caminho para os aríetes e as torres de assalto.

Os moradores de Mótya sabiam muito bem o que esperava por eles. Muitos haviam participado das chacinas de Selinunte e de Imera, e aprontaram-se portando para uma defesa a qualquer custo, até a morte. Eles também haviam tomado medidas bastante eficientes. De algumas torres de madeira podiam fazer balançar para fora, presas a longas toras com contrapeso, gaiolas fechadas de onde os soldados lançavam contra as máquinas dos sitiantes grandes vasos de azeite e piche fervendo. Na outra frente cuidaram logo de revestir as máquinas com peles úmidas de bichos recém-esfolados e de apagar as primeiras chamas com baldes de água marinha que os homens passavam um para o outro com grande velocidade.

As muralhas foram objeto de contínuos ataques durante cinco dias seguidos e finalmente um dos aríetes conseguiu abrir uma brecha no setor nordeste da cidade. Fizeram então avançar as torres de ataque que lançaram as passarelas, e os gregos enxamearam pela passagem penetrando na cidade. Os mótyos, no entanto, aproveitando as ruelas estreitas, opuseram uma encarniçada resistência lutando com raivosa determinação de casa em casa, um beco depois do outro, erguendo barricadas e jogando qualquer coisa que pudesse servir de arma do topo dos edifícios que se levantavam como verdadeiras torres até a altura de três ou quatro pisos.

Os combates, cada vez mais ferozes e sangrentos, prolongaram-se por vários dias. Os ataques começavam ao alvorecer, continuavam incessantes durante o dia todo e só eram interrompidos com a chegada das trevas, mas apesar disto os progressos dos sitiantes eram modestos. Dentro daquele emaranhado de ruas estreitas e tortuosas, dominadas por prédios muito altos, era quase impossível para os atacantes conseguir aproveitar a sua superioridade numérica e o poderio das suas armas.

Afinal Dionísio teve uma idéia. Reuniu na sua tenda os chefes dos fugitivos de Selinunte, Imera, Gela e Agrigento, o irmão Leptines e o comandante das tropas de assalto, o velho amigo Bitão.

— Homens — começou dizendo —, os mótyos já estão acostumados com nossos ataques cotidianos e em seguida têm tempo de sobra para aprontar novas formas de resistência. Suas barricadas, erguidas em becos estreitos entre os altos muros das casas, são praticamente insuperáveis. Eles também sabem, no entanto, que as nossas investidas sempre acontecem de dia, com a ajuda das torres de assalto e através da mesma brecha, uma vez que não há espaço para colocar as torres em outros setores das muralhas. Precisamos portanto surpreendê-los... — Mandou um dos seus guardas entregar-lhe a lança e começou a traçar um esquema na areia. — Atacaremos durante a noite, com as escadas, num lugar totalmente diferente. Aqui. Caberá a vós levar a bom termo a tarefa. Uma vez nas muralhas, não creio que tereis maiores dificuldades em dominar as poucas sentinelas que costumam ficar de vigia naquele local. Depois disto ireis precisar de mais escadas que usareis como passarelas para alcançar os telhados das casas mais próximas. Entrareis pelas clarabóias surpreendendo os moradores enquanto dormem. Mais guerreiros virão atrás assumindo o controle de um setor cada vez maior das muralhas. Uma seta incendiária será o sinal do sucesso da vossa missão e nessa altura lançaremos o ataque pela brecha com o grosso das nossas forças. Os mótyos ficarão sem saber de que lado defender-se, o pânico tomará conta da cidade que logo cairá em nossas mãos. Estais prontos?

— Como nunca — responderam os comandantes.

— Muito bem. Leptines cuidará para que sejais levados por pequenas embarcações de fundo chato, pintadas de preto. Não ireis precisar de armas pesadas: armamento de peltasta para todos, corseletes e escudos de couro. O ataque será esta mesma noite, pois teremos lua nova e quanto antes nos mexermos menor será a possibilidade de alguém ficar sabendo. Chegou a hora da vossa vingança. Que os deuses estejam convosco.

— Será que vão conseguir? — perguntou Leptines depois de os outros saírem.

— Sem a menor dúvida — respondeu Dionísio. — E agora vai. Eu ficarei esperando pelo sinal.

Leptines chegou à base naval, preparou as barcaças e as escadas, e finalmente embarcou os homens com seu equipamento leve. O comando estava a cargo de Bitão, amigo de Dionísio e membro da Companhia.

Leptines encostou num lugar onde as muralhas estavam quase à beira das ondas e muito longe da brecha, e portanto não muito vigiadas. O primeiro grupo de assalto apoiou as escadas e subiu sem fazer qualquer barulho. Não demorou quase nada para dois deles se debruçarem acenando para que encostassem as demais escadas. O caminho estava livre. Logo a seguir uns cinqüenta guerreiros estavam em cima das muralhas. Divididos em dois grupos livraram-se das poucas sentinelas limpando o passadiço por um trecho de uns cem pés. Alguns deles vestiram as armaduras dos mótyos e ficaram no seu lugar. Eram selinuntinos que também falavam a língua dos habitantes.

Os outros continuaram a ajudar os companheiros a subir pelas escadas de madeira até uns duzentos homens se juntarem naquele setor das muralhas. Uns cinqüenta ficaram ali mesmo, presidiando o local de acesso de onde continuavam a chegar sem parar os guerreiros desembarcados pelas barcaças de Leptines. Os demais colocaram horizontalmente algumas escadas, alcançando os terraços das casas mais próximas, e começaram a passar usando-as como pontes. Em seguida abriram as clarabóias e penetraram no interior das moradias.

Surpresos enquanto dormiam, os moradores foram massacrados no ato. Uns vinte homens ficaram guarnecendo os terraços, então as escadas foram apoiadas em outras casas e os atacantes seguiram em frente com sua mortífera tarefa. Quando finalmente tocou o alarme e os mótyos enxamearam armados nas ruas, de tochas na mão e gritando a plenos pulmões para acordar os companheiros, algumas casas já haviam sido incendiadas e muitas outras já haviam sido dominadas pelos invasores, que mantinham o controle da passagem nas muralhas e continuavam a engrossar suas fileiras.

Bitão lançou o sinal combinado e Dionísio, à espera no dique, mandou avançar as torres de assalto e investiu contra a brecha com milhares de guerreiros que atropelaram facilmente as poucas centenas de defensores que estavam de vigia.

Resumindo, os boatos contraditórios acerca de múltiplos ataques contra vários setores das muralhas criaram o pânico na cidade e os mótyos espalharam-se para todos os cantos, muitos deles correndo para as barricadas que fechavam o acesso para os becos onde moravam as suas famílias. Quando a linha de defesa comum estremecia e ruía, cada um recuava para a sua linha de defesa particular, até que muitos acabaram, como já acontecera com os selinuntinos vários anos antes, defendendo a entrada das suas próprias casas. E os atacantes mais ferozes eram justamente os de Selinunte, assim como os de Imera. Os gritos de aflição que chegavam aos seus ouvidos faziam-nos lembrar de outros gritos, os das mulheres e dos filhos moribundos, dos companheiros torturados e massacrados. Espumando de raiva, inteiramente subjugados pela excitação sanguinária da luta, excitados pelo dardejar das chamas, entregaram-se à pavorosa carnificina e ao saque daquela próspera cidade, centro de intenso comércio entre a África e a Sicília.

Dionísio, que esperara juntar muitos prisioneiros a serem vendidos como escravos, recuperando assim uma boa parte do dinheiro gasto na campanha, percebeu ter incitado demais os seus homens e tentou remediar. Enviou para todo canto arautos estimulando o povo em fenício para que se abrigassem nos templos que os gregos também respeitavam, os de Heraclés-Melqart, o de Hera-Tanit e o de Apolo-Reshef. Desta forma muitos salvaram-se, assim como outros mais quando os oficiais começaram a ordenar que se poupasse a vida dos inimigos capturados.

Ao entardecer a cidade já estava totalmente dominada, com os prisioneiros amontoados nas praças, atados e acorrentados, para serem levados ao acampamento grego em terra firme. Entre eles havia um bom número de guerreiros gregos que haviam lutado do lado dos mótyos. Eram em sua maioria moradores locais que conviviam pacificamente com os colonos de origem fenícia entregando-se às atividades que mais lhes eram condizentes, isto é, como arquitetos, artesãos, escultores, decoradores, bronzistas e tecelões. A um deles, um escultor italiano de Medma, um rico comerciante havia encomendado não fazia muito tempo uma magnífica estátua de mármore que representava um auriga com as típicas vestes púnicas. O homem, vendo que os gregos destruíam furiosamente todas as imagens e as estátuas que representavam cartagineses ou fenícios, arrastara-a de volta, bem no meio da batalha, para o pátio do seu ateliê e sepultara-a apressadamente sob um monte de escombros, não podendo conformar-se com a idéia de a sua linda obra ser despedaçada pela fúria bélica.

Foi preso logo a seguir e arrastado ao acampamento com os demais.

Entre estes gregos de Mótya sobressaíra o comandante deles, um tal de Deimenes, que foi levado à presença de Dionísio.

O capitão siracusano mandou sair os presentes e então convidou-o a sentar. Sangrava de vários ferimentos, tinha o rosto enegrecido pela fumaça, a pele queimada pelas chamas, os pés em chagas.

— O que devo fazer contigo e os teus homens — começou Dionísio —, gregos que escolheram lutar ao lado dos bárbaros contra o seu próprio sangue? — E citou uma frase das *Histórias*, de Heródoto: — *Medizein... hellenes eontes.*

— Lutamos para defender a nossa cidade — respondeu Deimenes, com um fio de voz.

— A vossa cidade? — berrou Dionísio.

— Isso mesmo, porque aqui estamos vivendo há muito tempo, em paz e prosperidade. Aqui nasceram os nossos filhos. Aqui tínhamos um trabalho, uma casa, amigos. Este povo deu-nos mulheres e famílias às quais estamos ligados por sentimentos profundos. A pátria, afinal, é o lugar onde vivemos e pelo qual sentimos afeição. Não traímos ninguém, *hegemón*, só tentamos defender as nossas famílias e as nossas casas. O que tu terias feito, no nosso lugar?

— E os habitantes de Selinunte, então, e os de Imera? — rebateu Dionísio. — Não achas que eles também viviam em paz quando foram atacados pelos seus bárbaros e cortados em pedaços? Era gente que falava a tua mesma língua, que acreditava nos teus mesmos deuses...

O contínuo pingar do sangue das feridas formara uma larga mancha vermelha aos pés de Deimenes, que respondeu cada vez mais fracamente:

— Oitenta anos atrás Selinunte lutou ao lado dos cartagineses contra Agrigento e Siracusa... Os deuses, a língua e os costumes só são lembrados quando é conveniente, e tu sabes disto... Quando algum outro interesse prevalece, então ninguém fala a respeito... Poupa-nos, *hegemón*, demonstra clemência, e serás lembrado como um homem magnânimo.

Dionísio ficou algum tempo em silêncio enquanto a mancha de sangue no chão continuava a alargar-se, transformava-se num filete que, devido à inclinação do terreno, escorria até os seus pés.

— Não posso — disse afinal. — Deve servir de exemplo. E deve ser um exemplo terrível.

Deimenes foi crucificado no dique, e com ele todos os gregos que haviam lutado para defender Mótya. Os demais prisioneiros foram vendidos como escravos.

# XXII

Dionísio voltou para Siracusa antes de o tempo ruim começar. Bitão foi deixado atrás para presidiar Mótya com uma parte dos mercenários e Leptines também ficou, com cento e vinte navios da frota e com a tarefa de interceptar e afundar qualquer barco cartaginês que tentasse o desembarque. O plano de Dionísio era voltar no ano seguinte com outra expedição e atacar as demais cidades púnicas da ilha — Palermo, talvez, e Solunto — e por isso mesmo queria evitar que elas recebessem qualquer ajuda da África.

Filisto, junto com um pequeno cortejo de dignitários, veio recebê-lo na entrada da cidade, mas a verdadeira recepção foi-lhe dada pelo povo enquanto passava pelas ruas e na ágora, a caminho da Ortígia. Aclamavam-no como um herói e ele sentiu-se finalmente satisfeito, recompensado por tudo aquilo que desejara e perseguira durante tantos anos.

— As coisas correram exatamente conforme os teus desejos — disse Filisto, ao visitá-lo naquela noite nos aposentos particulares.

— É verdade, pelo menos por enquanto. Só espero que Leptines não arrume algum problema. É fogoso, impulsivo demais, às vezes não pensa o bastante. E numa guerra, qualquer pequeno erro pode custar muito caro.

— É verdade. Mas Leptines é assim mesmo, e quem lhe deu o comando da frota foste tu.

— E a quem mais poderia dar? É o meu irmão.

— Claro. O problema de quem governa sozinho é justamente esse. Não pode confiar em quase ninguém, e deve portanto esperar que os parentes mais chegados, fatalmente destinados a também se tornarem seus mais estreitos colaboradores, estejam à altura das tarefas que lhes são confiadas.

— Há também os amigos da Companhia, como Bitão, que ficou presidiando Mótya...

— E como Iolau... como Dorisco — continuou Filisto —, antes que o matassem.

— E como tu, se não me falha a memória — acrescentou Dionísio. — Se querias mandar-me um recado com esse teu sermão sobre a solidão do comando, pode dar-te por satisfeito. É verdade, alguns dos meus melhores amigos morreram, mas mesmo assim não estou sozinho: tenho muitos outros, e tu mesmo viste como o povo me recebeu.

— O povo... vai cortar-te em pedaços e jogar o teu corpo aos cães logo que a sorte porventura virar as costas ou que te falte o dinheiro para pagar aos mercenários. Tu sabes disso.

— Mas a grande novidade é justamente esta, não estás entendendo? Os mercenários sabem que seus fartos salários e demais benefícios dependem de mim, e eu sei que a minha segurança depende deles. É um relacionamento baseado na conveniência e no interesse. O mais sólido e confiável.

— Foi por isso que o meu nome foi o último a ser mencionado na tua lista de amigos? — perguntou Filisto em tom de escárnio.

— Foi porque estás aqui, diante de mim — respondeu Dionísio. — Isto me parece óbvio.

— Sim, claro... Mas vejo-te mudar cada dia mais, e não para melhor. Mandaste chacinar os moradores gregos de Mótya.

— Não me deixaram escolha! — gritou. — Eu mandei avisar que podiam passar para o nosso lado. Foram eles mesmos que pediram!

— A decisão foi tua — rebateu Filisto, impassível.

— Ó maldição! — rebateu Dionísio. — Novamente a influência daquele teu sofista ateniense...

— Sócrates morreu — respondeu Filisto com frieza. — E não era um sofista.

— Morreu?

— Isso mesmo. E já faz algum tempo. Não soubeste? Condenaram-no a tomar a cicuta.

— Não me diga — respondeu Dionísio. — E qual foi a acusação?

— Corrupção dos jovens e a introdução de novas divindades. Aconteceu depois de Trasíbulo assumir o poder em Atenas.

— Uma acusação um tanto estranha. É claro que devia haver outras razões por trás. De qualquer maneira o teu filósofo foi condenado por um governo democrático. Como podes ver, uma democracia pode ser tão intolerante e liberticida quanto o governo de um homem só. Mais ainda, aliás. Eu não mato os filósofos, embora não os suporte.

Filisto não fez comentários e Dionísio mudou de assunto.

— Aconteceu algo importante enquanto estava fora? Alguma novidade?

— Tudo conforme planejado. As obras foram concluídas, na fortaleza Euríalo também, o povo mostra-se tranqüilo, ninguém parece levar muito a sério os que fugiram para Régio.

— Nada mais?

— Bom, temos uma visita.

— Quem?

— Um ateniense, chama-se Xenofonte. Tem mais ou menos a tua idade. Era um discípulo de Sócrates...

— Então podes mandá-lo embora.

— O homem levou a cabo uma façanha incrível... Guiou a retirada dos Dez Mil.

— Ele? O que chegou até Babilônia e aí...

— O próprio.

Dionísio suspirou.

— Queria passar esta noitada com as minhas mulheres. Imagino que devam estar morrendo de vontade de ficar comigo, assim como eu desejo estar com elas.

— Podes fazê-lo tranqüilamente. Acho que elas vão se divertir muitíssimo ao ouvir aquelas incríveis aventuras. Afinal não têm lá muitas diversões...

— Elas têm a mim, por Zeus!

— Tu não és uma diversão.

— É, pode ser. Mas então tu também deves ficar.

Filisto concordou.

— Ficarei com prazer. Não quero perder a história. É a maior aventura de todos os tempos, que eu saiba.

— Um ateniense que mora em Esparta e é amigo pessoal do rei Agesilau. Os espartanos derrotaram e humilharam a tua cidade. O que devo pensar de ti? — perguntou Dionísio.

Xenofonte fitou-o com seus olhos claros e inexpressivos. Era um bonito homem, de porte atlético, ombros largos, barba bem cuidada, cabeleira farta e muito escura, nem comprida nem curta demais, elegante mas não afetado. Numa palavra, um conservador.

— Quem levou a minha cidade à ruína foram os demagogos aventureiros. Os conservadores sempre procuraram chegar a um acordo com Esparta, e se dependesse deles esta guerra nunca teria acontecido. Admiro os espartanos e compartilho seus valores de frugalidade, honra e moderação.

Dionísio anuiu complacente, então virou-se para Aristômaque e Dóris e percebeu que as jovens não achavam a menor graça naquela conversa sobre política. Foi então direto ao assunto.

— Parece que tu tiveste uma aventura incrível. Gostaríamos que nos falasse a respeito, mesmo sabendo que muitos já te fizeram o mesmo pedido.

Xenofonte tomou mais um gole de vinho e começou:

— Quando os democratas guiados por Trasíbulo reconquistaram Atenas com um golpe militar, eu acabei descobrindo que estava lutando do lado errado. Com vinte e sete anos de idade já não tinha um futuro político na minha cidade, de forma que aceitei o convite de um amigo que se alistara como mercenário no exército de Ciro, o irmão caçula do imperador dos persas.

Ciro tencionava derrubá-lo e ficar com o trono em seu lugar, e pediu ajuda aos espartanos.

"A tentação era muito grande. Se Esparta ganhara a guerra contra Atenas também deveu-se ao dinheiro que Ciro lhe repassava continuamente. E se ele se tornasse imperador no lugar do irmão ficaria devendo o trono a quem o ajudasse. Por outro lado o governo de Esparta era oficialmente um aliado do Grande Rei e não podia deixar-se pegar em flagrante ajudando o irmão caçula numa tentativa de usurpação. De forma que se encontrou um jeito de atirar a pedra escondendo ao mesmo tempo a mão, como costumam dizer."

Dionísio interrompeu.

— Deixa-me adivinhar: os espartanos mandaram avisar Ciro de que havia um exército mercenário disponível e, enquanto ele o alistava, ficaram de costas para não ver nada.

— Mais ou menos isto, mas foram mais longe. O comandante desse exército mercenário, um homem duro chamado Clearco, estava sendo oficialmente procurado por homicídio em Esparta, mas na verdade era um agente espartano.

— Genial... — comentou Dionísio. — E ainda dizem que os espartanos não são sutis.

— Mas quando nós já íamos chegando à Síria, enviaram por mar um oficial regular, um comandante de batalhão chamado Quirísofos.

— Os meus mercenários falaram-me a respeito. Parece que era um ótimo oficial.

— E um amigo querido... O melhor que já tive. — Aristômaque e Dóris cochichavam baixinho, provavelmente comentando a aparência do hóspede, que continuou a contar. — A finalidade da nossa missão era extremamente secreta, mas quando chegamos no deserto da Síria os soldados fincaram os pés: disseram que não dariam mais um passo se não lhe dissessem para onde iam e o que iriam fazer. Ciro foi forçado a abrir o jogo: revelou a verdade e prometeu a todos uma vida de luxo e fartura. Foi fácil convencê-los e seguimos em frente naquele imenso país. Podíamos até caçar: antílopes, avestruzes, gazelas, abetardas. Havia todo tipo de animal...

— Leões também? — perguntou Dóris.

— Leões também, mas nós nunca encontramos. Abateram tantos que quase não há mais. Vimos coisas extraordinárias: a nascente de betume de Karmanda, que corre até dentro do Eufrates, imponentes tamareiras carregadas de frutos gordos e saborosos, além de muitas outras árvores frutíferas.

— E Babilônia? Chegastes a ver Babilônia? — perguntou Dionísio.

— Não — respondeu Xenofonte — mas chegamos perto... Certa manhã, nos arredores de um vilarejo chamado Kounaxa, vimo-nos de repente diante do exército do Grande Rei. Eram centenas de milhares, infantes e cavaleiros de muitas nações: persas, etíopes, egípcios, carducos, assírios, medos, armênios, mossinécios. Levantavam uma imensa nuvem de poeira, uma compacta mancha branca com cinco ou seis estádios de largura no meio da planície. Aí, quando começaram a ficar mais perto, pudemos divisar as unidades, o rebrilhar das armas e dos escudos. Gritos selvagens ecoaram em todas as línguas entre o rufar dos tambores. Os carros de guerras avançaram, construídos para ceifar os homens como espigas de trigo com suas longas lâminas laterais... Um espetáculo pavoroso...

— E então? — perguntou Dionísio, servindo pessoalmente mais vinho ao hóspede.

— E então? — repetiu Dóris.

— Ciro queria que atacássemos pelo meio para matar o rei.

— Queres dizer, o irmão dele — comentou Dionísio.

— Isso mesmo. Para eles é normal, trata-se apenas de questões dinásticas. Mas Clearco recusou-se e avançou bem diante dele. Conseguimos abrir caminho e à noitinha voltamos para o campo da luta acreditando que havíamos vencido, mas encontramos o corpo de Ciro degolado e empalado...

Dóris e Aristômaque pareceram ficar um tanto chocadas diante daquela imagem.

— Talvez fosse melhor estas senhoras se recolherem — disse Filisto, que até então se mantivera calado. — Acho que daqui em diante o relato ficará bastante impressionante, e uma delas está grávida.

Aristômaque, que não estava, baixou a cabeça, então disse altiva:

— Eu posso ficar.

Dionísio acenou concordando e as criadas levaram Dóris de volta aos seus aposentos.

Xenofonte recomeçou a contar, narrando a interminável retirada da qual fora protagonista, bem no meio do inverno, através da Armênia e do Cáucaso.

Diante dos ouvintes emudecidos desfilaram paisagens grandiosas e terríveis, cidades mortas, rios caudalosos, picos sublimes cobertos de neve que rasgavam o céu, e mais combates até a morte com ferozes selvagens, cenas de torturas, saques, execuções sumárias, fugas apressadas...

Xenofonte era um contador de histórias formidável e, enquanto falava, seus olhos mudavam de expressão e quase de cor, parecia estar revivendo as coisas que narrava. Descreveu o interminável vagar sem rumo num desmedido deserto de neve, os homens que morriam congelados, os muitos que haviam sido cegados pelo sol das alturas, os mortos sem sepultura, os feridos e os doentes deixados para trás.

E finalmente chegou o epílogo daquela marcha desesperada.

— Eu estava na retaguarda com a minha unidade de cavaleiros quando ouvi um barulho, gritos que vinham da cabeça da coluna. Pensei que estávamos sendo atacados e esporeei o cavalo partindo a toda velocidade, acompanhado pelos meus homens, e quanto mais avançávamos, mais podíamos ver companheiros em prantos, gritando, jogando as armas no ar como que loucos de felicidade. E a gritaria ficava cada vez mais alta, ressoando entre os cumes nevados: "O mar! O mar!" — Xenofonte suspirou. — Estávamos salvos. Ou pelo menos foi o que pensamos...

Ficaram a ouvi-lo até altas horas, quando todos se recolheram, cansados após a longa vigília. Dionísio mandou acompanhar o hóspede aos seus aposentos e aí foi ao quarto de Aristômaque. Era a vez dela.

No dia seguinte almoçou com Xenofonte em companhia de Filisto.

— Já me haviam dito que vós comeis três vezes por dia — disse o hóspede — mas achei que deviam ser mentiras.

— E nunca dormimos sozinhos — acrescentou Dionísio sorrindo. — É o costume, aqui no Ocidente. Sei que em Esparta eles se contentam com sua sopa de caldo negro no jantar, e mais nada. Não consigo entender onde encontram forças para marchar e lutar.

— O corpo deles está acostumado há séculos a tirar toda a energia de uma comida simples e pobre. Isto torna a manutenção das tropas bastante barata. E além do mais ninguém conhece a receita do caldo negro. Não se sabe o que colocam lá dentro!

— E também contaram-me que só se deitam com a mulher umas duas vezes por mês. É verdade?

— É verdade — confirmou Xenofonte.

— Ah! Isso não é vida! Eu tenho duas mulheres, como tu viste, cuido de ambas e nenhuma delas se queixa.

— Talvez fosse melhor dizeres que nenhuma delas se atreve a queixar-se — observou ironicamente Filisto.

Xenofonte fez uma careta que talvez fosse um sorriso.

— Eu sei, vós das Metrópoles acham que nós aqui nas colônias somos quase bárbaros. Mas estão errados. O futuro do helenismo está aqui. É aqui que tu tens os recursos, os homens, as idéias inovadoras. Tu deverias ver os nossos navios, as nossas máquinas de guerra. Hoje Filisto irá mostrar-te as fortificações... Quando voltares a Esparta, fala de nós, conta o que viste por aqui.

— Farei isto, podes ter certeza — respondeu Xenofonte. — Claro, vossos costumes podem até surpreender os desprecavidos, mas não a mim. Já vi tantas coisas que vós nem podeis imaginar. Os mossinécios, por exemplo, fazem diante de todo o mundo o que nós só fazemos na intimidade: acasalam, esvaziam a barriga... E fazem em particular o que nós fazemos em público: falam sozinhos.

— Muito interessante — comentou Filisto.

— O que me contas do novo rei Agesilau? — interrompeu-os Dionísio, voltando a assuntos que lhe interessavam.

— É um homem valoroso e honesto, que se importa com o destino dos gregos, onde quer que eles se encontrem.

— Sendo assim, então, só pode apreciar os meus esforços contra os bárbaros do Oeste.

— Claro. Quanto a isso não tenho dúvidas.

— Queres dizer que, se por acaso eu precisar de mais mercenários...

— Há muitos no Peloponeso, homens que já não sabem fazer outra coisa a não ser combater. Conheço-os bem. São os melhores: corajosos até a temeridade. Não mantêm vínculos que os liguem a algum lugar particular, estão prontos a seguir qualquer um que prometa dinheiro, aventura, risco. Quando um homem vive emoções tão fortes e tão intensas, já não consegue adaptar-se a uma existência normal.

Filisto interveio.

— E tu? O que estás sentindo? Achas que podes readaptar-te a uma vida normal?

— Sim, creio que sim — respondeu Xenofonte após ficar uns momentos pensativo. — Não fui eu a procurar aquela aventura. Foi ela que procurou por mim. Dei a minha contribuição, mas agora gostaria de dedicar-me aos estudos, à família, à caça e à agricultura. O meu sonho, é claro, seria voltar à minha pátria como homem honrado, mas por enquanto isto é impossível. Mataram o meu mestre... talvez matassem a mim também...

— Vais escrever um relato da expedição? — perguntou Filisto.

— Tomei umas notas durante a viagem. Quem sabe, talvez algum dia, quando tiver tempo...

— Filisto está interessado porque ele mesmo está escrevendo uma história, neste momento — interveio Dionísio. — Não é verdade? Uma história da Sicília onde também fala de mim. Ainda não entendi exatamente de que maneira.

— Podes deixar. Saberás no devido tempo — disse Filisto.

O hóspede ateniense ficou mais alguns dias, durante os quais visitou as maravilhas da cidade. Não o levaram para as latomias, as pedreiras onde haviam morrido tantos dos seus compatriotas. Embora morasse em Esparta e fosse um foragido, ainda assim continuava sendo ateniense.

O resto do inverno passou sem maiores problemas, marcado pelos relatórios quase monótonos de Leptines que informava acerca das operações praticamente paradas na Sicília ocidental. Dos cartagineses, nem sombra, e era improvável que voltassem a aparecer antes do verão, pelo menos na opinião dos espiões.

Os informantes de Dionísio completavam o quadro salientando que Leptines passava o tempo divertindo-se com lindas jovens, comidas e vinhos requintados, banquetes e orgias. Mas Leptines era assim mesmo, afinal.

No fim da primavera, Dóris pariu.

Um menino.

As governantas e as criadas de companhia logo vieram mostrá-lo para ela. Era um lindo menino, saudável e sem defeitos.

Mensagens foram enviadas a Esparta, a Corinto e a Locre, pátria da puérpera. O mundo precisava saber que Dionísio tinha um herdeiro com o seu mesmo nome.

Houve muita conversa em Siracusa sobre a primazia da mulher italiana, que era agora a mãe do herdeiro e portanto assumia, por razões óbvias, o papel de primeira esposa. E falavam mal principalmente da mãe dela, a sogra italiana de Dionísio. Era a tal bruxa que tinha dado um jeito para que Aristômaque passasse para um segundo plano. E talvez até lhe tivesse ministrado algum remédio, sem ninguém saber, para que não conseguisse engravidar. Pelo menos não imediatamente, não antes da filha.

De qualquer maneira Aristômaque também acabou ficando grávida, e também pariu um menino, que recebeu o nome do avô, Hiparinos.

Leptines, do quartel-general da frota, escreveu uma carta de parabéns.

> Leptines a Dionísio, *chaire*!
>
> Tu és pai!
>
> E eu sou tio. Tio Leptines!
>
> Como os pequenos irão me chamar logo que começarem a falar? 'Tio Leptines, traga-me um presente, tio Leptines, compra-me isto, compra-me aquilo! Leva-me às corridas, quero ir pescar no teu barco. Deixa-me matar um cartaginês.'
>
> Não estou vendo a hora. E tu, como te sentes?
>
> Já tens herdeiros, tens uma descendência, por Heraclés! Alguma coisa vai continuar depois de ti, para não falar na fama.
>
> Como vais educar o mais velho, o menino que leva o teu nome? Farás dele um guerreiro como nós? Um exterminador de inimigos? Acho que não. A situação é outra. E não te iludas, não vai ser possível.

Nós fomos criados na rua, irmão, descalços e seminus. Com ele vai ser muito diferente.

Brigávamos a pedradas, a socos e pontapés com os da Ortígia. Voltávamos à noite cheios de hematomas e manchas roxas, e então apanhávamos mais ainda dos nossos pais. Lembras? A rua ensina muitas coisas, quanto a isso não há dúvidas, mas ele é Dionísio II, por Zeus!

Vai crescer entre um monte de governantas, paparicado por criadas de companhia, mestres, treinadores, preceptores, armeiros, mestres de equitação, professores de grego, de filosofia.

Caberá a eles encorajá-lo, puni-lo, dizer-lhe o que deve ou não deve fazer. Tu não vais ter tempo para isto: estarás ocupado demais a cuidar para não seres traído pelos teus patrícios em casa, e a aniquilar aqueles bastardos de cartagineses lá fora.

Estarás ocupado para que te dediquem estátuas aqui e acolá, tratando por baixo da mesa com aliados e inimigos, cobrando impostos, alistando mercenários.

Mas se porventura te sobrar algum tempo, segura-o entre as pernas, esse teu menino. Mesmo que não seja filho de Aretes. Fica com ele no colo e conta-lhe a história de um rapazinho que acreditava na lealdade, na honra, no valor e na glória; um rapaz que queria percorrer um caminho íngreme e acidentado, que depois perdeu a sua alma nos meandros do poder, no rancor e no ódio. Esqueceu a si mesmo e aos demais e chegou a tal ponto de presunção que casou com duas mulheres, que de qualquer maneira conseguiram, ambas, ser para ele esposas carinhosas e fiéis.

Dóris é a mãe do herdeiro. Aristômaque não. E é principalmente ela a saber que nenhuma mulher poderá jamais apagar do teu coração a lembrança de Aretes. Tenta dar-lhe um pouco de afeição também.

Estou praticamente bêbado, pois do contrário não iria escrever o que estou a ponto de dizer: lembras da visão na gruta de Hena? A jovem de peplo, a mesma que tu viras na nascente do Anapo?

Não era Aretes: era a jovem que representa Perséfone todos os anos na festa da primavera e que os sacerdotes mantêm escondida durante os outros meses na necrópole montêsa perto da nascente do rio. Quando ela envelhecer será substituída por outra mais jovem.

Aretes está morta.

Tu a vingaste.

Já basta.

Dedica o que resta da tua mente ou da tua alma, seja qual for o nome com que tu a chamas, àqueles que te sobraram.

Muitos dos nossos amigos já morreram lutando em tuas guerras. Muitos outros irão morrer... Pensa neles também, e tu ficarás diferente. Sentir-te-ás melhor, cercado pelas lembranças de quem te amou em lugar das caras medonhas dos teus lanceiros campanos.

Se porventura esta carta chegar algum dia à tua mesa, acredito que mandarás os teus homens me esfolarem. Por isto mesmo, talvez, eu nunca envie. Mas se tu a receberes, quero dizer que, bêbado, eu penso exatamente o mesmo que sóbrio.

Passa bem e que os deuses te protejam.

# XXIII

O encontro estava marcado em Mótya, na casa de Bitão, o comandante da praça de guerra. Dionísio chegou do dique a cavalo, com as patas do animal borrifadas de água; Leptines foi trazido pelo bote do *Boubaris*. A capitânia parecia ainda mais impressionante do que quando a vira pela primeira vez. A proa havia sido esculpida com uma cabeça de touro revestida de prata, a vela tinha uma bainha purpúrea e trazia no meio uma cabeça de górgone de presas sangrentas e língua esticada numa careta feroz. As cavilhas dos remos eram revestidas de bronze polido como espelho, o cume do mastro com lâminas douradas. Ao longo das duas amuradas perfilavam-se seis balistas perfeitamente engraxadas e armadas com mortíferos dardos.

— Uma maravilha, não é? — disse Leptines pulando para o chão diante do irmão e indicando o majestoso vaso de guerra atrás de si.

— Sem dúvida. Mas não te parece um tanto vistoso demais?

— Ora, é para que os medrosos se apavorem todos, só de vê-lo. Têm de entender que não há como fugir das mandíbulas de ferro do meu *Boubaris*.

Bitão chegou com uma dúzia de mercenários e deu as boas-vindas aos dois.

— Novidades? — perguntou Dionísio enquanto se encaminhavam para a residência do governador.

— Tudo tranqüilo, por enquanto — respondeu Bitão —, mas é melhor não confiar demais. Sei que em Cartago estão atarefados com grandes preparativos. Andam falando de centenas de navios de guerra, trezentos ou quatrocentos, alguns dizem até quinhentos. O estaleiro do almirantado está cheio deles. E, pelo que sei, há um número ainda maior de barcos de carga.

Por um momento Leptines pareceu perder o bom humor.

— Preciso de mais penteras — disse — pelo menos outras tantas. Quantas estão sendo construídas no momento?

— Dez — foi a seca resposta de Dionísio.

— Dez? E o que achas que vou fazer com dez?

— Vais fazer com que bastem. Não posso dar-te mais, por enquanto. Onde está o resto da frota?

— Em Lilibeu — respondeu Leptines. — É um bom lugar para ficar de tocaia. Logo que eles aparecerem vou afundá-los.

— Assim espero — respondeu Dionísio —, mas toma cuidado. Himilko é esperto. Só ataca quando tem certeza de ganhar. Estás me entendendo? Não te deixes enganar.

— Como estão passando as minhas cunhadas? — perguntou Leptines.

— Muito bem. Por que pergunta?

— Assim. Da última vez que vi Aristômaque pareceu-me um tanto tristonha.

— Coisas de mulheres... Nada para se preocupar.

— E o pequeno Dionísio? E o outro homenzinho?

— Estão bem, estão crescendo rápido. — Mudou de assunto. — Quanto a ti, Bitão, como pensas manter esta posição em caso de ataque?

— Tenho um sistema de sinalização a partir de Lilibeu que me avisa se aparecer algum perigo. A brecha foi consertada e temos provisões suficientes para agüentar três meses de sítio.

— Muito bem. Este é o maior desafio da nossa vida. Não devemos nem podemos perdê-lo. Está bem claro?

— Muito claro — respondeu Leptines — mas se eu pudesse dispor das penteras que te pedi...

— Não adianta reclamares. Ficai atentos pois qualquer tropeço pode ser fatal. Quanto a mim, preciso convencer os sicanos de que somos os mais fortes e que é do interesse deles ficar do nosso lado. A minha ação, portanto, será no interior, pelo menos por enquanto.

Jantaram juntos e depois, ao anoitecer, Dionísio voltou à terra firme e Leptines embarcou no *Boubaris*.

Himilko mexeu-se muito tarde, quando o verão já estava chegando ao fim. Zarpou de noite, de luzes apagadas para não ser visto, e navegou em mar aberto, invisível da costa.

Deixou avançar sem aparente proteção uma parte do seu comboio de carga, como isca para Leptines, e ele a mordeu. Quando ao alvorecer viu aparecer os barcos lentos e pesados diante do Lilibeu, pulou no *Boubaris* como um cavaleiro pularia em seu corcel e lançou-se adiante a toda velocidade, levando consigo os navios que àquela hora matinal puderam juntar uma tripulação. Afundou uns cinqüenta barcos inimigos, entre os quais quatro abalroados pela sua própria capitânia; capturou mais uns vinte, mas o resto do imenso comboio conseguiu chegar são e salvo a Palermo, onde juntou-se novamente às unidades de combate que chegaram ao porto, depois de um amplo desvio.

Quando foi informado, Dionísio ficou furioso.

— Bem que o avisei, maldição! Eu lhe disse para ficar em guarda!

O mensageiro que trouxera a notícia era um selinuntino e ficou em silêncio, sem saber o que responder.

— *Hegemón*... — tentou rebater, mas Dionísio calou-o.

— Nem mais uma palavra!... E onde é que ele está agora?

— O supremo navarca? Em Lilibeu.

— Exposto demais. Vais levar uma carta minha, agora.

Dionísio ditou a mensagem que foi logo enviada ao seu destino. Enquanto isso ele se movimentou para o interior, rumo ao território dos sicanos.

Himilko, que neste ínterim alistara mais mercenários, atacou por terra e por mar. Tomou Drepano e Érice, onde instalou no ponto mais elevado do morro um sinalizador luminoso que, à noite, transmitia para Cartago. As mensagens passavam por dois repetidores sobre plataformas flutuantes que por sua vez tinham como ponto de referência a ilha de Cossira.

Leptines queria sair para travar combate com a frota inimiga mas, por sorte, recebeu antes a mensagem cifrada do irmão.

> Dionísio, *hegemón* pan-helênico da Sicília a Leptines, navarca supremo, salve!
>
> Felicito tu e os teus homens pelo afundamento de cinqüenta vasos inimigos.
>
> Fui informado em primeira mão das mais recentes novidades em Palermo. A frota de Himilko pode contar, em relação à nossa, com uma esmagadora superioridade numérica, na ordem de três por um. Tu não tens a menor possibilidade de sucesso e estarias arriscando inutilmente a nossa esquadra.
>
> Recua. Repito: recua.
>
> Vai para Selinunte, se achares conveniente, e deixa informantes que possam manter-te a par dos movimentos do cartaginês.
>
> Esta é uma ordem. E não tens outra escolha a não ser obedecê-la.
>
> Passa bem.

— Passa bem? — gritou Leptines depois de ler a mensagem. — Passa bem? E como posso passar bem, por Zeus! Precisamos fugir como covardes, e entregar o jogo àquele bastardo? E Bitão? Vamos deixá-lo ali, no meio da lagoa, sozinho como um idiota? O que esperam que eu conte para ele? Que preciso obedecer às ordens?

O mensageiro ousou tomar a palavra.

— O comandante disse que é fundamental cumprir estas ordens, navarca, e...

— Calado! — berrou Leptines, com tamanha violência que o homem não se atreveu a dizer mais nada. — E agora some! — berrou ainda mais alto. — Fora daqui, sumi todos!

Não quis comida nem pediu um único gole de vinho durante o dia todo. Então, na calada da noite, chamou um ordenança.

— Manda preparar a minha chalupa. Vamos sair.

— Sair? A esta hora?

— Mexe-te. Não estou com muita paciência.

O homem obedeceu e logo a seguir, de cabeça coberta com capuz, Leptines entrou no pequeno barco e mandou o timoneiro virar a proa para o Norte.

Desembarcou em Mótya no meio da noite e mandou tirar Bitão da cama.

O amigo foi recebê-lo envolvido no lençol no qual dormia e mandou-o entrar.

— Tu estás louco de sair por aí a essa hora, numa casquinha de noz como essa? E se fosses pego por algum navio de patrulha cartaginês? Já pensaste a sorte deles em apanhar um peixe tão grande?

— Acontece que se trata de algo que eu tinha de te contar pessoalmente. Odeio quem manda mensagens e não tem coragem de mostrar a cara ao falar certas verdades...

— Mas... do que estás falando? — pegou um jarro e duas taças de louça numa mesa. — Um trago de vinho?

Leptines meneou a cabeça.

— Não, não estou com vontade.

— Fala então. Do que se trata? Quem são os tais indivíduos que se escondem nas sombras?

— Ele.

— Dionísio?

Leptines anuiu.

— E qual é o recado?

— Ordena que recue, que me retire de Lilibéu. Quer que me abrigue em Selinunte, mas se eu fizer isso...

— Vais deixar-me completamente sozinho. É por isso que vieste até aqui na calada da noite?

Leptines anuiu mais uma vez.

— E a ti ele mandou dizer alguma coisa?

Bitão sacudiu a cabeça.

— Estás vendo? Nem se dignou a avisar-te. Isto é demais! Estou te dizendo, é demais!

Bitão tentou acalmá-lo.

— Pode ser que a mensagem chegue amanhã, ou depois de amanhã. As comunicações são muito precárias numa guerra, tu sabes disso.

— Pode ser, mas não muda em substância.

— Mas qual é o motivo?

— Diz que nos sobrepujam em três por um.

— É um bom motivo.

— E só por isso eu deveria deixar um amigo a descoberto?

— Tu não tens escolha, Leptines. Antes de amigos, somos oficiais do exército siracusano, e Dionísio é o nosso comandante supremo.

— Na Companhia ficamos acostumados a sempre nos dar cobertura recíproca, a nos prestar auxílio em qualquer circunstância. Quando éramos crianças e um de nós era agredido por garotos de alguma outra turma, acudíamos sem demora, mesmo que fosse para quebrar a nossa cara. Sempre foi a regra, entre nós, e eu não esqueço.

Bitão bebericou um pouco de vinho, deixou a taça na mesa e recostou-se no assento. — Outros tempos, meu bom amigo — suspirou.

— Outros tempos... Chegamos muito longe desde então. Gozamos de muitos privilégios ao lado de Dionísio: lindas mulheres, belas mansões, roupas finas, comidas requintadas, poder, respeito... Agora ele pede que façamos a nossa parte para o bom êxito da guerra, e nós precisamos obedecer. Ele está certo. Se tu ficares por aqui, só vais conseguir ser massacrado. Em vez disso precisas salvar a frota, guardá-la para outra ocasião mais favorável. É a coisa certa. Afinal somos soldados, por Heraclés!

— Mas então, por que não manda recuar a ti também, o bastardo?

— Porque a conquista desta ilhota custou tanto dinheiro e tanto sangue que abandoná-la sem lutar seria o mesmo que reconhecer a nossa total inépcia. Dionísio não pode dar-se a este luxo. Mótya irá sucumbir, mas só depois de uma heróica resistência. Não vamos certamente deixar por menos do que os seus habitantes, logo nós, que os derrotamos. Não achas?

Leptines não conseguia articular as palavras, mordia os lábios.

— E agora some daqui, já está alvorecendo. Ruma para o mar aberto o quanto antes. É melhor assim.

Leptines protelava, não conseguia tomar a decisão de partir.

— Levanta-te daí, almirante — encorajou-o Bitão —, e deixa-me dormir mais umas duas horas, pois amanhã terei um dia muito atarefado.

Leptines levantou-se.

— Boa sorte — disse. E saiu.

Himilko apareceu diante de Mótya sete dias depois, com cento e cinqüenta navios de guerra e trinta mil homens. Bitão só dispunha de doze navios e dois mil homens. Sucumbiu à vaga inimiga dentro de quatro dias, após uma estrênua resistência. O seu corpo foi empalado no dique.

Dionísio, que corria o risco de ficar isolado, não teve outra escolha a não ser recuar. Em catorze dias de marcha forçada voltou a Siracusa, onde encontrou a frota ancorada no porto Grande. Leptines, que já chegara havia alguns dias, ficou a bordo do *Boubaris* e ficou um bom tempo sem aparecer.

Finalmente uma ordem peremptória de Dionísio convocou-o ao palácio da Ortígia.

— Disseram-me que na minha ausência tu foste visitar Aristômaque. É verdade?

— Não seja por isso. Fui visitar o teu filho também.

— É mesmo?

— Pois é — admitiu Leptines. — Não confias em mim?

— Não confio em ninguém.

— Em ninguém? Nem mesmo em Bitão? Não confiavas nele, não é? Mas o pobre coitado ficou de vigia naquele buraco fedorento e morreu por ti. Foi empalado, sabias? Deixaram-no apodrecer até os corvos e as gaivotas descarnarem-no até os ossos. E mesmo assim não confiavas nele, não é? Responde, por Heraclés! Diz alguma coisa!

— Nunca mais te atrevas a aproximar-te das minhas mulheres na minha ausência.

— É só isto que tu querias me dizer?

Dionísio ignorou a pergunta e continuou:

— Himilko zarpou de Palermo rumando para Leste, em direção de Messina. No meu entender quer passar pelo Estreito para nos atacar do Norte. Sai com a frota e navega até a altura de Catânia. Fica em mar aberto e não aceita provocações. Só deverás atacar quando eu mandar.

Leptines levantou-se e dirigiu-se à saída.

— Poderás dispor de mais dez penteras.

Leptines parou um momento sem se virar, em seguida abriu a porta e foi embora.

Dionísio cobriu o rosto com as mãos e ficou sozinho no meio da grande sala, em silêncio.

Ao chegar ao porto Leptines encontrou Filisto, que se despedia de uma delegação de visitantes estrangeiros prestes a voltar à pátria. Cumprimentou-o com um aceno da cabeça.

— Para onde estás indo tão apressado? — perguntou Filisto.

— Deixa-me em paz — respondeu Leptines.

— Se estiveres zangado comigo, fala logo.

— Não é contigo, é com aquele bastardo do meu irmão. Tu criaste um monstro.

— Talvez fosse melhor dizeres "criamos". Dionísio chegou ao poder graças a nós todos. Mas não creio que tu queiras discutir acerca dos efeitos corruptores do poder.

— Nem pensar, ainda mais porque estou com fome. Ele nem me convidou a jantar.

— Eu convido.

Leptines ficou uns momentos indeciso.

— Foste tu quem lhe falou da minha visita a Aristômaque?

— Fui — respondeu Filisto.

— E me contas assim, sem mais nem menos?

— Tu perguntaste. Eu respondi.

— E por que contaste para ele?

— Porque se ele soubesse por mais alguém teria sido pior.

— Eu mesmo contaria.

— Duvido. O embaraço fica estampado no teu rosto, quando mencionas Aristômaque.

— Não quero mais falar a respeito.

— Mas ainda queres jantar comigo?

— Só se tu não tocares mais no assunto.

— Está bem.

Foram para a casa de Filisto e os criados trouxeram água para lavar as mãos e vinho fresco. O jantar foi servido no terraço porque, apesar de já ser outono, o tempo ainda estava bom.

— Está cada dia pior — disse a certa altura Leptines.

— Eu não acho — respondeu Filisto.

— Tu não achas? Como podes dizer uma coisa dessas? Deixou Bitão sozinho em Mótya sem qualquer justificativa plausível. As nossas vidas já não têm a menor importância, a única coisa que conta, para ele, é manter o poder. E quanto a Aristômaque...

— Tu disseste que não querias mais tocar no assunto.

— Mudei de idéia. Quanto a Aristômaque... Acho que casar com duas mulheres ao mesmo tempo foi uma prova de extrema arrogância, que provoca em cada uma delas humilhação, frustração e...

— Nunca pensei que tu fosses tão terno e sensível, mas de qualquer maneira receio desiludir-te: eu não acredito nisso — replicou Filisto. — Dionísio é muito atraente, é forte como um touro e é um dos homens mais poderosos do mundo. As mulheres são sensíveis a essas coisas, acredita. E se quiseres aceitar o meu conselho...

— Não quero.

— Vou dar-te mesmo assim. Presta atenção. As mulheres ficam entediadas na reclusão do gineceu, e isto é normal. Imagina ter de ficar trancado entre quatro paredes por boa parte da sua existência... De forma que acabam fatalmente procurando alguma diversão, e quando se entretêm com uma conversa tendem a exagerar suas impressões, seus sentimentos, seus problemas até torná-los bem maiores do que realmente são. Na verdade trata-se quase sempre de coisas sem importância. Aquelas duas moças têm tudo o que uma mulher poderia desejar: uma casa estupenda, um marido que mais parece um deus, com força e vigor bastantes para ambas; têm jóias, filhos, comida, criadas, leitura, música. Quando aparecem em público são o centro de atenção de milhares e mais milhares de pessoas, admiradas como divindades... Não há coisa que mais lisonjeie uma mulher do que a admiração dos outros.

— Aristômaque é infeliz — rebateu Leptines, e virou-se para o outro lado fingindo olhar para umas trirremes que acabavam de encostar no cais.

Filisto ficou em silêncio, concentrando-se aparentemente no robalo assado que lhe haviam servido. E por alguns minutos Leptines também ficou calado.

— Diga-me uma coisa — perguntou afinal Filisto. — Tu tiveste um caso com Aristômaque antes de Dionísio escolhê-la como esposa?

— E achas que se assim fosse iria contar para ti?

— Por que não? Já te fiz algum mal?

— Brincávamos juntos, quando éramos crianças, no quintal entre as nossas casas. Naquele tempo Dionísio estava nas montanhas, na casa do nosso tio Demareto, para se curar de uma tosse insistente.

— Só isso?

— Só.

— Quantos anos tinheis?

— Eu onze, ela nove.

— E trocásteis juras de amor eterno.

— Algo parecido.

Filisto suspirou.

— Por Zeus, tu és o segundo homem mais poderoso da Sicília, comandas uma frota de cento e vinte navios de guerra com vinte e cinco mil homens. Já mataste na vida centenas de pessoas e feriste muitas mais, tiveste centenas de mulheres de toda raça e cor e...

— Esquece — interrompeu-o Leptines. — Melhor parar por aí... Preciso ir. Obrigado pelo jantar.

— O prazer foi meu — respondeu Filisto. — Nós ainda vamos nos ver?

— Não, pelo menos por algum tempo. Vou sair com a frota.

— Ótimo. É uma atividade menos perigosa do que cultivar certas idéias.

— Como assim? O que queres dizer com isso? — perguntou Leptines.

— Tu sabes muito bem. Boa sorte.

Leptines mal chegou a acenar com a cabeça, então desceu até o porto para ser levado de volta ao *Boubaris*.

Himilko apareceu diante de Imera e os habitantes renderam-se espontaneamente. Não chegavam a um quinto do que já haviam sido e nem passou pela cabeça deles esboçar uma resistência contra um inimigo tão feroz e implacável.

O exército cartaginês seguiu então na direção de Messina, acampando a uma distância de mais ou menos vinte estádios da cidade. Os moradores mandaram sair mulheres e crianças enviando-as para a casa de amigos ou parentes nas montanhas, ou então para algum sítio afastado no campo. Depois disto tomaram posição num local entre o mar e a montanha, onde a passagem era muito estreita, decididos a barrar o avanço do inimigo. Mas Himilko evitou o local com a frota e fez desembarcar outras tropas bem dentro do porto. A cidade, quase indefesa, caiu facilmente em suas garras e ficou entregue ao saque e à chacina. Entre os homens válidos só uns cinqüenta salvaram-se atravessando a nado o Estreito e chegando a Régio. A façanha pareceu tão excepcional que desde então tornou-se uma competição tradicional que se repetia todos os anos e era propiciada por uma cerimônia em honra de Poseidon, o deus do mar.

Himilko assumiu a chefia do exército terrestre e avançou rumo ao Sul, dirigindo-se para Catânia após entregar o comando da sua imensa esquadra ao almirante Mago.

Nem mesmo uma violenta erupção do Etna conseguiu detê-lo. Um grande rio de lava descera até o mar levantando uma imensa coluna de vapores tão impressionante quanto o penacho de fumaça que subia do vulcão. Himilko, no entanto, demonstrou que não tinha medo de coisa alguma e mandou o exército passar atrás da montanha em chamas, alcançando a estrada litorânea nos arredores de Catânia, onde juntou-se mais uma vez à frota.

Dionísio decidiu mover-se contra ele e reuniu as forças disponíveis, chamando de volta inclusive a frota de Leptines. Antes de partir, no entanto, foi despedir-se das mulheres. Das duas juntas, como de costume, para não provocar ciúmes. Mas sabia que Aristômaque, a siracusana, estava novamente grávida e dedicou-lhe palavras amorosas.

— Cuida-te, estou muito ansioso para ver a nova criança quando ela nascer.

— Estás mesmo? — respondeu ela sorrindo. — Estás realmente com vontade de ver? Eu já a senti se mexendo.

— Para quando está previsto o nascimento?

— Daqui a seis meses no máximo.

— Então vai nascer em tempos de paz. Que os deuses me ouçam.

Dóris, a outra esposa, trouxe o pequeno Dionísio para que ele o beijasse e murmurou em seu ouvido:

— Tenho certeza de que o filho de Aristômaque também vai se parecer com você como este.

Dionísio olhou para ela com uma estranha expressão e Dóris baixou os olhos.

Beijou ambas na boca e então tentou beijar o menino, mas o pequeno começou a chorar.

— Por que chora toda vez que eu me aproximo? — perguntou Dionísio irritado.

— Porque quase não te vê — respondeu Dóris. — Deve estar com medo da tua barba, da armadura.

Dionísio anuiu em silêncio e saiu escoltado pelos seus mercenários.

Convocou a primeira reunião do estado-maior na sua tenda, não muito longe das linhas inimigas. Estavam presentes o sogro Hiparinos, Iolau — que comandava uma divisão de infantaria de assalto —, Filisto, os comandantes dos aliados italianos e Leptines, que voltara de Catânia.

— Decidi atacar logo — começou dizendo. — Precisamos infligir-lhes prejuízos tão graves que se vejam forçados a voltar para Cartago e a adiar as operações até o próximo verão. O ponto fundamental é a frota. Sem os navios que o abastecem, um exército tão grande não pode sobreviver. — Virou-se para Leptines. — Lançarás o teu ataque do mar aberto, em formação cerrada, e procurarás afundar o maior número possível de navios. Não te deixes tomar pelo entusiasmo. Calcula com cuidado cada movimento e só ataca quando não houver risco. Principalmente, não dispersa as tuas forças, por motivo algum. Nós tomaremos posição na praia para que Mago tenha a impressão de estar acuado entre as nossas forças terrestres e navais. Mas nessa altura quem enfrentará o inimigo serás tu. E estarás em inferioridade numérica, não te esqueças.

Leptines ficou ressentido com aquelas ordens e recomendações. Afinal o comandante da frota era ele, e sabia cuidar de si mesmo.

Dionísio insistiu.

— Mantenha-te em formação compacta, pois eles podem contar com um número muito maior de navios.

— Entendi — respondeu Leptines um tanto enfastiado. — Entendi.

— É bom que tenhas entendido mesmo — respondeu seco Dionísio. — Boa sorte.

No dia seguinte, Leptines, no comando de uma esquadra de trinta penteras, cruzava ao sul de Catânia. O resto da frota siracusana, umas cento e vinte trirremes, acompanhava numa longa fileira em linhas de cinco. De repente avistou a vanguarda da frota de Mago, que avançava perto da costa em direção contrária. Eram umas cinqüenta unidades no máximo. Ao longe viam-se rebrilhar as lanças dos guerreiros de Dionísio perfilados perto da arrebentação, numa frente de quase um estádio.

Chamou o segundo oficial e ordenou que sinalizasse ao resto da frota para ficarem em posição de combate com os navios dispostos sobre duas linhas. Ao receberem o sinal da capitânia, os comandantes de cada unidade começaram a manobrar para ficar com a proa apontando para a costa.

Enquanto isto Leptines, percebendo que as unidades cartaginesas estavam bastante longe umas das outras e aparentemente com problemas diante do refluxo das ondas no litoral, achou que aquela era uma oportunidade única para afundá-las e deixar o inimigo em inferioridade numérica. Ordenou que as penteras o acompanhassem.

O segundo oficial reagiu, atônito.

— Comandante...

— Ouviste a minha ordem — rebateu Leptines. — Vamos atacar. Os outros virão atrás.

— Comandante, os outros ainda não estão em posição de combate, e as ordens...

— Estamos no mar, e quem manda aqui sou eu! — gritou Leptines. — Ritmo de abalroamento!

O oficial obedeceu e o marcador começou a acelerar a cadência da remada com surdas batidas no tambor. O *Boubaris* lançou-se em frente cortando as ondas com o grande rostro tricúspide, acompanhado pelas demais unidades.

Logo a seguir um vigia aproximou-se correndo de Dionísio que estava na ponta da ala esquerda.

— *Hegemón* — gritou. — Leptines está atacando os cartagineses com as penteras.

— Não pode ser. Não pode ser — respondeu Dionísio empalidecendo de raiva.

— Venha ver tu mesmo, *hegemón*. Daqui não dá para perceber direito.

Dionísio esporeou o cavalo e galopou atrás do outro até o topo do morro. Ao chegar lá em cima, não teve mais dúvidas.

— Bastardo... — rosnou entre os dentes.

# XXIV

As penteras de Leptines atacaram os navios cartagineses a toda velocidade literalmente destroçando-os. O *Boubaris*, à frente das demais unidades, cortou em dois um vaso antes de ele conseguir virar a proa para o mar aberto, então manobrou para voltar atrás, estraçalhando todos os remos do lado esquerdo de outro navio que ficou portanto imobilizado à espera da carga seguinte, que o acertou violentamente na proa decepando de um só golpe a armação que sustentava o rostro. Só demorou alguns segundos para afundar, levando consigo toda a tripulação.

Da praia levantou-se o estrondo das tropas siracusanas que assistiam àquele formidável embate como se fosse um espetáculo teatral. Mas Dionísio estava furioso. Podia agora ver, à sua esquerda, a frota de Mago que avançava decididamente, empurrada pelo vento, para introduzir-se entre a esquadra de Leptines e o grosso da frota siracusana ainda longínqua. Chamou Iolau.

— Dê-lhe o sinal para se afastar, maldição! Dê-lhe o sinal para que volte logo ao mar aberto!

Mais estrondos ouviram-se lá embaixo e os gritos frenéticos da tropa saudaram o terceiro poderoso abalroamento do *Boubaris*. Leptines ia ao ataque como um touro, do seu jeito costumeiro, sem pensar em mais nada.

Um espelho de bronze dardejou várias vezes transmitindo a ordem de Dionísio, mas Leptines devia estar ofuscado pelo furor da batalha, pelo lampejar de tantas armas e pelo reflexo do sol nas ondas. Ou então simplesmente não queria obedecer e fingia não ver.

— Clarins! — berrou Dionísio. — Usai os clarins, tocai o alarme, rápido, ele vai entender!

Os clarins tocaram e em terra firme o som deles pareceu rasgar o ar, mas aquilo devia ser nada, comparado ao fragor do embate naval.

— Recua — gritava como um alucinado Dionísio do topo da colina. — Recua, bastardo! Sai daí! Saia logo daí! — mas já era tarde demais. A esquadra naval de Mago estava abrindo-se em leque com todo o seu imenso poder entre a vanguarda siracusana ao ataque e o resto da frota ainda em busca de um posicionamento correto.

O almirante cartaginês dispunha de um número tão grande de navios que pôde dar-se ao luxo de dividir a sua frota em dois contingentes, um dos quais atacou os barcos siracusanos ainda em mar aberto, enquanto o outro ia envolvendo com rápida manobra aqueles que se haviam adiantado e que continuavam afundando os últimos navios da vanguarda cartaginesa.

Naquela altura Leptines também percebeu ter caído numa armadilha. O cerco dos vasos inimigos fechava-se à sua volta e as penteras ficavam irremediavelmente à mercê dos barcos púnicos. Já não havia espaço para manobrar e o embate naval transformou-se numa batalha terrestre, com soldados pulando de um para outro barco e travando furiosos combates com as tripulações adversárias e os infantes embarcados. Leptines lutava como um leão com a espada e o machado, jogando ao mar qualquer um que tentasse tomar de assalto a capitânia.

— Fora do meu navio, seus bastardos imundos! — gritava. — Fora do meu navio!

O combate continuou com desesperado furor e, apesar de a pequena armada siracusana já estar cercada, Leptines conseguiu abrir caminho. Os seus homens, depois de assumirem o controle de um vaso inimigo que estava enviesado, afundaram-no do interior arrebentado a quilha a golpes de machado, de forma que o *Boubaris* pôde penetrar na brecha e rapidamente afastar-se logo a seguir. Os demais navios supérstites apressaram-se atrás dele e até conseguiram afundar mais três vasos inimigos. Mas naquela altura o êxito da batalha já estava marcado. O resto da frota siracusana lutava em evidente posição de inferioridade e as tripulações estavam desanimadas devido à ausência do navarca e da capitânia que dirigisse as operações.

Quanto a Leptines, foi um verdadeiro milagre como conseguiu livrar-se da captura, rumando para o mar aberto e descrevendo uma ampla volta fora do alcance dos inimigos. Os cartagineses obtiveram uma vitória esmagadora mas, ainda insatisfeitos com o sucesso, lançaram ao mar um enxame de rápidos botes com homens armados de arpão que trespassavam todos os náufragos que tentassem chegar à praia a nado.

Dionísio assistiu ao desastre sem nada poder fazer. Viu a sua frota destroçada, os seus homens massacrados enquanto se debatiam entre as ondas ensangüentadas. Os últimos raios do entardecer iluminaram uma costa cheia de cadáveres e escombros.

As perdas foram enormes: cem navios e vinte mil homens.

Leptines chegou no meio da noite e foi levado à tenda do irmão, onde havia uma tempestuosa reunião do estado-maior.

A primeira reação de Dionísio foi estrangulá-lo, mas quando o viu coberto de sangue, ferido no ombro direito e na coxa esquerda, de rosto inchado, com um olho entumecido e quase fechado, com a pele enegrecida pelo fogo e pela fumaça, os lábios rachados, ofegante, transtornado e quase irreconhecível, não conseguiu mexer-se nem proferir palavra.

Os demais oficiais também ficaram calados e por alguns instantes um silêncio de morte reinou na tenda do alto comando. Filisto aproximou-se de Leptines com uma jarra e serviu-lhe algo de beber. Só então os outros perceberam que ninguém se prontificara a oferecer um mero gole de água ao comandante supremo da frota, que lutara como um herói durante o dia todo e que voltara na calada da noite para reassumir o seu lugar junto dos demais comandantes.

Leptines sorveu o líquido com volúpia, ansiosamente, e em seguida desmoronou ao chão. Dionísio fez então um sinal a Aksal que o levantou e carregou para a sua tenda.

Dionísio foi visitá-lo antes do alvorecer. Estava queimando de febre e o rosto ainda parecia mais inchado, mas conseguiu murmurar:

— Sinto muito... eu queria... eu queria...

— Eu sei — respondeu Dionísio. — Tu sempre foste assim, jamais irás mudar. O idiota sou eu, que continuo a dar-te confiança. Deveria matar-te, mandar executar-te por insubordinação...

— Faz isso — respondeu Leptines. — Não me importo com a morte.

— Já perdi Dorisco e Bitão — disse Dionísio — não posso te perder também. Agora dorme. Procura ficar bom...

— O que decidiram? — agonizou Leptines.

— Os aliados gostariam de atacar o exército de Himilko.

— Estão certos.

— Estão errados. Se formos vencidos, Siracusa está perdida. Vamos recuar para dentro das nossas muralhas.

Leptines nada disse, mas Dionísio ouviu-o chorar enquanto saía.

Indignados com a decisão do seu comandante, que preferia não travar combate, os aliados italianos decidiram voltar para as suas cidades. Por outro lado, afinal, era impensável pensar que todos aqueles milhares de guerreiros pudessem abrigar-se em Siracusa por muitos meses.

Naquela noite Filisto não dormiu e ficou escrevendo na sua tenda até o alvorecer.

Dionísio entrou numa cidade enlutada: em muitas casas ouviam-se os lamentos das mulheres que choravam os filhos mortos, em muitas janelas estavam pendurados panos negros e ramos de cipreste. Nos muros liam-se frases injuriosas que amaldiçoavam o tirano. Em poucas horas a lembrança da brilhante vitória de um ano antes era coisa do passado. Só restava, agora, a amargura da derrota, o medo de um futuro incerto, a dolorida angústia pelas perdas sofridas.

Já de volta à cidade, Filisto recolheu-se na sua mansão perto do porto, de onde muito em breve poderia ver a frota de Mago avançar sem qualquer impedimento para bloquear os portos e o estaleiro. Sentou à mesa e recomeçou a escrever.

Era o pior desastre na história de Siracusa. A cidade tinha perdido a maior parte da sua frota, e muitos cidadãos haviam perecido de forma horrível entre as ondas, espetados como peixes, um depois do outro. Depois da volta espalhou-se o boato de que Dionísio tinha propositalmente exposto as tropas dos concidadãos ao perigo no mar, contra uma força avassaladora, enquanto não havia arriscado a vida de um só dos seus mercenários. Os primeiros, com efeito, continuavam sendo homens livres que mais cedo ou mais tarde poderiam pedir a restauração da democracia. Os segundos, por sua vez, constituíam o alicerce no qual se baseava o poder do tirano.

Dionísio reagiu com impiedosa dureza mandando prender todos aqueles sobre os quais pairava a suspeita de terem espalhado aquelas mentiras, mesmo a partir de uma mera delação. Apesar dos revezes militares e dos enormes sacrifícios que impunha à população, ele continuava firmemente convencido de ser o líder insubstituível na luta contra o mortal inimigo cartaginês e que, num momento tão crucial para a sobrevivência da pátria, as discórdias internas deviam ser abafadas sem a menor hesitação. No decorrer desta brutal repressão não foram poucos os membros da Companhia atingidos pela medida. A poderosa associação que sempre apoiara Dionísio na sua arrancada para o poder não deixou de dar o seu recado: oito mercenários foram encontrados mortos em diferentes lugares da cidade e mais dois dentro do próprio quartel da Ortígia. Todos eles trespassados no coração por uma seta com a imagem de um golfinho gravada na haste. Quase a dizer que a Companhia podia chegar onde bem quisesse. Além disso, o número de mercenários mortos era exatamente o mesmo dos membros da Companhia que haviam sido eliminados.

Quem apontou o fato para Dionísio foi Iolau.

— Cuidado — ele disse —, quiseram deixar bem claro que com eles é bom não se meter, pois do contrário irão se vingar. Mostraram que podem desferir seus golpes quando e onde acharem melhor.

Dionísio só respondeu:

— Acertarei as contas com eles numa outra oportunidade.

Estava mal-humorado demais para discutir, e além do mais, sabia que Iolau estava certo, mas não queria demonstrá-lo. O único sinal de esperança, naquela altura, foi o nascimento do segundo filho de Aristômaque: um menino que recebeu o nome de Niseus.

No dia seguinte, com a chegada da noite, Filisto abandonou a mesa de trabalho e encaminhou-se rumo à Ortígia para visitar Leptines que ainda estava de cama, enfermo e febril.

Atravessou os corredores da fortaleza, escuros na parca luz de umas raras lamparinas, até chegar a um aposento isolado na ala meridional. Dirigiu-se à porta do quarto de Leptines e encontrou-a entreaberta. Aproximou-se com cuidado e ouviu uma voz feminina que falava baixinho.

— Por que enfrentas sempre o perigo desse jeito? — perguntava.

— Porque é o meu dever e porque quero demonstrar-lhe que não preciso dele para...

— Mas poderias ter morrido — interrompeu-o angustiada a mulher.

— Teria sido bem melhor. Os meus homens acabaram no fundo do mar, comida para os peixes.

— Por favor, não fales assim... — continuou a voz feminina.

Filisto afastou-se e entrou em outro quarto, vazio e usado como depósito. Mantendo a porta encostada, logo a seguir viu sair Aristômaque. Reconheceu-a embora ela tivesse o rosto encoberto. Esperou algum tempo e então entrou no quarto de Leptines.

— Como estás passando hoje? — perguntou.

— Melhor — mentiu.

— Fico contente. Estamos precisando de ti.

Leptines torceu a boca numa careta.

— De um almirante sem frota? Acho que não servirei para muita coisa.

— Pára de lastimar-te como uma criança. Só podes culpar a ti mesmo por aquilo que aconteceu. Obedecer às ordens do teu irmão pode não ser agradável, mas muitas vezes pode ser a coisa certa a fazer. De qualquer forma, para a sua informação o *Boubaris* continua praticamente intacto. Estão dando-lhe os últimos retoques no estaleiro.

— Quantos navios nos restam? — perguntou Leptines.

— Uns trinta, dos quais dezesseis penteras, inclusive a tua.

— O mesmo que nada.

— Infelizmente... O cirurgião já passou hoje?

— Passou, e torturou-me durante um bom tempo. Acho que me odeia.

— É um bom médico e talvez consiga fazer com que tu tenhas muito em breve condição para meter-te em novas confusões.

— Não tenho vontade de brincar.

— Nem eu, mas não podemos nos entregar ao desespero. Ainda temos algumas possibilidades. Ninguém jamais conseguiu invadir Siracusa.

Parou no limiar, ao sair, pois queria acrescentar alguma coisa, mas não se atreveu. Já lhe parecia inútil, àquela altura. Disse somente:

— Procura ser prudente, se for possível — e foi embora.

A esquadra naval de Mago apareceu ao alvorecer do dia seguinte e a cidade inteira foi até as muralhas para ver. Era enorme: centenas e mais centenas de vasos avançavam como que num desfile, fazendo fervilhar o mar com os remos, de velas desfraldadas ao vento, bandeiras esvoaçando na popa, sinais luminosos a faiscarem entre um e outro navio como linguagem misteriosa que mantinha em perfeita formação aquela multidão, tão compacta quanto uma tropa marchando. A maior marinha militar do mundo alardeava o seu poder para espalhar o desânimo entre os sitiados, para dar a impressão de que qualquer defesa seria inútil.

Passaram ao longe da Ortígia, depois viraram para Leste, rumo ao porto Grande.

Dionísio, Hiparinos e Iolau estavam juntos na torre mais alta, vestindo as armaduras. Em seguida Filisto também chegou.

— Vão ancorar entre o Plemírion e o Dáskon — disse. — Significa que as tropas de terra também irão acampar daquele lado.

— Pois é — sorriu Dionísio —, no túmulo de todos os exércitos que tentaram sitiar Siracusa.

— Não contaria muito com isso — observou Iolau. — Têm o domínio absoluto do mar, podem reabastecer as tropas terrestres quando e como eles bem quiserem. Superam-nos na proporção de três por um com o exército e de cem por um com a frota.

— Temos as nossas muralhas — rebateu Dionísio. — Elas nunca nos decepcionaram.

— É verdade — comentou Iolau —, mas a nossa arma mais poderosa é outra: Aretusa.

— Aretusa?

— Isto mesmo. Por que acham que o oráculo mandou os nossos antepassados fundarem a cidade em volta da nascente? Porque é dela que depende a nossa saúde...

A conversa foi interrompida pela chegada de um mensageiro.

— *Hegemón*, Himilko está dando a volta da Epípole pelo Norte e dirige-se com o exército para o Anapo.

— Eu não disse? — comentou Dionísio. — Vão ocupar a mesma posição da outra vez.

Filisto interveio.

— Pensa bem: qual será o motivo disso? Será apenas estupidez?

— Não creio. Himilko é uma raposa — respondeu Dionísio. — Acontece que não têm outra escolha. Não há qualquer outra planície nas redondezas capaz de abrigar tanta gente. Na verdade estão fartos de saber que os comandantes atenienses já fizeram o mesmo no passado e assistiram à ruína do seu exército. A meu ver tencionam expugnar Siracusa durante o inverno. É por isso que não receiam acampar naquele local maldito.

Ninguém replicou porque ninguém jamais levara em consideração a hipótese de um exército poder manter um cerco durante todo um inverno, com a inclemência do tempo.

Iolau aproximou-se de Dionísio.

— Como Leptines está passando?

— Continua com febre, não sei se conseguirá sair dessa — respondeu, e a sua voz deixava transparecer um profundo desânimo.

— Posso ir vê-lo?

— Claro, os amigos são sempre bem-vindos.

Iolau anuiu e desceu para o pátio, dirigindo-se aos aposentos meridionais onde ficava Leptines. Dispensou o cirurgião e começou a cuidar pessoalmente do paciente que foi melhorando dia após dia, primeiro devagar e depois a olhos vistos, até que a febre sumiu.

— Como conseguiste? — perguntou depois de algum tempo Filisto.

Iolau respondeu com um sorriso:

— Não posso contar.

— Conheces o remédio indígena, aquele que já sarou Dionísio nas nascentes do Anapo?

— Não.

— Então deves conhecer a medicina pitagórica. Tu estudaste em Crotona, não é verdade? Sempre quis saber como, até o século passado, os atletas de Crotona ganhavam tudo nas olimpíadas.

— E chegaste a alguma conclusão?

— Acho que devia haver algum segredo por trás daquilo. O segredo de uma medicina esotérica que sabia curar os corpos com o poder da mente e os recursos da natureza.

Iolau nada disse.

— Um segredo que julgava perdido no tempo, mas que evidentemente alguém ainda conhece.

— Talvez. Depende dos mestres, e do encontro afortunado entre aluno e mestre. Seja como for, com Leptines não foi nada fácil. Estava mais interessado na morte do que na vida.

— Também acho. E fazes alguma idéia acerca do motivo?

— E precisas perguntar? Foi derrotado numa grande batalha, perdeu diante dos olhos do exército inteiro e particularmente do irmão. Os seus homens, desprovidos de um líder, foram massacrados... Mesmo assim, no entanto, havia alguma coisa estranha que eu não conseguia entender... algo como...

— Como um amor sem esperança? — perguntou Filisto.

Iolau fitou com olhar enigmático e anuiu.

— Sim... alguma coisa assim... às vezes os homens mais fortes e corajosos têm alma de meninos, com inimagináveis sensibilidades... Mas não digas mais nada, Filisto. Nem mais uma palavra.

E foi embora.

As intenções de Himilko revelaram-se exatamente como Dionísio imaginara.

Do topo das muralhas os habitantes de Siracusa puderam assistir à realização do plano dele. Antes de mais nada ocupou o santuário periférico de Deméter e Perséfone — as deusas mais veneradas na Sicília, mesmo pelos nativos — despojando-o de toda alfaia e de objetos preciosos. Também levou embora as duas estátuas de culto feitas de ouro e marfim, desmembrando-as para vender as suas partes. Foi um sacrilégio que deixou horrorizado o povo, tradicionalmente muito devoto àquelas divindades, e o próprio Dionísio que nunca esquecera o seu encontro na gruta de Hena.

Depois Himilko começou a construir uma fortaleza na ponta do promontório Dáskon, para manter sob controle o acesso ao trecho da praia onde deixara em seco uma parte das embarcações e ancorara as outras.

Enquanto isso os mercenários ibéricos e mauros desmantelavam os grandes túmulos monumentais que surgiam ao longo da estrada de Kamárina e usavam o material para construir um campo fortificado em defesa de um segundo acampamento naval, perto do Plemírion, o promontório meridional da baía.

A tentativa de também impor o bloqueio ao porto setentrional fracassou porque as catapultas de Dionísio, plantadas na ponta do dique, impediam que qualquer navio se aproximasse a menos de cem pés sem correr o risco de ser afundado. Daquela forma continuava havendo uma saída para os siracusanos manterem o contato com o mundo exterior.

Os imponentes preparativos do inimigo espalhavam entre os habitantes de Siracusa uma grande inquietação, uma sinistra sensação de impotência.

Parecia que cada dia que se passava, cada avanço na conclusão das obras os aproximava da catástrofe.

Dionísio percebeu que tinha de fazer alguma coisa para aliviar aquela mortífera resignação, para resgatar os brios do povo e o seu próprio prestígio. Convocou então Filisto.

— Tu vais partir — disse. — Precisas pedir ajuda aos espartanos e também a Corinto, a nossa Metrópole. Não precisamos de muito, mas as pessoas devem entender que não estamos sozinhos, que ainda sou capaz de conseguir reforços, alianças, ajuda. Quando Siracusa estava sendo sitiada pelos atenienses, bastou a chegada de um pequeno contingente espartano para reanimar o povo e convencê-lo de que a vitória era possível. Precisamos de navios. Com os de que dispomos não temos a capacidade de organizar operações suficientemente eficazes. Partirás amanhã mesmo. Leptines manterá aberta uma passagem e irá escoltar-te até o mar aberto com umas penteras.

— Farei o possível — respondeu Filisto, e desceu ao porto para coordenar a missão com Leptines e providenciar o embarque da sua bagagem, que sempre compreendia uma caixa de livros bastante volumosa.

Leptines recebeu-o na residência do almirantado, perto do cais.

— Estás com uma ótima aparência — disse Filisto.

— Tu também — respondeu Leptines.

— Já sabes que estou indo para a Grécia?

— Já. Ele teve a bondade de avisar-me.

— Não fales assim. Dionísio gosta de ti e muito te aprecia.

Leptines mudou de assunto.

— Quando calculas que estarás pronto a partir?

— Amanhã à noite.

— Ótimo. Assim evitamos que nos vejam.

Graças a uma manobra evasiva de Leptines, Filisto conseguiu eludir a vigilância cartaginesa e chegou são e salvo à Grécia, indo primeiro a Esparta e depois a Corinto. Esparta só ofereceu um oficial, como consultor militar, enquanto Corinto por sua vez enviou uma esquadra de trinta navios com tripulações completas e infantaria embarcada, que chegou a Siracusa no começo da primavera.

Leptines foi ao encontro deles em mar aberto com uma pequena embarcação ligeira e acordou um plano para que pudessem entrar no porto de noite, aproveitando a lua nova. Já aprontara ancoradouros escondidos, de fato invisíveis do mar e até da própria cidade, para ocultar a pequena frota coríntia. Só assim poderiam agir de surpresa.

Convocou a primeira reunião do estado-maior na sua residência do almirantado e, depois de dar as boas-vindas ao oficial espartano, começou:

— Hoje mesmo recebi a notícia de que a chegada de nove trirremes púnicas está sendo esperada amanhã com suprimentos e dinheiro para pagar os mercenários. Com a ajuda de vocês, tenciono interceptá-las.

Os presentes entreolharam-se perplexos e alarmados. Ficaram imaginando se a idéia era realmente de Leptines ou se, por trás, também havia a aprovação de Dionísio, mas ninguém se atreveu a perguntar.

O oficial espartano, que se chamava Euridemos, respondeu:

— Parece uma boa idéia, mas precisaremos pô-la em prática com todo o cuidado.

— Sem dúvida. E por isso mesmo preciso de tripulantes e pilotos capazes de navegar à noite — disse Leptines.

— Todos os nossos pilotos sabem navegar à noite — responderam os oficiais coríntios. — Já sabíamos navegar à noite quando vós ainda nem éreis capazes de navegar de dia.

Leptines deixou passar: os da Metrópole costumavam ser arrogantes e não valia a pena discutir quanto à sua suposta superioridade. Só disse:

— Muito bem. É justamente disto que precisamos. Usaremos vinte navios: dez nossos e dez de vocês. Quero os remadores em seus postos e as tripulações prontas a manobrar ao toque do segundo turno de vigia. A finalidade da missão será comunicada pelos comandantes quando já estivermos em mar aberto. Eu mesmo indicarei a rota. Só terão de acompanhar o *Boubaris*.

À meia-noite do dia seguinte, a esquadra saiu da enseada de luzes apagadas e seguiu em silêncio para o mar aberto.

# XXV

Leptines providenciara tudo da melhor forma possível para que a façanha noturna tivesse êxito favorável: tinha deslocado para o mar barcos a intervalos de um estádio um do outro com oficiais da marinha a bordo disfarçados de pescadores à luz das lanternas. Logo que a embarcação que estava mais longe viu as sombras dos navios cartagineses, enviou um sinal e a frota siracusana abriu-se em leque com a proa para o mar e o vento a favor. Mais um sinal luminoso da capitânia e o ataque começou.

Os cartagineses estavam tão certos de ter diante de si unidades amigas vindas para escoltá-los até o porto que quando perceberam a verdade nem tiveram tempo de esboçar uma reação. Cada uma das suas trirremes foi abordada por dois navios siracusanos e invadida por centenas de infantes de ataque. Muitos dos soldados embarcados ainda estavam dormindo quando tiveram a garganta cortada pelas espadas dos inimigos.

Os combatentes que tentaram resistir foram mortos, enquanto os demais foram simplesmente desarmados; os navios foram rebocados para a enseada e os despojos, imensamente valiosos, descarregados e guardados.

Dionísio, à espera no cais, foi pessoalmente ao encontro do irmão e abraçou-o.

— Golpe de mestre, por Zeus! Estávamos realmente precisando de uma vitória, embora pequena: amanhã irão saudar-te como herói!

— Pequena? — replicou Leptines. — Espera e tu mesmo vais ver: ainda nem fizemos a metade do que planejei.

— Do que estás falando?

Filisto chegou arfando, ainda vestido com os trajes de dormir.

— O que está acontecendo? Podíeis pelo menos avisar-me que...

— Himilko está esperando os seus barcos esta noite, não é? — disse Leptines.

— De fato... — respondeu Dionísio.

— E vai tê-los — virou-se para os oficiais que estavam em volta. — Quero que cada um de vós troqueis as armas e as roupas com as dos prisioneiros, e que os remadores se mudem para os navios cartagineses: prontos a zarpar o quanto antes! — completou Leptines.

— Brilhante — comentou Filisto —, absolutamente brilhante: um plano digno de um grande estrategista.

— Vou contigo — disse Dionísio.

— Não acho uma boa idéia — respondeu Leptines. — É uma operação muito arriscada, e um de nós já basta. É melhor tu ficares na cidade. Além do mais porque tens família, enquanto eu não tenho ninguém. Até agora tudo correu bem, não foi? Deixa eu cuidar do assunto.

Dionísio fitou-o nos olhos.

— Podia ter te matado, em Catânia...

— Eu sei.

— E terias cometido um erro enorme. Às vezes me pergunto quem é realmente o melhor entre nós dois.

— Eu, é claro — respondeu Leptines. — Dá-me a senha, bastardo!

— Dane-se o mundo! — Dionísio respondeu sorrindo.

— Dane-se! — respondeu Leptines, e pulou no convés de um navio cartaginês.

Filisto ficou comovido ao ouvir aquela rude despedida pois sabia que os sentimentos mais profundos da alma de Dionísio ainda estavam vivos sob a crosta do poder que ficava cada dia mais dura. Continuava a esperar, talvez iludindo-se, que o homem no fim acabasse levando a melhor sobre o tirano.

A esquadra saiu do Lákios e virou à direita, mantendo-se o mais perto possível da Ortígia, até ficar exatamente em frente do Plemírion, do lado oposto do porto Grande. Dobrou ainda mais à direita rumo ao Dáskon, onde brilhavam as luzes do corpo de guarda cartaginês e se podiam ver as unidades encarregadas da vigilância.

Os soldados de vigia saudaram as insígnias de Tanit nos navios que passavam e receberam como resposta um cumprimento em sua própria língua. Um oficial cartaginês havia sido convencido, com uma espada apontada nas costas, a sossegá-los com o som familiar da sua voz. A pequena frota tinha agora total liberdade de movimento e Leptines guiou-a para o fundo do ancoradouro onde uns cinqüenta vasos de guerra balouçavam nas ondas.

O ataque foi tão rápido quanto violento: uma dezena de barcos, parados como estavam, foram abalroados e afundados só na primeira investida; os demais foram queimados com uma verdadeira chuva de setas incendiárias.

Uma segunda onda de flechas ardentes abateu-se sobre as tendas e os depósitos, enquanto por toda parte ressoavam gritos e os cornos tocavam lugubremente o alarme.

A confusão era tão grande que Leptines conseguiu arpoar uma meia dúzia de navios inimigos e rebocá-los para fora da enseada. Ao alvorecer a sua esquadra entrou triunfalmente no porto de Lákios recebida por uma multidão festiva.

Leptines sentiu-se renascer no abraço do povo e no do irmão Dionísio, mas em seguida o seu olhar subiu para os muros da fortaleza e viu no topo da torre uma esguia figura feminina. Pareceu-lhe estar agitando um braço para saudá-lo e esperou no fundo do coração que fosse Aristômaque, tão pequena na distância, tão longínqua e inalcançável.

Reanimada pelo sucesso, a marinha siracusana, sob o comando de Leptines, empenhou-se em toda uma série de ataques, afundando numerosos barcos de carga e um número razoável de vasos de guerra. Os cartagineses, furiosos devido às perdas sofridas, decidiram desentocar de Lákios o seu escorregadio adversário e destruir as suas bases com um ataque em massa.

Daquela vez Dionísio também embarcou no *Boubaris* e, na acirrada rinha que se seguiu, os dois irmãos foram vistos lutando um ao lado do outro com incrível valor, liderando a abordagem das tropas de assalto como quando estavam com vinte anos.

Com o apoio das catapultas plantadas nos dois promontórios que fechavam a entrada do porto, a frota siracusana estava decididamente mais à vontade no espaço reduzido de Lákios e infligiu pesadas perdas ao inimigo, forçando-o finalmente e recuar. Uns dez navios foram capturados e consertados, de forma que a esquadra disponível chegou a cinqüenta unidades.

Do lado terrestre, a cavalaria também cumpriu o seu dever, levando a cabo dúzias de missões diversas, atacando as patrulhas cartaginesas que vagueavam pelos campos à cata de mantimentos e forragem, aniquilando as unidades militares que vigiavam o território e chegando amiúde a ameaçar os postos avançados de Himilko na planície do Anapo.

Passou assim, entre contínuas escaramuças, a primavera e chegou o verão: quente, úmido, abafado.

E com o verão estourou a peste no acampamento cartaginês. Os mortos eram jogados no pântano com uma pedra presa aos tornozelos, e daquela forma a contaminação aumentava ainda mais devido aos lençóis freáticos da água.

O calor insuportável tinha secado muitos poços até mesmo dentro da cidade, mas a fonte Aretusa continuava a jorrar límpida e pura. Filisto lembrou as palavras de Iolau, quando dissera que ali estava a salvação da cidade, e mandou promulgar a ordem de todos beberem apenas a água da sagrada fonte até a guerra acabar e as chuvas voltarem.

Naqueles intermináveis dias ofuscados pelo ferozes raios do sol, Dionísio surpreendeu-se amiúde a pensar na jovem selvagem que vivia no quase inacessível vale das nascentes do Anapo e no dia em que fizera o amor com ela à beira da fonte, nu e feliz. Perguntava a si mesmo se ela ainda estaria viva e lembrando-se dele.

Nem a esposa italiana, astuciosa administradora da própria beleza, sempre pronta a conceder-se para conseguir algo em troca, nem a siracusana, muitas vezes melancólica e fechada em si mesma, jamais lhe haviam proporcionado o mesmo prazer. Nem o nascimento dos dois filhos, Hiparinos e Niseus, tirara do rosto de Aristômaque o véu de tristeza que quase sempre o sombreava.

Já fazia bastante tempo, além do mais, que Dionísio evitava encontros ocasionais com mulheres desconhecidas por medo de arriscar a própria incolumidade, assim como rareava os contatos com aqueles que deveriam ser considerados amigos. Aumentava assim a sua solidão, e todos os pensamentos concentravam-se na ação bélica, no plano político do grande Estado grego do Ocidente ao qual dedicava todas as suas energias. Perguntava a si mesmo quantos o amariam, na cidade, e quantos o odiariam, quantos o admirariam e quantos o receariam.

Entre aquelas considerações, a desconfiança crescia nele a cada dia, e com ela o medo de um atentado capaz de matá-lo, tornando portanto inúteis todos os seus esforços, o enorme gasto de vidas humanas, o pavoroso preço de sangue pago por um sonho de grandeza no qual talvez ele ainda fosse o único a acreditar. Lembrava amiúde as palavras do pai adotivo Héloris: "Um tirano só abandona o posto quando arrastado pelos pés." E a imagem ligada às palavras oprimia o seu coração e a sua mente sem que ele pudesse abrir-se com alguém. Mostrar-se fraco e vulnerável era um luxo que não podia se dar, nem mesmo com os últimos amigos que lhe restavam: Iolau, Filisto e o próprio Leptines.

Só mesmo o gigantesco Aksal, o inseparável guarda-costas, dava-lhe uma sensação de tranqüilidade, como a armadura que lhe cobria o peito na batalha. Um ser poderoso e cegamente fiel, pronto a obedecer ao menor sinal.

Certa vez, enquanto debatia um plano de ataque com os oficiais no pátio do quartel, Leptines tirou a lança de um dos mercenários campanos para desenhar com a ponta o esboço da ação na areia e Dionísio estremeceu. Leptines leu por um momento no seu rosto a ira e o terror e não conseguiu acreditar em seus próprios olhos. Entregou de volta a lança ao soldado e afastou-se em silêncio.

Dionísio correu atrás e o deteve.

— Onde vais?

— E ainda perguntas?

— Tu não entendeste... Os homens foram instruídos para não se deixar desarmar por ninguém, e eu não posso permitir que...

— Tu ainda consegues dar uma resposta sincera? — perguntou Leptines fitando-o nos olhos.

— Como assim?

— Consegues ou não? — berrou.

— Claro que sim.

— Então responde: pensaste que eu ia matar-te?

Dionísio ficou calado e de cabeça baixa por alguns intermináveis momentos, aí disse:

— Foi o que pensei.

— E por quê?

— Não sei.

— Então eu vou te contar: porque no meu lugar tu bem que serias capaz.

— Não — respondeu — nunca. Talvez seja porque odeio a mim mesmo mais do que qualquer um poderia odiar-me.

Fez-se novamente o silêncio entre os dois. Fitavam-se fixamente nos olhos sem proferir palavras.

— O que devo fazer? — perguntou finalmente Dionísio.

— Ataca. Guia os teus homens na primeira linha. Os siracusanos, não os mercenários. Estes se viram sozinhos. Demonstra que és um de nós, que estás pronto a morrer pelas coisas em que acreditas. — Nada mais disse e encaminhou-se pelo corredor. Dionísio ficou ouvindo o barulho dos seus passos que desaparecia na distância.

Só decidiram atacar quando as tropas de Himilko pareceram estar totalmente esgotadas, quando o fedor dos cadáveres amontoados a céu aberto tornou-se insuportável. Dionísio decidiu então recorrer ao velho plano de batalha que havia fracassado em Gela.

— Atacaremos com três contingentes separados — anunciou na reunião do estado-maior. — Eu ficarei no comando da unidade central, que avançará diretamente contra o forte de Dákson. Euridemos guiará a segunda divisão, com os mercenários, pelo lado ocidental. E tu, Leptines, completarás o ataque pelo mar, desembarcando o terceiro contingente. A decisão sobre quando desencadear o ataque final será tomada em cima da hora, quando o êxito do embate ficar claro e as três divisões já estiverem seguras dentro do acampamento fortificado. A senha será "Apolo Lidador!".

Os dois contingentes terrestres puseram-se a caminho com o favor das trevas, depois de Leptines já ter saído do porto com a frota, e Dionísio marchou diretamente contra o forte de Dáskon pegando-o de surpresa. Ocupada a posição, estabeleceu nela o quartel-general e sinalizou para que Euridemos avançasse com os mercenários justamente quando Leptines estava dobrando o promontório meridional da Ortígia. O espartano ordenou o ataque.

Apesar das pesadas perdas provocadas pela peste, os iberos e os campanos de Himilko reagiram com grande valor, rechaçando os mercenários liderados por Euridemos e infligindo-lhes pesadas baixas. Enquanto isto, no entanto, Leptines desembarcava a sua divisão de assalto e Dionísio vinha se aproximando com o grosso das tropas, deixando apenas uma guarnição na clareira diante do forte de Dáskon.

Os baluartes do acampamento fortificado de Himilko mostraram-se logo aguerridos demais para um ataque frontal, e Dionísio achou melhor não se arriscar. Lançou portanto a tropa contra as defesas do acampamento naval. Ficando no meio entre os homens de Leptines e os dois contingentes terrestres, os mauros e os líbios encarregados da proteção dos navios foram atropelados e cortados em pedaços. Muitos dos barcos mais leves dos cartagineses estavam em seco e Dionísio mandou incendiá-los, transformando o acampamento numa única grande fogueira. Violentas rajadas de vento de terra empurraram as chamas para o mar e um bom número de navios de carga também foi consumido pelo fogo. Já sem homens para governá-las, as trirremes ancoradas em terceira fila foram em parte destruídas e em parte rebocadas para o porto de Lákios. Menos de um terço delas consegue ganhar o mar aberto com as tripulações reduzidas à metade.

Atraída pelo espetáculo da imensa fogueira, uma verdadeira multidão juntara-se no topo das muralhas e as pessoas, quase loucas de felicidade ao ver destruída a frota inimiga, lançavam altos brados de estímulo para os seus soldados que eram perfeitamente reconhecíveis na planície logo abaixo. Muitos, principalmente velhos e rapazes, diante do grande número de navios cartagineses à deriva, saíram com todo tipo de embarcação capaz de flutuar para apropriar-se deles e rebocá-los ao porto. Tão numerosos foram os vasos recuperados que já não havia um só espaço vago no cais, e foi preciso ancorá-los no meio do golfo ou ao longo da margem setentrional.

Naquela noite, seguido pelas tropas vitoriosas, Dionísio voltou à cidade entre as aclamações da multidão em delírio e oficiou um solene sacrifício de agradecimento no templo de Atena, na Acrópole. As suas duas esposas, Dóris e Aristômaque, assistiram à cerimônia em seus trajes mais lindos, uma segurando a mão do pequeno Dionísio e a outra acompanhada de Hiparinos e com Niseus ainda no colo.

O acampamento fortificado de Himilko continuava intacto, assim como o exército cartaginês, mas a frota estava praticamente perdida. Sobravam apenas uns quarenta navios de mais de quinhentos, entre cargueiros e vasos de guerra, que haviam formado a gigantesca esquadra.

As sortes da guerra haviam mudado drasticamente.

Dois dias depois, já à noite, um bote aproximou-se do castelo de Ortígia vindo do mar aberto e o timoneiro gritou para as sentinelas:

— Uma mensagem para o teu comandante.

Iolau foi avisado sem demora no corpo da guarda e veio encontrar pessoalmente o homem do barco. Levou-o até Dionísio, que estava jantando com Leptines e Filisto. O hóspede noturno era portador de uma mensagem de Himilko.

— Fala — disse Dionísio. — Este aqui é meu irmão e o outro é como se o fosse.

O homem tirou o capuz que encobria o seu rosto e revelou ser o mesmo embaixador que já viera tratar a paz na guerra precedente.

— As coisas mudaram bastante desde a última vez que nos vimos — disse Dionísio num tom muito amável. — O que posso fazer para o nobre Himilko?

— O meu senhor quer fazer uma proposta muito razoável, que espera que tu aceites.

— Depende de quão razoável ela seja — respondeu Dionísio.

— Para começar, está oferecendo trezentos talentos de prata, oitenta por cento em dinheiro vivo e o resto em barras.

— É um bom começo — comentou com um sorriso Leptines.

— Em troca o nobre Himilko pede que o deixeis partir com as suas tropas cartaginesas. Dez mil homens ao todo.

— E os mercenários? E as tropas indígenas? — perguntou Iolau.

— Não temos navios suficientes para levá-los conosco. Podereis fazer o que quiserdes com eles. Se aceitareis, a quantia ser-vos-á entregue amanhã mesmo, num local que indicarei, não muito longe do Plemírion. Qual é a vossa resposta?

— Deixa-nos sozinhos, agora — respondeu Dionísio. — Precisamos deliberar. Avisaremos em seguida.

Aksal levou-o para fora e os quatro começaram a discutir.

— Não vais me dizer que tenciona aceitar — disse logo Leptines. — Himilko precisa render-se incondicionalmente. No máximo podes permitir que fuja sozinho, para salvar-se. De qualquer forma acabaremos ficando com o dinheiro quando eles todos ficarem empesteados naquela podridão. Não têm saída. Vamos bloqueá-los por terra com a cavalaria e por mar com a frota. As nossas forças estão parelhas, agora, aliás levamos vantagem porque nós temos as penteras.

Dionísio levantou a mão para deter aquela peroração.

— O desespero pode fazer milagres. Quem já não tem nada a perder pode encontrar tanta força em si que tu nem podes imaginar.

— Isso mesmo — concordou Iolau. — Em cada ser humano existe uma reserva secreta de energia, uma espécie de tesouro escondido que só vem à tona diante de uma grave ameaça. É o extremo recurso que a natureza lhe proporciona para sobreviver.

— Uma coisa é certa — disse Filisto —, todos nós concordamos que os trezentos talentos vêm a calhar. Os gastos com a guerra foram enormes, os salários dos mercenários estão atrasados e também temos de ressarcir as famílias dos cidadãos que tombaram na luta, reconstruir a frota, pagar uma indenização ao contingente enviado pela Metrópole.

— E não é só — interveio Iolau —, quanto mais este pessoal ficar aqui por perto, maior é a possibilidade de a peste também espalhar-se entre nós. Se, ao contrário, os deixarmos partir, irão espalhá-la entre a sua própria gente. Já aconteceu da outra vez. Sei como esse tipo de doença se transmite.

— Concordo plenamente — aprovou Filisto. — Então, o que vamos fazer?

Leptines estava possesso.

— Vós deveis estar loucos. Temos finalmente a possibilidade de acabar com eles de uma vez por todas e vós vos deixais comprar por trezentos talentos?

— É um bom dinheiro — insistiu Filisto.

— Escutai, se é por dinheiro que quereis deixá-los partir, então juro que vou encontrá-lo e trazê-lo para vós. Bloquearei aquele acampamento tão bem que nem uma mosca será capaz de sair.

— Já ouvi a vossa opinião — interveio naquela altura Dionísio. — Mandai o embaixador entrar.

Aksal trouxe o emissário de Himilko de volta.

— Avaliamos as tuas propostas e eu mesmo gostaria de fazer uma... — começou dizendo Dionísio.

— Perdoa-me, comandante supremo — interrompeu-o polidamente o embaixador — agora há pouco, enquanto esperava na ante-sala, ouvi sem querer um de vós que falava bastante alto... — Dionísio lançou um olhar gélido para o irmão ainda vermelho de raiva. — ... Pareceu-me ouvir, como estava dizendo, que tencionam recorrer a um bloqueio para não deixar sair o tesouro do acampamento fortificado. Acontece, meus bons amigos, que o dinheiro... não está no acampamento, e se porventura esta negociação fracassar, será imediatamente jogado ao mar, tão fundo que ninguém jamais conseguirá alcançá-lo. Um verdadeiro desperdício, não achais? Uma decisão razoável, ao contrário, deixaria todos nós satisfeitos.

Dionísio suspirou.

— Então, posso saber o que decidistes?

— Dirás ao teu amo que aceito. A troca acontecerá no mar, a meio caminho entre o vosso acampamento no Anapo e o promontório meridional da Ortígia. Logo que eu puser os olhos no dinheiro, os primeiros navios poderão começar a zarpar. Tudo acontecerá à noite, no maior segredo.

— Para nós está ótimo — confirmou o embaixador. — Quando tencionais concluir a operação?

— Amanhã mesmo, aproveitando a lua nova — respondeu Dionísio. — Vós trareis o dinheiro no começo do segundo turno de vigia. Três sinais luminosos nossos e três vossos como resposta.

— Muito bem, *hegemón*. Agora, se me deres licença, voltarei para informar o meu senhor sobre o êxito satisfatório da minha missão e acalmá-lo explicando-lhe a boa vontade com que recebeste a nossa proposta.

— Tu viste? — Dionísio disse a Leptines logo que o emissário se foi. — Achas mesmo que podes acabar com um cartaginês? Ainda mais quando o assunto é dinheiro? Tomei a decisão certa. E agora vamos dormir: um dia longo e difícil nos aguarda amanhã.

Os hóspedes se cumprimentaram, e todos já estavam indo embora quando Dionísio chamou de volta Leptines.

— Mais alguma coisa?

— Pensei bastante no que tu disseste. Há muita coisa boa na tua proposta.

Leptines fitou-o surpreso.

— Estás brincando comigo?

— Nem um pouco. Ouve bem: vamos imaginar que logo após recebermos o dinheiro alguém na Ortígia repare em alguma movimentação na entrada do porto Grande...

— Já entendi — respondeu Leptines — mas isso significa que no futuro nunca mais haverá qualquer possibilidade de um acordo leal entre nós e eles.

— Não é bem assim, pelo menos se os atacantes forem os coríntios. Nós não temos o poder de dar ordens à marinha da Metrópole. E os cartagineses também sabem disto.

— Teria preferido que tu nada me contasses. Não gosto de trapaças, nem mesmo contra os meus piores inimigos. Se precisares de mim para qualquer outra coisa sabes onde encontrar-me. Desejo-te uma boa noite.

E foi embora.

Na noite seguinte, na hora combinada, Dionísio saiu com um bote e alcançou uma trirreme que esperava por ele a um estádio de distância para o mar aberto. Em seguida o vaso de guerra avançou lentamente rumo ao porto. Dos lados, em posição adiantada, duas pequenas unidades de exploração vigiavam para que não houvesse surpresas ou ciladas.

Tudo aconteceu sem problemas. Logo que chegou ao local combinado, depois da troca de sinais, o navio foi encostado por uma embarcação cartaginesa e a transferência de dinheiro começou.

O embaixador que levara a bom termo a negociação estava a bordo.

— Eu te peço, *hegemón*, providencia para que a contagem seja feita o mais rápido possível. A nossa frota já está perto do Plemírion, pronta a singrar para o mar aberto.

Dionísio anuiu e os seus administradores, preparados com suas balanças, levaram muito pouco tempo para pesar o dinheiro e concordar com a partida.

— Dirás ao teu senhor que pode ir — disse ao embaixador — para nunca mais voltar. Entenda, a Sicília é como um fruto muito saboroso mas tem dentro um caroço extremamente duro, no qual qualquer um acabará fatalmente quebrando os dentes. Pois é, Siracusa é o caroço. Adeus.

O barco afastou-se e Dionísio viu-o lançar sinais luminosos, certamente para o Plemírion, onde Himilko esperava com a frota.

— Não consigo entender como ele conseguiu enganar os mercenários — disse Iolau.

— Não deve ter sido difícil. Provavelmente disse-lhes que estava planejando uma incursão noturna. Só os cartagineses sabem realmente navegar bem à noite, e ninguém deve ter ficado surpreso com o fato de só eles terem embarcado. Mas é melhor voltarmos, pois daqui a pouco vai haver movimento por lá.

O tesouro foi descarregado nas pedras logo abaixo da fortaleza, onde se abria uma passagem secreta que levava aos subterrâneos do castelo. Dionísio e Iolau também entraram pela mesma portinhola e logo a seguir chegaram aos seus aposentos.

Não demorou muito para se ouvir o toque dos clarins dando o alarme. Alguns guardas vieram bater à porta do comandante.

— *Hegemón, hegemón*, os cartagineses estão fugindo! Quem percebeu foram os coríntios, e agora estão saindo com os navios deles. O que devemos fazer?

— O que vamos fazer? — gritou. — Vamos dar o alarme, por Zeus! Chamai logo o meu irmão, todas as tripulações para os navios, mexei-vos!

Na balbúrdia que se seguiu os únicos a sair para o mar em tempo útil foram os coríntios, que conseguiram alcançar a retaguarda da frota cartaginesa afundando uns dez navios.

Himilko safou-se. Ao chegar à pátria, conforme o hábito semita, confessou os seus erros diante do povo e do Conselho, em seguida matou-se.

# XXVI

A morte de Himilko e o contágio da peste na África desencadearam a revolta dos povos sujeitos a Cartago, os líbios e os mauros do interior, e a cidade teve de usar todas as suas energias remanescentes para garantir a própria sobrevivência.

Dionísio teve, portanto, plena liberdade de ação na Sícilia. Ocupou a costa setentrional da ilha até tomar Solunto, antiga fundação cartaginesa não muito longe de Palermo, e consolidou a sua autoridade sobre os sículos. Percebeu, no entanto, que, para realizar o seu plano de uma Sicília totalmente grega, situada no meio do mar e das terras, os recursos de que dispunha não eram suficientes. Precisava antes ampliar os seus domínios, criar o grande Estado grego de Ocidente com o qual desde sempre sonhava: um domínio pessoal que tivesse Siracusa como centro e se estendesse até o istmo de Escila, o trecho onde a península entre os mares Jônio e Tirreno é mais estreita. Teria, deste modo, o controle do Estreito, a passagem marinha pela qual tinham chegado tantas vezes as ameaças mais perigosas.

O nó a ser desatado era Régio, tão próxima, que de Messina podiam-se ver seus templos e, à noite, suas luzes. A cidade sempre lhe havia sido hostil. Abrigava Héloris — o pai adotivo que o repudiara e era agora seu ferrenho inimigo — e todos os cavaleiros exilados. Os velhos aristocratas tinham criado os filhos no ódio mais feroz contra o tirano que privara Siracusa da liberdade e eles, da pátria. Não perdiam uma única ocasião para espalhar a respeito dele a propaganda mais negativa e as mais vergonhosas calúnias, recheadas de aviltantes anedotas.

Dionísio, por sua vez, não se importava com aquilo e prosseguia com os preparativos da guerra, junto com os aliados de Locre aos quais estava ligado por vínculos de família.

Era preciso levar a cabo mais uma tarefa, antes de marchar contra Régio: a conquista de Tauromênio, a formidável "Fortaleza do Touro", controlada pelos sículos aliados de Cartago. Consideravam-na uma espécie de sacrário da sua nação, protegida que era por uma posição quase inacessível no cume de um pontal rochoso. Dali dominava-se a estrada que ligava Siracusa a Messina e ao Estreito, dali viam-se as pavorosas convulsões do Etna durante as erupções, ou então, nas tranqüilas tardes invernais, o cume imaculado do vulcão que se tingia de vermelho antes do anoitecer.

Dionísio tentou um ataque noturno, bem no meio do inverno, durante uma furiosa nevasca. Galgou o penhasco, com sua tropa de assalto, do lado onde a parede era mais íngreme, e por isto menos vigiada, liderando pessoalmente os soldados.

Num primeiro momento a tentativa foi bem-sucedida, mas logo que os sículos descobriram a invasão, acudiram em massa travando um feroz corpo-a-corpo com os atacantes, que ficaram logo em condições de evidente inferioridade.

Dionísio, que lutava na primeira linha ao lado dos seus homens, foi ferido e só a pujança de Aksal salvou-o da morte. O gigantesco celta decapitou o adversário de um só golpe, arremessou a cabeça no meio dos inimigos atônitos e logo a seguir investiu com fúria selvagem, urrando como uma fera e massacrando muitos deles. Dessa forma foi possível levantar Dionísio e levá-lo de volta para atrás da muralha fortificada. Iolau guiou a retirada juntando de forma compacta os homens no local por onde haviam entrado.

Aksal baixou com uma corda o seu amo ferido, enquanto outros guerreiros recuavam para recebê-lo no primeiro patamar que se abria na encosta do penhasco. Conseguiram salvá-lo, mas perderam muitos companheiros na descida precipitada, sob uma saraivada de pedras e de todo tipo de projétil que os sículos arremessavam.

Enquanto isto Cartago não esquecia a humilhação sofrida e, logo que se recuperou da peste, alistou mercenários ibéricos e baleáricos, sardos e sicanos e em poucos meses esmagou a resistência dos líbios sujeitando-os novamente ao seu domínio. Confiou então ao almirante Mago a tarefa de responder à arrogância siracusana.

Os recursos eram limitados e a frota não passava da sombra do que já fora, mas Mago conseguiu avançar sem qualquer problema até Cephaloédion. Virou então para o Sul, rumo a Egira, onde reinava um tirano local amigo de Siracusa. Dionísio foi enfrentá-lo com o exército e repeliu-o duas vezes em embates parciais. Quando no entanto o seu estado-maior e os aliados incitaram-no a infligir um golpe definitivo, ele se recusou achando que já saíra como vencedor e que não valia a pena arriscar as suas forças num choque frontal. Já estava pensando na expedição contra Régio e não queria perder um homem sequer numa confrontação que considerava inútil, uma das tantas irrelevantes escaramuças com os cartagineses que não resultaram em nada.

Os seus homens, no entanto, ficaram indignados com esta atitude de renúncia, não suportando a idéia de serem considerados covardes pelos bárbaros, e uma vez que a tropa era formada em sua maior parte por cidadãos, decidiram voltar para casa deixando-o sozinho.

Iolau foi com eles para manter sob controle uma situação que poderia se precipitar a qualquer momento na ausência do chefe supremo, enquanto Filisto e Leptines ficaram com Dionísio no comando da guarda pessoal e de um contingente de mercenários do Peloponeso.

Conseguiram voltar sem qualquer prejuízo, mas Dionísio ficou ansioso até o último momento, apavorado com a idéia de a cidade sublevar-se e de a tropa siracusana ocupar a Ortígia. Nada disto aconteceu e foi quase um prodígio.

Mago, por sua vez, deu-se por satisfeito com o fato de tê-lo forçado a recuar e voltou com o exército para dentro dos limites da província cartaginesa. Enviou então uma embaixada propondo a paz.

Dionísio iria devolver Solunto e os demais centros do Norte recém-conquistados e Mago, em troca, iria reconhecer o seu domínio sobre os sículos, inclusive os de Tauromênio. As condições eram vantajosas para ambos e a paz foi estipulada.

Com a paz voltaram a florescer os mercados, o comércio e o fluxo de mercadorias do Ponto Euxino ao golfo Adriático, da Espanha à África, da Grécia à Gália, à Ásia, ao Egito. Os dois portos de Siracusa fervilhavam de embarcações oriundas de todas as partes do mundo, de artesãos e mercadores, de marujos e estivadores que descarregavam madeirame da Itália, ferro da Etrúria, cobre de Chipre, e carregavam para exportar: trigo, azeite de oliva, artefatos de todo tipo, cavalos, armas.

Dionísio curou-se do ferimento e lembrou-se da força e do valor de Aksal.

— Se pudéssemos contar com alguns milhares de mercenários como ele — disse certa vez a Filisto —, ninguém poderia nos deter. Devem ser combatentes formidáveis.

— Cuidado — respondeu Filisto — também poderiam tornar-se uma ameaça igualmente formidável. Está havendo uma invasão lá no Norte. Soube por uns mercadores vênetos que chegaram de Ádria com um carregamento de âmbar. São muitas tribos, chegando do outro lado dos Alpes e trazendo consigo as famílias. Uma verdadeira migração. Travaram um combate terrível com os etruscos entre os Apeninos e o Pó, e estes pediram ajuda aos seus irmãos que vivem na pátria de origem entre o Arno e o Tibre.

— Se são todos como Aksal, os etruscos não têm a menor possibilidade de rechaçá-los — comentou Dionísio.

O pretexto para intervir contra Régio foi proporcionado por uma escaramuça de fronteira entre as cidades do Estreito e Locre, que se transformou logo numa verdadeira guerra. Dóris, a esposa italiana, mostrou-se logo bastante preocupada, pois ainda tinha na pátria muitos entes queridos.

— A tua cidade não tem nada a temer — garantiu Dionísio. — No fim da guerra, aliás, será ainda mais rica e poderosa. Quem é amigo meu sabe que de mim só pode receber benefícios.

— Então não te esqueças, logo que desembarcares na minha cidade oferece um sacrifício ao nosso herói nacional, Ajax Oileu.

— Farei isso, embora não acredite que o seu Ajax venha me socorrer no caso de eu me encontrar em dificuldades.

— Deverias ter mais fé. Sabias que os locrenses sempre deixam um espaço vago na primeira linha para que Ele assuma o lugar durante a batalha?

Dionísio sorriu e por alguns momentos pareceu interessado nos movimentos do filho que brincava com um cavalinho de pau.

— É mesmo? — perguntou afinal, distraído. — Não sabia.

— Pois é. Mais de um século e meio atrás os nossos combateram uma batalha terrível com os de Crotona, perto do rio Sagra. O comandante inimigo, ao ver aquele espaço aberto na nossa primeira linha, investiu para quebrar a nossa formação mas foi ferido por uma arma invisível e levado imediatamente para a retaguarda. O ferimento, apesar dos cuidados dos médicos que tentaram várias vezes cauterizá-lo, não sarava, e aliás emanava um fedor insuportável, causando-lhe dores lancinantes. Decidiram consultar o oráculo de Delfos que respondeu:

A lança de um herói infligiu a ferida,
a lança de um herói irá curá-la.

"Interpretando o vaticínio, os sacerdotes disseram que ele tinha de ir para o pântano Meotide, na margem setentrional do Ponto Euxino onde, numa ilha, estava guardada a lança de Aquiles. O comandante crotoniano empreendeu um viagem muito longa e, chegando àquele santuário no fim do mundo, aplicou na ferida a ferrugem da lança do herói e ficou milagrosamente curado."

— É uma história muito bonita — comentou Dionísio. — Precisas contar ao nosso filho.

— Posso ir contigo? — perguntou Dóris.

— Nem pensar. O menino ainda é muito pequeno, precisa da mãe, e a guerra não é uma brincadeira. Algum dia, talvez, quando tudo isto acabar, quando pudermos gozar de um longo período de paz e prosperidade, irei levar-te a Locre. Mandaremos construir uma linda casa onde passar, vez por outra, uns tempos.

— Estás falando sério? — perguntou a jovem. — E iremos sozinhos, só tu e eu?

Dionísio anuviou-se.

— Sabes muito bem que não deves falar assim. Aristômaque deve ser para ti como uma irmã. Deveria ser tu mesma, aliás, a pedir para ela ir conosco.

— Tentei ser amiga dela. Até partilhei a cama convosco na primeira noite, estás lembrado? E teria feito de novo, mas ela é ciumenta, sempre melancólica... mesmo agora que já tem filhos. Não sei como tu consegues agüentar...

— Nem mais uma palavra! — interrompeu-a brusco Dionísio. — Já sei aonde essas conversas vão acabar. Contenta-te com a tua situação, que faria inveja a qualquer mulher no mundo, e não pede mais.

Dóris virou-se para a criada.

— Já é tarde, está na hora de botar o menino na cama. E tu, criança, dá um beijo em teu pai.

O menino beijou timidamente o pai sem desgrudar da ama, que o levou embora.

— Vais dormir comigo esta noite? — perguntou Dóris logo que a criada saiu.

— Sabes muito bem que hoje é a vez de Aristômaque.

— Mas acontece que ela está naqueles dias, e eu não.

— Não deixas escapar nada, não é?

— Não é preciso fazer muito esforço. Basta saber uma vez e então continuar fazendo as contas. — Ao dizer isto desatou as fivelas da veste e ficou nua diante dele. O corpo de Dóris parecia resplandecer na harmonia das formas, na plenitude da sua feminilidade.

— Tu és terrível... — disse Dionísio percorrendo com o olhar o corpo sensual da mulher, a pele nívea na qual as lâmpadas refletiam um halo dourado.

Ela se aproximou e o abraçou, encostando o seio no rosto dele.

Dionísio beijou-a com ardor e carregou-a para a cama.

— Depois, no entanto — disse sorrindo —, irei dormir com Aristômaque.

— Os celtas invadiram Roma! — exclamou Filisto ao entrar quase correndo nos aposentos de Dionísio.

— Como é?

— Isso mesmo, os romanos tentaram enfrentá-los, mas logo que os viram ficaram tão assustados que fugiram em disparada. Muitos jogaram-se no rio, outros fugiram para uma cidade próxima, sua aliada.

— Quem te contou?

— Mercadores etruscos de Cuma, que por sua vez souberam pelos seus patrícios de Tarquínia. Foi um verdadeiro desastre. A cidade foi saqueada. Só resistiu a acrópole, mas não por muito tempo. Depois tiveram de capitular e pagar um vultoso resgate em troca da liberdade.

Dionísio virou-se para Aksal.

— Ouviste o que fizeram os teus irmãos? Queimaram uma das cidades etruscas mais poderosas do Tirreno.

— Ninguém pode resistir a nós — comentou lacônico o celta.

— Estou começando a pensar o mesmo. Aliás até que gostaria de te mandar até lá com Filisto, algum dia, para saber se gostariam de combater ao meu serviço.

— Tu mandar, Aksal ir.

— Ótimo. Mas, por Zeus, já me cansei de dizer que alguém tem de ensinar grego a esta criatura!

— Acontece — respondeu Filisto — que nenhum mestre conseguiu agüentar mais do que alguns minutos. Receio que terás de ficar com ele assim como é. Afinal de contas não precisas de um fino homem de letras, precisas mesmo é de um brutamontes que faça o vazio à tua volta. E ele é perfeito, ao que parece.

— O que sabemos acerca desses celtas? — perguntou Dionísio. — Tu já me falaste a respeito, mas acredito que nesta altura saibas algo mais sobre eles.

— Não muito: vivem lá no Norte, divididos em tribos sujeitas cada uma a um chefe, e, segundo alguns, seriam os famosos hiperbóreos dos quais falam os mitos. Segundo outros seriam os descendentes de um tal de Galata, gerado por Heraclés quando o herói voltou da Espanha com os bois de Geríon.

— Mentiras... — comentou Dionísio.

— Moram em vilarejos fortificados, veneram Apolo, Ares e Héfaistos como nós, praticam sacrifícios humanos, cumprem com suas palavras, sempre dizem a verdade...

— Quer dizer, bárbaros — concluiu Dionísio.

— O que esperavas? Já estás com um deles aqui há muito tempo.

— Para aquilo que tenciono fazer, quanto mais bárbaros eles forem, melhor. Mas gostaria que tu começasses a meditar acerca de uma coisa... Se porventura eu conseguir alistar um bom número, terás de descobrir se existe algum mito, alguma lenda que os ligue à Sicília.

— Acho bastante improvável.

— Então inventa. As pessoas que se mudam para terras estranhas precisam encontrar alguma coisa familiar.

— Estes celtas são um elemento de instabilidade e já chegaram muito para o Sul. Acho melhor tomares cuidado.

— Nada e ninguém poderá ameaçar-nos depois de eu conseguir realizar o meu plano, quando eu tiver erguido uma muralha do Jônio ao Tirreno e a minha frota dominar, absoluta, o Estreito, quando Siracusa for a maior cidade do mundo e os poderosos da Terra tiverem de ver-se conosco e disputar a nossa amizade.

— Atacarás então Régio?

— Declararam guerra aos meus aliados e parentes de Locre...

— Praticamente induzidos por ti.

— Não faz diferença.

— Espero que já tenhas levado em consideração o fato de Régio participar da Liga que reúne a maior parte dos gregos da Itália. Se uma cidade for atacada, todas as outras empenhar-se-ão em acudir em sua ajuda.

— Sei. E também sei como agir. Enquanto isto tu ficarás aqui, no comando da fortaleza da Ortígia.

Filisto acenou de leve com a cabeça, quase constrangido com aquela honra que lhe era oferecida.

— Como sempre Leptines ficará no comando supremo da frota. Sabes onde ele está neste momento?

— Deve estar no *Boubaris*. Atarefado a mandar polir as cavilhas dos remos, a estátua da proa, as argolas metálicas do mastro. Se estivesse casado, na certa não gostaria da mulher mais do que daquele navio.

— Faze com que ele saiba, então, que estarei ao seu lado em todas as operações no mar.

Dionísio apareceu diante de Régio com sua armada poderosa lá pelo fim do verão: entre forças marítimas e terrestres, mais de vinte mil homens, mil cavalos, e cento e vinte vasos de guerra, entre os quais trinta penteras. Desembarcou a leste da cidade e começou logo a saquear e arrasar o território. A resposta da Liga, no entanto, não demorou a chegar. Sessenta navios saíram de Crotona e entraram no Estreito para auxiliar a cidade ameaçada. Mas Leptines vigiava e caiu logo em cima da esquadra com a sua frota inteira.

Os crotonianos, diante da esmagadora superioridade do inimigo, procuraram salvar-se em terra e botaram em seco os navios para protegê-los, logo socorridos pelos habitantes de Régio que saíram em massa para ajudá-los.

Leptines aproximou-se até que as quilhas dos seus barcos quase raspassem o fundo do mar, mandou lançar arpões e procurou rebocar os barcos de Crotona. Começou então um bizarro cabo-de-guerra entre os tripulantes crotonianos, que tentavam segurar em seco os seus navios presos ao chão com cabos e estacas, e os siracusanos que queriam puxá-los para o mar aberto.

A grotesca contenda foi interrompida pela chegada de uma tempestade, anunciada por uma repentina ventania de Bóreas que pegou de lado os vasos de Siracusa fazendo com que rolassem de forma assustadora. Leptines mandou soltar todos os arpões e voltar ao porto de Messina, mas o vento continuou cada vez mais forte, as ondas agigantavam-se borbulhando de espuma enquanto ao longe ouvia-se o rumorejar ameaçador da trovoada. Os comandantes mandaram baixar as velas e deitar os mastros, mas muitos navios haviam sido surpreendidos de velas desfraldadas e emborcaram. Os náufragos não tiveram outra escolha a não ser nadar para a costa italiana onde foram logo capturados e aprisionados.

O resto da frota lutou duramente com a borrasca por horas a fio. O *Boubaris* foi o último a entrar no porto de Messina, perto de meia-noite, com muitos remos quebrados e os porões cheios de água.

O clima mudara e Dionísio teve de voltar a Siracusa, furioso com a humilhação sofrida.

Ficou um bom tempo trancado na fortaleza da Ortígia, intratável, longe até dos amigos mais íntimos que, por sua vez, preferiam não importuná-lo à espera que o seu mau humor passasse. Então, certo dia, convocou Filisto.

— Preciso de ti — disse logo que este chegou.

Filisto olhou para ele desconfiado. Tinha as olheiras escuras, sinal de insônia, e a pele amarelada.

— Aqui estou — respondeu.

— Quero que partas em missão diplomática. Preciso que me negocies uma aliança.

— Com quem?

— Com os lucanos. Preciso dobrar Régio e até a Liga italiana, se for necessário. E tenciono concluir isto ainda este ano. No próximo ano haverá as Olimpíadas e quero resolver o assunto para apresentar-me lá como...

— Os lucanos? — interrompeu-o Filisto. — Será que ouvi direito? Queres aliar-te com os bárbaros contra uma cidade grega? Percebes a enormidade do que estás propondo?

— Perfeitamente. E não me aborrece com estas bobagens nacionalistas. Os espartanos aliaram-se com os persas contra os atenienses para que os ajudassem a ganhar a grande guerra, e certa vez os de Régio aliaram-se com os cartagineses contra nós, na época de Guélon...

— Quando porém os persas tentaram impor o seu domínio sobre as cidades gregas da Ásia, o rei Agesilau, de Esparta, desembarcou na Anatólia e atacou-os sem hesitar... Mas isso tudo tem uma importância muito relativa. É a tua mudança que é terrível e me deixa extremamente amargurado. Onde foi parar o jovem herói que conheci? O campeão dos pobres contra os aristocratas? O destemido guerreiro, o defensor dos helenos, o implacável inimigo dos cartagineses. O vingador de Selinunte e Imera?

— Está aqui mesmo, diante de ti! — gritou Dionísio. — Não estive então lutando contra os bárbaros até poucos meses atrás? O meu corpo não está ainda dolorido devido aos ferimentos sofridos em Tauromênio? E não fui um bom servidor da minha pátria? Não a tornei maior e mais poderosa, mais temida e respeitada? Os atenienses bajulam-nos, os espartanos também: somos invejados pela nossa riqueza e a nossa potência, e quem é responsável por isto? Responde, por Zeus! Quem foi que conseguiu isto tudo?

— Tu, certamente, mas também o teu irmão Leptines que arriscou a vida mil vezes para executar as tuas ordens, e também Iolau, que nunca o abandonou e sempre acreditou em ti, e Dorisco, assassinado em sua tenda, e Bitão, chacinado em Mótya, e até eu. Isso mesmo! Eu que jurei segui-lo até o Ínfero, se fosse preciso. Mas não peças uma coisa dessas, Dionísio, não me peças para negociar uma aliança com os bárbaros contra os gregos. Vai contra mim, contra tudo aquilo em que acredito. E também vai contra ti, não entendes? A tua autocracia já é um escândalo entre os gregos. Até agora foi tolerada porque tu aparecias como o campeão do helenismo contra os bárbaros. Mas, se recorreres aos lucanos para atacar Régio e a Liga italiana, irão cobrir-te de infâmia, cuspir na tua cara, serás tratado como um monstro.

— Que seja! Não preciso da consideração deles.

— Precisas sim! Ninguém pode viver sem a estima dos seus similares, lembra-te disto!

Dionísio, que estava medindo a grandes passadas o pavimento da sala de armas, parou de repente no meio do aposento, fitando fixamente Filisto com olhar alucinado.

— Posso perfeitamente seguir em frente sozinho. O que importa é vencer. Se for bem-sucedido, serei aclamado porque todos irão precisar de mim. E vencerei, com a tua ajuda ou sem ela. Estou esperando a tua resposta.

— Sem ela — respondeu Filisto. — Irás vencer, se puderes, mas sem a minha ajuda.

— Ótimo. Agora, pelo menos, sei com quem posso contar. Adeus.

Filisto baixou a cabeça, em seguida olhou um momento para ele com expressão amargurada.

— Adeus, Dionísio — respondeu. E dirigiu-se à saída.

— Espera.

Filisto virou-se como que esperando que algo ainda pudesse acontecer.

— Leptines não pode saber disso, pelo menos por enquanto. Tenho a tua palavra?

— A minha palavra? Já faz muito tempo que tu não acreditas em palavras de honra nem juras.

— Nas dos amigos eu ainda acredito — respondeu em voz baixa.

— Tens a minha palavra — disse Filisto. E saiu.

# XXVII

O tratado de aliança que Filisto se recusara a negociar foi de qualquer maneira concluído por um emissário de Messina e no verão seguinte os lucanos marcharam em massa contra Thures, uma colônia grega renascida meio século antes no lugar onde havia sido destruída Síbaris. Enquanto isto Leptines havia sido enviado com a frota para a costa de Laos, no Tirreno. Dionísio, com efeito, dissera-lhe que suas tropas iriam chegar do Oriente, através das montanhas, para cercar as forças da Liga que haviam invadido o território da amiga Locre.

Os habitantes de Thures reagiram ao ataque dos lucanos com extrema decisão e, quando viram que os invasores recuavam para as montanhas, em lugar de esperar pelo grosso do exército da Liga, acharam por bem ir em seu alcance. Subiram pelo vale do Carax até chegar ao topo da formação montanhosa e, constatando que o caminho estava livre, desceram para o outro lado na direção de Laos, que surgia no litoral. Mas, ao chegarem à pequena planície entre os montes e o mar, tiveram uma amarga surpresa. Os lucanos não estavam diante deles, mas sim às suas costas. Eram dezenas de milhares, a força inteira da qual podiam dispor todas as suas tribos juntas, e desciam vale abaixo gritando e agitando as armas. Os habitantes de Thures perceberam ter caído numa cilada e formaram um quadrado com a falange, preparando uma resistência até a morte. A superioridade numérica dos inimigos era no entanto tão grande que a luta transformou-se logo numa carnificina.

Um grupo de mais ou menos quatro mil guerreiros conseguiu retirar-se para o topo de uma colina onde continuou a repelir os ataques dos bárbaros. Mais de mil, completamente cercados na praia e já sem qualquer possibilidade de salvação, viram de repente que atrás deles vinha chegando uma frota grega e, livrando-se das armas, pularam na água para alcançar os navios.

Não era a frota de Régio, como esperavam, mas sim a de Siracusa que chegava pontual para fechar o cerco também do lado do mar. No entanto, diante do espetáculo daqueles infelizes que sangravam e se debatiam na água tentando desesperadamente salvar-se, Leptines pareceu reviver um pesadelo. Percebeu que se tratava de um exército bárbaro massacrando os gregos de Thures na praia, pareceu-lhe estar vendo de novo a cena horrível das tripulações cartaginesas diante de Catânia que trespassavam os seus marujos quando tentavam chegar à costa a nado, e gritou com todo o fôlego que tinha:

— Salvai esses homens! Rápido!

Os seus oficiais olharam para ele pasmos.

— Mas *hegemón*, são nossos inimigos...

— São gregos, por Heraclés! Salvai-os! Puxai-os para cima, eu já disse!

A ordem foi repassada a Iolau que comandava a ala direita e ao resto da esquadra, cujos oficiais não tiveram mais dúvidas quando viram a capitânia içar a bordo todos os sobreviventes que encontrava.

Logo que botou os pés no convés do *Boubaris,* um oficial de Thures pediu para falar com o comandante. Levaram-no até Leptines, na proa.

Estava desfigurado pelos golpes sofridos e pelo imenso esforço encetado. Estava trêmulo de exaustão e quase não conseguia articular as palavras.

— Trazei roupas secas — gritou Leptines. — Mexei-vos, por Heraclés, o que estais esperando?

— *Hegemón*... — o homem conseguiu finalmente dizer. — O que tencionas fazer conosco?

Leptines olhou para ele e não teve mais dúvidas.

— Sereis tratados com a consideração devida aos valorosos combatentes. E sereis... devolvidos às vossas famílias.

O segundo oficial no comando olhou incrédulo para ele: tinha a impressão de estar no lugar errado e na guerra errada. A voz do seu comandante trouxe-o de volta à realidade.

— E agora vamos desembarcar.

O oficial deu a ordem e enquanto os demais navios continuavam levando a cabo o salvamento, a capitânia aproximou-se da praia quase a ponto de fincar o rostro na areia. Da proa do barco Leptines já pôde ter uma visão quase completa do campo de batalha e ficou transtornado. Diante dele descortinava-se a mais pavorosa matança que ele vira em toda a sua vida, um massacre de dimensão assustadora. Havia corpos amontoados por todos os lados, a terra estava completamente embebida de sangue que escorria farto até tingir a água do mar. Dez ou talvez quinze mil homens haviam sido chacinados no breve espaço de um estádio, entre as montanhas e a praia, como animais num matadouro. Em sua maioria já haviam sido despidos e despojados, e mostravam as feridas e as mutilações. Muitos corpos haviam sido cortados em pedaços para facilitar a retirada das armaduras que estavam sendo agora empilhadas num canto pelos lucanos.

De repente o clamor da batalha, que ainda enfurecia no topo da colina, pareceu despertá-lo e Leptines gritou para Iolau, que ficara a bordo, pedindo a presença de um intérprete. Depois avançou para o lugar onde os chefes tribais esperavam a conclusão do último embate para dar início a uma nova matança.

Dirigiu-se àquele que parecia ser o chefe supremo.

— Sou Leptines, o irmão de Dionísio, senhor de Siracusa e seu aliado, e peço-te que ponha um termo a este combate. Tu já venceste — disse-lhe. — Deixa que eu negocie a rendição desses homens.

— Não — respondeu o chefe. — Já faz muito tempo que estamos em guerra com essa gente que invadiu e ocupou sem qualquer direito o nosso território. Temos de exterminá-los, eles devem desaparecer.

— Irás ganhar muito mais se decidires poupá-los. Estou disposto a resgatar cada um deles. Vou pagar... vinte dracmas de prata por cabeça, o que achas? Vou pagar trinta... uma mina, isso mesmo, uma mina de prata em troca de cada um. O que achas? Aceitas?

Enquanto isso, o segundo oficial também tinha chegado e, ao ouvir aquilo, segurou-o pelo braço.

— *Hegemón*, já pensaste o quanto isso vai te custar? Pelo menos cento e cinqüenta talentos: é mais da metade de tudo aquilo que temos a bordo. É o dinheiro de que precisamos para as despesas da guerra...

— Esta é uma despesa de guerra — replicou Leptines, então, virando-se para o intérprete, gritou impaciente: — Queres fazer o favor de perguntar a esse bode fedorento se aceita ou não a minha proposta?

O intérprete traduziu e o chefe acenou vagarosamente que sim com a cabeça, condescendente, como se estivesse fazendo um grande favor.

— Finalmente! — exclamou Leptines. — E agora diga-lhes que preciso chegar até os homens na colina.

O chefe berrou alguma coisa e a multidão de guerreiros lucanos parou, em seguida começou a recuar lentamente. Finalmente abriu alas para deixar passar o almirante siracusano que foi subindo devagar o aclive até ver-se diante de quatro mil guerreiros de Thures esgotados de cansaço, feridos, ofegantes, sedentos, cobertos de suor sangrento, que olhavam para ele mudos e atônitos. Somente o ensurdecedor cantar das cigarras ressoava naquele momento na colina queimada de sol.

Leptines falou.

— Sou o navarca supremo da frota siracusana e sou vosso inimigo, mas até agora não sabia que estes bárbaros tinham recebido a ordem de exterminar todos vós. O desastre já aconteceu, a chacina foi consumada. Mas apesar de eu ser adversário continuo sendo grego, falo a vossa língua e venero os mesmos deuses, e portanto farei o possível para salvar-vos. Ofereci um resgate em troca das vossas vidas e, se vós vos rendeis, dou-vos a minha palavra que nenhum mal vos será feito até serdes devolvidos às vossas famílias que vos aguardam. Os vossos companheiros que pularam no mar, tentando alcançar os navios que pensavam ser de Régio, foram recolhidos e medicados, e voltarão para a vossa cidade juntamente convosco.

Os homens ficaram olhando estupefatos, quase aturdidos, não sabendo o que pensar. Alguns articularam frases desconexas, já incapazes de raciocinar, outros deixaram-se cair de joelhos, mais outros desataram a chorar descontrolados.

— Soltai as armas e segui-me — disse Leptines. — Nenhum mal ser-vos-á feito. Se alguém porventura os agredir, eu mesmo ordenarei às minhas tropas que vos defendam.

Ao ouvirem aquelas palavras, um depois do outro, a partir dos mais velhos, os guerreiros da colina jogaram lentamente ao chão as espadas e os escudos e caminharam atrás de Leptines, entre as fileiras dos bárbaros armados e ainda excitados com a chacina.

Avançaram em silêncio, os olhares fixos no vazio, até chegarem à praia onde deixaram-se cair na areia.

O chefe dos lucanos mandou contá-los um por um, então subiu a bordo dos navios para contar os demais e fez seus cálculos.

Leptines pagou sem hesitar cento e sessenta talentos em moedas de prata, depois negociou pessoalmente a paz entre as tribos daqueles bárbaros e os oficiais sobreviventes que representavam a cidade de Thures. Conseguiu que eles também pudessem recolher os mortos e colocá-los nas piras.

Ao entardecer, embarcou novamente no *Boubaris* e mandou fazer rota para o Sul, rumo a Messina, onde Dionísio esperava por ele, assim como o guardava talvez a prestação de contas mais difícil da sua vida.

Dionísio já estava a par de tudo e recebeu-o no quartel-general de Messina dando-lhe as costas.

— Sei o que deves estar pensando... — começou Leptines — mas deverias ter visto com teus próprios olhos; nem podes imaginar o massacre, a multidão de corpos mutilados, nus, cortados em pedaços, o sangue que tingia de vermelho a terra e o mar...

— E eu já não vi massacres? — gritou Dionísio virando-se de chofre. — Passei a vida inteira no meio de chacinas. E tu também, por Zeus! Não me venhas contar que é a primeira vez que vês sangue.

— Mas eram gregos, por Zeus! Gregos massacrados por bárbaros que agiam por nossa conta. Tu tinhas falado em acordo com os lucanos, em apoio estratégico, em ações diversas, mas não me tinhas dito que os deixaras livres para aniquilar uma cidade inteira!

— Já basta! — gritou ainda mais alto Dionísio. — Chega, já disse! Tu cometeste um ato extremamente grave de insubordinação. Assinou uma paz contrária aos meus desígnios políticos e em conflito com a minha estratégia militar. Desperdiçaste uma quantia enorme que devia servir para as nossas operações bélicas. Sabes o que isto significa? Traição, rebelião, conluio com o inimigo no campo de batalha!

Leptines baixou a cabeça como que esmagado pela dura reação do irmão, como se não a tivesse previsto. Quando levantou os olhos encontrou os dele, injetados de sangue, viu o rosto inchado de ira, as veias do pescoço túrgidas enquanto gritava mais acusações e impropérios, e pareceu-lhe estar diante de um estranho, de um ser cruel e desumano. Esperou que acabasse e, enquanto o outro ainda espumava na excitação incontrolável da ira, replicou:

— Eu sei, e estou pronto a sofrer as conseqüências. Mas antes quero dizer-te uma coisa: quando vi aquele horror, de repente lembrei-me do que vem a ser uma cidade grega, que quase eu tivesse esquecido. Não estou falando de Siracusa ou de Selinunte ou de Catânia, de amigos ou de inimigos, estou falando de qualquer cidade onde as pessoas descendem de uns infelizes forçados a emigrar, muitos anos antes, em busca de uma vida melhor no além-mar. Chegaram trazendo consigo somente as suas vidas e esperanças. Não para construir impérios, mas sim apenas um simulacro, em escala menor, da pátria de origem: um lugar com um porto para os comércios, uma colina para os deuses, um pedaço de terra para o trigo e as oliveiras. Para cada uma dessas cidades que tiveram um futuro, muitas outras jamais chegaram a nascer, para cada grupo que conquistou um abrigo, muitos outros acabaram no fundo do mar, comida de peixes. É verdade, lutamos uns contra os outros, muitas vezes em guerras inúteis devidas a rivalidades fúteis, mas eu nunca mais deixarei que, por minha culpa, um bando de selvagens aniquile uma cidade grega. Fiz o que fiz porque pareceu-me a coisa certa.

Dionísio deu-lhe mais uma vez as costas e disse:

— A partir deste momento estás demitido do cargo de comandante da frota e podes considerar-te preso. Serás levado a Siracusa e mantido sob custódia nos teus aposentos no quartel da Ortígia, à espera da minha decisão final. E agora livra-me da tua presença. Nunca mais quero ver-te.

Leptines saiu sem mais uma palavra e do outro lado da porta encontrou logo dois guardas que o detiveram para levá-lo ao porto.

Pediu para dar uma última olhada no *Boubaris* e consentiram. Despediu-se do navio passando a mão calejada no parapeito liso da amurada de vante, olhando para a proa onde enfrentara tantas batalhas: um carinhoso adeus a um amigo.

Os que estavam perto viram que tinha os olhos cheios de lágrimas.

Dionísio entregou a Iolau o comando da frota e recomeçou as operações como se nada tivesse acontecido. Reunira um conjunto bélico imponente: vinte mil infantes, três mil e quinhentos cavalos, cinqüenta navios novos que vieram juntar-se aos outros já fundeados no porto de Messina. Zarpou com o primeiro vento favorável, desembarcou com suas tropas na costa jônica da Itália, não muito longe de Régio, e começou a marchar para o Norte.

Enquanto isso a Liga italiana juntara as forças confederadas e as confiara a Héloris, o velho aristocrata que já fora o pai adotivo de Dionísio, e agora seu acérrimo adversário. Marcharam durante cinco dias seguidos até as margens de um regato chamado Heléporo que corria entre colinas não cultivadas, calcinadas pelo sol. Pararam ali, mas Héloris quis seguir adiante com a vanguarda, toda formada por cavaleiros desejosos de entrar logo em contato com o inimigo e talvez tentar um ataque de surpresa. Ao fazer isto afastaram-se cerca de dois estádios do grosso das forças da Liga.

Os exploradores locais de Dionísio já tinham tomado posição nos arredores, a pé e a cavalo, escondidos entre as moitas ou nos bosques de azinheiros e pinheiros, e sinalizaram imediatamente avisando o que estava acontecendo ao comando.

Dionísio decidiu agir sem demora e liderou pessoalmente o ataque com tropas de elite, em rápidas ondas sucessivas: primeiro os arqueiros, depois os infantes de assalto e finalmente a infantaria pesada de linha. Héloris e os seus foram atropelados e aniquilados antes que os pedidos de ajuda chegassem ao exército que estava prestes a acampar do outro lado do rio.

Os comandantes das várias divisões da tropa confederada decidiram mesmo assim travar combate, mas tiveram de atacar desprovidos dos seus generais e desanimados com a chacina do contingente de cavaleiros, sendo logo sobrepujados. Uma boa parte deles, mais ou menos a metade do exército, conseguiu recuar em boa ordem alcançando o topo de um morro fronteiro à magra correnteza do Heléporo.

Dionísio mandou cercá-los, impedindo qualquer acesso ao regato. Era só esperar: o sol abrasador e a absoluta falta de água iriam cuidar do resto. Iolau desembarcou ao entardecer, pediu um cavalo e chegou ao alto comando do exército antes de o sol desaparecer atrás das montanhas. Viu o campo de batalha coberto de mortos e a árida colina onde se haviam entrincheirado os sobreviventes da Liga italiana. Teve a impressão de o tempo ter parado. Estava diante do mesmo cenário que já vira ao lado de Leptines poucos dias antes em Laos.

Dionísio percebeu até que ponto aquela visão deixava-o perturbado e disse:

— Pareces transtornado: não é a primeira vez, afinal, que tu estás num campo de batalha.

— É verdade — respondeu Iolau. — Acontece que já vi esta cena.

— Eu sei — respondeu Dionísio.

— Imagino que já tenhas tomado a tua decisão.

— Com efeito.

Um dos guardas entrou naquele momento.

— *Hegemón* — disse — os italianos querem negociar. Estão aqui fora.

— Manda-os entrar.

Quatro oficiais de Crotona entraram na tenda e se aproximaram de Dionísio, este os recebeu em pé, sinal que o encontro seria breve.

— Falai — disse.

O mais idoso entre eles, um homem de uns sessenta anos, com o rosto marcado por uma profunda cicatriz, tomou a palavra.

— Viemos aqui para negociar um acordo. Somos dez mil, bem armados e em posição favorável, e ainda podemos...

Dionísio levantou a mão para interrompê-lo.

— O meu ponto de vista — disse — é muito simples. Naquela colina nua e árida vós não tendes saída, e logo que o sol surgir no horizonte o calor vai se tornar insuportável. Não tendes água nem comida. E portanto tampouco tendes escolha. A única coisa que posso aceitar de vós é uma rendição incondicional.

— É a tua última palavra?

— É — respondeu Dionísio.

O oficial anuiu gravemente, então fez um sinal aos seus companheiros e saiu da tenda.

Iolau baixou a cabeça em silêncio.

— Vai dormir — disse Dionísio. — Amanhã vai ser um longo dia.

O sol surgiu sobre a paisagem desolada iluminando todo o terreno em volta do Heléporo ainda apinhado de cadáveres. Enxames de moscas verdes zuniam sobre os corpos enrijecidos pela morte, e o canto monótono dos grilos já deixara o lugar para o estrídulo ciciar das cigarras.

O ar estava parado, e as pedras nas margens do regato logo ficaram abrasadas fazendo tremer o ar acima delas e criando a ilusão de reluzentes espelhos de água onde só havia seixos e areia. No topo da colina não se via uma única árvore a espalhar um pouco de sombra, um abrigo sequer onde buscar algum alívio contra a baforada impiedosa do sol.

Na ardência sem vento do meio-dia, ouviam-se os gritos dos corvos que vinham refestelar-se naquele campo de morte enquanto mais longe, nos galhos das plantas, já se viam aparecer os grandes abutres de asas brancas e negras e longos pescoços depenados.

Enquanto isso, no seu pavilhão de campanha, Dionísio lia os relatórios dos informantes e esperava. Um criado refrescava-o abanando um flabelo e derramando água numa taça e na bacia onde vez por outra molhava as mãos e os pulsos.

Não muito longe dali, Iolau sentava imóvel à sombra de um lentisco.

Passou assim a maior parte do dia, sem qualquer novo acontecimento. Então, lá pelo meio da tarde, deu para ver alguma movimentação no topo da colina. Ouviu-se o ecoar longínquo de vozes, talvez gritos, e em seguida um grupo desarmado de homens começou a descer para o vale, rumo ao pavilhão. Eram os mesmos que Dionísio recebera no dia anterior e vinham oferecer a rendição incondicional das suas tropas.

— Fico feliz que tenhais tomado a decisão certa — comentou Dionísio.

— Invocamos a tua clemência — começou dizendo o homem de cicatriz na face. — Hoje a sorte está do teu lado, mas algum dia podereis encontrar-te nas nossas mesmas condições e...

Dionísio interrompeu-o com o seu costumeiro gesto da mão.

— Dirás aos teus homens que estão livres para voltar às suas casas sem o pagamento de qualquer resgate e sem ter de recear qualquer ação de minha parte. A única coisa que peço é um tratado de paz entre nós, assinado pelas autoridades da Liga italiana.

O homem olhou para ele atônito, sem conseguir entender o que estava acontecendo.

— Podes garantir que a Liga vai assinar?

— Eu garanto — respondeu o oficial.

— Podei ir, então. Voltai a Thures e nunca mais levantai as armas contra mim.

O oficial não soube o que dizer. Ficou em silêncio procurando no olhar do homem diante dele uma explicação para aquele comportamento que contrastava por completo com tudo que ouvira dizer dele.

— Podes ir — repetiu Dionísio. — Eu mesmo cuidarei dos vossos mortos.

E o homem despediu-se.

Passardes armados no meio dos soldados siracusanos, perfilados com as lanças viradas para o chão, em sinal de saudação.

Dez dias depois Thures enviou uma delegação com o tratado assinado e uma coroa de ouro.

Iolau segurou-a entre as mãos.

— Um sinal de gratidão. Não é comum isso acontecer. A clemência é a maior qualidade de um chefe, ainda mais quando já venceu, e este presente é prova disto.

Dionísio não respondeu, parecia concentrado na leitura do documento que a Liga enviara. Iolau esperou que ele acabasse e retomou a palavra.

— Será que agora podes entender Leptines? Acabaste de fazer a mesma coisa e acredito que compreendas o que ele fez. Se a visão deste massacre conseguiu despertar a tua clemência, então também poderás perdoar o teu irmão.

Dionísio deixou o rolo com o tratado na mesa e respondeu:

— O meu gesto assegurou a neutralidade da Liga, ainda que não me garanta a sua amizade. Estou portanto livre para conquistar Régio que agora ficou completamente isolada.

Iolau não conseguiu esconder a sua decepção.

— O que achavas? — insistiu Dionísio. — Que iria desistir dos meus planos por alguma razão sentimental? Será possível que me conheças tão mal?

— Creio que muito poucos te conheçam melhor do que eu, mas é difícil aceitar que aquilo que sempre amei em ti já não exista mais.

— O tempo muda qualquer um — respondeu Dionísio com voz inexpressiva. — Afinal de contas, tu bem que poderias ter recusado esse cargo, mas estás agora ocupando o lugar de Leptines.

— É verdade: sou o comandante supremo da frota, mas há um motivo...

— Claro. Tu também queres o poder, e sabes que só podes consegui-lo se o meu próprio se afirmar. Tanto faz, portanto, apoiar-me sem perder tempo com inúteis lamúrias.

— Há alguma verdade no que dizes — respondeu Iolau —, mas a razão é outra. Tu te esqueceste que desde sempre sou capaz de encontrar em mim mesmo os motivos certos para viver, os motivos inspirados pelos meus mestres e jamais renegados.

Dionísio olhou para ele com ar interrogativo.

— O motivo pelo qual aceitei o cargo — continuou Iolau —, não foi porque tu me pediste. Foi porque o próprio Leptines pediu.

Não esperou uma resposta. Saiu da tenda e cavalgou até o mar, até o *Boubaris* que já estava pronto a zarpar.

# XXVIII

Filisto entrou na ala oriental do quartel e dirigiu-se à porta do aposento de Leptines, vigiada por dois mercenários da Arcádia.

— Abri — ordenou.

— Ninguém pode entrar: ordem do comandante supremo.

— A Ortígia está sob o meu comando, na ausência dele, eu assumo a responsabilidade. Abrí, se não quiserdes que chame a guarnição.

Os dois trocaram um rápido olhar, então um deles puxou o ferrolho e deixou-o entrar.

Leptines estava deitado num catre, as costas apoiadas na parede, de braços cruzados e olhar fixo, ausente, perdido no vazio. Continuou calado, sem se virar. Tinha olhos vermelhos, lábios ressecados, cabelos desgrenhados e barba por fazer.

— Não podes continuar desse jeito. A tua aparência é lamentável.

Leptines não respondeu.

— Sei o que estás sentindo pois eu também estou assim, mas ficar desse jeito não ajuda em nada. Precisas reagir. Reuni a Companhia. Estão indignados com o comportamento do teu irmão e tive a impressão de que estariam até dispostos a...

Leptines pareceu sair do seu torpor. Virou-se lentamente e disse:

— Não devias. Não havia motivo. Desobedeci às ordens e agora estou sofrendo as conseqüências.

— Não concordo. Passamos muitos anos apoiando Dionísio no seu plano de construir uma Sicília inteiramente grega. Toleramos ações execráveis, como a tomada de Messina e Catânia, confiando num futuro de paz e prosperidade, mas agora ele está dirigindo abertamente a sua hostilidade contra os gregos italianos, e isto já não é tolerável. Eu me recusei a tratar a aliança com os lucanos.

— Por que não me contaste? — perguntou Leptines.

Filisto aproximou-se, pegou um banquinho e sentou-se ao lado do catre.

— Porque ele não me deu a possibilidade. Talvez pensasse que iria convencer-te a apoiar o meu ponto de vista, e não queria que isso acontecesse. Encarregou das negociações homens que sempre baixam a cabeça, e para ti só contou uma parte da verdade para que não pudesses de forma alguma interferir nos seus planos. De repente tu estavas diante de uma horda de bárbaros que massacravam gregos e reagiste como qualquer pessoa civilizada iria reagir. Por pouco que possam valer, tu mereces toda a minha estima e amizade. E não sou apenas eu... — baixou o tom da voz e prosseguiu: — O povo está cansado dessas guerras contínuas, de ver mercenários estrangeiros enriquecendo além de qualquer limite e obtendo privilégios que nem aos cidadãos são concedidos. Ele continua a pedir sacrifícios em nome de um futuro maravilhoso que, em lugar de ficar mais próximo, parece afastar-se cada vez mais. Com o passar do tempo ele está ficando mais sombrio, desconfiado, intratável. Tem um herdeiro que mal chega a ver nos poucos dias que passa em casa. Diz que o menino treme de medo toda vez que o vê, que é um covarde. Podes acreditar?

Leptines suspirou.

— Cheguei a imaginar que levaria a criança comigo para o campo, que lhe ensinaria a criar abelhas e galinhas. Queria ir pescar com ela, mas Dionísio é ciumento, não quer que o menino sofra a influência de qualquer um que não seja um dos mestres que escolheu para ele. Pessoas sem cérebro e sem coração. Vão acabar tornando o coitadinho um pobre infeliz, com medo até da sua própria sombra...

Filisto tirou do bolso uma maçã e botou-a na mesinha ao lado da cama de Leptines.

— Come, vai te dar um pouco de energia.

Leptines anuiu e deu uma dentada.

— O que ele está fazendo agora? — perguntou mastigando.

— Sitiou Régio, mas a cidade não está cedendo. Iolau está voltando com parte da frota. Ele ficou por lá, pelo que me disseram.

— Iolau é um bom soldado.

— Sem dúvida. Parece até que Dionísio tenciona confiar-lhe a nossa delegação para as Olimpíadas da próxima primavera.

— Ótima idéia.

— Péssima. Pelo menos para Iolau. Devido à maneira pela qual está sendo organizada a nossa participação, vamos ser motivo de chacota geral. Afinal, as Olimpíadas são uma festa pan-helênica e vão acontecer justamente quando os persas voltam a reivindicar direitos sobre as cidades gregas da Ásia. E nós vamos chegar lá com uma aliança com os bárbaros contra uma cidade grega. Continuas achando uma boa idéia?

Leptines não soube o que responder.

— Tive uma reunião muito fechada com os chefes da Companhia, como estava dizendo — continuou Filisto. — Gostariam de uma mudança radical. Estão cansados desta situação de eterna incerteza, da atmosfera que reina na cidade, da impossibilidade de trocar idéias com quem está no comando. Qualquer um que demonstre ter um ponto de vista diferente do dele torna-se imediatamente um inimigo, um ser suspeito que precisa ser vigiado, investigado e até detido. Muitos, ao contrário, olham para ti com simpatia. O que fizeste em Laos é visto como um sinal da humanidade que o teu irmão já não tem.

Leptines jogou fora o resto da maçã e ficou de costas.

— Não irei traí-lo, se for isto o que estás querendo dizer.

Filisto baixou a cabeça.

— Achas que sou um traidor?

— Tu és um político, um literato, um filósofo, e é próprio da tua natureza examinar várias opções. Eu sou um soldado: posso não concordar, posso até ser indisciplinado, mas a minha lealdade está fora de discussão.

— Mas aqui também estamos falando de lealdade em relação ao povo. Será que ele não conta, para ti? O poder de Dionísio só se justifica, afinal, se o povo acabar ganhando alguma coisa, depois de tantos sacrifícios, tantas lágrimas e tanto sangue.

Leptines não respondeu.

Filisto dirigiu-se à porta mas antes de ir embora disse:

— Há uma pessoa que gostaria de ver-te.

— Sabe onde encontrar-me, pois não creio poder sair daqui.

— Ela decidiu vir falar contigo.

— Quando? — perguntou Leptines ficando de pé, visivelmente emocionado.

— Esta noite, na segunda troca da guarda. Haverá dois homens que me são fiéis, aqui fora, e tu poderás ficar tranqüilo... Lembra-te que eu também quero bem a ele, que ainda estaria disposto a morrer por ele, se fosse necessário. Adeus, mas reflete sobre aquilo que te disse.

Ouviu-se um leve tropel de passos, um murmúrio comedido, em seguida o barulho do ferrolho enquanto a porta se abria.

Apareceu uma figura feminina com a cabeça e o rosto cobertos por um véu.

Leptines tirou a lamparina da parede e aproximou-se.

— Aristômaque... — sussurrou quase não acreditando no que via. — É você.

A mulher descobriu-se e mostrou o rosto pálido, os grandes olhos negros, o nariz perfeito.

— O que estás fazendo aqui? É perigoso, é...

— Não agüentava mais pensar em ti aqui, sozinho, trancafiado como um ladrão. Tu que arriscaste tantas vezes a tua vida, que recebeste tantos ferimentos, que sempre ficaste ao lado dele...

— É o meu irmão, é o meu comandante supremo.

— Não te merece. Tornou-se um ser desumano, insensível. Só se importa mesmo em manter-se no poder. — Leptines virou-se contra a parede como a repudiar aquelas palavras. — Houve um tempo em que disseste que me amavas... — murmurou Aristômaque.

— Éramos jovens... crianças.

— Eu estava falando a verdade, e tu também. Nunca esqueci, e tu tampouco.

— Estás casada com o meu irmão.

— E despreza-me por isto?

— Não, não é isso. Eu te respeito... eu te venero, quase como uma divindade, como...

— Uma pobre infeliz. Aceitei um casamento absurdo porque a minha família exigiu, e sempre por uma questão de poder e prestígio. Partilhei a cama do meu marido com outra. Nenhuma mulher de condição livre, nem mesmo a mais miserável, jamais teve de sofrer uma humilhação dessas. Mas sempre senti o teu olhar sobre mim. Todas as vezes que tu estavas presente e até mesmo quando estavas ausente... o olhar de um homem bom, corajoso, que poderia amar-me e respeitar-me.

— Não foi possível, Aristômaque. A vida decidiu de outra forma e nós só podemos nos resignar, aceitar.

— Mas eu te amo, Leptines, sempre amei desde que te vi pela primeira vez de cabelo desgrenhado e joelhos arranhados, brigando com os garotos da Ortígia. Naquela época tu já estavas no meu coração... Sonhava ter um futuro contigo, Leptines. Queria ter um filho teu, parecido contigo, com a tua mesma luz nos olhos...

— Eu te peço — interrompeu-a Leptines. — Não diz mais nada. Sabes que agora é impossível.

Aristômaque ficou alguns momentos calada; parecia não encontrar as palavras ou a coragem de falar.

— O que mais? — insistiu Leptines.

— Haveria uma saída... Parece uma loucura, eu sei, mas... Filisto não falou contigo?

Leptines olhou para ela com expressão perplexa e interrogativa.

— Começou uma conversa que eu não quis ouvir, mas que tu deves ter escutado até o fim, ao que parece. Do que se trata?

— Não são poucos, na cidade, os que gostariam de te ver no poder. E para mim seria a única esperança de... estás entendendo o que quero dizer?

— Entendo perfeitamente — respondeu Leptines. — E infelizmente não aprovo nada do que estás pensando, embora te ame. Acredita, é uma loucura. Tudo acabaria num banho de sangue, num desastre. Eu não sou o homem certo para este tipo de coisa. Nunca poderia participar de uma conspiração contra o meu irmão. E sabes por quê? Porque uma conspiração sempre se conclui com a eliminação física do adversário. Tu podes me imaginar no papel de assassino do meu irmão?

— Não é verdade. Salvar-lhe-ias a vida devolvendo-lhe a humanidade.

— Nada disso. É muito fácil perder o controle de um levante, sabemos disso muito bem. Só de pensar em traição fico horrorizado. De uma coisa você pode ter certeza: do meu amor, da minha devoção, do meu respeito. Daria e faria qualquer coisa só para tê-la ao meu lado, mas não isso. Isso é algo que não posso fazer. E agora vai... Vai antes que alguém descubra que estás aqui.

Indicou a saída e segurou-a delicadamente pelo braço para acompanhá-la, mas ela virou-se e abraçou-o com força, chorando.

Naquela mesma hora ouviu-se o chiar do cadeado que se abria e logo a seguir a figura de um homem vestindo a armadura apareceu no vão da porta: Dionísio!

— Ela nada fez — foi logo dizendo Leptines. — Não lhe faças mal.

Dionísio olhou para ele com ar enfastiado mas permaneceu calado. A luz da lanterna dividia em dois o seu rosto, marcava os traços e tornava ainda mais profundas as rugas da testa. Fez um sinal a um dos guardas que segurou Aristômaque pelo braço e arrastou-a embora. Com mais um sinal mandou fechar a porta.

Leptines ficou martelando-a como um possesso, gritando:

— Pára, ouve! Escuta, não vás embora!

Não recebeu qualquer resposta a não ser o ruído dos passos ferrados dos mercenários ao longo do corredor.

No dia seguinte os dois guardas que haviam deixado entrar Aristômaque foram executados no pátio do quartel, diante de toda a guarnição perfilada. Leptines foi tirado do seu quarto e levado ao porto, onde embarcaram-no numa trirreme.

O comandante do navio era um membro da Companhia, um oficial chamado Arquelau, que Leptines conhecia bem.

— Para onde estão me levando? — perguntou.

— Não sei — respondeu o outro. — Um dos meus homens informar-me-á acerca do destino quando estivermos em mar aberto. Mas até então não saberei. Sinto muito, comandante.

O navio aumentou a velocidade e virou a proa para Ocidente.

No mesmo dia Filisto recebeu a visita de Dionísio.

— Traído pelo meu irmão e pelo meu melhor amigo, o homem ao qual confiara a custódia da minha família e as chaves da minha fortaleza.

— Traído por ti mesmo, Dionísio. Pela tua desenfreada ambição, pelo teu descarado desprezo por qualquer um, pelo teu desmedido egoísmo. Quantas pessoas já morreram por ti, tentando acompanhar-te em tuas empreitadas? Não, eu não te traí, e Leptines é a primeira das tuas vítimas. Ama-te e é cegamente fiel. Quanto a Aristômaque, nada houve entre eles além de um ingênuo amor infantil. Leptines é um homem de uma integridade absoluta, nunca chegou nem mesmo a encostar a mão nela. E agora despachaste-o sabe-se lá para onde. Diz a verdade: há um sicário a bordo, não é? Alguém que recebeu a ordem de matá-lo e de jogá-lo ao mar quando já estiverem tão longe que o corpo dele não poderá ser levado de volta pela correnteza e reconhecido. Não é isto?

Dionísio não respondeu.

— Se for assim, estás te manchando com o mais atroz dos crimes, um delito monstruoso. Manda alguém alcançar aquele navio, agora mesmo, e tenta evitar esta atrocidade, se ainda puderes. Quanto a mim, só estava procurando salvar-te de ti mesmo, da fúria destruidora que se apossou de ti como um demônio. Nunca passou pela minha cabeça desejar-te algum mal. É verdade, já prometi que iria seguir-te até o Ínfero, mas estava pensando em façanhas gloriosas, não neste incessante massacre, nesta interminável e sangrenta sucessão de horrores.

— Cala-te — disse Dionísio —, cansei de ouvir a tua voz.

— Mas terás de ouvir assim mesmo. Não queres saber por que o teu melhor amigo já não quer partilhar a tua loucura suicida? Manda matar a mim também, se é o que decidiste fazer. Não me importo. Mas em quem poderás confiar, então? Só resta Iolau, mas até ele vacila, até ele já tem dúvidas que lhe corroem a alma. É o problema de quem, como no teu caso, faz um vazio à sua volta. Não terás mais ninguém com quem contar, não terás mais um único homem em quem confiar.

"Pois é justamente isto que eu queria evitar, porque a solidão é o pior dos castigos. Desconheço o destino que reservaste para mim: saberei muito em breve, na certa. Mas já faz tempo que os nossos caminhos se separaram, Dionísio, desde que me recusei a negociar uma aliança com povos bárbaros contra cidades gregas. Agora, infelizmente, chegamos à conclusão extrema do dissídio. Tu tens a força, as armas, o poder, eu somente as palavras, nem elas aliás, uma vez que nada mais tenho a te dizer. O resultado de uma luta tão desigual parece-me bastante óbvio. Só te peço uma coisa: não procures outros culpados, pois não existem. Castiga a mim, somente a mim, pois não há mais ninguém a ser punido.

— Farei isso — respondeu Dionísio. — Adeus.

Mas não foram poucos, principalmente entre os membros da Companhia, os que foram procurados, interrogados e aprisionados. Disseram até que muitos foram secretamente mortos. Desta vez, no entanto, não houve respostas violentas. Aparentemente, aliás, não houve reação alguma. Alguns pensaram que até a Companhia tivesse ficado com medo de Dionísio, mas quem conhecia bem aquela sociedade sabia que dificilmente iria desistir da vingança. Era só uma questão de tempo.

Filisto, por sua vez, reparou que só estava sendo vigiado, nada além disso. Até que certa tarde chegou um emissário da Ortígia solicitando-lhe que se preparasse para partir.

No dia seguinte, embarcaram-no num cargueiro carregado de vinho e de azeite, sob o comando do próprio armador, um atacadista chamado Sosíbio.

A viagem durou quase um mês e concluiu-se numa longínqua localidade na mais extrema ramificação do golfo Adriático, dentro de uma ampla laguna. Era a cidade que dava o nome ao mar e ao golfo, Ádria, uma aglomeração dos vênetos à qual, com o passar dos anos, juntara-se uma colônia grega e, em seguida, uma de etruscos também. Era um lugar úmido e abafado, cercado de charcos e cheio de mosquitos mesmo durante o dia. Dionísio instalara ali um entreposto comercial que trocava produtos agrícolas e metalúrgicos por âmbar e cavalos de guerra.

Filisto foi acomodado numa pequena casa perto do mar, no bairro siracusano. Não havia soldados mas desconfiava estar cercado por vários espiões e informantes encarregados de manter sob atenta vigilância qualquer movimento seu.

Os primeiros tempos foram muito duros, uma vez que a Ádria era formada, em sua maioria, por choupanas de madeira e de palha, completamente desprovida daquelas características que tornavam aprazível uma cidade grega. Não havia teatro, não havia biblioteca, não havia escolas nem passeios, chafarizes ou monumentos de qualquer tipo. Os próprios santuários eram pobres e despojados, não muito diferentes das demais cabanas. O terreno, com efeito, era tão mole e alagadiço que não podia agüentar o peso de edifícios de pedra.

Quando chegou o inverno, a situação ficou ainda pior, pois nos pântanos em volta e na laguna formava-se uma espessa neblina que tudo encobria e ocultava; a umidade tomava conta de tudo penetrando nos ossos e causando com freqüência dores no corpo inteiro.

A desolação do lugar, o amanhã sempre incerto e a total falta de notícias sobre o destino de Leptines acabaram levando Filisto a um estado de profunda prostração. Perambulava por horas a fio à beira do mar, ouvindo o melancólico chamado das gaivotas, e passava noites insones afligindo-se na solidão e na miséria para a qual havia sido banido. Às vezes chegava a pensar em pedir perdão a Dionísio, em suplicar-lhe para que o chamasse de volta daquele lugar enfadonho no fim do mundo, mas então encontrava forças para resistir, cerrando os dentes. Pensava que um sábio não deve se dobrar diante do poder, deve encontrar em sua mente o amparo da razão que justifica a sua independência e a sua dignidade. Conseguiu superar o período mais rigoroso do inverno e, com a chegada da primavera, começou a descobrir alguns aspectos aprazíveis na terra em que morava. Dedicou-se a longos passeios pelo interior sem que ninguém tentasse impedi-lo e percebeu que Dionísio talvez não o tivesse trancado numa verdadeira prisão, pois afinal deixara-lhe bastante liberdade de locomoção.

Era um lugar muito diferente da Sicília, uma terra baixa e plana, cheia de florestas e de águas: reparou que a laguna era a meta de muitas embarcações, principalmente vindas do Oriente, mas não poucas também vinham do Ocidente. Viu um grande rio que os habitantes locais chamavam de Pado e que, segundo os gregos, era o mítico Erídano.

Pouco a pouco também começaram a chegar as notícias: amigos da Companhia que não se haviam esquecido dele e que de algum modo conseguiam enviar recados, principalmente a viva voz.

Acabou, assim, sabendo que Leptines não havia sido morto mas sim banido para uma ilhota na costa da Ilíria chamada Lissos, onde Dionísio estabelecera mais uma colônia.

No começo do verão seguinte, Sosíbio voltou a Ádria. O mercador que o levara para o exílio trouxe mais notícias.

— A nossa participação nas Olimpíadas foi um fracasso total. O pavilhão siracusano era rico demais, luxuoso demais — estacas de sustentação douradas, cortinas de púrpura, cordões do mais fino linho egípcio — e aquilo desagradou muito a sensibilidade dos gregos.

Filisto, que o recebera em casa, mandou-o sentar dizendo:

— Será possível que ninguém pensou em aconselhá-lo? Os gregos das Metrópoles são muito cheios de si, consideram-se quase no mesmo nível dos deuses. Os atenienses, então, nem falar! Amam a beleza, mas com simplicidade: será que ninguém leu Tucídides, por Zeus? Os exageros de qualquer tipo são considerados verdadeiras manifestações de barbárie.

— E não é só — continuou Sosíbio —, tampouco evitamos um ridículo na competição literária. Acho que Dionísio quis participar para criar a imagem de homem requintado e sensível. Até conseguiu um dos melhores atores na praça para recitar os seus poemas, mas os versos foram recebidos com apupos e risadas pois foram considerados, pelo que me contaram, de péssima qualidade.

Filisto não pôde deixar de sentir satisfação ao ouvir aquilo.

— Se eu estivesse ao lado dele — disse — isto nunca teria acontecido. Teria aconselhado que era melhor não participar, ou então pedir a ajuda de um bom poeta. Infelizmente, nesta altura, só está cercado de bajuladores que certamente devem ter exaltado a qualidade daquelas poesias, e ele deve ter acreditado.

— Algo assim — admitiu o outro.

— E quanto às competições esportivas?

Sosíbio bufou.

— Um fracasso completo... As nossas duas quádrigas acabaram chocando-se na corrida dos carros, provocando um verdadeiro desastre: três aurigas morreram e mais dois ficaram inválidos pelo resto da vida. E como se não bastasse, um grande orador ateniense, Lísias, numa oração pública incitou os gregos a derrubarem o tirano de Siracusa que se aliara aos bárbaros para aniquilar as cidades gregas da Itália e que ainda mantinha o cerco de Régio, violando abertamente a trégua sagrada que impõe a paz entre os gregos durante toda a duração dos jogos. O pavilhão acabou sendo tomado de assalto pela multidão que queria expulsar os siracusanos do recinto olímpico. E agora — prosseguiu —, a pior notícia de todas: Iolau, que chefiava a delegação, na volta foi surpreendido por uma tempestade no golfo de Táranto e afundou com o seu navio.

— E... morreu? — perguntou Filisto.

Sosíbio anuiu.

Filisto chorou: acabava de perder o último dos amigos que haviam assistido aos anos dourados da ascensão de Dionísio e que, afinal, permanecera-lhe fiel até o fim.

— Quando tencionas partir? — perguntou então ao mercador.

— Daqui a três dias, logo que acabar de carregar o navio.

— Achas que vai poder levar uma mensagem a Leptines? Ele continua em Lissos?

Sosíbio eximiu-se.

— É perigoso demais. Mas se porventura souber de alguém que vai para aquelas bandas, posso mandar dizer que tu estás vivo e em boa forma. Está bem?

Filisto agradeceu.

— Fico-te grato. Somos muito amigos e acho que vai ficar contente ao receber notícias minhas.

Despediram-se novamente três dias depois, no porto. Sosíbio já estava com um pé na passarela quando virou-se para trás.

— Esqueci de mencionar a coisa mais engraçada — disse. — O negócio de Platão.

— Platão? — repetiu Filisto arregalando os olhos. — Estamos falando do grande filósofo?

— Ele mesmo. Estava viajando pela Itália nesta primavera e parou na Sicília, e aí em Siracusa. Recebeu muitos convites, como era de se esperar, nos círculos mais prestigiosos da cidade, e acredito até de alguma associação da Companhia. Foi logo dizendo que o nosso luxo era deplorável: o hábito de comer três vezes por dia, de dormir com a mulher todas as noites, de morar em casas suntuosas demais. Ao mesmo tempo, numa conversa posterior começou a tratar dos vícios, da corrupção e da depravação das instituições num regime de tirania, especificando mesmo assim que no caso de não ser possível extirpar o mal, um caminho alternativo seria o de entregar aos filósofos a tarefa de educar o sucessor do próprio tirano, no intuito de fazer dele um estadista digno. Deu para entender? Estava praticamente se oferecendo como educador do jovem Dionísio.

— Que descaramento! — comentou Filisto.

— Descaramento? Verdadeira loucura, eu diria.

— E eles dois, quer dizer Dionísio e Platão, chegaram a se encontrar pessoalmente?

— Nem pensar. Quando todas essas bonitas sugestões lhe foram comunicadas, Dionísio recomendou que o comandante do navio que o levava de volta à Grécia o vendesse aos piratas.

— Por Heraclés! — Filisto exclamou pasmo. — Aos piratas?

— Isto mesmo. Os discípulos tiveram de resgatá-lo num mercado de Egina, antes de o homem acabar não se sabe onde.

Filisto não pôde evitar um sorriso ao lembrar um rompante de Dionísio: "Os filósofos! Evito-os como a sujeira dos cães na rua."

Sosíbio partiu e Filisto voltou aos seus afazeres: a narração da história da Sicília, que se tornara agora bastante difícil devido à escassez das informações.

No decorrer do ano seguinte foi encarregado pelos habitantes de Ádria, que naquela altura tinham a maior consideração por ele, de empreender um grande trabalho: um canal que ligaria o ramo mais setentrional do Pado com a laguna, para tornar a cidade um centro de trocas ainda mais rico e freqüentado. E Filisto entregou-se à tarefa.

# XXIX

Filisto passou mais cinco anos em Ádria, em condições na verdade bastante anômalas sob vários aspectos. O exílio permitia-lhe uma liberdade quase absoluta. A única coisa proibida era a sua volta a Siracusa. Uma vez aceita esta limitação, nem um pouco indolor, ele percebeu que na verdade Dionísio enviara-o para aquele lugar com uma missão não declarada: liderar o desenvolvimento da colônia siracusana que ia se instalando por lá.

Enquanto isso prosseguiam as obras do grande canal que ligava o ramo setentrional do Pado à laguna de Ádria, e Filisto supervisionava pessoalmente os trabalhos ficando no local por vários dias, e, às vezes até, por meses a fio. Estava mais magro, bronzeado, parecia até ter rejuvenescido. Quando a grande obra ficou pronta e os diques de contenção foram demolidos para deixar escorrer a água, o espetáculo foi arrebatador.

O canal regulava e guiava as águas do grande rio criando um novo caminho que permitia a comunicação da cidade com toda a ampla planície interna, rica de recursos naturais: gado, peles, trigo, madeira e também vinho, azeite e produtos metalúrgicos oriundos da Etrúria. Uma obra de paz, finalmente, e de prosperidade. Os habitantes de Ádria, cheios de gratidão pelo realizador, dedicaram-lhe uma inscrição no santuário local e chamaram o novo canal de "Vala Filistina". Muito comovido, Filisto achou que talvez aquele nome iria ter mais sucesso, para eternizar a sua fama, do que a obra histórica à qual continuava a dedicar-se com fervor.

A colônia siracusana em Ádria não foi a única. Mais outra foi fundada no promontório em forma de cotovelo da costa ocidental e recebeu o nome de Ancona. Enquanto isto, os celtas, que oito anos antes tinham incendiado e saqueado Roma, estabeleceram-se definitivamente no território dos umbros, não muito longe da nova colônia do promontório, que se tornou assim a base para o seu alistamento.

Certo dia de primavera chegou a Ádria um navio de guerra, uma trirreme chamada *Aretusa,* que Filisto vira muitas vezes ancorada no porto de Lákios e que naquela altura só era usada para missões diplomáticas. Logo a seguir foi-lhe anunciada uma visita e viu-se diante de Aksal, o guarda-costas celta de Dionísio. Mostrava alguns cabelos brancos e ficara bastante mais pesado na cintura, mas parecia ainda mais imponente.

— Aksal! — exclamou. — Nunca poderia imaginar encontrar-te aqui. Qual o motivo da tua vinda para este fim do mundo?

— Patrão quer meus irmãos como mercenários e diz tu vir comigo para fazer acordo.

— Mas eu não recebi dele qualquer ordem ou mensagem neste sentido, e portanto não me parece oportuno sair daqui. Acredito, aliás, que tu poderás sair-te muito bem sozinho. O seu grego continua sendo uma lástima, mas imagino que fales muito bem a tua própria língua.

Aksal insistiu.

— Patrão diz que se tu não quer vir eu levar comigo de qualquer maneira — e avançou com duas mãos que mais pareciam patas de urso.

— Calma, calma — amansou-o Filisto —, vou contigo, mas dá-me pelo menos algum tempo para aprontar-me...

— Nós parte amanhã.

— Tudo bem. Mas preciso encontrar alguém que tome conta dos meus livros, das minhas coisas...

— Leva tudo — disse então Aksal.

Filisto sentiu o coração pular dentro do peito.

— Tudo? Como assim? Explique-se melhor, homem.

— Tuas coisas todas. Não vais voltar aqui.

— Não vou? E para onde vais levar-me, então?

— Isto Aksal não diz.

— Estou entendendo — respondeu Filisto conformado.

Mas, no fundo do peito nem se atrevia a imaginar qual seria o destino final daquela viagem. Achava que Ancona já seria um bom passo adiante. Pois afinal devia tratar-se de uma cidade no verdadeiro sentido da palavra.

Levaram seis dias para chegar à meta: os dois primeiros dentro das lagunas, numa agradável calmaria, e os outro quatro não propriamente tranqüilos, devido a um vento de poente que insistia a empurrá-los para o mar aberto, maltratando de forma preocupante a já não tão jovem *Aretusa*. Aksal, apesar de não ser aquela a sua primeira experiência de navegação, ficou bastante nervoso e às vezes, diante de ondas mais violentas do que as demais, emitia gritos guturais que talvez o ajudassem a descarregar a tensão.

Ancona era de fato uma verdadeira cidade. Tinha um lindo porto protegido de Bóreas, com abrigos para os barcos de carga e para os vasos de guerra, e uma imponente acrópole no topo da montanha que dominava o golfo. Dionísio mandara construir um magnífico templo, visível de muito longe, tendo logo abaixo a ágora e os pórticos que chegavam até o cais cheio de navios. O mercado era bastante cosmopolita: havia gregos das colônias e das Metrópoles, picenos do interior com seus típicos trajes de lã rendada, umbros, etruscos e uma profusão de celtas, tanto homens quanto mulheres. Filisto ficou impressionado com a beleza das mulheres celtas: altas, de pernas esguias, fartos seios, longas tranças loiras que chegavam até a cintura. Algumas seguravam as crianças nos braços e faziam suas compras gastando ótimas moedas siracusanas. Os homens eram imponentes: muito altos para os padrões itálicos, musculosos, exibiam o *torques* no pescoço, vestiam bragas de lã apertadas nos tornozelos, mas circulavam nus da cintura para cima, com longas espadas penduradas nos bonitos cintos de argolas ou de lâminas gravadas.

O local do alistamento era uma dependência do porto onde havia mediadores gregos que falavam celta, mas principalmente celtas que falavam um grego não muito diferente do de Aksal. Filisto sentiu-se renascer: podia finalmente respirar de novo a atmosfera de uma *polis*, embora um tanto mestiça.

Dentro de sete dias tinha concluído uns vinte alistamentos e pago os adiantamentos, e então a *Aretusa* rumou novamente para o mar aberto.

Filisto ficou admirado com a presença siracusana naquela área: obviamente, com os mercados do mar oriental fora de alcance, por estarem nas mãos dos cartagineses, o Adriático tornara-se para Dionísio uma zona importante onde expandir seus comércios e a sua presença colonial.

Conseguiu mais algumas importantes informações com o comandante do navio. A abertura dos novos mercados e a estabilidade daqueles últimos anos haviam trazido grande prosperidade em todos os domínios de Dionísio, e as suas mulheres haviam gerado mais filhos e filhas. À mais recente menina, filha de Aristômaque, havia sido imposto o nome de Aretes, por vontade explícita do pai.

Ao ouvir aquele nome, Filisto pensou que no fundo do coração o tirano ainda devia guardar algum sentimento. Também pensou em Aristômaque, forçada a dar-lhe filhos embora amasse outro homem, mas considerou que afinal o tempo se encarrega de curar muitas feridas, fazendo com que as pessoas acabem agüentando com mais coragem as desventuras e as dificuldades da vida.

Certo dia Filisto reparou que o navio virava para o Oriente e pensou que o seu destino final fosse algum outro entreposto comercial perdido entre as inúmeras ilhas e enseadas da costa da Ilíria, onde a presença de Siracusa ficava cada vez mais fortalecida com novos agrupamentos. Então, de repente, a suspeita: Lissos! Talvez estivessem indo para Lissos.

Foi justamente ali que desembarcaram, após algumas dificuldades, no terceiro dia, depois da partida de Ancona. Logo a seguir, sob o olhar um tanto divertido de Aksal, Filisto deparou-se com um velho amigo muito querido e saudoso.

— Leptines! — gritou logo que o viu.

— Filisto!

Deram-se um abraço bem apertado, com os olhos cheios de lágrimas.

— Seu bastardo! — dizia Filisto. — Continuas inteiro! Que alegria voltar a ver-te, por Zeus, que felicidade!

— És tu mesmo, então, seu velho sabichão! — exclamou Leptines com uma ponta de tremor na voz. — Olhe só para ti, estás tão bonito que mais pareces uma rameira de Éfeso! Os ares do Adriático te fizeram bem, ao que tudo indica. Onde é que estavas?

— Em Ádria.

— Ádria? Onde fica?

Filisto apontou com o dedo para o Norte.

— Bem no fundo do golfo. Os mosquitos comiam-me vivo nos primeiros tempos, mas depois deixaram-me em paz, ou então acabei me acostumando. Quanto tempo... pelos deuses, quanto tempo!

Ficaram de braços dados e caminharam na luz dourada do entardecer ao longo de uma bonita rua bem calçada que levava à pequena cidade, até chegarem à morada de Leptines: um palacete de pedra cinzenta com um pátio interno cercado por um pórtico. No meio, havia um poço enfeitado com motivos florais.

— Estás muito bem instalado — comentou Filisto.

— Não posso me queixar.

— Queres dizer, o teu irmão afinal não te tratou tão mal.

— De fato — respondeu Leptines, um tanto seco. — E tu? O que houve contigo?

— Podia movimentar-me à vontade. Cheguei a ter responsabilidades de governo, de alguma forma. Em resumo, vivia numa espécie de liberdade vigiada. Tu viste onde Aksal se meteu?

— Não, não reparei nele.

Filisto virou-se.

— Ora, estava bem atrás de mim... Sabes, o teu irmão encarregou-me de alistar celtas no mercado de Ancona. Ou melhor, foi o que Aksal me disse. Diretamente de Dionísio não recebi mensagem alguma. E tu?

— Eu tampouco.

— Aksal mandou-me embarcar todas as minhas coisas, pois não irei voltar a Ádria. Talvez me deixem aqui. Gostei do lugar. Ao que parece o clima é bom, e não há mosquitos. Poderíamos nos enfrentar no jogo de astrágalos, ir pescar juntos. Sabes como é, agora que me acostumei a ficar longe da política, devo reconhecer que não sinto lá muita falta. Era um mundo de loucos... E tu?

— Eu? — respondeu Leptines. — Bem... — e não disse mais nada.

— Pois é — comentou Filisto — tu és um animal de combate. Deves estar te sentindo como o *Boubaris* dentro de uma pia.

— Mais ou menos isso — admitiu Leptines. — Tu és meu hóspede — disse para mudar de assunto. — Vamos ter peixe, para jantar. Está bom para ti?

— Se está bom? Ora, comeria até uma crosta de pão dormido, só para poder gozar da companhia de um velho amigo.

Jantaram juntos, no pequeno pátio interno, deitados ao lado das mesas e com escravos para servi-los. Ficaram acordados até tarde, tomando vinho e lembrando os bons tempos. De qualquer maneira, Filisto percebeu que Leptines desconhecia quase por completo o que havia acontecido em Siracusa e nas Metrópoles naqueles últimos anos. Devia ter sido mantido numa espécie de isolamento.

— O teu irmão chegou a escrever-te, alguma vez? — perguntou a certa altura.

Leptines sacudiu a cabeça.

— Alguma mensagem oral?

— Não.

— Entendo. Achas que irão deixar-me aqui?

— Não faço idéia. Espero que sim. Eu bem que gostaria.

Foram dormir de madrugada e Filisto ficou olhando a lua cheia que iluminava a enseada e os poucos navios ancorados. Um espetáculo maravilhoso. Ali também havia um pedacinho da Grécia. Havia surgido um templo, uma praça, havia sido construído um porto, a língua e os costumes espalhavam-se pelo território em volta, assim como a religião dos helenos.

Acordou de manhã cedo, com os gritos das gaivotas, e logo a seguir percebeu algum rebuliço na entrada da casa. Deu uma olhada e viu Aksal.

— Nós parte — disse o celta.

— Nós quem?

— Nós: Aksal, tu e o comandante Leptines.

— Por Zeus, não me digas que... Para onde vamos?

— Siracusa. Navio parte com maré. Rápido.

Filisto correu escadas acima arquejando e irrompeu no quarto de Leptines.

— Vamos partir — gritou.

— Do que estás falando?

— Aksal disse-me que voltamos para Siracusa, meu amigo. Vamos voltar para casa!

Ao ouvir aquilo Leptines ficou como que aturdido, sem saber o que dizer. Ficou andando de um lado para o outro do quarto, olhando fora da janela.

— Precisas apressar-te — disse Filisto. — Aksal quer zarpar com a maré.

— Aksal não sabe nada. O nosso porto é tão profundo que as pessoas nem levam em consideração a maré. Não há a menor pressa.

— Olha para mim: ficaste contente ou não? Estás com uma cara...

— Oh sim, claro... Mas estou pensando em quando terei de encará-lo.

Ninguém estava esperando por eles no cais, e ninguém pareceu reconhecê-los quando desceram do *Aretusa*, como se fossem fantasmas. Olharam em torno surpresos diante de tantas mudanças: os prédios, as pessoas. Tudo parecia novo e diferente, e de alguma forma fazia com que eles se sentissem estrangeiros. A certa altura, Leptines virou o olhar para o lado dos estaleiros e não conseguiu segurar as lágrimas.

— O que foi? — perguntou Filisto.

— Nada, não foi nada — respondeu Leptines retomando o caminho. Mas Filisto também olhou naquela direção e viu o *Boubaris* sendo desorientado. A sua enorme carcaça, ainda inconfundível devido à estátua na proa, parecia o esqueleto de um cetáceo calcinado pelo sol.

Continuaram acompanhando Aksal, e o murmúrio animado do porto na hora vespertina envolvia-os como o atarefado zunido de uma colmeia.

A Ortígia.

A austera fortaleza de Dionísio não mudara, assim como a expressão carrancuda dos seus mercenários. Atravessaram o pátio, subiram as escadas — sempre atrás de Aksal que continuava calado — e chegaram à entrada da sala de reunião. A porta estava entreaberta e o celta fez sinal para que entrassem.

Dionísio estava sentado num banco, de costas, num canto. O assento onde costumava receber as delegações estrangeiras estava vazio.

Virou-se ao ouvir o barulho da porta que se fechava e ficou de pé. Nenhum dos três conseguiu articular uma palavra sequer, e a sala pareceu cem vezes maior do que o seu verdadeiro tamanho.

— Mandaste chamar... — disse finalmente Filisto. E falou como se acabassem de vir a pé do bairro ao lado, e não dos confins do mundo depois de muitos anos de separação.

— Isso mesmo — respondeu Dionísio. E seguiu-se mais um interminável silêncio.

— Nós... quer dizer, o teu irmão e eu, ficamos muito contentes com isto — continuo dizendo Filisto. Tentou aliviar a atmosfera pesada com um comentário chistoso. — Já estava ficando meio aborrecido, para dizer a verdade, no meio daquela laguna, com todos aqueles mosquitos.

— E tu? — perguntou Dionísio virando-se para Leptines.

Leptines continuou cabisbaixo, olhando para o chão.

— Nem me cumprimentas? — insistiu.

Leptines aproximou-se.

— Salve, Dionísio. Estás com boa aparência.

— Tu também. Parece que não foste tão mal tratado.

— É verdade.

— Preciso da tua ajuda.

— É mesmo?

— Estou preparando a última guerra contra os cartagineses. A última, estás entendendo? E preciso de ti. Iolau morreu.

— Eu soube. Pobre rapaz.

— Rapaz... continuamos a usar esta palavra por tempo demais.

— Realmente.

Filisto olhava para eles e sentiu um violento aperto no coração, a comoção forçava as lágrimas a abrir caminho até os seus olhos. Percebia que aqueles dois homens, marcados por uma existência áspera e dura, ainda compartilhavam um sentimento intenso, tão poderoso a ponto de quebrar todas as crostas do rancor, das suspeitas, do medo, das razões de Estado, da política, do poder. O sentimento de uma amizade intensa e sentida, ferida e ofendida e por isto mesmo, talvez, ainda mais profunda.

— O que me dizes?

— O que esperas que diga? Exilaste-me naquele recife durante cinco anos, sem uma palavra, sem uma mensagem sequer. Cinco anos...

— Talvez seja melhor esqueceres o passado — interveio desajeitadamente Filisto, e logo calou-se percebendo que tinha dito uma bobagem.

— Não podia perdoar-te, depois daquilo que fizeras...

— Faria tudo de novo, exatamente igual, se estivesse diante da mesma situação — rebateu Leptines, decidido. — E portanto podes mandar-me de volta agora mesmo.

Dionísio suspirou. Estava lutando contra os resquícios de uma ira antiga e a emoção de estar, depois de tanto tempo, diante do homem mais leal e generoso que jamais conhecera na vida. E aquele homem era o seu irmão.

— Preciso da tua ajuda — repetiu, e aproximou-se mais um passo. Fitavam-se nos olhos muito perto um do outro e nenhum dos dois baixava o olhar. Filisto teve vontade de desaparecer.

— Fique bem claro — respondeu Leptines — que quem me chamou foste tu. Não fui eu a pedir para voltar.

— Está bem — respondeu Dionísio. — O que mais?

A tensão era tão grande que Filisto sentia arrepios por baixo da pele, mas desta vez preferiu ficar calado.

— Ah! — exclamou Leptines. — Dane-se! — E saiu.

Dionísio esperou que batesse a porta e repetiu com um sorriso:

— Dane-se!

— Também precisas de mim? — perguntou Filisto.

— Preciso — respondeu Dionísio. — Senta-te. — Indicou um banquinho e dirigiu-lhe a palavra como se só tivessem passado umas poucas horas desde a última vez que estiveram juntos. — Presta atenção. O tratado de paz com os cartagineses reconhecia-lhes o direito de cobrar tributos de Agrigento, Selinunte e Imera.

— Isso mesmo.

— Acontece que estas cidades enviaram-me emissários dizendo que estão dispostas a passar para o nosso lado se nós estivermos dispostos a defendê-las.

Deixaram-me, no entanto, entender que não têm o menor interesse em trocar uma submissão por outra.

— Entendo. E o que queres que eu faça?

— Irás visitar os dignitários daquelas cidades e negociarás algum tipo de... anexação que respeite a autonomia das mesmas e não ofenda a dignidade deles. Estou sendo claro?

— Muito claro — respondeu Filisto.

— Só isso.

— Só isso? — repetiu Filisto.

— Por quê? Há mais alguma coisa que precisa ser dita?

Filisto baixou a cabeça.

— Não — respondeu — acho que não.

Saiu e encontrou Aksal que esperava para levá-lo para casa.

Quando entrou, viu que tudo estava em perfeita ordem e no devido lugar: os muros recém-pintados, os móveis, as alfaias, como se ele nunca se tivesse ausentado.

Sentou, pegou uma tabuleta e um estilo, respirou fundo e disse:

— De volta ao trabalho.

Alguns dias mais tarde Leptines veio visitá-lo. Estava com cara de poucos amigos e de péssimo humor.

— O que esperavas? — disse Filisto deixando de lado os seus papéis. — Que se jogasse em teus braços?

— Nada disso.

— E estás errado, porque, à sua maneira, foi isto mesmo que ele fez. Pediu a tua ajuda: é como se tivesse ficado de joelhos diante de ti.

— Só porque ficou sozinho como um leproso. Não tem mais ninguém em quem confiar.

— Exatamente. Em teoria, tampouco deveria confiar em nós. Quando nos separamos, a situação não ficou lá muito clara.

— Falas por ti. Não era o meu caso.

— É verdade. E de fato acho que os sentimentos dele por ti não mudaram nem um pouco. Quanto a mim, creio que nunca irá perdoar-me, e sabe por quê? Você falhou com o coração, eu com a mente... Mas ainda posso lhe ser útil. Sou o melhor nas negociações diplomáticas, o único que pode levar a bom termo o que ele deseja. Para mim já basta. Contento-me em ficar perto dele, eu admito.

— E aquelas conversas, todos aqueles planos de mudanças nos quais queria envolver-me? Tudo acabado? É melhor esquecer? Está tudo bem, agora?

Filisto suspirou.

— Os letrados deveriam manter-se alheios à ação. Não nasceram para isto. A minha tentativa grosseira foi um erro descomunal, ainda mais por tentar envolvê-lo. Mas fiz aquilo de boa-fé, eu juro. Já deste uma olhada na cidade? Viste o que está acontecendo? Ninguém mais pensa em política, por aqui. As entidades administrativas funcionam a contento; o Conselho dos cidadãos pode deliberar à vontade sobre vários assuntos comerciais, de ordem pública e de planejamento urbano; as fronteiras estão sendo vigiadas de forma exemplar; a economia vai muito bem e o dinheiro circula com fartura. Siracusa é uma grande potência que trata de igual para igual com Atenas, Esparta e até mesmo com a Pérsia. Demorei um pouco para me dar conta disto. E quanto a ele, dizem até que melhorou no que diz respeito à composição poética. Um verdadeiro milagre, se for verdade.

"Montou um sistema que dá certo e os resultados confirmam isto. Os tempos heróicos são apenas uma lembrança, meu bom amigo. Agora estamos diante de um senhor de meia-idade, severo demais com o filho mais velho — que se torna cada dia mais tímido e fraco, pelo que me contaram —, birrento e com freqüência intratável, mas ainda capaz de conceber estratégias incrivelmente audazes. Afinal de contas, se quisesse, poderia tranqüilamente aproveitar a velhice: receber embaixadores estrangeiros, comparecer a festejos públicos e representações teatrais, ir caçar, criar cães. E, longe disso, está preparando uma expedição contra Cartago. A última, diz ele. Depois da qual a Sicília inteira será grega e tornar-se-á o umbigo do mundo, a nova Metrópole. Afinal, pensando bem, com sua posição central no mar, bem no meio entre o Helesponto e as Colunas de Heraclés, esta é a vocação natural da nossa ilha. A dele é uma grande visão, estás entendendo? Há um problema fundamental, no entanto, que infelizmente torna toda a operação totalmente inútil."

— Qual? — perguntou Leptines.

— Muito simples: não haverá um segundo Dionísio. Tudo baseia-se nele, assim como o céu apóia-se nos ombros de Atlas. O melhor dos tiranos não pode ser preferível à pior das democracias. Ele não é substituível, e o dia que cair, a sua construção, por mais poderosa que seja, cairá com ele. É só uma questão de tempo.

— Mas então — disse Leptines —, se tudo é tão inútil, por que voltamos?

— Porque ele nos chamou — respondeu Filisto. — E porque o amamos.

# XXX

Alguém bateu à porta.

— Adiante — disse Leptines, e abriu.

Viu-se diante de Aristômaque, linda como quando a vira pela última vez, porém mais pálida. Demorou algum tempo para recuperar o domínio de si, como se tivesse sido ofuscado por uma visão.

— Entra — disse.

Aristômaque tirou o véu.

— Fico contente em poder ver-te. Foi uma longa separação.

— Eu também fico feliz. Os meus pensamentos sempre estiveram contigo, nos dias do exílio. E agora ei-la aqui... Nunca poderia imaginar. Veio a mando dele?

— Não. Pedi para ver-te e ele consentiu.

Leptines não soube o que dizer.

— Foi generoso — disse Aristômaque.

— Tu achas?

— E tu? O que pensas?

— Que talvez espere que tu me convenças a ajudá-lo na próxima guerra.

— Não, não. Não é nada disso. Tu estás livre para fazer o que bem quiseres. A tua situação financeira voltou a ser o que era. Tuas propriedades estão intactas e bem cuidadas. Podes escolher uma vida tranqüila e ninguém irá culpar-te por isto. A começar por ele.

— Como tu sabes?

— Contou-me.

— Falaram a meu respeito?

— Todos os dias, desde que tu voltaste. Até antes... às vezes. Nunca quis admitir, mas para ele a tua ausência foi motivo de imenso sofrimento.

Leptines passou a mão na testa.

— E o que foi... o que foi que disseram?

— Tu és a pessoa mais importante do mundo, para ele. Mais do que eu, mais do que os filhos, mais do que a outra mulher.

— Palavras...

— Mais do que isso. Sentimentos — replicou Aristômaque com voz trêmula. — Um bem precioso, o único pelo qual vale a pena viver. Se eu pudesse, tentaria convencer-te a levar uma vida tranqüila. Já não tens responsabilidade de governo nem de comando. Pagaste um alto preço pelo teu valor, pela tua coragem e pela tua honestidade.

Leptines ficou longamente olhando para ela enquanto escutava as batidas do seu próprio coração. Não estava mais acostumado com emoções tão fortes. Percebia, contudo, que aquelas exortações, embora feitas pela mulher que amava, contrariavam as suas inclinações naturais. Respondeu:

— Receio que uma vida dessas não seja exatamente a mais indicada para mim. Fiquei cinco anos naquela pedra fustigada pelo vento, e não passava um só dia sem que eu ficasse olhando para o mar. A inatividade é para mim uma verdadeira tortura. Terei tempo de sobra para descansar quando me fecharem num túmulo. Dirás ao meu irmão que estou disposto a empunhar uma espada e combater por ele, mas só contra o nosso antigo inimigo. E que só espero ser convocado nesse caso.

Aristômaque fitou-o com olhos embaçados.

— Queres dizer que voltarás a lutar?

— Sim, se for necessário.

— Rezarei para que os deuses te protejam.

— Fico-te grato, embora não acredite que os deuses realmente se importem comigo. Sentir-me-ei muito mais protegido pelos teus pensamentos.

— Poderás sempre contar com eles, em qualquer lugar e em qualquer momento da noite e do dia. Voltar a ver-te foi um grande consolo para mim. Cuida-te.

Roçou em seus lábios com um beijo e foi embora.

Nunca mais voltou a vê-la, sozinho.

Os preparativos levaram três anos, durante os quais Dionísio ampliou a sua hegemonia até a maior cidade da Liga italiana, Crotona, apesar de ela ser aliada dos cartagineses. O emprego maciço dos mercenários celtas facilitou a sua vitória.

A aliança entre a Liga e a cidade púnica, na verdade, nunca se tornara efetiva, pois Cartago voltara a ser assolada mais uma vez pela peste e tivera de reprimir um novo levante dos indígenas líbicos. Enquanto isto Dionísio, para engordar os cofres exauridos do seu tesouro, em vista da nova guerra e para dar uma lição aos piratas etruscos que se arriscavam cada vez mais para o Sul, lançou uma temerária incursão bem no coração do Tirreno: um contingente de assalto ocupou e saqueou o santuário deles em Agyla que, devido ao seu aspecto, os gregos chamavam de "As Torres".

A incursão rendeu mais de mil talentos e o vitupério dos filósofos que, mais uma vez, tacharam-no de monstro que não respeitava nem mesmo os deuses.

Enquanto isso Filisto havia levado a bom termo os novos tratados com Agrigento, Selinunte e Imera, incluindo-as na Grande Sicília de Dionísio.

O território cartaginês reduzira-se ao canto ocidental extremo da ilha com apenas umas poucas cidades ainda nas mãos dos púnicos.

Leptines, como já tinha anunciado, não acompanhou o irmão na operação contra os etruscos, mas continuava a preparar-se da melhor forma possível para o embate definitivo contra o inimigo cartaginês. Treinava na academia todos os dias durante horas, com Aksal, na luta, no pugilato, com o escudo e a espada. Quando os dois ficavam no centro da arena os demais presentes paravam qualquer atividade e se apinhavam em volta para assistir ao combate entre os dois titãs. O faiscar dos músculos, o reluzir do suor, o arfar das bocas escancaradas tornavam extraordinariamente realista aquele embate onde só faltava o sangue para que se tornasse um verdadeiro duelo mortal.

Quando Dionísio voltou da Itália convidou o irmão e Filisto para jantar.

Ninguém mais estava presente, e tinha-se a impressão de já estar num acampamento militar: toscas tábuas de madeira como mesas e banquinhos dobráveis para sentar.

— Viste? A Liga italiana não hesitou na hora de sancionar uma aliança com os cartagineses. Onde acabaram os seus escrúpulos na hora de tratar com os bárbaros?

— Não tentes jogar com dados adulterados: sabes muito bem que não foi bem assim. Há quem considere a liberdade o bem supremo, maior do que a comunhão do sangue e da língua. E eu posso entender.

Dionísio anuiu com gravidade.

— Mas aceitaste lutar ao meu lado na próxima guerra.

— Isso mesmo.

— Posso perguntar por quê?

— Não.

— Tudo bem. Posso confiar em ti?

— Sim.

— Como... nos velhos tempos?

Leptines baixou a cabeça. Aquela frase havia sido suficiente para despertar nele uma balbúrdia de tempestuosas lembranças e emoções.

— Mantive-te afastado, no exílio, porque ver-te e pensar que poderias trair-me teria sido para mim um sofrimento terrível.

— Tu ainda consegues sofrer? — perguntou Leptines. — Ninguém diria.

— Como qualquer ser humano, como qualquer mortal. E agora que estou chegando ao limiar da velhice gostaria que tudo voltasse a ser como antes, entre nós.

— E a minha traição?

— Tive bastante tempo para pensar... Tudo precisa de tempo, mas o meu escoa a cada dia. Quero que saibas de uma coisa: se porventura... eu morrer, na próxima guerra, tu serás o meu sucessor e, se quiseres, poderás casar-te com Aristômaque. Ela não recusará. Tenho certeza disso. Tu és o melhor homem que conheço. Sempre houve muito poucos, como tu, e acho que no futuro não haverá mais. Se eu tombar em combate, fazei com que as minhas cinzas repousem junto com as de Aretes. Prometei.

Filisto trocou um olhar de entendimento com Leptines e respondeu:

— Podes ficar tranqüilo, será feito — e afastou-se.

Dionísio ficou de pé e aproximou-se de Leptines. Não lhe deu tempo para levantar-se, apertou a cabeça do irmão contra o peito enquanto, logo a seguir, este o abraçava com força pela cintura.

Choraram em silêncio.

O primeiro desembarque cartaginês aconteceu naquele mesmo ano por conta de Mago, que saiu de Palermo em direção de Messina. Dionísio convocou uma reunião do alto comando e expôs o seu plano. A frota não iria sair do porto. Movimentar-se-iam apenas com as tropas terrestres para interceptar o inimigo no Norte e destruí-lo. Os mercenários celtas ficariam no centro da formação sob o seu comando direto, as milícias da cidade à direita sob o comando de Leptines, os mercenários da Campânia e do Peloponeso à esquerda, com seus respectivos comandantes de unidade. A cavalaria seria mantida na reserva para ser lançada mais tarde em perseguição dos fugitivos.

O combate aconteceu dez dias depois, num local indígena no meio da ilha chamada Kabala, e a arma secreta de Dionísio revelou-se vencedora. A visão dos guerreiros celtas, gigantescos, com as longas jubas brancas, os braços e o peito tatuados, criou o pânico entre os adversários assim, na hora do choque, o seu imenso vigor levou-os a uma fuga desordenada. Leptines lançou suas milícias da direita, guiando-as pessoalmente num avanço irresistível facilitado, também, pelo declive favorável do terreno. Envolveu o inimigo com uma ampla manobra forçando-o a aglomerar-se no meio, enquanto os mercenários da ala oposta faziam o mesmo do lado esquerdo.

O exército púnico foi aniquilado: dez mil homens foram mortos, entre os quais Mago, o comandante supremo; mais cinco mil foram capturados. Outros cinco mil, quase todos cartagineses, conseguiram abrigar-se atrás de um velho muro entrincheirando-se para a noite sob o comando do filho do general caído, um valoroso jovem com um nome fatal: Himilko.

Antes do pôr-do-sol, enviaram uma delegação para negociar a rendição, mas Dionísio, sentindo-se nesta altura invencível, impôs condições extremamente duras: a desocupação imediata de toda a Sicília e a indenização das despesas bélicas.

Os emissários de Himilko mandaram dizer que, diante de uma decisão tão importante, precisavam enviar um mensageiro a Palermo a fim de consultar seus superiores, e que só poderiam dar uma resposta dentro de quatro dias. Pediam portanto uma trégua de cinco dias.

Dionísio e Leptines, ainda cobertos de sangue e suor depois da batalha, retiraram-se na tenda para decidir a respeito.

— O que vamos fazer? — perguntou Dionísio.

— Estamos com cinco mil inimigos praticamente encurralados, quanto a isto não há dúvidas, mas tu fizeste umas exigências que eles dificilmente poderão aceitar. Vão tentar ganhar tempo, e aliás já estão fazendo isto. Vamos fechar o cerco em volta da colina para evitarmos qualquer surpresa. Só deixaremos passar o mensageiro.

— Certo, isso mesmo. Vamos recebê-los, então.

Os enviados ouviram os termos da trégua com evidente satisfação, então cumprimentaram respeitosamente e voltaram para os seus alojamentos.

Logo a seguir Leptines mandou a cavalaria e os mercenários do Peloponeso fechar o cerco em volta da colina e acender fogueiras por toda parte. O mensageiro apresentou-se num dos postos de guarda quando já escurecia e recebeu permissão para passar. Logo a seguir desapareceu a galope.

O resto da noite e o dia seguinte transcorreram tranqüilos. As mensagens que Leptines recebia dos postos de guarda não relatavam qualquer novidade. Ao entardecer do terceiro dia, como o mensageiro não voltava e havia uma total ausência de movimentação no topo da colina, começou a ficar desconfiado. Assumiu o comando de uma unidade de infantaria leve e avançou a pé morro acima, em formação de leque. Quanto mais subia, mais um terrível presságio ia tomando forma na sua mente. Já com a certeza de não estar errado, mandou os seus homens alcançarem correndo o muro no topo da colina. Ele mesmo chegou arquejando logo a seguir e não conseguiu evitar uma risada de escárnio: o local estava deserto.

— Procurai por toda parte — gritou. — Revirai cada pedra! Não podem ter sumido deste jeito. Procurai, eu já disse!

— *Hegemón* — gritou um soldado. — Por ali, rápido!

Leptines e Dionísio precipitaram-se e viram-se diante da entrada de uma caverna, uma das tantas que existiam naquela região selvagem, um antro natural que descia nas entranhas da terra, serpenteava por um percurso de quase três estádios e desembocava em campo aberto através de uma abertura oculta por uma maranha de espessas moitas espinhentas. As manchas de sangue nos espinhos e a grama pisoteada não deixavam margem para qualquer dúvida.

— Malditos! — praguejou Dionísio. — Atrás deles!

— Já levam muita vantagem, e devem ter marchado o mais depressa possível. Nunca conseguiremos alcançá-los. A sorte brincou conosco tirando-nos a possibilidade de uma vitória definitiva. De qualquer forma, demo-lhes uma boa surra e podemos nos dar por satisfeitos. Acho melhor voltarmos.

Dali a três dias receberam a visita de um mensageiro cartaginês que trazia a resposta de Himilko: sentia muito mas achava melhor recusar as condições da rendição.

— Ainda é sarcástico! — rugiu Dionísio.

— É um direito dele, eu diria — comentou filosoficamente Filisto que viera recebê-los.

— Maldição! — praguejou Dionísio, e esporeou o cavalo a toda velocidade.

Dionísio passou o resto do ano preparando-se para as hostilidades que, pelos relatos dos seus informantes, os cartagineses certamente iriam muito em breve retomar. No começo do verão, com efeito, os dois exércitos voltaram a se movimentar.

Dionísio e Leptines, acompanhados por Filisto, avançaram do Sul; Himilko do Norte. Depois de um longo estudar-se e provocar-se com escaramuças e falsos ataques, depois de se observarem de longe através de patrulhas de exploração, os dois exércitos ficaram um diante do outro, numa localidade da Sicília ocidental que os gregos chamavam de Krônion. Dionísio teve a amarga surpresa de descobrir que os cartagineses também valiam-se agora de um numeroso contingente de mercenários celtas, provavelmente alistados na própria Gália, ou através das bases púnicas na Ligúria.

A batalha teve início quando o sol já estava alto e o exército siracusano, com o toque dos clarins e os brados das palavras de ordem, lançou-se ao ataque com o maior vigor, animado pelo sucesso conseguido no ano anterior. Num primeiro momento, o embate teve êxito incerto, com ambos os lados que ora avançavam, ora recuavam sob os raios implacáveis do sol. Por volta do meio-dia os celtas que Dionísio posicionara no centro, vencidos pelo calor, começaram a ceder deixando desprotegido o flanco da ala direita onde Leptines combatia com incrível coragem. Dionísio, ao perceber o que estava acontecendo, gritou para que o seu segundo oficial enviasse reforços para dar cobertura ao irmão, mas naquela altura os celtas e os iberos de Himilko já haviam penetrado em profundidade deixando quase completamente isolada a ala direita siracusana, que ficou portanto dramaticamente inferiorizada.

Cercado por uma multidão de inimigos, Leptines não esmoreceu: entregou-se à rinha rugindo como um leão, soltando mortíferos fendentes, derrubando um inimigo depois do outro até que as forças lhe falharam, e então desabou trespassado no pescoço, no peito, no ventre.

Com a morte dele, ouviu-se nas fileiras dos inimigos um grito ensurdecedor de júbilo, enquanto o desânimo tomava conta dos siracusanos, que começaram a recuar tentando, mesmo assim, manter uma formação compacta. Muito em breve, no entanto, a retirada transformou-se em incontrolável debandada. A notícia logo chegou até Dionísio que sentiu-se morrer de angústia. Viu os seus homens que tombavam por toda parte: os inimigos lançados em perseguição não poupavam ninguém que encontrassem no caminho. Estava a ponto de virar a espada contra si mesmo quando chegou Aksal, a cavalo, berrando como uma fúria infernal e rodando um enorme machado. Ceifou todos aqueles que se encontravam no seu caminho e depois, dobrando-se para o lado, de cima do cavalo, segurou o amo pelo braço, puxou-o para a garupa e esporeou o animal a toda velocidade rumo ao topo de uma colina a mais ou menos um estádio de distância, onde havia um posto de observação da retaguarda presidiado por Filisto e onde esvoaçava um estandarte siracusano.

Ao chegar lá pulou ao chão, confiou Dionísio aos homens da pequena guarnição e tocou o corno a plenos pulmões. O longo lamento ressoou pelo vale, ecoou no campo da chacina como toque de reunir para os soldados que estavam dispersos.

Dionísio ficou longas horas em pé, logo abaixo do estandarte, para receber os seus homens, reanimá-los, dispô-los em quadrado como última defesa. A matança só parou com a chegada da noite e naquela altura, estranhamente, ouviu os clarins cartagineses tocarem a retirada e viu as tropas vitoriosas recuarem muito além dos limites do campo de batalha.

Deixou-se então cair ao chão e lá ficou imóvel, sem sentidos.

Quando voltou a abrir os olhos procurou por Askal, mas ninguém sabia onde ele estava. Filisto mandou procurá-lo em todos os cantos. Chamaram longamente por ele, percorrendo os campos em volta, mas sem sucesso.

Só reapareceu quando já ia alvorecer, a pé, vencido pelo cansaço e coberto de sangue, segurando entre os braços o cadáver de Leptines.

Dois homens apressaram-se para ajudá-lo a deitar o corpo exangue do comandante diante do irmão petrificado.

Aksal chegou perto de Dionísio e disse:

— Cartagineses vão embora.

— Embora? — perguntou Filisto. — Não pode ser.

— Sim. Eles partem.

Era verdade. Depois de conseguir uma vitória esmagadora, o exército de Himilko inexplicavelmente ia embora.

Dionísio mandou então erguer uma pira funerária e, depois de recompor e lavar o corpo do irmão, fez com que os homens perfilados lhe prestassem a última homenagem.

Quando o grito deles apagou-se, dispensou-os.

— Podeis ir — disse com voz firme. — Deixai-me sozinho.

Os soldados formaram uma coluna e tomaram o caminho de volta. Somente um pequeno grupo, sob o comando de Filisto, ficou por perto para defendê-lo.

Dionísio pegou então um archote e encostou-o na pira. Olhou o fogo que se transmitia aos galhos secos, alimentando-se e crescendo rápido, crepitando cada vez mais alto até cercar o corpo do guerreiro morto, com um remoinho de chamas.

Filisto, que num primeiro momento preferira não olhar, virou os olhos para o ataúde que ardia na escuridão. Na reverberação do fogo viu uma sombra, um homem de joelhos, dobrado sobre si mesmo, que soluçava na poeira.

# XXXI

Filisto recebeu os termos da proposta de paz vinte dias mais tarde, através de um mensageiro vindo de Palermo. A mensagem, redigida em grego, levava a assinatura de Himilko e o selo do Grande Conselho de Cartago. Dizia:

> Himilko, comandante do exército cartaginês e governador da Epikratia de Palermo, Lilibeu, Drepano e Solunto, a Dionísio, arconte de Sicília, salve.
>
> Os nossos dois povos já estiveram demais em guerra, causando um para o outro somente sangue e destruição. Nenhum de nós é suficientemente forte para aniquilar o adversário: aceitemos portanto a situação assim como está. Nós ganhamos a última batalha, vocês continuam tendo em suas mãos cinco mil dos nossos concidadãos. Pedimos portanto que seja nossa, como já era antes, a cidade de Selinunte e o território de Agrigento até o rio Halyco, enquanto a cidade permanecerá de vocês.

Deverão devolver os prisioneiros assim como pagar mil talentos como indenização de guerra.

Irão reconhecer as nossas fronteiras, nós reconheceremos as suas e a autoridade de Dionísio e dos seus descendentes sobre o território definido por este contrato.

Filisto guardou a mensagem e apresentou-se no palácio da Ortígia, onde Dionísio se trancara havia uns dias, sem querer receber ninguém.

Aksal barrou o seu caminho.

— Amo não vê ninguém.

— Diga-lhe que sou eu, Aksal, e que preciso absolutamente falar com ele. É um assunto da maior importância.

Aksal desapareceu pelos corredores e quando voltou, uns poucos minutos depois, fez sinal para que entrasse.

Dionísio recebeu-o na sala das reuniões. Estava sentado, imóvel: o rosto marcado por profundas olheiras, a pele cinzenta, a barba e os cabelos desgrenhados. Parecia dez anos mais velho.

— Não queria importunar-te — disse Filisto —, mas não pude evitar. Os cartagineses estão propondo a paz.

Dionísio pareceu reagir ao ouvir aquelas palavras.

— A proposta partiu deles? Não foste tu a tocar no assunto primeiro?

— Nunca me atreveria, sem antes consultar-te. Não, eles mesmos tomaram a iniciativa.

— E o que pedem?

Filisto leu a mensagem, reparou que estava sendo atentamente ouvido e prosseguiu:

— Parece-me uma proposta bastante razoável, levando-se em conta a nossa presente condição de inferioridade. Quanto à indenização pelos prejuízos bélicos, podemos tratar. Quando o assunto é dinheiro, sempre há um jeito de se negociar com os cartagineses. O que realmente importa, no entanto, é o reconhecimento oficial da tua autoridade e do direito teu e dos teus descendentes sobre este território. É um elemento fundamental, e tu não deverias deixar escapar a oportunidade. Pensa no teu filho. Sabes muito bem que não puxou a ti nem ao tio. Se lhe deixares um Estado sólido, reconhecido em suas fronteiras, a vida poderá ser muito mais fácil para ele, não achas?

Dionísio soltou um longo suspiro, levantou-se e chegou mais perto.

— É verdade, acho que tu estás certo. Vamos lá, deixa-me ler mais uma vez.

Sentaram a uma mesa, Filisto entregou-lhe a mensagem e esperou que acabasse de ler.

— Estás certo — disse finalmente Dionísio. — Seguirei o teu conselho. Prepara o protocolo oficial e começa as negociações quanto aos prejuízos de guerra. Não temos todo aquele dinheiro.

— Talvez possamos ceder no que diz respeito ao território. Quem sabe no interior, algum distrito sículo não fundamental para a nossa economia.

— Sim, pode ser feito.

— Pois então...

Dionísio ficou em silêncio, pensativo.

— Agora... eu vou — disse Filisto e, vendo que não recebia qualquer resposta, enrolou a mensagem e dirigiu-se à saída.

— Espera — chamou Dionísio.

— Sim?...

— Não... nada. Podes ir.

Filisto acenou com a cabeça e saiu. Por um momento achou que Dionísio ia dizer-lhe alguma coisa pessoal. Mas talvez precisasse de mais tempo...

Passaram-se três anos durante os quais Dionísio pareceu voltar pouco a pouco aos seus antigos hábitos, dedicando-se aos afazeres do governo e ao preparo político do filho mais velho, na verdade sem muito sucesso. O jovem preferia organizar festas com os amigos, heteras e poetas, e ficava sempre visivelmente sem jeito quando o pai o convocava.

A mãe Dóris, que o passar dos anos e a falta de movimento haviam tornado muito mais matronal, tentava defendê-lo.

— Sempre foste duro demais com o garoto, só consegues amedrontá-lo.

— Tento transformá-lo num homem, por Zeus, um homem de governo, se for possível — respondia Dionísio.

— Eu sei, mas como? Nunca uma palavra bondosa, nunca um gesto de carinho.

— Ele já tem a ti, para essas delicadezas. Eu sou o pai, por Heraclés, não a mãe. Fizeste dele um desmiolado, um incapaz.

— Não é verdade! Ele tem qualidades, e se lhe confiasses alguma tarefa bem que poderia mostrar-se à altura. Acontece que tu nunca deixas de demonstrar a tua preferência por Aretes, a filha daquela...

— Cala-te! — gritava Dionísio. — Nem mais uma palavra. Aretes é minha filha, como todos os demais. É a menor e é uma criança adorável. Eu também mereço alguma satisfação com a minha prole.

Eram discussões que acabavam fatalmente em brigas: Dóris caía em prantos e ficava trancada em seus aposentos por vários dias, com suas criadas e damas de companhia.

Filisto, por sua vez, tornou-se mais íntimo como conselheiro e, apesar de o tirano nunca admitir claramente, como amigo também. O único que, naquela altura, ainda tinha no mundo.

Confirmados de forma definitiva os limites orientais e as relações com Cartago, Filisto passou a cuidar do relacionamento com Esparta, desde sempre potência protetora de Siracusa, e, durante a nova guerra que ela travara com os atenienses, enviou, com a aprovação de Dionísio, dez navios para o mar Egeu para que participassem das operações. Era uma espécie de obrigação moral, não uma intervenção com ambições expansionistas.

Agora Dionísio parecia ter reencontrado o interesse pela literatura, antiga paixão juvenil, enquanto continuava sendo refratário à filosofia. Fez ampliar o teatro onde mandava encenar suas obras, normalmente recebidas com aplausos. Conhecendo o autor, o público não tinha a menor intenção de contrariá-lo.

A expedição no Egeu teve um péssimo desfecho: os atenienses afundaram nove dos dez vasos siracusanos e o almirante que os comandava preferiu matar-se antes de apresentar-se no Lákios com um só navio.

A política grega era a tal ponto complicada que ficava difícil prever como iria evoluir dali a um ano, ou mesmo dali a uns meses.

Os tebanos, enquanto isto, haviam introduzido um novo tipo de formação militar chamado "oblíquo", inventado por dois dos seus generais, Pelópidas e Epaminondas, tão eficiente que haviam conseguido derrotar os invencíveis espartanos, seus antigos aliados, num lugar chamado Léutra. Assustados com aquele sucesso, totalmente inesperado, os atenienses haviam passado para o lado de Esparta, sua tradicional inimiga, para deter os tebanos, mas as coisas já estariam perdidas para eles também se não fosse pela intervenção de Dionísio.

O emprego maciço dos mercenários celtas e o uso das grandes máquinas de guerra tiveram grande sucesso, e mudaram completamente a situação. Atenas chegou a ponto de dedicar-lhe uma coroa de ouro. Contam que Agesilau, o rei de Esparta, depois de ver as balistas e as catapultas de Dionísio pela primeira vez em ação, chegou a exclamar:

— Pelos deuses, hoje em dia a coragem de um homem não vale mais coisa alguma!

A concessão da coroa de ouro era uma ocasião única: Dionísio conseguiu a cidadania ateniense e, através de Filisto, criou as bases para um tratado que ligava o seu Estado numa aliança com Atenas, acabando com uma beligerância que durara praticamente cinqüenta anos, desde a época da grande guerra quando os atenienses haviam sitiado Siracusa.

Já era aceito com todas as honras no mundo das Metrópoles, reconhecido e aclamado como campeão do helenismo do Ocidente contra os bárbaros.

O seu passado não propriamente transparente a respeito do assunto foi posto de lado e esquecido. Voltou a Siracusa no outono daquele ano, o sexagésimo da sua vida, e decidiu dedicar-se, desta vez com afinco, ao preparo metódico do filho para a sucessão.

Dionísio II estava agora com vinte e oito anos e já era um homem maduro. Nunca dera, até então, qualquer prova positiva de si mesmo. Havia sido criado em berço de ouro e crescera cercado de todo o conforto, dedicando-se aos prazeres do vinho, da comida e do sexo, e o pai não tinha o menor apreço por ele. Era culto e requintado, mas fraco e irresoluto.

Até Filisto tentou defendê-lo.

— Não podes julgá-lo tão severamente — disse-lhe certa vez. — O filho de um homem como tu fica esmagado na comparação com a figura do pai. Nunca deixará de sentir-se inadequado e insuficiente, e isso fará com que pareça ainda pior. Ele sabe disso e sente-se ainda mais incapaz de demonstrar o seu valor. É um círculo vicioso inevitável e sem fim.

— E o que eu deveria fazer, no teu entender? — perguntou Dionísio. — Tratá-lo com afagos e beijinhos? Por Zeus, se ele não quer tornar-se um homem, terei de forçá-lo, mesmo que seja punindo-o!

Mas eram apenas palavras. Na verdade Dionísio não acreditava que alguém pudesse suceder-lhe, que alguém estivesse à altura de uma tarefa daquelas. Às vezes, Filisto quase chegou a aconselhar que devolvesse o governo ao povo, mas sempre desistiu. Sabia muito bem que uma democracia, embora capaz de governar uma cidade, jamais conseguiria reger um Estado daquele tamanho, que tinha postos avançados no Épiro, na Ilíria, na Úmbria e na Padusa.

O conjunto só se mantinha unido graças ao respeito e ao medo em relação a um único homem. Um governo de cidadãos nunca iria inspirar o mesmo temor nem o mesmo respeito nos demais conselhos de cidadãos das cidades submissas.

Talvez a situação permanecesse mais ou menos estacionária no equilíbrio político, econômico e cultural que Dionísio soubera criar, não fosse por uma notícia chegada da África que o deixou em grande agitação.

Filisto, convocado às pressas, chegou logo ao palácio.

— O que houve? — perguntou arquejando.

— Estourou a peste em Cartago.

— De novo?

— E parece que desta vez está matando muitos daqueles bastardos.

— Posso entender que tenhas gostado da notícia...

— E não é só. Está havendo mais uma rebelião dos líbios.

— Não é uma novidade. Por que estás tão excitado?

— Porque é uma boa ocasião para escorraçá-los definitivamente da Sicília.

— Disseste que nunca mais ias tentar.

— Menti. Tenciono fazê-lo.

— Assinaste um tratado.

— Só para ganhar tempo. Um homem como eu nunca desiste dos seus planos. Nunca, entende?

Filisto baixou a cabeça.

— Imagino que de nada adianta lembrar que Cartago já foi assolada por pestes e revoltas no passado, e que sempre soube reagir com força e determinação.

— Desta vez é diferente.

— Diferente? Por quê?

— Por duas razões: primeiro porque aqueles bastardos mataram o meu irmão e têm de cuspir sangue até eu dizer que já chega. Segundo, estou com sessenta anos.

— Deveria ser um bom motivo para teres juízo e dedicar-te a uma boa administração. A guerra é sempre um péssimo negócio.

— Tu não compreendeste. Se não conseguir levar a bom termo o meu projeto agora, então nunca mais vou conseguir. Quanto ao meu filho, melhor esquecer. Já tomei a minha decisão. Vamos atacar na próxima primavera com a infantaria, a frota e a artilharia. Vamos cair em cima deles com o maior exército que já se viu e vamos despedaçá-los.

— E onde pretendes arranjar o dinheiro?

— Problema teu. Preciso sempre pensar em tudo? Pega emprestado dos tesouros dos templos: tenho certeza de que os deuses não me cobrarão juros extorsivos. E cobra impostos da Companhia. Da nossa, em Siracusa, e das demais, nas outras cidades. Elas também têm dinheiro nos cofres.

— Não faria isto, se eu fosse tu. Serás tachado de sacrílego, e quanto às Companhias, deverias saber muito bem o quanto elas são poderosas. Há o risco de se vingarem. Até mesmo a nossa. Pode ser que tenham perdoado as antigas perseguições, ou que tenham decidido esquecer-se delas, por enquanto, mas quando o assunto é dinheiro, elas não respeitam ninguém.

— Queres ou não queres ajudar-me a arranjar o dinheiro?

— Tudo bem — respondeu Filisto. — Mas não digas que eu não avisei.

— A que temos agora é a oportunidade decisiva, acredita. Desta vez vamos conseguir, e a Hélade inteira terá de me prestar homenagem. Irão erguer estátuas minhas em Delfos e Olímpia, dedicar inscrições nos lugares públicos...

Sonhava. Agora que era finalmente aceito pelas assembléias máximas das Metrópoles — ele, um sujeito das colônias, por muitos anos tratado com desprezo e condescendência, escarnecido pelas suas grosseiras tentativas literárias — queria coroar a vida tornando-se o mais importante homem no mundo dos helenos.

Não houve como dissuadi-lo. No começo do verão tinha reunido um exército enorme: trinta e cinco mil infantes, cinco mil cavaleiros, trezentos vasos de guerra, quatrocentos navios de carga.

O seu avanço foi avassalador: Selinunte e Entela receberam-no como libertador, Érice rendeu-se; foi então a vez de Drepano, onde a frota ficou fundeada. Mas teve de parar diante de Lilibeu. As fortificações cartaginesas eram tão imponentes, as defesas tão aguerridas que qualquer tentativa de ataque iria resolver-se num fracasso, ou pior, numa terrível derrota.

A estação ia chegando ao fim e Dionísio preparou-se para voltar. Tencionava deixar quase toda a frota em Drepano para precaver-se contra qualquer ataque vindo da África, mas recebeu uma notícia que o levou a mudar de idéia: uma mensagem secreta informava que em Cartago, um incêndio na ilha do almirantado havia destruído quase por completo as docas e os estaleiros.

A ilha do almirantado, parcialmente artificial, era uma das maravilhas do mundo, a única estrutura da grande rival que Dionísio invejasse. Muito bem desenhada, perfeitamente circular no meio de uma ampla laguna, podia abrigar em seus ancoradouros cobertos mais de quatrocentos navios de combate. No meio da ilha erguia-se o palácio do almirantado que lhe dava o nome e onde estavam guardados os mais preciosos segredos da arte náutica cartaginesa: as rotas do ouro e do estanho, e as que chegavam às longínquas Espéridas, nos extremos confins do Oceano.

No palácio ficavam expostos os troféus das mais audazes façanhas de navegação e das viagens das caravanas que ousaram atravessar o mar de areia até as terras dos pigmeus. Contavam até que, naqueles arquivos inacessíveis, estavam guardados os mapas de mundos perdidos, e que a estrutura da maior parte dos portos cartagineses nada mais era do que uma repetição ao infinito do esquema básico da capital da antiga Atlântida.

Se a ilha havia sido realmente destruída pelo fogo, então Cartago ficara sem coração e sem memória.

— Estás vendo? Os deuses estão conosco — disse a Filisto. — Deixarei uma centena de navios em Drepano, serão mais do que suficientes. E na próxima primavera, logo que o tempo melhorar, voltaremos para dar o golpe final. Concentraremos todos os nossos esforços na artilharia, construiremos mais máquinas, desenharei novas... — Seus olhos brilhavam enquanto falava, estava tomado pelo maior entusiasmo e até Filisto começava realmente a acreditar que a façanha à qual dedicara quarenta anos da sua vida pudesse realmente estar próxima de uma conclusão feliz.

Dionísio estava tão confiante que durante o inverno dedicou-se a dar os toques finais no texto da sua nova tragédia, *O resgate de Heitor*. Mandava um ator recitar uns trechos na presença de Filisto para saber o que ele achava a respeito. Tinha ao mesmo tempo enviado uma delegação a Atenas para que incluíssem o seu nome no certame poético que teria lugar durante as Lenéias, as solenes festas de Dioniso. Dioniso era o deus do qual derivava o seu nome e isto parecia-lhe um ótimo presságio.

Quando chegou o dia das festividades, quis que Filisto fosse com ele.

— Tu também precisas estar lá. Afinal ajudaste-me bastante na conclusão da minha obra.

— Por mim, eu vou com o maior prazer — respondeu Filisto. — Mas quem vai cuidar dos preparativos para a nova expedição?

Dionísio suspirou.

— Pensei bastante a respeito do assunto, mas acho que os cartagineses devem estar ocupados demais reparando os danos das docas e dos estaleiros, e além do mais, disponho de um bom grupo de oficiais de marinha que podem fazê-lo. Em terceiro lugar: decidi entregar algumas tarefas de limitada responsabilidade ao meu filho, para ver como ele se sai. Acredito, portanto, que tu possas partir comigo sem maiores problemas. E não creias que estou fazendo isto só por causa da glória literária. O que mais me interessa é aperfeiçoar os acordos com os atenienses e chegar à assinatura de um tratado que nos garanta um lugar entre as grandes potências do mundo: o nosso ponto fraco sempre foi a marinha, enquanto os atenienses têm uma experiência igual ou até superior à de Cartago, e poderiam nos repassar suas técnicas e conhecimentos no campo da guerra naval.

As razões expostas por Dionísio pareceram convencer Filisto que, embora não totalmente tranqüilo, acabou partindo. Sentia em si algum tipo de mal-estar e uma inquietação que nunca o abandonavam, que o mantinham acordado durante a noite, meditando, entregue a vagos presságios sombrios. A aposta era grande demais, demasiados eram os riscos, as incógnitas naquele inverno estranhamente morno e até favorável à navegação.

Chegaram a Atenas em meados do mês de Gamelião e encontraram a cidade fervilhando com os preparativos das representações teatrais. Hospedaram-se numa linda casa com jardim que haviam comprado nos arredores do Cerâmico e dedicaram-se à encenação sem se importar com os gastos: contratação dos atores e do coro, confecção das roupas, escolha das máscaras, armação das máquinas cênicas. O anúncio já estava exposto no teatro, na acrópole e na ágora, mas Dionísio, do seu bolso, mandara afixá-lo em muitos outros lugares da cidade, nos locais mais freqüentados, nos pórticos e nas bibliotecas. E acreditava que, de qualquer maneira, o seu nome funcionaria como notável chamariz.

Assistiu pessoalmente aos ensaios e não teve a menor dúvida em dispensar os atores que não considerava à altura do papel, contratando outros. O mesmo aconteceu com o coro e com os músicos, que fez ensaiar inúmeras vezes as danças e os cantos que iriam acompanhar a representação.

E o grande dia chegou.

O teatro estava repleto, Dionísio e Filisto estavam sentados nos lugares para eles reservados entre os arcontes da cidade, os sacerdotes dos principais colégios e o sacerdote de Dioniso, que presidia as festividades. A tragédia foi representada de forma impecável e, em alguns trechos mostrou até notável intensidade, revelando as experiências que o autor devia ter presenciado ao longo de tantas guerras, em tantas extenuantes negociações para libertar reféns e prisioneiros. A cena em que o velho Príamo se ajoelha para beijar as mãos de Aquiles, quando o lúgubre coro das mulheres troianas eleva-se como um pranto a invocar a restituição do corpo de Heitor, comoveu o público. O próprio Filisto ficou surpreso ao sentir os próprios olhos úmidos. Seria possível que o autor tivesse experimentado aqueles sentimentos? Que tivesse ficado emocionado a ponto de poder comunicar a sua comoção ao público que assistia ao espetáculo?

Era inútil até formular a pergunta: Dionísio era e continuaria sendo pelo resto dos seus dias um enigma indecifrável, uma esfinge. E, mesmo assim, Filisto, ao assistir àquela cena, reconheceu muitos aspectos do seu caráter, voltou a reviver fragmentos da sua vida passada, tantos momentos de glória e de torpeza. Dionísio interpretara o seu papel na vida como um ator; muitas vezes mentira, disfarçara, enganara, escondera os seus sentimentos de homem, se porventura os tinha, atrás da dura máscara do tirano.

O final foi saudado com um aplauso, não avassalador, mas de qualquer maneira sonoro, nem um pouco frio, principalmente levando-se em conta que naquele teatro haviam sido encenadas as obras de Ésquilo, Sófocles e Eurípides, e que aquele público era o mais exigente no mundo inteiro.

No fim das festividades, e com uma certa surpresa do próprio autor, a tragédia conseguiu o primeiro lugar. Muitos disseram que os autores haviam sido selecionados entre trágicos tão fracos que até mesmo um poeta modesto como Dionísio poderia ganhar.

De qualquer modo Dionísio, ignorando os comentários, festejou a vitória com grande solenidade e fausto, organizando um banquete suntuoso num jardim no sopé do Imeto, para o qual foram convidadas todas as mais altas personalidades de Atenas.

Logo antes do jantar, Filisto foi informado que chegara um estafeta com uma mensagem urgente de Siracusa. Recebeu-o pessoalmente achando que a notícia poderia estragar a festa. E estava certo.

— O arsenal de Cartago não ficou destruído pelo fogo — disse o mensageiro logo que Filisto convidou-o a falar.

— Como assim?

— Infelizmente foi tudo uma armação. Os cartagineses são mestres nestas coisas. Deveríamos ter desconfiado.

— Não é possível — disse Filisto. — Os nossos informantes garantiram ter visto nuvens de fumaça erguendo-se da ilha.

— Sem dúvida, mas isto também era parte da encenação. Queimaram velhas carcaças que estavam sendo desmanchadas, enquanto a frota verdadeira estava escondida em vários ancoradouros secretos ao longo da costa norte.

— Vamos logo ao que interessa. O que houve?

— Com as primeiras luzes da alvorada o novo almirante cartaginês irrompeu no porto de Drepano com duzentos navios de combate. Os nossos eram muito poucos: sucumbiram.

Filisto despediu o mensageiro e ficou algum tempo considerando os fatos sozinho. Decidiu afinal não dizer coisa alguma a Dionísio, por enquanto, para não magoá-lo. Voltou ao seu lugar, comeu e bebeu tentando parecer completamente à vontade.

Naquela mesma noite, depois que os hóspedes se foram, mais ou menos na hora da terceira troca da guarda, Dionísio passou mal. Aksal foi logo acordar Filisto.

— Patrão está mal.

— O que houve, Aksal?

— Venha logo. Ele muito mal.

Filisto acudiu e encontrou-o em péssimas condições: vomitando, agitado por contínuas convulsões, molhado de suor mas frio como gelo, com a pele pardacenta e as unhas escuras.

— Vai buscar o seu médico, Aksal. Vai logo, fica a três quadras daqui, em direção da ágora. Rápido, pelos deuses! Sem demora!

Enquanto Aksal se precipitava na rua, Filisto tentou levantar Dionísio para que pudesse respirar; enxugou-lhe a testa, molhou seus lábios ressecados. A cama cheirava a suor e urina.

Por um momento Dionísio pareceu reanimar-se, ficar revigorado.

— Acabou — murmurou. — Está tudo acabado, meu bom amigo.

Filisto ficou comovido com aquelas palavras que já não ouvia havia tantos anos e apertou a sua mão com força.

— Não digas isto, *hegemón*, o médico já está chegando. Vai te recuperar, tu vais ver. Bebeste um pouco demais, só isto. Ânimo, verás que...

Dionísio interrompeu-o levantando cansadamente a mão no seu costumeiro gesto de comando.

— Não, não estou errado. A morte é fria... estás sentindo? Que triste brincadeira do destino! Sempre lutei na primeira linha, fui ferido cinco vezes, e agora vou morrer na cama, todo urinado... como um homem qualquer... Nunca verei a alvorada da nova era com que sonhei a vida inteira... A Sicília... no centro do mundo...

— Verás sim. Voltaremos para casa e acabaremos esta guerra de uma vez por todas. Tu vais vencer, Dionísio... vais vencer... porque tu és o maior.

— Não... Não. Deixei morrer todos os amigos que tinha: Dorisco... Bitão... Iolau... e o meu Leptines. Derramei todo aquele sangue, em troca de nada.

Ouviu-se um passo solitário na rua. Dionísio pareceu iluminar-se.

— Aretes... — disse prestando atenção. — Aretes... és tu?

Filisto baixou os olhos úmidos de pranto.

— Ela está aqui... — respondeu. — Veio ficar ao teu lado.

Dionísio pareceu encolher-se num estertor. Ainda conseguiu sussurrar:

— Lembra-te da tua promessa. Adeus, *chaire*... — e então mais nada.

Logo a seguir o médico entrou apressadamente no quarto com Aksal, mas era tarde demais. Só pôde constatar a morte.

Aksal estremeceu diante daquela visão. O seu rosto transformou-se numa máscara de pedra. Entoou um lúgubre lamento, o canto aflito do seu povo que acompanhava a última viagem dos grandes guerreiros. Depois emudeceu, fechando-se num impenetrável silêncio. Ficou de vigia, armado, ao lado do corpo, noite e dia, sem comer nem beber, sem nunca sair de perto, nem mesmo quando o esquife foi levado para o navio que o levaria de volta para casa.

Em Siracusa, Filisto cuidou pessoalmente dos funerais. Mandou aprontar uma pira gigantesca no pátio da fortaleza de Euríalo, no topo da Epípole, para que a cidade inteira pudesse ver a sua alma subir no remoinho de fogo e faíscas que a levaria para o céu. O corpo, vestindo a mais estupenda armadura, foi colocado na pira diante das tropas em formação, e vinte mil guerreiros de todas as nações gritaram dez vezes o seu nome, enquanto as labaredas subiam rugindo no ar invernal.

Naquela noite Filisto, acompanhado por Aksal, recolheu as cinzas e foi com ele até o túmulo de Aretes, juntá-las com as dela.

Depois de cumprir aquele simples ritual, enxugou os olhos e virou-se para o guerreiro celta, pavoroso na rígida magreza da abstinência, no luto que marcava o seu rosto e enegrecia suas olheiras.

— Volta aos teus aposentos, Aksal — disse-lhe —, e interrompe o teu jejum. O teu amo já não precisa de ti... Mas nós precisamos.

Saíram deixando o sepulcro escuro e silencioso.

Mas quando os seus passos sumiram por completo na distância, ouviu-se um canto solitário, o hino pungente que acompanhou a primeira noite de amor de Aretes e Dionísio.

E a última.

# EPÍLOGO

— Ninguém conseguiu jamais esclarecer as causas da sua morte. Contam que Filisto viu gravada a figura de um golfinho sob a taça da qual o seu amigo e senhor bebera naquela noite de festejos. Lembrou-se de como Dionísio condenara à morte não poucos membros da Companhia, na época da última grande devassa política, e de como gravara com impostos as Companhias nas outras cidades, para financiar a guerra, sem preocupar-se com as possíveis conseqüências.

"Houve quem simplesmente atribuísse a causa aos excessos que se seguiram à vitória no certame poético, por ocasião das Dionisíacas urbanas, assim como quem quisesse ver naquela morte a sombra da longa mão cartaginesa, pois só assim poderia acabar com um inimigo de outra forma irredutível.

"Eu mesmo assinei a paz, logo que tive o poder de fazê-lo, e tentei mantê-la. Mas não impunha respeito a ninguém, e até mesmo os filósofos queriam ensinar-me a governar... Só levou dez anos para que a grande obra do meu pai caísse aos pedaços, sem nunca mais poder ressurgir. Um velho general enviado pela Metrópole, Timoleão, derrotou os cartagineses e assumiu o poder. Depois exilou-me aqui, em Corinto, de onde haviam partido os nossos pais fundadores muitos séculos antes..."

— O que estás fazendo, mestre? Estás falando sozinho?

O mestre esfregou as pálpebras e olhou em volta. Os burros e o guardador haviam desaparecido, do outro lado da rua e, apoiado no muro diante dele estava um dos três sujeitos que o socorreram na briga da noite anterior, um dos inseparáveis protetores aos quais a cidade confiara discretamente a sua segurança.

À sua frente havia o taberneiro, segurando uma xícara de leite quente.

— Toma — disse — vai fazer com que te sintas melhor.

O mestre olhou para ele, então virou os olhos para o sol que acabava de aparecer no horizonte suscitando mil reflexos dourados na rua ainda molhada pela chuva noturna. Enfiou a mão no alforje à cata dos rolos. Ainda estavam lá e respirou aliviado.

Levantou-se penosamente, espichou o corpo dolorido e passou mais uma vez a mão nos olhos, como se não conseguisse acordar de um sonho.

— Outra vez — disse. — Outra vez.

Afastou-se com passo incerto e o taberneiro ficou olhando para ele sem entender, até a sua figura desaparecer no halo do sol nascente.

# NOTA DO AUTOR

A história de Dionísio I de Siracusa é tão complexa que fui forçado a fazer escolhas para simplificar, não só no que diz respeito aos eventos narrados como também no que tange aos personagens.

Os numerosos filhos do tirano são propositalmente deixados na sombra a não ser pelos primeiros dois, Dionísio II e Hiparinos, além da pequena Aretes. Assim como o personagem do jovem cunhado Dion — tão relevante nas fontes antigas, que Plutarco chega a dedicar-lhe uma das suas biografias — desaparece aqui por completo. Introduzi-lo e desenvolvê-lo lá pelo meio do romance iria criar problemas narrativos de difícil gerenciamento. O personagem de Iolau inclui também o do irmão mais novo de Dionísio, Tearides, que portanto não aparece na história.

A não ser por isso, a vida de Dionísio foi narrada de forma basicamente coerente com as fontes, particularmente Diodoro da Sicília, em cuja história confluem seja Timeu de Tauromênio, seja o próprio Filisto, que o leitor já encontrou entre os protagonistas deste romance.

O tema da Companhia, que lembra de forma bastante explícita o da moderna máfia siciliana, não foi inventado e corresponde às assim chamadas *hetairiai*, associações parcialmente secretas de cidadãos confirmadas pelas principais fontes, que com freqüência conseguiam o que queriam através da intimidação e até da eliminação física dos adversários. Essas associações também existiam na Grécia, mas achei que o fenômeno, aparecendo na Sicília em época tão antiga, podia assumir um significado particularmente emblemático.

No que diz respeito à onomástica, mantive os nomes modernos toda vez que já havia um uso comprovado; recorri aos nomes gregos (ou cartagineses) quando o uso era mais raro ou desconhecido, ou então quando a transcrição poderia ter um som desagradável.

Alguém poderá achar estranho o fato de eu ter usado "italianos" e "sicilianos" em lugar de "italiotas" e "siciliotas", mas quis eliminar uma terminologia acadêmica e especializada demais em prol de algo mais sugestivo, sem esquecer que os termos empregados nada mais são do que a tradução literal dos originais. Obviamente as palavras "Itália" e "italianos" referem-se aqui à extremidade meridional da Península, a que hoje chamamos de Calábria.

O uso da linguagem nas frases de jargão dialetal, nas pragas e nos diálogos deriva principalmente do teatro cômico, que é onde melhor se conservam tais expressões.

De um ponto de vista político, a perspectiva é a mesma dos protagonistas da história, e não podia ser de outra forma, embora em certos casos e em determinadas situações personagens secundários possam salientar valores alternativos e diferentes daqueles da cultura dos gregos, ou pelo menos daqueles da política dos gregos da Sicília.

Dionísio destaca-se como o grande protagonista que realmente foi, assim como o seu substancial fracasso aparece como conseqüência do erro fundamental da sua gestão do Estado: o absolutismo.

VALERIO MASSIMO MANFREDI

# MAPAS

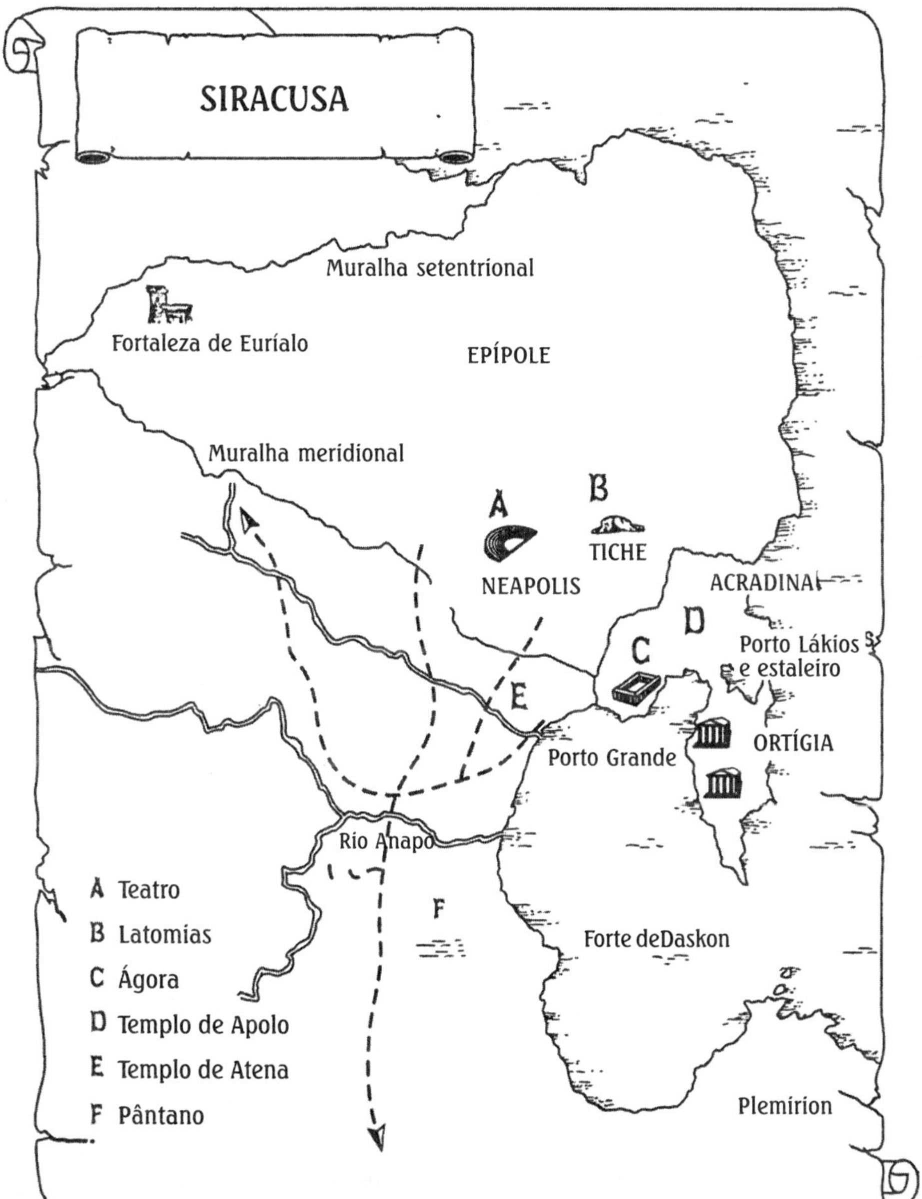

SIRACUSA
Muralha setentrional
Fortaleza de Euríalo
EPÍPOLE
Muralha meridional
A
B
TICHE
NEAPOLIS
ACRADINA
D
C
Porto Lákios
e estaleiro
E
ORTÍGIA
Porto Grande
Rio Anapo
F
Forte deDaskon
Plemírion
A Teatro
B Latomias
C Ágora
D Templo de Apolo
E Templo de Atena
F Pântano

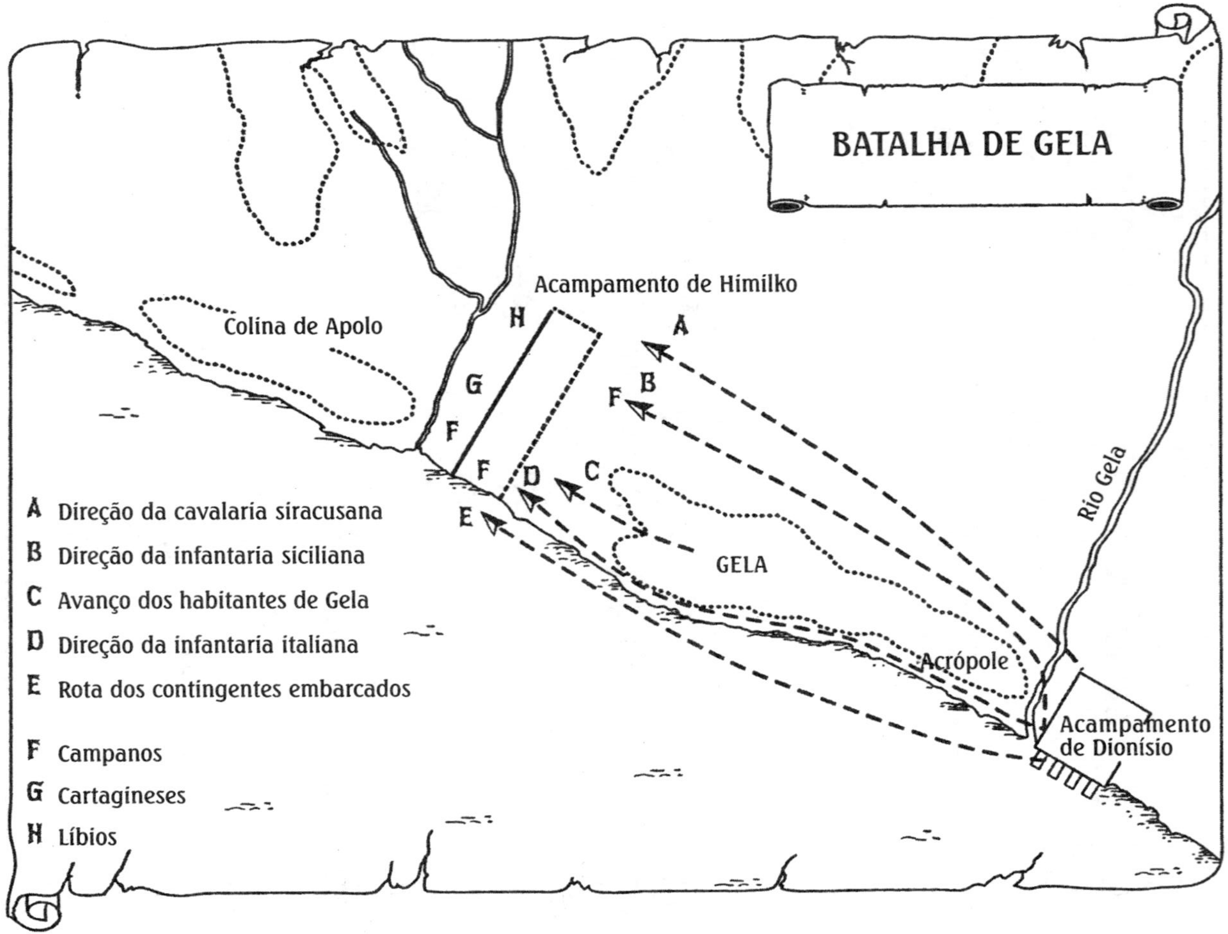
BATALHA DE GELA
Acampamento de Himilko
Colina de Apolo
H
G
F
F
A
B
F
C
D
E
GELA
Acrópole
Rio Gela
Acampamento de Dionísio
A Direção da cavalaria siracusana
B Direção da infantaria siciliana
C Avanço dos habitantes de Gela
D Direção da infantaria italiana
E Rota dos contingentes embarcados
F Campanos
G Cartagineses
H Líbios

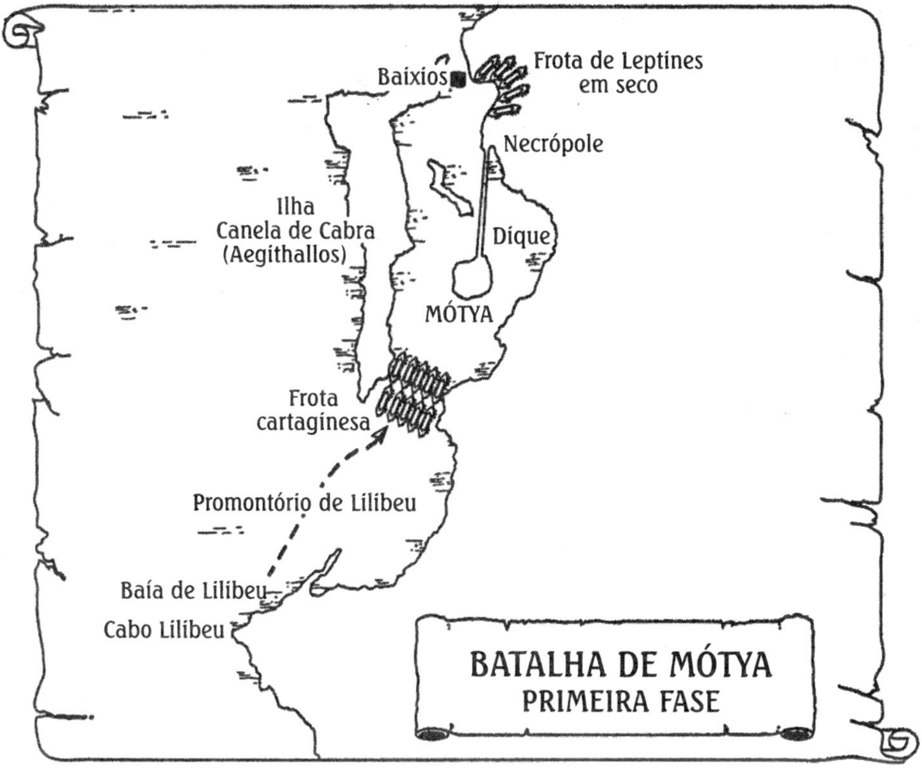
Frota de Leptines
em seco
Baixios
Necrópole
Ilha
Canela de Cabra
(Aegithallos)
Dique
MÓTYA
Frota
cartaginesa
Promontório de Lilibeu
Baía de Lilibeu
Cabo Lilibeu
BATALHA DE MÓTYA
PRIMEIRA FASE

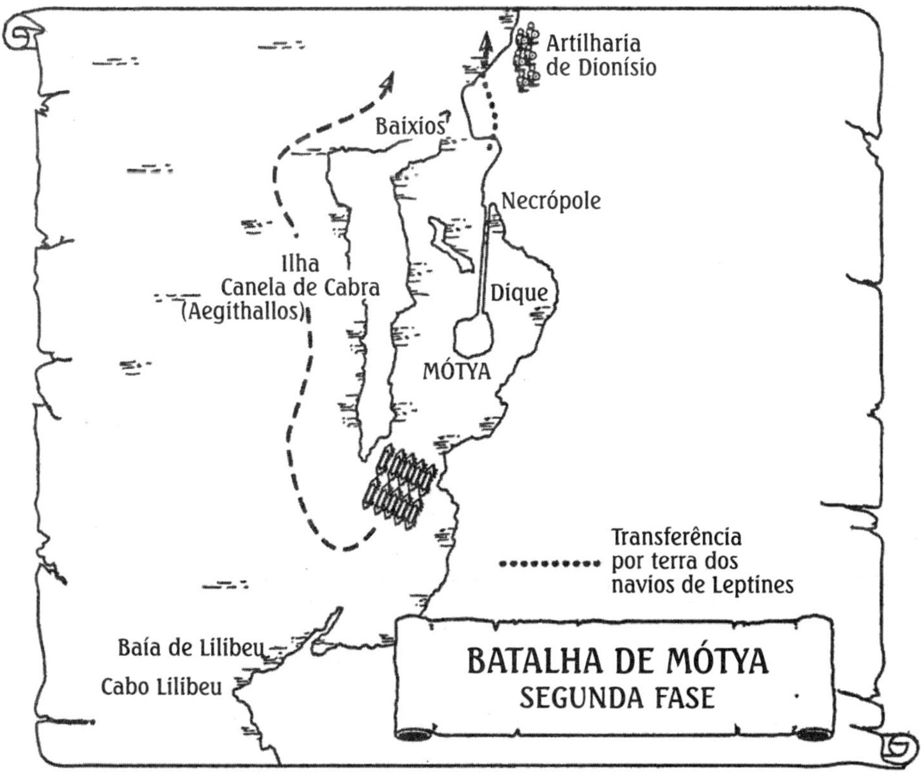
Artilharia
de Dionísio
Baixios
Necrópole
Ilha
Canela de Cabra
(Aegithallos)
Dique
MÓTYA
Transferência
por terra dos
navios de Leptines
Baía de Lilibeu
Cabo Lilibeu
BATALHA DE MÓTYA
SEGUNDA FASE

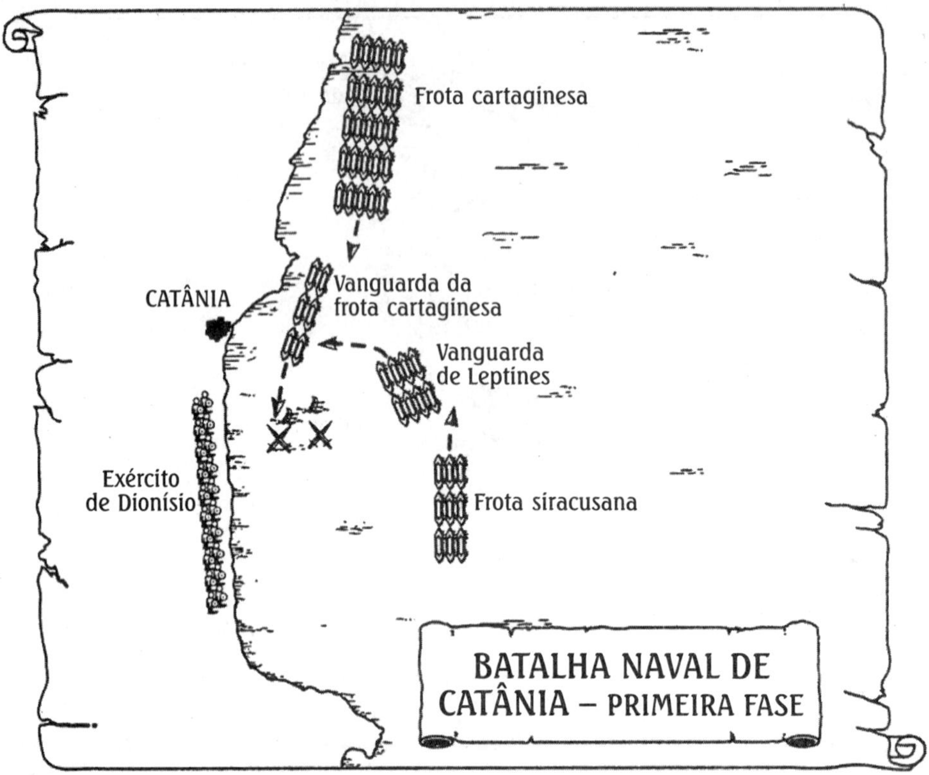
Frota cartaginesa
Vanguarda da
frota cartaginesa
CATÂNIA
Vanguarda
de Leptines
Exército
de Dionísio
Frota siracusana
BATALHA NAVAL DE
CATÂNIA – PRIMEIRA FASE

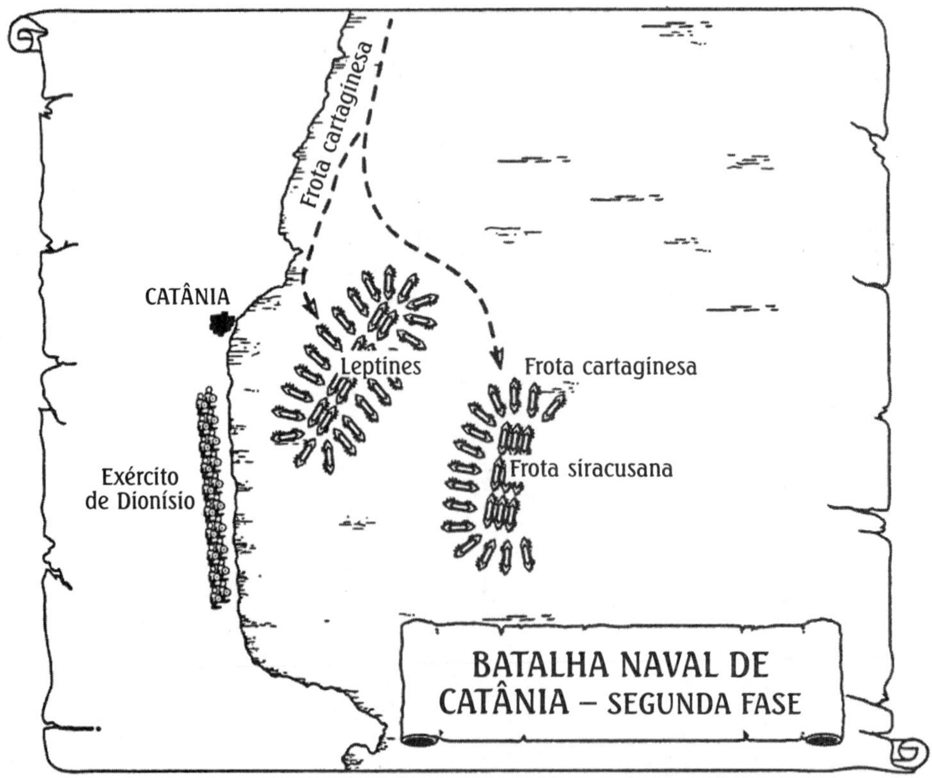
Frota cartaginesa
CATÂNIA
Leptines
Frota cartaginesa
Frota siracusana
Exército
de Dionísio
BATALHA NAVAL DE
CATÂNIA – SEGUNDA FASE

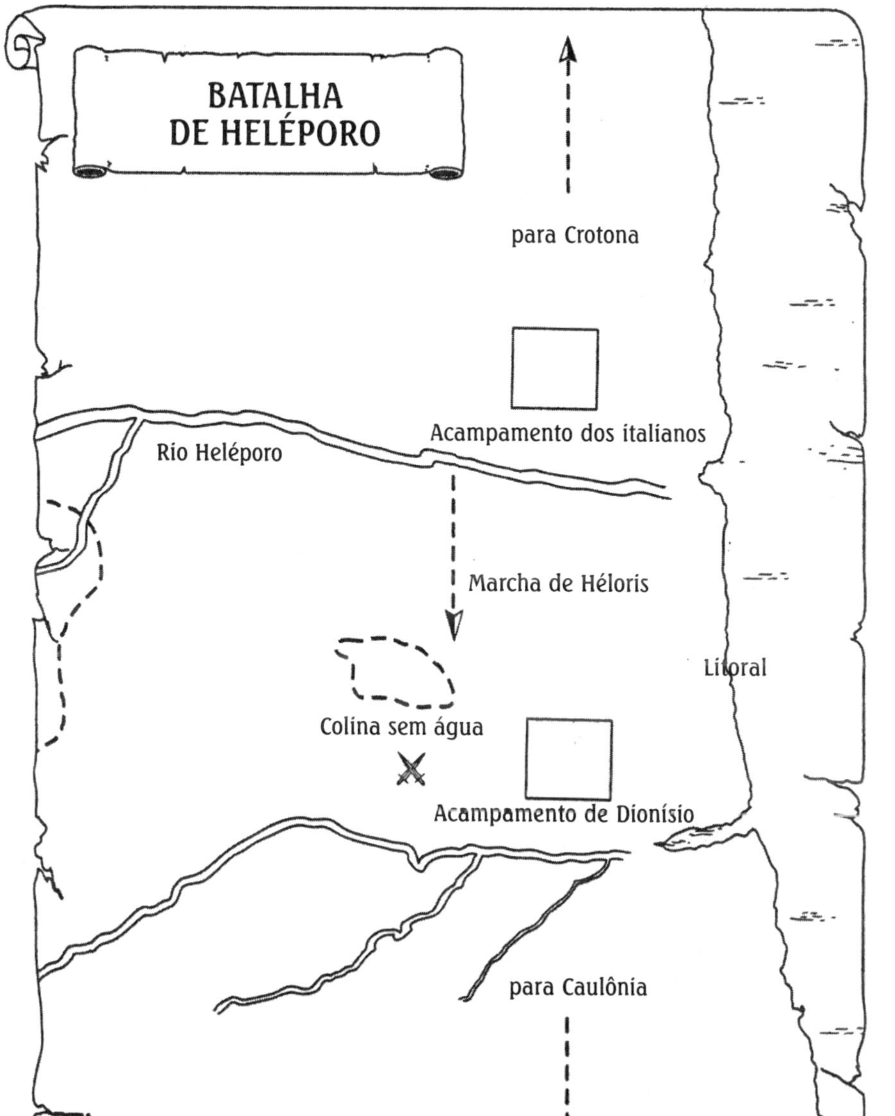

BATALHA
DE HELÉPORO
para Crotona
Acampamento dos italianos
Rio Heléporo
Marcha de Hélorís
Litoral
Colina sem água
Acampamento de Dionísio
para Caulônia

Este livro foi impresso na Editora JPA Ltda.,
Av. Brasil, 10.600 – Rio de Janeiro – RJ,
para a Editora Rocco Ltda.